Das Buch

Christa Haas, Kommissarin a. D., muss der Tatsache ins Auge sehen: Sie ist nicht mehr die Jüngste. Mit einem noch nicht ganz auskurierten Oberschenkelhalsbruch landet sie ausgerechnet dort im Betreuten Wohnen, wo sie einst ihre Kindheit verbrachte: im idyllischen Schwarzwaldörtchen Maria Brunn. Grüne Wiesen, dunkle Tannen, klare Bäche – der Schwarzwald scheint hier einfach perfekt zu sein. Und in Christas Augen ganz schön langweilig.

Da geschieht zwischen Rosenbeeten und gestutztem Rasen ein grausamer Mord. Mit der schläfrigen Langeweile ist es nun vorbei. Christa, die das Mordopfer noch aus Kindertagen kennt, macht sich auf eigene Faust auf die Suche nach dem Mörder. Als ein weiterer Anschlag geschieht, muss Christa tief in die Vergangenheit eintauchen, um dem Unheil in Maria Brunn ein Ende zu bereiten.

Die Autorin

Die gebürtige Nordschwarzwälderin Mona Franz mag Tannengrün und Holzduft und sagt zu einem Stück Schwarzwälder Kirschtorte fast nie Nein. Zum Schreiben zieht sie sich am liebsten auf die heimische Terrasse zurück.

MONA FRANZ

Schwarzwälder Kirsch

Kriminalroman

Ullstein

Besuchen Sie uns im Internet:
www.ullstein.de

Originalausgabe im Ullstein Taschenbuch
1. Auflage März 2020
2. Auflage 2020
© Ullstein Buchverlage GmbH, Berlin 2020
Umschlaggestaltung: zero-media.net, München
Titelabbildung: Getty Images / © Doug Pearson (Häuser),
© FinePic®, München (restliche Elemente)
Gesetzt aus der Quadraat Pro powered by pepyrus.com
Druck und Bindearbeiten: CPI books GmbH, Leck
ISBN 978-3-548-06068-2

Für meine Eltern

PROLOG

Der Tag, an dem Bertie Haberland starb, war für ihn ein Tag wie jeder andere. Er wachte auf wie immer, stand auf wie immer und frühstückte wie immer mit seiner Freundin, wobei diese wie immer vergessen hatte, dass er Orangensaft mit Fruchtfleisch nicht ausstehen konnte. Er duschte und benutzte dazu seine gewohnte Seife. Er hatte nie etwas für Duschgel übrig gehabt; in seiner Kindheit hatte jeder mit Seife geduscht. Nach dem Duschen trocknete er sich mit einem blauen Handtuch ab. Er benutzte immer die blauen, seine Freundin nahm die weißen.

Wie jeden Morgen betrachtete sich Bertie Haberland zufrieden im Spiegel, während er sich rasierte und seine Zähne putzte. Er hatte gute Zähne. Nur bei der Farbe ließ er ab und zu vom Zahnarzt nachhelfen; weiße Zähne sahen einfach besser aus. Erst recht zu der sonnengebräunten Haut, die er hatte, seit er im Ruhestand war.

Bertie Haberland hatte immer gern gearbeitet. Vor allem das Geld hatte ihm daran gefallen. Er dachte daran, dass sich seine Eltern schon für wohlhabend gehalten hatten, weil sie den größten Bauernhof in Maria Brunn besessen hatten. Er hatte all ihre Erwartungen übertroffen. Zum Glück hatten sie noch erlebt, wie er zum Ehrenbürger ernannt worden war. Bertie lächelte, als er daran dachte, wie stolz seine Mutter an diesem Tag gewesen war.

Durch eine Verbindungstür im Badezimmer betrat Bertie das Ankleidezimmer. Seine Freundin hatte darauf bestanden, so etwas zu haben, und er musste inzwischen zugeben, dass es seine Vorteile hatte.

In der Mitte des Ankleidezimmers hatte die Innenarchitektin zwei winzig kleine, sündhaft teure weiße Sesselchen platziert, dazwischen einen Beistelltisch aus Glas, auf dem immer eine Bonbonschale stand. Jeden Morgen griff Bertie einmal hinein und nahm sich ein Bonbon, immer eines mit Pfefferminzgeschmack.

Heute entschied er sich für eine Stoffhose in Beige, dazu ein weißes Golfhemd. Nach einem letzten Blick in den Spiegel verließ er das Ankleidezimmer, ging die Treppe hinunter ins Erdgeschoss und gab seiner Freundin, die gerade mit Pferdeschwanz, in Shorts und Zehensandalen aus der Küche kam, einen Kuss. Er sagte wie immer: »Tschüss, Schatz.« Kein Wort, wann er wiederkommen würde, und sie fragte auch nicht danach. Eines der Privilegien des Ruhestands war, sich nicht mehr festlegen zu müssen.

Er verließ das Haus und ging zu seinem Auto, das in der Auffahrt parkte. Das Auto war neu; ein großer Geländewagen, schwarz, wie alle Autos, die Bertie in seinem Leben besessen hatte. Seine Golfausrüstung lag wie immer im Kofferraum. Auf dem Weg zum Golfplatz hörte er wie jeden Morgen Radio, seinen Lieblingssender. Der Wetterbericht versprach heißes Sommerwetter für die ganze nächste Woche.

Maria Brunn, Berties Heimatdorf, lag in sanften grünen Wiesen hoch oben im Schwarzwald, umgeben nur von Tannen und guter Luft. An klaren Tagen wie heute konnte man von hier über die Schwarzwaldhöhenzüge bis zu den Vogesen sehen. Gelbe Butterblumen und weiße Schafgarbe blühten als Farbtupfer im Grasgrün der Maria Brunner Hochebene. Die Sonne schien strahlend vom hellblauen Himmel. Zum Golfplatz etwas außerhalb des Dorfes brauchte man mit dem Auto bloß ein paar Minuten. Auf der Fahrt kam Bertie an seiner Firma vorbei. Seine Firma. Er hatte das alles aufgebaut. Wie jedes Mal, wenn er hier vorbeifuhr, betrachtete er das große moderne Gebäude mit Stolz.

Als Bertie auf den Parkplatz des Golfclubs abbog, stellte er mit Befriedigung fest, dass bisher nur vier andere Autos hier parkten. Bei dem schönen Wetter würden es in ein paar Stunden sicher zwanzig sein. Bertie stieg aus. Der Kies unter seinen Golfschuhen knirschte; er liebte das Geräusch.

Bertie begann seine Golfrunde. Das Grün war besser geschnitten als gestern. Wie immer benötigte er für neun Löcher knapp zwei Stunden und hielt sein Handicap. Danach ging er in die Bar des Clubs und bestellte eine kalte Weißweinschorle. Im Sommer bediente um diese Zeit immer Beatrice, eine Studentin, die sich so etwas dazuverdiente. Er mochte sie besonders, sie war ein hübsches Mädchen. Nach einigen Scherzen mit Beatrice, die ihm seiner Meinung nach alle gut gelangen, siedelte Bertie an einen der Tische auf der Terrasse über und studierte die Speisekarte. Es war genau die richtige Zeit, um Mittag zu essen. Er entschied sich für ein Zanderfilet mit Petersilienkartoffeln und Wirsinggemüse, und für danach bestellte er noch ein Tiramisu, denn er mochte Süßes. Beatrice brachte ihm sein Essen, und gerade als er zum Nachtisch überging, setzte sich Wolfgang Liebig an seinen Tisch. Mit ihm und seiner Frau Annemarie hatte Bertie erst vorletzte Woche die Kunstauktion der Maria Brunner Charity Engel organisiert. Achttausend Euro waren dabei für den Kindergarten zusammengekommen; ein sehr gelungener Abend. Das Gespräch plätscherte dahin.

Nach dem Essen spielte Bertie seine Runde zu Ende. Die Sonne stand inzwischen hoch. Es war heiß geworden. Darum setzte er sich, nachdem er fertig war, noch ein wenig in den Schatten und bestellte bei Beatrice einen Scotch auf Eis.

Zwanzig Minuten später verabschiedete er sich und ging zum Auto. Als er vom Parkplatz fuhr, war dieser so voll wie erwartet. Beschwingt vom Scotch fuhr Bertie zurück ins Dorf. Er machte sich keine Sorgen wegen des Drinks, denn der Weg war nicht weit, und jeder hier kannte ihn. Das senkte die Gefahr, Schwierigkeiten zu bekommen, in Maria Brunn genauso wie sonst überall auf der Welt.

Zu Hause parkte Bertie sein Auto wieder in der Auffahrt und ging ins Haus. Dort war es angenehm kühl und still. Seine Freundin war wie jeden Dienstag in die Stadt gefahren.

Bertie goss sich in der Küche ein Glas kaltes Mineralwasser ein, füllte Eiswürfel hinein und garnierte es mit einer Zitronenscheibe. Dazu summte er »My way« von Frank Sinatra. Mit dem Glas in der Hand ging er durchs Wohnzimmer, schob die große Glasschiebetür auf, die zum Garten führte, und ließ seinen Blick über die Aussicht schweifen. Wie immer, wenn er dies tat, beglückwünschte er sich zu der Entscheidung, genau hier sein neues Haus gebaut zu haben, direkt neben den Wiesen, in die der Garten überging. Nichts versperrte einem den Blick auf die Landschaft und den Schwarzwald. Andere kamen hierher zum Urlaub, er konnte das jeden Tag haben.

Zufrieden legte er sich wie jeden Nachmittag in diesem heißen Sommer auf seinen gelb-weiß gestreiften Liegestuhl und schlief bald fest ein.

Erst da geschah endlich etwas Besonderes. Jemand kam in den Garten, ganz leise über die Wiesen. Jemand, der einen kleinen roten Kanister bei sich trug. Jemand, der Bertie mit Benzin übergoss. Und bevor der von der Nässe seiner Kleidung und dem Geruch des Benzins vollständig wach werden konnte, hielt der nachmittägliche Besucher die Flamme eines silbernen Klappfeuerzeugs an das Golfhemd. Wenn man bedachte, wie teuer es gewesen war, war es enttäuschend, wie gut es brannte. Vielleicht ging das auch Bertie in seinen letzten Sekunden durch den Kopf. Aber niemand würde das je mit Bestimmtheit sagen können.

Eine halbe Stunde später wusste ganz Maria Brunn, dass Bertie Haberland, erfolgreicher Unternehmer, Ehrenbürger und Vorsitzender der Maria Brunner Charity Engel, am hell-lichten Tag in seinem Garten verbrannt war.

EINS

»Schau mal, wie lustig, ein Rollatorparkplatz!«, rief Anna. Christa bedachte sie mit einem wütenden Blick. »Siehst du jetzt, wo du mich hingebracht hast?«, schnaubte sie. »Zur letzten Station vor dem Grab.« Anna, die gerade eine von Christas Topfpflanzen aus dem Kofferraum lud, verdrehte die Augen. »Mama, ich dachte, das hätten wir besprochen.« Christa sah unruhig zu, wie Anna ihre lang gehegte gelbrote Orchidee aus Sumatra in gefährlicher Schräglage hielt, während sie mit der freien Hand nach einem gerahmten Foto angelte, das Christa in deutlich jüngeren Jahren spärlich bekleidet in Thailand zeigte. »Du kannst nach einem Oberschenkelhalsbruch nicht einfach so tun, als wäre nichts passiert. Dein Haus ist eine Baustelle, da kannst du nicht mit Rollator und Wackelhüfte hin. Man muss noch ein bisschen auf dich aufpassen, wenigstens für zwei, drei Monate. Und du wolltest ja nicht, dass ich mich um dich kümmere.« Christa stellte die Bremsen an ihrem Rollator fest und setzte sich rückwärts auf die Sitzfläche. Ihre Hüfte tat weh, aber das wollte sie nicht zugeben. »Ja, weil du dich auf deinen Job konzentrieren sollst, wenn du schon endlich mal eine Stelle hast. Ist ja nicht so, dass man mit Germanistik an jeder Ecke was findet, und außerdem ist es reaktionär, dass von Töchtern immer erwartet wird ...«, weiter kam sie nicht. Anna hielt ihr den Mund zu und küsste sie auf die Wange. Christa kämpfte sich unter Annas Hand hervor. »Und ich will ja auch gar nicht, dass man sich um mich kümmern muss – ich will mein Leben zurück!« In diesem Moment fiel Christas Blick auf den Kleinbus, der neben Annas Auto parkte. »Demenzmobil« stand darauf. Sie schloss die Augen.

Der Wohnblock des Betreuten Wohnens war neu. Als Christa als Kind in Maria Brunn gelebt hatte, war hier nur eine Wiese gewesen, die im Frühjahr ständig unter Wasser stand, weil der Tannbach zu nah daran vorbeifloss. Das neue Gebäude war gelb gestrichen, darin sechs Wohnungen, verteilt auf zwei Stockwerke. Durch die Glasfront war zu sehen, dass jede der sechs Wohnungstüren eine andere schreiend bunte Farbe hatte. Links neben dem Betreuten Wohnen lag das Altenheim »Abendrot«, rechts der Kindergarten »Schwarzwaldzwerge«. Zwischen Betreutem Wohnen und Altenheim gab es im Obergeschoss einen gläsernen Verbindungsgang, durch den gerade ein Pflegebett geschoben wurde.

Gemeinsam bildeten die drei Gebäude ein Hufeisen, mit einem gemeinsam genutzten Platz in der Mitte, der durch einen Springbrunnen und einige Blumenbeete aufgehübscht worden war. »Unser Konzept ist es, Jung und Alt zu einer fröhlichen, kunterbunten Gemeinschaft zu verbinden«, hatte es im Prospekt »Betreutes Wohnen in Maria Brunn« geheißen. Schon da hätte sie absagen sollen. Aber nun war es zu spät. Christa seufzte. »Halt die Orchidee anständig!«, rief sie Anna nach, die den Wohnblock mit den bunten Türen ansteuerte. Anna hörte sie nicht mehr.

»Sie müssen die Frau Haas sein«, sagte da von hinten eine sonore Stimme. Christa drehte sich um, so gut das mit halb verheiltem Oberschenkelhalsbruch und zweiundsiebzig Jahre alter Wirbelsäule möglich war. Ein Mann, fast zu gepflegt, um die fünfzig, mit bunt geblümtem Hemd und Schnauzbart. »Ich bin der Herr Fuchs. Ich leite das Betreute Wohnen und das Altenheim«, er umrundete Christas Rollator, blieb vor ihr stehen und gab ihr die Hand. »Ha, Herr Fuchs und Frau Haas, ist das nicht lustig?«, fragte er gut gelaunt und lachte für zwei. »Wahnsinn«, sagte Christa.

»Ihre Möbel wurden ja schon angeliefert und alles so eingerichtet, wie mit Ihrer Tochter besprochen. Sie bekommen die Wohnung mit der grünen Tür, sehen Sie?« Herr Fuchs zeigte auf die Tür mit entsprechender Farbe im oberen Stock. »Balkon, Küche, behindertengerechtes Badezimmer, alles da für Sie.« Christa rang sich ein Nicken ab. »Ihre Tochter hat Sie auch schon für unsere Backgruppe angemeldet.«

»Sie hat was?« In diesem Moment mobilisierten sich in Christa wieder alle Lebensgeister.

»Sie für unsere Backgruppe angemeldet«, wiederholte Herr Fuchs sehr laut und deutlich. »Die organisieren die Maria Brunner Charity Engel, das ist unser Wohltätigkeitsverein hier im Ort. Sehr aktiv, auch in der Seniorenarbeit. Ich bin selbst Mitglied. Die Backgruppe heißt übrigens ›Die Zuckerschnitten‹. Ist das nicht ein super Name?« Wieder lachte er. »Ja, wirklich super«, knurrte Christa. Herr Fuchs wirkte irritiert. Zum Glück kam in diesem Moment Anna zum Auto zurück.

Eine Stunde später waren alle Orchideen, Fotos, Kissen, Christas geliebte bunte indische Wandtücher und Christa selbst eingezogen. Herr Fuchs hatte sich inzwischen verabschiedet, nicht, ohne einen Stapel Broschüren zu den hauseigenen Aktivitäten und den Essensplan der aktuellen Woche dazulassen. Anna machte Minztee mit frischer Minze und stellte ein Glas davon vor Christa ab, die missmutig den Prospekt »Ernährungsvorträge in unserem Hause« durchblätterte. »Wie ich höre, bin ich dank dir bald eine ›Zuckerschnitte‹«, sagte sie. Anna grinste. »Ich dachte, es wäre gut, wenn du dich gleich ein bisschen integrierst«, sagte sie. »Ich weiß doch, wie grummelig du wegen dem allem hier bist. Und backen kannst du.« Anna schlenderte zur Balkontür, öffnete sie und ging hinaus. »Grummelig«, flüsterte Christa, »grummelig.« Anna wusste nicht, wie es sich anfühlte, plötzlich offiziell zur Zielgruppe der Seniorenarbeit zu gehören.

Christa stand auf und ging zu ihrer Tochter auf den Balkon hinaus. Die Sonne stand schon tief. »Schön, dieses Maria Brunn«, sagte Anna bewundernd. Überall grüne Sommerwiesen, überragt vom Kirchturm der alten Dorfkirche, um den herum sich die gepflegten Einfamilienhäuser der Maria Brunner verteilten, hier und da einzelne Tannen und dahinter der dunkle Wald, der alles einrahmte. Das Dorf wirkte wie einer Schwarzwaldwerbung entsprungen. »Als

Kinder haben wir hier am Bach gespielt«, sagte Christa und zeigte auf den Tannbach, der dicht am Altenheimgarten sprudelnd und gluckernd vorbeifloss, »Staudämme bauen und solche Sachen. Da drin gibt's sogar Forellen.« Kurz nach Christas zehntem Geburtstag hatte ihr Vater eine Beförderung bekommen, und sie waren in die Stadt gezogen. Da war es vorbei gewesen mit Staudämmen und Maria Brunn. »Hättest du auch nicht gedacht, dass du noch einmal zurückkommst, oder?«, Anna legte einen Arm um die Schultern ihrer Mutter.

»Ich komme nicht zurück. Ich mache nur kurz halt.«

Anna ging nicht darauf ein. »Was für ein Glück, dass ausgerechnet hier kurzfristig ein Platz frei war«, meinte sie fröhlich. »Vielleicht triffst du ja auch ein paar Sandkastenfreunde.« Christa verzog den Mund. Genau das war ihre Sorge.

Nachdem Anna gegangen war, sah sich Christa noch einmal genauer in ihrer Wohnung um. Sie war ganz hübsch, das musste sie zugeben. Und das behindertengerechte Bad sah nicht so deprimierend aus, wie sie es sich ausgemalt hatte. Nur die Haltegriffe rechts und links neben dem Klo erinnerten daran, wie weit es noch mit einem bergab gehen konnte. Aber so weit würde es mit ihr nicht kommen. Zwei oder drei Monate, das hatten ihr die Ärzte und Anna versprochen, zwei oder drei Monate, und dann könnte sie wieder zurück in ihr Haus in Freiburg ziehen. Sie war stolz darauf, ein Haus zu besitzen. Nicht geerbt, nicht erheiratet. Selbst gekauft. Als erste weibliche Kriminalhauptkommissarin im ganzen Landkreis hatte sie sich das leisten können und auch geleistet, als sich die Kommune auflöste, in der sie gewohnt hatten, solange Anna noch klein war. Zugegebenermaßen war dieses Haus allerdings auch der Grund für ihre aktuelle missliche Lage. Sie hatte vor einem halben Jahr ein paar Renovierungen in Angriff genommen. Nichts Wildes zuerst, nur den Balkon, die Rollladenkästen, hier und da etwas ausbessern. Aber dann hatten die Handwerker immer mehr Vorschläge gehabt, die alle verlockend klangen, und Christa hatte sich in eine Art Renovierungsrausch gestürzt – bis nicht nur das halbe Haus eine Baustelle, sondern auch Christa eines Morgens auf der mit Malerfolie ausgelegten Treppe ausgerutscht war. Nun war das Haus immer noch eine Baustelle und ihr Oberschenkelhals auch.

Christa setzte sich seufzend auf ihr bunt gemustertes Sofa. Zu Hause stand es unter dem Fenster, hier stand es neben dem Notfallknopf. Diese Knöpfe waren in der ganzen Wohnung verteilt. »Damit kannst du die Schwester rufen, wenn irgendetwas ist. Und bitte: Mach das auch!«, hatte ihr Anna zum Abschied gesagt.

Sie war doch kein Pflegefall. Ihre Hüfte war fast wieder gut, nur eben noch wacklig, und manchmal tat sie weh. Christa schloss die Augen. Sie war immer gerne auf Reisen gegangen. Sieben Monate war sie mit ihrem damaligen Freund und ihrer besten Freundin Sabine, die in dieser Zeit nur Shanti genannt werden wollte, mit ihrem alten VW-Bus durch Indien gefahren. Nach Annas Abitur waren sie zu zweit einen Sommer lang durch Schweden gereist, und sobald die Polizei Sabbatjahre möglich gemacht hatte, war Christa auf Südostasien-Tour gegangen. Es hatte ihr nie etwas ausgemacht, woanders zu sein; im Gegenteil. Aber jetzt hätte sie alles darum gegeben, zu Hause in ihrem eigenen Garten zu sitzen.

Christa legte die Beine vorsichtig auf den Wohnzimmertisch, einen mit Elefantenfiguren als Füße, den sie kurz vor Annas Geburt aus Kenia mitgebracht hatte. Christas Blick wanderte zum Kalender, der neben dem Fernseher hing. Die obere Hälfte zeigte einen Hundertwasser-Druck. Darunter die Tage im August. Seit vierzehn Wochen war sie nicht mehr daheim gewesen: erst im Krankenhaus, dann in der Kur und jetzt hier.

Christa lauschte auf die Geräusche. Schnelle Schritte mit Gummisohlen, bestimmt eine Pflegerin. Geschirrklimpern. Und Vögel, so viele Vögel. Ihr Zwitschern drang durch die offene Balkontür und füllte den ganzen Raum. Christa erinnerte sich daran, dass sie als Kind hier oft Zaunkönige gesehen hatte. Die sah man sonst nirgends mehr. Ein paar Minuten später war sie eingeschlafen.

Irgendwo klopfte es. Christa schreckte auf. Wo war sie? Es dauerte ein bisschen, bis sie sich erinnerte. In ihrer Wohnung war es dämmrig, kühlere Abendluft strömte durch die offene Balkontür. Es klopfte immer noch. Christa rappelte sich vom Sofa hoch, von dem Anna schon seit Jahren behauptete, es wäre für ihr Alter inzwischen zu weich und zu niedrig, und tapste unsicher in Richtung Tür. »Hallo, jemand zu Hause? Hier ist der Carlo!«, rief eine dröhnende

Männerstimme. Als sie die Tür aufmachte, sah sie nur Tomaten. Rote dicke, fleischige, riesige Tomaten. »Meine Ochsenherzen«, sagte die dröhnende Stimme begeistert. »Ich
dachte, so zum Einzug ...« Christa schielte an den Tomaten
vorbei. Vor ihr stand ein kleiner, dicker Mann ihres Alters
mit noch recht dunklen Haaren, einem grau-schwarzen Bart
und einem T-Shirt mit Tannendruck, das über seinem Bauch
spannte. »Schwarzwaldbub« stand darauf, das S und das
letzte B durch die Körperfülle etwas verzogen. »Dürfen wir
reinkommen?«, fragte der Schwarzwaldbub. Christa hatte
keine Lust auf Besuch. Aber das war eine schlechte Antwort,
wenn man neu angekommen war und jemand Tomaten in
der Hand hatte. Sie ging ein paar Schritte zurück, um ihm
Platz zu machen. »Super!«, donnerte Carlo. »Komm, Bärbel,
wir besuchen die Dame.« Erst in diesem Moment nahm
Christa den Hund wahr. Er war winzig und sauste rasend
schnell in ihre Wohnung, schwarz und rehbraun, wie ein
Dobermann, den man zu heiß gewaschen hatte. »Das ist
meine Bärbel«, erklärte Carlo, während er zufrieden wie ein
stolzer Vater dabei zusah, wie Bärbel aufgedreht ein paar
Runden um Christas Wohnzimmertisch rannte und dann
auf ihr Sofa sprang. »Bärbel ist ein Rehpinscher. Ist sie nicht
süß?«

»Bärbel?«

»Ja, nach dem alten Film ›Schwarzwaldmädel‹.«

»Die hieß Bärbele.«

»Ja, aber das klingt doof.«

Interessant, dachte Christa, so hat jeder irgendwo eine
Grenze.

»Haart Bärbel?«, fragte sie, während der Hund seinen kleinen Körper voller Inbrunst auf ihren Sofakissen wälzte.

»Nur ganz kleine Haare, ganz klein.« Carlo zeigte mit seinen Wurstfingern, wie klein. Dann ging er an ihr vorbei, in Richtung Bärbel und setzte sich auf Christas Sofa.

»Uff, ganz schön niedrig und weich. Kommst du da noch gut hoch?«

»Möchtest du etwas trinken?«, fragte Christa als Antwort.

»Gerne, ...?« Er sah sie erwartungsvoll an.

»Christa«, sagte Christa.

»Ah, was für ein schöner Name. Carlo und Christa, zwei Cs«, meinte Carlo.

»Willst du nun etwas trinken, Carlo?«

»Was hast du denn da?«

»Selbst gemachten kalten Minztee.«

Carlo verzog das Gesicht.

»Das ist gut, vor allem im Sommer.« Christa holte zwei Gläser aus ihrem vor ein paar Stunden eingeräumten Küchenschrank und schenkte beide voll. Eines davon stellte sie vor Carlo ab. Er hob es hoch: »Auf deinen Einzug.«

Bärbel ließ sich mit einem vernehmbaren Schnauben neben ihrem Herrchen nieder.

Carlo schaute aus dem Fenster auf den orange- und vanillefarbenen Schwarzwaldabendhimmel. »Tolles Sommerwetter, oder?«, sagte er dann. »Ich mag es, wenn es warm ist. Da wachsen meine Tomaten besser, so wie die schönen Ochsenherzen hier«, er zeigte auf die riesigen Tomaten, die er auf dem Wohnzimmertisch abgelegt hatte. Christa machte sich nichts aus Ochsenherztomaten. Schon das Wort klang in ihren Ohren abstoßend.

»Erzähl mal«, setzte Carlo an, »wie kommst du denn hierher?«

Christa fasste ihre letzten vierzehn Wochen kurz zusammen.

»Du kommst also aus Freiburg?«

Christa nickte.

»Wie bist du dann auf Maria Brunn gekommen? Das ist ja ein ganz schönes Stück.«

»Ich habe als Kind mal in Maria Brunn gelebt.«

Carlo riss die Augen auf. »Oje, dann kanntest du den ja vielleicht«, stieß er hervor. »Den Verbrannten.« Er dämpfte seine Aufregung mit einem Schluck Minztee. »Bert hieß der.« Christa konnte sich an keinen Bert erinnern.

»Ist ein Haus abgebrannt?«

»Nein. Der Bert ist verbrannt. In seinem Garten.« Carlo beugte sich etwas vor. »Kein Unfall!«

Christa war plötzlich hellwach. »Mord?«, fragte sie. Carlo nickte. »Der lag einfach so gemütlich in seinem Liegestuhl, und dann, puff, hat ihn jemand angezündet. Hatte keine Chance, der Arme.« Christa versuchte, ihre Spannung zu verbergen und ein angemessen betroffenes Gesicht zu machen. Die erste interessante Nachricht seit vierzehn Wochen.

»Wann ist das passiert?«, fragte sie.

»Heute. Kurz nach dem Mittagessen. Es gab Rouladen.«

Christa starrte ihn an. »Heute?! Und weiß man, warum?«

Carlo zuckte die Schultern. »Vielleicht gab es ja was zu

holen? Der Bert war reich.« In diesem Moment rastete etwas in Christas Kopf ein, eine Erinnerung, lange verschüttet. Bertie. »Hieß der Tote vielleicht Bertie?«, fragte sie, »Bertie Haberland?«

Carlo kraulte hingebungsvoll Bärbels winzige Öhrchen. »Ach, stimmt, Bertie. Ich hab's nicht so mit Namen«, antwortete er abgelenkt. »Die Bärbel kann Kunststückchen, willst du mal sehen?« Christa nickte geistesabwesend, und während Bärbel sich in den nächsten Minuten auf Befehl um die eigene Achse drehte oder sich nach imitiertem Pistolenschuss totstellte, dachte Christa an Bertie Haberland.

Er war in ihre Klasse in der kleinen Maria Brunner Dorfschule gegangen. Hatte immer in der letzten Reihe gesessen, da, wo die Jungs saßen, nach denen sich die Mädchen bewundernd die Hälse verrenkten. Und nach Bertie verrenkten sich alle am meisten. Christa sah ihn vor sich: braun gebrannt, schlaksig, mit sonnenblonden Haaren und ein paar Sommersprossen. Er war der hübscheste Junge von Maria Brunn gewesen; seine Eltern, die Haberlands, reiche Bauern. Dem hatte nichts passieren können im Leben. Und jetzt hatte ihn jemand verbrannt.

Christa fühlte sich richtig aufgekratzt. »Wer führt denn die Ermittlungen?«, fragte sie.

Carlo lachte. »Du klingst, als hättest du zu viele Krimis geschaut.«

»Ich war Kommissarin.«

»Ehrlich? Ich hätte auf Hippie getippt«, er deutete grinsend auf Christas exotische Wandbehänge.

»Ach ja? Und ich hätte gedacht, dass Italiener zu viel

Geschmack haben, um das ›Schwarzwaldmädel‹ gut zu finden«, schnappte Christa.

Carlo war überhaupt nicht beleidigt. Er lachte nur laut. »Glaub mir, wenn du in einem kleinen Kaff bei St. Blasien aufwächst und für alle als Kind nur ›der kleine Italiener‹ warst, dann findest du entweder alles hier ganz schrecklich, oder du wirst zum hundertfünfzigprozentigen Schwarzwälder. Und ich bin anscheinend Typ zwei.«

Christa grinste. Nach einer Pause fragte sie: »Weißt du, wo der Bertie gewohnt hat?«

»Straße runter, dann rechts abbiegen. Schönes Haus, ganz neu.« Carlos Stakkatosätze waren durch seine neuerliche Konzentration auf Bärbels Männchenmachen bedingt. »Hat solche Buchsbaumfiguren im Vorgarten.«

Christa sah auf die Uhr. Fast neun. Es war bestimmt noch eine halbe Stunde einigermaßen hell. Das könnte noch für einen ersten kleinen Maria Brunner Spaziergang reichen. Einen sehr kleinen, rollatorgerechten. Nur die Straße runter.

»Willst du noch mal Minztee?«, fragte sie listig.

»Oh Gott, nein.«

»Gut, dann muss ich leider weitermachen. Einräumen und so weiter«, behauptete Christa und ärgerte sich darüber, dass Anna schon alles an seinen richtigen Platz gestellt hatte. »Und saugen«, schob sie deshalb nach und wedelte unbestimmt, aber anklagend in Richtung der von Bärbel mit ganz kurzen Haaren bepuderten Sofakissen. Carlo schaute empört, sein Rehpinscher-Vaterherz war offenbar gekränkt.

»Tut mir leid, Carlo. War schön, dass du vorbeigekommen bist. Also, dass ihr beide vorbeigekommen seid. Und danke für die, ähm, leckeren Ochsenherztomaten.«

Fünf Minuten später konnte man sehen, wie Christa Haas, pensionierte Kriminalhauptkommissarin, Tomatenhasserin, Minzteeliebhaberin, einigermaßen festen Rollatorschrittes die Straße hinunter in Richtung Buchsbaumfiguren ging.

SOMMER 1961

Das Dorf lag da wie ausgestorben. Es war Sonntagnachmittag, und keiner war mit dem Traktor unterwegs oder arbeitete auf sonst eine Art. Die Stille über Maria Brunn war so sonntäglich, so unschuldig, dass Bertie, als er mit seinem Mofa die Dorfstraße entlangknatterte, noch mehr Aufmerksamkeit auf sich zog als sonst. Die alte Lis, die in alter Schwarzwälder Sonntagstracht vor ihrem Haus auf einem Schemel in der Sonne saß, schüttelte den Kopf. Der Bertie war ihr schon lang ein Dorn im Auge. Ständig mit diesem lauten Ding unterwegs, diese Lederjacke, diese engen Hosen. Lis lauschte dem Knattern nach, das langsam leiser wurde. Erst als nichts mehr zu hören war, lehnte sie ihren Kopf wieder gegen die Hauswand und streckte die Beine aus, die wegen der Hitze dick angeschwollen waren. Sie würde morgen, am Montag, die Dorfschwester rufen müssen, damit sie ihr Stützstrümpfe anzog. Allein war das in ihrem Alter und mit ihren knotigen Fingern nicht mehr zu schaffen. Aber Margarethe würde kommen und ihr helfen. Auf sie war Verlass. Margarethe war genau so ein Mädchen, wie Lis es sich für ihren Sohn vorgestellt hatte. Natürlich, praktisch veranlagt, immer höflich. Ihre Schwesterntracht war makellos, der Kragen gestärkt, wie es sich gehörte. Leider hatte sich ihr Sohn durchgesetzt und Rena geheiratet, ein Mädchen aus Freudenstadt, das sich Gott weiß was darauf einbildete, Städterin zu sein. Die Landarbeit war natürlich zu schwer für sie und zu schmutzig. Lieber trug sie das wenige Geld, das der Hof abwarf, zum Friseur und zur Kosmetikerin. Lis spürte, wie sie schon wieder begann, sich aufzuregen. Besser nicht. Am Sonntag sollte man nicht wütend sein, man sollte sich ausruhen.

Also schloss Lis die Augen und konzentrierte sich auf die Sonne, die ihr warm ins Gesicht schien.

Bertie fuhr die Amselstraße entlang, winkte Sven, dem kleinen Nachbarsjungen, der auf der Straße Ball spielte, und bog mit seinem Moped in den Hof seiner Eltern ein, dem größten in ganz Maria Brunn. Auch hier war Sonntag; vor sechs Uhr abends, wenn die Kühe gemolken werden mussten, würde sich nichts rühren. Eine Katze streunte mit federnden Bewegungen über den Hof. Es war die hellgraue mit dem weißen Ohr. Bertie mochte sie am liebsten. Er ging zu ihr und hob sie hoch. Die Katze ließ sich hängen und streckte alle viere von sich. Bertie setzte sie sich bequem auf den Arm und streichelte ihr weißes Ohr. Die Katze begann zu schnurren, er spürte das Vibrieren an seiner Hand. Im Fell der Katze hing ein kleiner Strohhalm, er zupfte ihn ab. Wahrscheinlich hatte sie bis eben in der Scheune gelegen, da lagen alle Katzen gern, weil es dort warm und weich war und es viele Mäuse gab. Die beste Mäusefängerin war ihnen letztes Jahr verblutet, als sie unter den Mähdrescher kam. Keiner hatte ahnen können, dass sie sich ins hohe Gras gelegt hatte, als der Mäher kam. Als sie sie fanden, auf der abgemähten Wiese, lag sie in einer Lache von Blut. Ein Bein und der Schwanz fehlten, es hatte grausig ausgesehen. Berties Vater war schnell zum Haus gerannt und hatte eine Flasche Branntwein geholt. Die goss er aus einiger Entfernung über die Katze in der Hoffnung, ihre Wunden damit reinigen zu können. Aber es hatte nichts genützt. Die Mäusefängerkönigin war gestorben, mitten auf der Wiese. Weil sie so ein schlimmes Ende genommen hatte, begrub Berties Vater sie im Garten, anstatt, wie sonst, wenn eine Katze gestorben war, den Körper auf den Misthaufen zu schmeißen. Auf den Misthaufen im Dorf landete alles. Tote Tiere, Eierschalen, verendete Geranien.

Bertie hasste die Misthaufen und ihren Gestank, der sich im Sommer über das Dorf legte und einem, wenn es heiß genug war, schon morgens beim Aufwachen in die Nase stieg. Er hasste die Kühe und Schweine, die den Tagestakt vorgaben, die Fliegen, die sie anzogen, die Arbeit, die sie machten, ohne wirklich Geld zu bringen. Bertie hatte sich geschworen, niemals Bauer zu werden. Er wollte ein hübsches Haus und Sauberkeit und nie mehr ausgebeulte Arbeitshosen mit Hosenträgern. Bertie wollte ein schönes Leben. Und er bekam immer, was er sich in den Kopf gesetzt hatte.

Seine Mutter stand in der offenen Haustür. Sie trug ein graues Blusenkleid, weil sie heute Morgen in der Kirche gewesen war. Bertie war seit seiner Firmung nicht mehr mitgekommen, was regelmäßig zum Streit führte, der meistens damit endete, dass die Mutter weinte. Sie verstand nicht, warum Bertie keine Angst um sein Seelenheil hatte. Aber das hatte er tatsächlich nicht. Er war sich nicht sicher, ob es Gott gab oder nicht, aber der Punkt war, dass es ihm egal war. Wenn es ihn gab, dann interessierte er sich schließlich auch nicht dafür, dass er, Bertie, zwischen Misthaufen und Schweineställen sitzen musste und sich langweilte.

In den Filmen, die er sah, hatten die jungen Kerle Autos und trugen Frisuren, denen sich Otto, der Dorffriseur, auch nach vielen Bitten bisher verweigerte. Und sie hatten schöne Mädchen.

Bertie hatte noch kein Mädchen gehabt. Nicht, weil er keine Chance hatte – sie wollten ihn, das wusste er. Manchmal bekam er sogar Zettel zugesteckt, mit runder ordentlicher Mädchenschrift darauf und der Frage, ob er vielleicht einmal Eis essen gehen wollte. Eis essen. Es gab nur eine Eisdiele in der Umgebung, das Eiscafé Adria vier Dörfer weiter, und dort hatten sie immer dieselben Eisbecher: Nussbecher, gemischtes Eis mit Sahne, Bananensplit, Erdbeerbecher. Bertie hatte alle schon so oft gegessen. Er hatte keine Lust mehr, mit einem Mädchen Eis essen zu gehen, aber zu mehr waren sie ja alle nicht bereit. Es war nicht so, als hätte er es nicht versucht, aber mehr als Küssen auf die Wange war einfach nicht drin mit diesen Dorfmädchen. Die hatten alle zu viel Angst vor dem lieben Gott und ihren Müttern.

Bertie setzte die Katze ab. Seine Mutter war wieder im Haus verschwunden. Er ging hinterher; seine Stiefel ließ er an. Sie hatten ihn sechzig Mark gekostet, in dem Schuhladen in Felsach, der Kleinstadt unten im Tal, in der er zur Schule ging. Das Geld hatte er sich über Monate zusammensparen müssen; hatte immer ein bisschen auf die Seite gelegt von dem, was er bei anderen Bauern fürs Helfen bekam, und den fehlenden Rest hatte er vom Sparkonto abgehoben, auch wenn sein Vater ihm deswegen eine Ohrfeige gegeben hatte, als er dahintergekommen war. »Das Geld soll für deinen Bausparvertrag sein«, hatte der Vater geschrien, aber Bertie wollte keinen Bausparvertrag. Als er die Stiefel endlich kaufen konnte, hatte er sie ehrfürchtig in Empfang genommen. Sie rochen so gut nach Leder, irgendwie nach Amerika und nach teuer. Dazu seine Jeans von Levi's. Das war einfach etwas anderes als eine Hose, die die Dorfschneiderin genäht hatte, oder noch schlimmer: seine Mutter.

Bertie legte den Kopf in den Nacken. Über ihm, auf dem unglaublich blauen Sommerhimmel, war ein weißer Kondensstreifen gezeichnet. Wie immer, wenn er einen sah, überlegte er, wohin dieses Flugzeug wohl geflogen war, und stellte sich vor, er wäre an Bord. Er malte sich aus, wie eine hübsche Stewardess in kurzem Rock und mit rotem Lippenstift sich zu ihm beugen würde. »Haben Sie einen Wunsch?« Und er würde eine Bloody Mary bestellen; er hatte gelesen, dass man das so machte, auch wenn er nicht sicher wusste, was das genau war. Die Stewardess würde ihm seine Bloody Mary bringen und ihm Feuer geben, und ihr Augenaufschlag mit langen Wimpern wäre wie im Film. Eines Tages wollte er sich das alles leisten können. Dann würde er nach New York fliegen. Oder nach Saint-Tropez, da feierten die Reichen, wenn man Mutters Zeitschriften glauben konnte. Sein Vater wollte, dass er Landwirtschaft studierte, oder Forstwirtschaft. Nicht weit von hier gab es eine Hochschule dafür. Aber das wollte Bertie auf keinen Fall. Er wollte einmal Geld verdienen, viel Geld. Er wollte dabei einen Anzug tragen und schöne Schuhe. Und er wollte sein eigener Chef sein. Was genau diese Arbeit sein sollte, das hatte er sich noch nicht überlegt, aber ihm würde schon etwas einfallen. Hauptsache, nie wieder Bauernhof, nie wieder Dreck, nie wieder Mistgestank.

»Beeeeertie, kommst du rein?«, rief seine Mutter von drinnen. Bertie ging ins Haus.

Seine Mutter saß am Esstisch, auf der gepolsterten Eckbank mit rotem Blümchenmuster, das sich mit dem lila Blümchenmuster ihrer Kittelschürze ganz furchtbar biss. Sie hatte sich offenbar inzwischen zur Stallarbeit umgezogen. Am Abend mussten die Kühe gemolken und die Schweine gefüttert werden, auch sonntags. Die rauen Hände der Mutter mit den Fingernägeln, die keine Nagelbürste der Welt mehr sauber und ordentlich bekommen würde. Ihr Geruch nach Stall, der sie die ganze Woche über begleitete. Ihre Haare, mit großen Lockenwicklern jeden Samstagabend aufgedreht, die langsam dünner wurden. Sie versuchte, auf sich zu achten. Aber das war nicht so leicht, wenn man gleichzeitig jeden Tag Ställe ausmisten und dreckige Euter abwischen musste. Mutter blätterte in einer Zeitschrift, die auf dem beigen Wachstischtuch dabei leicht hin- und herrutschte. Sie hatte zwei verschiedene Klatschzeitschriften abonniert, seit Bertie denken konnte:

die »Neue Post« und die »Frau im Spiegel«. Darin las sie immer sonntagnachmittags. Sie liebte die Prinzessinnen und Königinnen und ihre schweren Schicksale, um die es ging. Besonders hatte es ihr Monaco angetan, seit dort Grace Kelly wohnte und nicht mehr Grace Kelly, sondern Gracia Patricia hieß. »Die Fürstin Gracia Patricia will noch ein Kind«, sagte sie, als sie Bertie im Türrahmen bemerkte. Bertie machte ein Geräusch, er antwortete nicht. Sie flieht auch, dachte er, sie flieht im Kopf, so wie ich, weil ihr das hier auch nicht reicht, dieser Hof und dieses Bauernleben. »Sie hat zwei, einen Jungen und ein Mädchen. Caroline heißt das Mädchen. Ein schöner Name, findest du nicht?« Caroline hießen nur alte Frauen. Karin war ein schöner Name, fand Bertie. Es gab einige Karins an seiner Schule, zwei davon in seiner Klasse, und beide waren hübsch. Mit beiden war er Eis essen gewesen – einmal Nussbecher, einmal Bananensplit –, aber keine von ihnen hatte ihm mehr gegeben als einen Augenaufschlag. »Ich hätte auch gerne noch ein Mädchen gehabt«, sagte Berties Mutter und blätterte die nächste Seite um. »Ich glaube, ich hätte sie Elisabeth genannt. ›Elli‹ kann man das dann abkürzen, das finde ich schön.« Bertie nahm sich ein Glas aus dem Küchenschrank, ging zur Spüle und drehte den Wasserhahn auf ganz kalt. Mit dem Finger testete er die Temperatur, bevor er das Wasser ins Glas laufen ließ. Wenn man im Sommer nicht aufpasste, kam aus dem Hahn lauwarmes Wasser, das bei der Hitze zu lange im Rohr gestanden hatte. Und wenn man noch länger kein Wasser durchlaufen ließ, kam bloß kupferbraune Brühe aus dem Hahn, die metallisch roch. Die Rohre waren alt, Berties Großvater hatte sie verlegen lassen, als er den Hof baute. Bertie trank einen Schluck und wünschte sich, es wäre Zitronenlimonade. Er liebte diese süße, klare Limonade aus den Glasflaschen mit den Perlen am Flaschenhals, die so viel Kohlensäure hatte, dass sie im Mund noch blubberte. Zu Geburtstagen oder zu Weihnachten bestellte sein Vater beim Getränkelieferanten ein oder zwei Kästen davon; der kam dann mit seinem blauen Laster auf den Hof gefahren, stieg aus, hatte immer eine Zigarette im Mundwinkel, die nie herunterfiel, auch wenn er redete, und trug zu enge weiße Unterhemden, die sich über seinem Bauch hochrollten. Er war nett. Manchmal unterhielt sich Bertie mit ihm. Er wusste inzwischen, dass der Mann Kurt hieß. Seine Frau hieß Renate, und sie hatten zwei Töchter. Einmal hatte Kurt Bertie ein Foto von ihnen gezeigt. Sie waren sehr hübsch gewesen; Bertie hatte gestaunt, dass Kurt solche Mädchen zustande gebracht hatte. »Schön, nicht?«, hatte Kurt gesagt und sein röhrendes Lachen gelacht. »Kriegst du aber nicht.« Dann hatte er das Foto wieder weggesteckt. Dafür kriegte Bertie eine Flasche Cola. Das machten sie immer so: Bertie half Kurt beim Ausladen der Getränkekisten, und dann setzten sie sich zusammen auf die Bank vorm Haus, die Berties Opa noch zusammengetischlert hatte, und tranken etwas zur Belohnung – Kurt ein Bier und Bertie eine Cola. Er liebte Cola noch mehr als Zitronenlimo, aber er wusste, dass er seinen Vater gar nicht darum zu bitten brauchte. Cola war amerikanischer Schund, sagte sein Vater immer. Billige Brühe, in der man angeblich Fleisch auflösen konnte. »Überleg mal, was die mit deinem Magen macht, Junge«, sagte er immer. »Die Amis saufen die wahrscheinlich selber gar nicht. Geben sie nur uns, damit wir uns die Gedärme kaputt machen und ihnen dafür auch noch Geld bezahlen.« Berties Vater war in amerikanischer Kriegsgefangenschaft gewesen.

»Fütterst du nachher die Hasen?«, fragte Berties Mutter. Bertie drehte sich zu ihr um und lehnte sich an die Küchenfront. »Wenn's sein muss«, sagte er. »Du sollst nicht so frech sein«, antwortete seine Mutter, den Blick weiter auf ihre Zeitschrift geheftet. Bertie fühlte plötzlich eine

Wut in sich, ganz unbändig und unbestimmt. Er hätte ihr gerne diese blöde Zeitschrift aus den Händen gerissen, einfach zerfetzt, mit den Königinnen und Prinzen und den Kochrezepten, die auch darin waren und die sie ständig nachkochte, die ihr aber selten gelangen. Diese Wut überkam Bertie manchmal. Es war, als wäre eine Feder in ihm gespannt, wie in einem Kugelschreiber, und diese Feder wollte losspringen, einfach ausrasten. Er stellte das leer getrunkene Glas zu laut auf die Küchenplatte, dann ging er hinaus, durch den Flur in den Hof, die Hasen füttern.

Die Hasen hielt Berties Vater, so wie die meisten im Dorf, für den eigenen Sonntagsbraten, und ab und zu verkaufte er auch einen, an den Pfarrer oder an Leute aus der Stadt, die für günstige Eier, Milch und eben Hasenbraten aufs Dorf fuhren. Bertie mochte die Hasen. Sie taten ihm leid, wie sie tagaus, tagein in ihren Käfigen hockten, in denen sie kaum einen einzigen Hopser machen konnten. Einmal hatte er einen Hasen aus Mitleid aus dem Stall gelassen. Er war wie verrückt herumgesprungen. Wahrscheinlich konnte er gar nicht glauben, wie schön es war, sich ausstrecken zu können und Platz zu haben. Bertie hatte ihn nur mit Mühe wieder einfangen können und Ärger bekommen. Seitdem hockten wieder alle Hasen brav in ihren Käfigen, dreiunddreißig Stück momentan. Nächsten Sonntag zweiunddreißig, denn da war Pfingsten, und zu Pfingsten musste es auf jeden Fall einen Braten geben. Die Ställe sahen aus wie gestapelte Kisten, vor jeder Kiste ein Türchen mit Drahtgitter und einer Wasserflasche. Die Wasserflaschen mussten kontrolliert und nachgefüllt werden. Heute hatte Bertie Glück, nur zwei waren leer. Nachdem er sie aufgefüllt und wieder angehängt hatte, nahm er die Schubkarre, die immer neben den Hasenställen bereitstand, und ging zur Wiese hinter der Scheune, wo das Gras am fettesten war. Er begann, mit der kleinen Hasenfuttersichel das Gras abzuschneiden. Der Blick über die Wiesen, den er dabei hatte, war schön. Es war eines der wenigen Dinge, die er an Maria Brunn mochte: wie weit die Augen sehen konnten. Er liebte die grüne Ebene, die sich bis zum Wald hinüber erstreckte, und dann die hohen, dunklen Tannen, zwischen denen man sich verlieren konnte. Bertie ging gern in den Wald. Wie jedes Kind, das in Maria Brunn aufwuchs, kannte er ihn wie seine eigene Hosentasche. Eine Weile hörte er auf mit dem Grasschneiden und schaute einfach nur so vor sich hin. Sein Blick verlor sich zwischen den Tannenspitzen. Das Licht war schon ein bisschen wärmer geworden als noch vor ein paar Stunden und ließ alles so furchtbar friedlich aussehen.

Gerade als er sich aufraffen wollte, das gemähte Gras in die Schubkarre zu werfen, nahm er eine Bewegung hinter der Nachbarscheune wahr. Er richtete sich auf. Dort drüben ging ein Mädchen durchs Gras. Bertie sah sie nur von hinten, aber er wusste, wer es war. Hier kannte er jeden. Sie hatte ein gelbes Kleid an, so gelb wie der Löwenzahn, den die Hasen am liebsten mochten. Er sah, wie ihre Hüften schwangen, der Rock verstärkte die Bewegung noch und wippte bei jedem Schritt um ihre Beine. Ihre Waden waren zu sehen, schlank und glatt. Erst als sie nach rechts abbog und hinter einem Schuppen verschwand, bückte sich Bertie, sammelte das Gras auf und warf es in die Schubkarre.

ZWEI

Zu einer Zeit früher am Abend, als Christa auf dem Sofa noch ihrem Besuch von Carlo entgegenschlummerte, knatterte ein alter Land Rover die Straße entlang. Er war nicht unbedingt der schnellste und ziemlich teuer, aber Kommissar Patrick Lorenz hatte unbedingt einen haben wollen, wo er doch nun seit Neuestem auf dem Land lebte.

Zufrieden sah er auf die abendlichen Wiesen, durch die sich die Straße auf Maria Brunn zuschlängelte. Von der Hochebene hatte man einen guten Blick über die Berge und Hügel des Schwarzwalds. Wenn das Wetter so klar war wie heute Abend, sah man bis zum Feldberg.

Patrick fuhr an dem kleinen Weiler Katzgold vorbei, der nur aus ein paar Höfen bestand, deren Dächer lang und breit waren und über den Giebel hinausragten wie eine Ponyfrisur. In den Gärten vor den Höfen blühten Stockrosen und Vergissmeinnicht. In Katzgold gab es sogar noch einen richtigen Bauernhof, den von Bauer Bennewirt. Jeder echte Maria Brunner kaufte dort Milch. Katzgold. Ein komischer Name, dachte er immer, wenn er das grüne Sonderortsschild sah. Danach kam der Golfplatz, dann Maria Brunn selbst, seine brandneue Heimat. Der hellgelb gestrichene Kirchturm erhob sich in der Abendsonne wie in einem Heimatfilm. Auf den Straßen war kaum noch jemand unterwegs, alle waren zu Hause und kümmerten sich ums Abendessen. Auch im Kommissariat in Felsach waren nach und nach alle gegangen, einer nach dem anderen, völlig unbeeindruckt von dem neuen Fall.

Während Patrick dem Dorf entgegenfuhr, schossen ihm wieder die Bilder des Nachmittags durch den Kopf. Er hatte noch nie einen verbrannten Körper gesehen. In Frankfurt hatte es Erschossene gegeben, einige Erhängte, einige Drogentote. Aber kein Mord durch Feuer. Noch immer sah er die Leiche vom Nachmittag vor sich, schwarz verbrannt, irgendwie menschlich und doch wieder nicht, in einer eigenartig verkrümmten Haltung. Dazu die angeschmolzene gelb-weiß gestreifte Gartenliege, die blühenden Rosenbeete, eine unwirkliche Mischung. Die Spurensicherungsbeamten im weißen Hygieneoverall in diesem gepflegten Garten, der verkohlte Körper auf dem sauber gemähten Rasen, sogar das Mineralwasser, das das Opfer hatte trinken wollen, stand noch unschuldig und unberührt auf dem kleinen Gartentischchen und wurde in der Sonne langsam warm. Und über allem der blaue Himmel und dahinter die Schwarzwald-Postkartenidylle.

Patrick schaltete einen Gang höher. Das würde seine erste eigene Mordermittlung werden. Hier war er nicht mehr nur der Assistent wie in Frankfurt; hier war er endlich der Chef. Kriminaloberkommissar, das »ober« war neu.

Er passierte das Ortsschild von Maria Brunn. Direkt dahinter, auf der rechten Seite, stand die Firma des Mordopfers, so viel hatte er schon in Erfahrung gebracht. Die Brauerei »Tannengold« war mit Abstand der größte Arbeitgeber im Dorf. Die meisten mussten zur Arbeit woanders hinfahren – auch Patrick, dessen Büro acht Kilometer entfernt unten im Tal, im Kommissariatsposten Felsach lag. Das Brauereigebäude war groß, modern gebaut. »Bertie war gerade erst in den Ruhestand gegangen«, hatte die Ex-Frau des Toten Patrick heute Mittag erzählt. »Vor einem halben Jahr.« Er hatte nur sie verständigen können; Bertie Haberlands Lebensgefährtin war nicht zu erreichen gewesen.

Patrick fuhr die Dorfstraße entlang, vorbei am Wellnesshotel »Hirschhof« mit seinen dunklen Holzbalkonen und den Blumenkästen mit roten und weißen Geranien. Es folgten die Bäckerei, die Apotheke, und dann, knapp vor der Metzgerei Bergmann, bog er einmal rechts ab in die Birkenstraße. Ganz hinten, vor dem letzten Haus, parkte er und stieg aus.

...

Lukas' Handy zeigte vier verpasste Anrufe. Er beschloss, zum Telefonieren ein Stück den Hügel über dem See hinaufzulaufen. Erst dann drückte er auf »Rückruf«.

Sein Vater meldete sich. »Du hast angerufen«, sagte Lukas.

»Ja, wo bist du? Wieso gehst du nicht an dein Handy?«

»Ich bin noch unterwegs, tut mir leid.«

»Bertie ist tot.«

Lukas schwieg.

»Hast du verstanden, was ich gesagt habe?«

»Ja.«

Wieder Schweigen. Lukas knickte unbewusst ein paar trockene lange Grashalme ab und zerrieb sie zwischen den Fingern.

»Herzinfarkt?«

Dieses Mal brauchte sein Vater einen Moment, um zu antworten.

»Nein, Mord.«

Nach ein paar weiteren Sekunden Stille fuhr er fort: »Hattest du den Vertrag schon unterschrieben?«

»Nein.«

»Na ja, wird hoffentlich trotzdem gehen. Onkel Bertie war dir gegenüber sehr großzügig.«

Lukas legte auf. Er sah über den glitzernden See, auf die Tretboote und Eisstände, auf das Strandbad. Sein Herz klopfte.

· · ·

Auch Oliver Fuchs' Herz machte sich bemerkbar. Er war heute weiter gekommen als sonst, ohne Pause bis zur Königin-Luise-Tanne, der größten Tanne im Maria Brunner Wald. Die meisten Leute dachten, der Schwarzwald stünde voller Tannen. Das stimmte nicht, Oliver hatte einmal eine Waldbegehung mit dem Förster gemacht und dabei erfahren, dass es hauptsächlich Fichten waren. Aber eben auch ein paar Tannen. So wie diese hier, das Prunkstück des Waldes, uralt und riesig. Er blieb stehen und stützte die Hände auf den Knien auf. Gierig sog er die Waldluft in die Lungen. Er war kein besonders guter Läufer. Früher, als er noch jung war, war er gerne gejoggt. Damals hatte es einen Trimm-dich-Pfad hier im Wald gegeben, den er oft gelaufen war. Aber in den letzten Jahren hatte er keine Lust mehr auf Sport gehabt, und auch keine Zeit. Die Leitung des Altenheims, der Bau des Betreuten Wohnens, das hatte ihn ganz schön auf Trab gehalten. Dann der Herzinfarkt letztes Jahr. Dr. Salm, sein Hausarzt, hatte ihm dringend geraten, wieder mit dem Joggen anzufangen. Also hatte sich Oliver Fuchs zuerst einmal ein Sportoutfit gekauft. Allein für die Wahl der Schuhe war er in drei Sportgeschäften in Felsach gewesen, bis er sich für ein knallrotes Paar mit Super-Gel- und Luftkern-Dämpfung entschieden hatte. In den letzten Monaten hatte er sich dann langsam gesteigert. Zuerst hatte er es kaum um den Altenheimgarten herum geschafft, aber dann, nach und nach, konnte er seine Strecke ausdehnen. Dass er ausgerechnet heute seinen persönlichen Rekord noch einmal überboten hatte, war allerdings eigenartig. Dieser Tag war so nervenaufreibend gewesen, dass er ursprünglich sogar vorgehabt hatte, die Joggingrunde am Abend ausfallen zu lassen. Zum Glück hatte er es nicht getan. Zufrieden richtete er sich auf und legte den Kopf in den Nacken. Die Königin-Luise-Tanne ragte bis weit ins Himmelblau hinein. Ihr Wipfel wiegte sich ganz leicht im warmen Abendwind. Oliver liebte die Abende im Wald, wenn es wie jetzt noch hell war, aber die Sonne nicht mehr so grell schien wie am Nachmittag. Der Wald wirkte golden um diese Zeit. Irgendwo knackte und raschelte es. Vielleicht eine Maus. Oliver schloss die Augen, roch den Geruch von Holz und Erde und überließ sich eine Zeit lang den Geräuschen des Waldes und dem leisen Rauschen der Tannen.

...

Eine halbe Stunde nach seinem Feierabend tat Patrick der Rücken weh. Er war immer wieder überrascht, dass Gartenarbeit so anstrengend sein konnte. Ächzend richtete er sich nun auf. Es waren noch drei Reihen zu hacken, in denen Charlotte schwarzen Winterrettich aussäen wollte. Sie legten beide Wert auf den Erhalt alter Gemüsesorten.

Obwohl es schon Abend war, war es noch warm. Als sie hierhergezogen waren, hatten sie nicht damit gerechnet, dass der Schwarzwaldsommer so heiß werden könnte. Patrick atmete tief ein. Die Luft, die nach Tannen, Baumharz und Wiesen roch – zumindest bildete er sich das ein –, war ganz anders als die Luft, die er aus Frankfurt kannte. Manchmal konnte Patrick immer noch nicht glauben, dass alles so gut zusammengepasst hatte: die freie Kommissarstelle in Felsach und dieses Haus, das gerade zu verkaufen gewesen war. Maria Brunn hatte ihnen auf Anhieb gefallen, mit den sauberen Straßen, dem vielen Grün, der Ruhe und natürlich dem Schwarzwald, der das Dorf umgab wie eine schützende Mauer. Nirgends ein hässlicher Lebensmitteldiscounter, hier gab es nur einen Bäcker, einen Metzger und den netten Schwarzwaldladen, in dem man Miniaturkuckucksuhren und Tannenhonig kaufen konnte.

Patricks Blick wanderte zu Charlotte und der kleinen Tochter Mathilda hinüber, die gerade damit beschäftigt waren, in der Abendsonne den alten Hühnerstall nach Internetanweisung zu weißeln. Bald sollten ein paar Hühner einziehen.

Patrick bückte sich und hackte weiter. Er wollte schnell fertig werden, um noch ein bisschen an seiner Totholzhecke zu bauen. Davon hatte er in einem Gartenmagazin gelesen: Man schichtete dazu einfach tote Zweige aufeinander, und dann siedelten sich darin Vögel, Igel und Siebenschläfer an. Letztes Wochenende hatte er aus langen Holzstangen eine Art Gerüst gebaut, um nun dazwischen das Reisig aufzuschichten. Zugegeben, er war mit seiner Totholzhecke ein wenig nahe an das Nachbargrundstück geraten. Und das Gerüst war auch etwas höher geworden, als er es ursprünglich vorgehabt hatte. Aber bestimmt lag Herrn und Frau Niederacker, ihren direkten Nachbarn, auch viel an der Artenvielfalt. Als Patrick später Reisigschicht auf Reisigschicht stapelte, bewegte sich im Wohnzimmerfenster der Niederackers mehrmals die Gardine. Er bemerkte es nicht.

...

Während Patricks Tag harmonisch zu Ende ging, kehrte in Maria Brunn an diesem Abend lange keine Ruhe ein. Es war kein lautes Getöse, eher ein beständiges Summen aus Gesprächen über den Gartenzäunen und an den Abendbrottischen, auf den Sofas vor den Fernsehern und beim Grillen auf den Terrassen. Einer von ihnen war tot. Nicht irgendeiner, sondern Bertie. Noch bevor die Sonne ganz untergegangen war, waren Mutmaßungen angestellt und weitergesponnen worden. Jeder kannte den Toten. Die meisten hatten viele Geschichten über ihn zu erzählen. Ohne ihn würde es im Dorf anders werden. Wie? Keiner konnte es sagen. Als Maria Brunn endlich schlafen ging, wusste nicht nur jeder, dass Bertie Haberland heute verbrannt worden war, sondern auch, was man vorerst davon zu halten hatte.

DREI

Der nächste Tag begann für Christa mit einem Frühstück, das ihr von einer jungen, sehr leise sprechenden Schwester gebracht wurde – und parallel klingelte ihr Telefon. Ein Kontrollanruf von Anna.

»Guten Morgen, Mama!«

»Ich frühstücke gerade ein labberiges Käsebrot.«

»Das ist doch keine Antwort.«

»Für mich schon.«

»Wie geht es dir, abgesehen vom Käsebrot?«

»Ganz gut, ich bleibe hier ja nur kurz.«

Anna seufzte, hielt es aber für klüger, darauf nicht einzugehen.

»Bertie Haberland wurde verbrannt«, sagte Christa unvermittelt.

»Wer?«

»Bertie Haberland. Der Schwarm meiner Grundschulklasse.«

»Dein Schwarm?«

Christa überlegte kurz. »Nein, nicht wirklich. Er hat mich beim Murmelspielen immer abgezockt.«

Christa knibbelte den leicht angeschwitzten Käserand ab.

»Jemand hat ihn einfach angezündet«, sagte sie dann. Stille am anderen Ende der Leitung, dann ein Papierrascheln und schnelles Tippen.

»Bist du schon an der Uni?«

»Ja, ich hab dich auf Lautsprecher gestellt. Ich bereite gerade meine Vorlesung fürs nächste Semester vor.«

Anna war seit Kurzem an der Uni Freiburg Dozentin für Literaturwissenschaft.

»Welches Thema?«

»Der Symbolismus im Werk von Heinrich Heine.«

»Hm.«

»Mama, du hältst dich da aber schon raus, oder?«

»Aus dem Symbolismus von Heinrich Heine? Ungern.«

»Aus dem Mordfall.«

Christa schwieg und pulte die Folie von ihrem winzigen Schälchen Marmelade. Sie hob das Schälchen hoch und roch daran. Himbeere. Immerhin.

Anna seufzte wieder. »Denkst du daran, dass sich heute um zehn deine Backgruppe trifft?«

Christa legte auf.

Zwei Minuten nach zehn schleppte sich Christa widerwillig aus ihrer Wohnung, den Flur entlang, mit dem Fahrstuhl hinunter ins Erdgeschoss, über den Vorplatz und ins Alten-heim. »Unsere Veranstaltungsräume finden Sie im Pflege-heim«, hatte Herr Fuchs gestern aufgeräumt verkündet, als er ihr die »Fit trotz Arthrose«-Angebotsbroschüre entgegenstreckte. Der Backkurs fand in der Küche statt. Christa ging durch die automatische Flügeltür und roch sofort Tod und beige Gesundheitsschuhe. Sie schob ihren Rollator zur Rezeption, hinter der ein kleines Persönchen fortgeschrittenen Alters saß, auf das gerade ein jüngerer Mann im Anzug wütend einredete. Kurz fragte Christa sich, ob sich vielleicht ein verwirrter Heimbewohner in einem unbeobachteten Moment hinter die Empfangstheke geschmuggelt hatte. Dann aber entdeckte sie das Namensschild am Revers der Frau: »Schwester Lisbeth« stand darauf. Lisbeth schien hinter der sowieso schon sehr groß geratenen Rezeption immer kleiner zu werden, je mehr der Mann sich in Rage schimpfte. »Sonnenblumenfensterbilder!«, rief er gerade, als Christa in Hörweite kam. »Sind wir im Kindergarten? So was muss mein Vater hier basteln?!« Der Mann holte tief Luft für die Fortsetzung seines Wutanfalls. »Mein Vater war Juraprofessor! So wie ich übrigens auch – und ich kann dieses Heim jederzeit verklagen.«

»Oh Gott, bitte nicht!« Schwester Lisbeth sah ihn verschreckt an. »Sonnenblumen sind doch hübsch, ich verstehe nicht ...«

»Origami!«, donnerte der Mann stattdessen. »Das passt zu einem gebildeten Erwachsenen. Ich verlange, dass mit meinem Vater Origami gefaltet wird! Und zwar regelmäßig – das erhält die motorischen Fähigkeiten und fordert das Gehirn.« Rein anatomisch konnten sich seine Schultern nicht mehr breiter ausstrecken lassen. Die Szene erinnerte Christa an eine Gorilladokumentation, die sie kürzlich gesehen hatte.

»Wahrscheinlich weiß aber von euch Provinzlern nicht mal einer, was Origami ist!« Sein Gesicht war inzwischen zornesrot. Eine Ader auf seiner Stirn pulsierte.

Schwester Lisbeths Unterlippe begann, merklich zu zittern. Christa hatte genug.

»Japanische Faltkunst«, antwortete sie ungefragt und schob ihren Rollator angriffslustig auf den Mann zu. »Origami ist japanische Faltkunst.«

Er fuhr herum und starrte sie an.

»Ich habe auch eine Frage«, Christa lächelte sanft. »Wie geht es Ihren Händen?«

»Wie bitte?« Der Mann schüttelte den Kopf, dann streckte er tatsächlich seine Hände aus und betrachtete sie.

»Sind sie gesund und beweglich, jeder Finger einzeln?«

»Ja.«

»Wunderbar«, Christas Lächeln wurde noch eine Spur sanfter. »Warum gehen Sie dann nicht höchstpersönlich zu Ihrem Vater und falten ein bisschen Origami? Die Schwestern haben sicher schon genug zu tun.«

Das Rot in seinem Gesicht intensivierte sich noch eine Spur. Er öffnete den Mund zu einem neuerlichen Wutanfall, aber Christa kam ihm zuvor. »Ein Kranich wäre beispielsweise hübsch«, sagte sie munter. Dann wandte sie sich an die Frau hinter der Rezeption. »Und Sie, Schwester Lisbeth, lassen sich nicht einschüchtern. Ich kenne mich da aus – wegen zu blumiger Bastelmotive wurde noch keiner verklagt«, sie zwinkerte. Schwester Lisbeth lächelte dankbar.

»Ich suche übrigens die Backgruppe. Wo finde ich die denn?«

»Den Gang runter und dann am Ende links«, die kleine Frau schien langsam wieder Boden unter die Füße zu bekommen. »Aber Frau Liebig, die Kursleiterin, ist noch nicht da.«

»Macht nichts. Danke.« Christa kroch gelassen mit ihrem Rollator an dem Mann vorbei, der wütend schnaubte und dann auf dem Absatz kehrtmachte.

Christa hatte plötzlich den Eindruck, dass der Tag besser werden könnte als gedacht.

Aus der offenen Tür hinten links dröhnte eine Stimme, die Christa schon kannte. Hoffentlich hatte Carlo seine Bärbel wenigstens nicht zum Backen mitgebracht. Im Geiste sah Christa Tausende klitzekleiner Hundehaare, gefangen in Kuchenglasur. Die Kursküche war ein großer zweigeteilter Raum. In einem Teil war eine großzügige Einbauküche installiert, im anderen, kleineren Teil gab es eine Sitzecke mit Esstisch. Von dort wandten sich drei Augenpaare nach ihr um, als sie durch die Tür trat. Eines gehörte wie erwartet Carlo. Die zwei anderen verteilten sich auf eine dicke Frau, schätzungsweise knapp über siebzig, im hautengen Leopardenmuster-Shirt und mit einer leuchtend lila gefärbten Strähne im grauen kurzen Haar. Und auf eine sehr schmale, blasse Person, die fast in einem riesigen hellblauen Pullover zu versinken drohte. Über dem Hellblau schwebte auf dünnem Hals ein kleines Gesicht, umrahmt von halblangen Haaren, in die eine mädchenhafte Spange geclipst war. »Christa!«, rief Carlo begeistert. »Du hast gestern gar nicht gesagt, dass du bei den ›Zuckerschnitten‹ einsteigst.« Die

Leopardin streckte Christa die Hand hin. »Hilde«, sagte sie und lächelte breit, wobei sie einen blitzenden Schmuckstein auf einem Schneidezahn enthüllte. »Willkommen bei uns.« Christa nickte ihr zu. Erleichtert nahm sie zur Kenntnis, dass sie keinen der Anwesenden noch aus Kindertagen kannte. Die mussten alle später hierhergekommen sein. Jetzt stand auch die Hellblaue auf und streckte ihre Hand aus. Der Ehering daran blitzte wie frisch poliert. »Ich heiße Marion«, stellte sie sich schüchtern vor. »Christa«, sagte Christa. Sie stellte ihren Rollator beiseite und quetschte sich auf die gepolsterte Eckbank neben Carlo. Er machte ihr bereitwillig Platz. »Ich hätte nicht gedacht, dass du gerne Kuchen backst«, sagte sie in seine Richtung. »Oh, Carlo ist unser Meisterschüler«, erklärte Marion bewundernd. »Er ist ein ganz berühmter Koch.« Christa starrte Carlo erstaunt an. »Na ja, berühmt ...«, versuchte Carlo abzuwiegeln. Hilde schnaubte. »Klar war er berühmt. Er hatte das beste Restaurant in Felsach. Ich hätte es mir ja von meinem Friseurinnengehalt nie leisten können, dort zu essen, aber zum Glück konnten es die Männer, die mich dahin eingeladen haben ...« Hilde lachte ein rauchiges Lachen und tätschelte Carlos Hand. »Deine Steinpilzravioli waren ein Traum.« Christa versuchte, sich Carlo als Gourmetkoch bei der liebevollen Herstellung kleinster Teigtäschchen vorzustellen.

In diesem Moment klackerten Absatzschritte auf dem Flur näher. »Das ist sie«, Carlo strich sich sein T-Shirt glatt. Heute war ein Reh mit Bollenhut darauf. Im nächsten Moment stand eine Frau in der Tür, mittelgroß, schlank, in einem geblümten Kleid mit ausgestelltem Rock und passenden weißen Riemchensandalen. Die Haare waren so tadellos einheitlich braun, dass sie in jedem Fall gefärbt waren, und sie fielen in großzügigen Locken bis zum Kinn. Sie sah aus wie der Hausfrauentraum der Fünfzigerjahre. »Guten Morgen«, sagten alle. »Annemi«, sagte Christa.

Annemarie »Annemi« Forst, nun verheiratete Liebig, hatte in der Grundschule schräg vor ihr gesessen. Damals waren ihre Haare noch glatt und von Natur aus braun gewesen und wurden immer von einer adretten Schleife, meistens rosa oder weiß, am Hinterkopf zusammengehalten. Christa sah die Schleife noch vor sich, wie sie auf und nieder wippte, wenn sich Annemi wieder einmal aufgeregt meldete. Keine wollte dringender Deutschaufsätze vorlesen als Annemi Forst. Und jetzt stand sie da.

»Annemarie Liebig, bitte«, sagte Annemi und blinzelte irritiert. »Kennen wir uns irgendwoher?« Christa grinste. »Ich saß in der Grundschule schräg hinter dir.« Annemi blinzelte noch einmal. »Haas, Christa«, half ihr Christa auf die Sprünge und stellte absichtlich den Nachnamen vor den Vornamen, so wie ihr Grundschullehrer, Herr Finweber, es immer gemacht hatte. »Christa!« Annemi stellte ihren Korb mit Backutensilien ab. »Das ist ja Ewigkeiten her.« »Zweiundsechzig Jahre«, bestätigte Christa. Annemi war trotz der vergangenen Zeit noch sehr gut zu erkennen. Sie hatte dieselben verkniffenen Lippen und die ärgerlich gerade Nase wie damals. Und den gleichen missbilligenden Blick, mit dem sie Christa schon als Kind bedacht hatte, wenn sie sich wieder einmal nicht darum geschert hatte, dass ihre Finger voller Tinte und ihre Zöpfe halb aufgelöst waren.

»Was backen wir denn heute?« Carlo rutschte tatendurstig hin und her. »Schwarzwälder Kirsch«, antwortete Annemi, während ihr Blick noch einige Momente auf Christa ruhte.

Dann sammelte sie sich und klatschte in die Hände: »Ihr Lieben, bevor es losgehen kann, wie immer: Zuerst die Hygiene.«

Nachdem sie sich in einer Reihe aufgestellt hatten und Annemi ihnen mit dem Habitus einer Kindergärtnerin Desinfektionsmittel in die ausgestreckten Handflächen geträufelt hatte – »Schön verreiben« –, bekam jeder eine knallrote Schürze mit der Aufschrift »Spaß im Alter – Seniorenarbeit der Maria Brunner Charity Engel«. Lediglich Annemi hatte den Vorzug, eine selbst mitgebrachte pastellgelbe Schürze zu tragen, die auch noch gut zu ihrem Kleid passte. Carlo half ihr beim Zubinden und sparte nicht mit Lob.

»Die Schwarzwälder Kirschtorte als solche braucht drei Dinge, um wirklich gut zu werden«, dozierte Annemi mit leicht blasierter Stimme.

»Sie braucht erstens einen richtig guten lockeren Schokoladenbiskuit«, sie stellte Mehl und Backkakao aus ihrem Korb auf die Anrichte, wo schon Eier und Zucker standen. »Zweitens ein gutes Kirschwasser, denn die billigen haben einen zu ordinären Geschmack.« Diesen Worten ließ sie eine etikettenlose Flasche mit farbloser Flüssigkeit folgen. »Ich bringe euch hier mein selbst gebranntes Kirschwasser mit, das ist natürlich etwas ganz anderes als dieses Industriezeug.« Annemi machte eine Pause, um diese Information wirken zu lassen. Als niemand etwas sagte, fuhr sie etwas enttäuscht fort. »Und als Drittes braucht man eine richtig gute Sahne; idealerweise eine, in der noch der Rahm drin ist.« Mit einer letzten ausholenden Bewegung stellte Annemi eine braune Glasflasche neben das Kirschwasser. »Sahne«, stand schlicht auf dem Etikett. Es sah aus wie alle Etiketten, die Milchbauer Bennewirt drüben in Katzgold auf seine Flaschen klebte. Es gab dort auch »Milch« und »Joghurt«.

»Und was ist mit richtig guten Kirschen? Braucht man die nicht auch?«, fragte Christa. Annemi bedachte sie mit einem säuerlichen Blick. Christa machte unschuldige Kinderaugen.

»Ach, Kirsche ist Kirsche«, antwortete Annemi unwirsch. In Wirklichkeit waren ihre letzten drei Kirschernten den Würmern zum Opfer gefallen, die ihre schönen Herzkirschen zerfressen hatten, vollkommen unbeeindruckt von den verschiedenen Anti-Wurm-Mitteln, die ihr im Gartengeschäft empfohlen worden waren. Annemi verstand es als persönliche Niederlage, kirschenbezogen das dritte Jahr in Folge von kleinen weißen Würmern in die Knie gezwungen worden zu sein.

Laut sagte sie: »Da kann man einfach Kirschen aus dem Supermarkt nehmen. Den Unterschied schmeckt kein Mensch.«

Die Aufgaben wurden verteilt. Christa wurde dazu ausersehen, mit Annemi zusammen den Biskuitteig herzustellen. Carlo schlug die Sahne und goss die Kirschen ab – »Diese Gläser bekommt nur unser starker Mann auf« –, und Hilde sollte Schokolade raspeln. »Tja, Marion, was bleibt denn für dich?«, murmelte Annemi zerstreut. »Du könntest vielleicht die Form fetten.«

Marion nickte widerstandslos. Christa hatte Mitleid mit ihr.

Annemi stellte sich neben Christa und wedelte mit einem Päckchen Backpulver. »Christa, hast du denn schon einmal einen Biskuitteig gemacht?«, fragte sie, wieder ganz Kindergärtnerin. Christa zog es vor, nicht zu antworten und stattdessen die Eier in einer flüssigen Bewegung sowohl aufzuschlagen als auch zu trennen. Sie war keine geborene Hausfrau, kochte nicht gern, putzte nicht gern und hasste Bügeln. Aber Backen liebte sie, Backen regte ihr Gehirn an. Sie hatte immer gebacken, wenn sie bei einem Fall nicht weiterkam; inzwischen war sie so darauf konditioniert, dass allein der Geruch von Vanillezucker sie hellwach machte. Ohne auf Annemis Erlaubnis zu warten, steckte Christa das Rührgerät in die Steckdose, schaltete es an und begann, das Eigelb zu verrühren. Mit der freien Hand angelte sie nach dem Vanillezucker und ließ ihn zum Eigelb in die Schüssel rieseln. »Gut, gut, ich sehe, das klappt«, stellte Annemi fest. Christa antwortete immer noch nicht. Erst als die Eier und der Zucker eine schaumig-gelbe Einheit geworden waren, wandte sie sich Annemi zu. »Hast du das mit Bertie gehört?« Annemi verzog das Gesicht. »Tsss, das ist doch kein Thema für einen Backkurs«, zischte sie, während sie das Mehl abwog und Backpulver und Kakao hineingab. »Für mich schon«, sagte Christa und begann damit, in einer separaten Schüssel das Eiweiß mit Zucker steifzuschlagen. »Ich habe beim Backen immer über meine Morde nachgedacht.« Annemi stellte die Kakaopackung ab und sah sie entsetzt an. Christa grinste. »Bin Kommissarin«, erklärte sie knapp. Christa nahm Annemi die Schüssel mit der Mehl-Backpulver-Kakao-Mischung aus der Hand. »Also: war.«

Annemi wusste offenbar nicht, was sie darauf antworten sollte. »Hattest du etwas mit Bertie zu tun?«, fragte Christa darum weiter. Das Eiweiß war perfekt geworden. Annemi zuckte unwillig die Schultern. Offenbar konnte sie sich immer noch nicht mit dem Gesprächsthema anfreunden. »Natürlich. Er war unser Vorstand bei den Maria Brunner Charity Engeln, wo ich mich ja seit Jahren engagiere.« Sie deutete überflüssigerweise auf Christas Schürzenaufdruck. »Und Wolfgang auch. Das ist mein Mann«, ergänzte sie. »Er ist Rechtsanwalt in Felsach.« Es hörte sich an, als sei das ein Qualitätssiegel. »Bist du auch verheiratet?«, fragte sie dann und schaute demonstrativ auf Christas ringfreie Hände, die gerade den Eischnee in das Eigelb rührten.

»Nein.«

»Oh, das tut mir leid.« Um Annemis Mund spielte ein Lächeln, das sie selbst sicher als mitfühlend, Christa eher als triumphierend beschrieben hätte. »Das muss es nicht, ich bin ja freiwillig nicht verheiratet«, sagte Christa. Annemi räusperte sich. »Jedenfalls: Seit Bertie im Ruhestand war, hat er oft mit Wolfgang und mir Golf gespielt. Er war so ein wunderbarer Mann, mit einem sehr guten Handicap.

Und sehr erfolgreich!« Christa hob routiniert das Mehlgemisch unter die Eier. Vor ihr in der Schüssel nahm ein schokoladenbrauner Biskuitteig Form an. Das war das Schönste am Backen: dass aus den einzelnen Zutaten plötzlich etwas ganz anderes wurde. »Wir haben ihm hier viel zu verdanken. Jedes Jahr hat seine Brauerei die ›Tannengold-Spende‹ vergeben, für einen guten Zweck hier im Dorf. Bertie war immer sehr großzügig.«

»Aha.«

»Redet ihr von dem armen Mann, der gestern verbrannt wurde?«, fragte Marion. Sie fettete immer noch die Form, sehr langsam und mit Bedacht. Christa nickte. »Kanntest du ihn?«, fragte sie. Marion legte noch ein bisschen Butter nach. »Mein Hardy und ich sind erst im Frühjahr hierhergezogen. Wir haben nicht viel Kontakt mit dem Dorf.«

»Um Bertie Haberland zu kennen, braucht man den hier aber auch nicht.« Hilde hatte die Schokolade geraspelt und versuchte nun, unter dem Wasserhahn ihre Hände wieder sauber zu bekommen. »Der war hier der Platzhirsch.« Christa schaute interessiert. Hilde schrubbte noch eine Spur fester. »Der König von Maria Brunn, mit seiner Brauerei. Das war mir gleich klar, als ich von Felsach hier hoch gezogen bin.« Zufrieden betrachtete sie ihre endlich sauberen Hände. »Zu mir kam der nie zum Haareschneiden, da war er sich wohl zu gut für. Dabei waren seine Haare super – da konnte man gar nichts falsch machen.« Sie trocknete sich die Hände ab und schmiss das Handtuch dann achtlos auf die Arbeitsfläche. »Ich habe gehört, man hat ihn mit Benzin übergossen. Muss gebrannt haben wie ’ne Fackel.«

Marion riss die Augen auf und legte endlich die Butter weg.

Annemi reichte es; sie klatschte in die Hände. »So, ihr Lieben, jetzt widmen wir uns lieber wieder den schöneren Dingen«, rief sie. »Füllen wir also unseren Teig in die Form und backen ihn. Und während er backt, kümmern wir uns einmal um die Kirschwasserverkostung, was meint ihr?«

Vier Kirschwasserrunden später war die Schwarzwälder Kirschtorte fertig. »Nun noch kalt stellen«, zwitscherte Annemi, »und dann können wir sie heute Nachmittag zum Kaffee genießen.« Christa runzelte die Stirn. »Wir trinken gemeinsam Kaffee?«, fragte sie. »Ja, das machen wir immer so«, hauchte Marion. »Morgens backen wir, und nachmittags lädt uns Annemarie zu sich zum Kaffee ein.« Annemi lächelte ein selbstgefälliges Lächeln. »Genau. Unser Haus ist ja groß genug«, sagte sie. Dann packte sie die fertige Torte vorsichtig in ihren Korb und hängte ihn sich über den Arm wie ein alterndes Rotkäppchen. »Bis später, ihr Lieben.« Die anderen saßen vor ihren leeren Schnapsgläsern. »Tja, das ist unser Backkurs«, sagte Carlo. »Bleibst du dabei?« Christa sog den Duft des Vanillezuckers und des warmen Teigs ein, der noch in der Luft hing. Ihr Gehirn reagierte unfehlbar und arbeitete auf Hochtouren. Sie hatte sich seit Wochen nicht so tatendurstig gefühlt. Und wenn sie dahinterkommen wollte, was mit Bertie passiert war – und das wollte sie zunehmend deutlicher –, dann konnte sie Tatendurst gebrauchen. Außerdem würde es Annemi ärgern. »Ich bleibe«, sagte sie.

...

Während in der Kursküche des Altenheims die Schwarzwälder Kirschtorte ihrer Vollendung entgegenbuk, stellte Patrick Lorenz den Ventilator auf seinem Schreibtisch noch eine Stufe höher. Das Kommissarbüro in Felsach war schon jetzt, am Morgen, stickig, und seine Unterarme klebten unangenehm auf der Plastikschreibunterlage fest. Für einen Moment sehnte er sich in die klimatisierten Weiten des Frankfurter Polizeipräsidiums zurück. Dann konzentrierte er sich wieder auf den Bericht der Spurensicherung, der vor ihm lag – ausgedruckt. Er hatte schon so oft in den letzten Wochen darauf aufmerksam gemacht, dass er seine Berichte lieber digital erhalten wollte. Es war, als wäre jeder Einzelne in dem ohnehin nicht großen Kommissariatsposten auf diesem Ohr taub. Zufrieden lächelnd hatte ihm vorhin sein Innendienst-Faktotum Werner Siebenbart – ein gemütliches Urgestein, das wegen seiner arthritischen Knie seinem Ruhestand im Polizeibüro entgegendämmerte – heute Morgen den Bericht überreicht – sechsunddreißig Seiten inklusive großer Farbdruckfotos, die digital wesentlich besser herausgekommen und vor allem vergrößerbar gewesen wären. Patrick beugte sich über eines, das relativ verpixelt und mit Farbdruckerstreifen versehen den Benzinkanister zeigte, der vom Mörder Bertie Haberlands benutzt worden war. Laut Bericht war ein einziger einigermaßen verwertbarer Fingerabdruck an einer Seite des Kanisters gefunden worden, der allerdings niemandem aus der bundesweiten Kartei zugeordnet werden konnte – erst recht niemandem aus Maria

Brunn. Das war allerdings keine Überraschung – die Anzahl vorbestrafter und in der Datenbank erfasster Krimineller in Maria Brunn lag, wie Patrick vermutete, irgendwo bei null Prozent. Er würde Fingerabdrücke nehmen müssen. Zuerst von den Verdächtigen, und wenn das nichts nützte, vom ganzen Dorf. Hoffentlich war Letzteres nicht nötig, dachte Patrick, es würde ihm nicht gerade dabei helfen, in Maria Brunn als neuer Einwohner einen sympathischen Eindruck zu hinterlassen.

Patrick tippte eine Liste von Verdächtigen für die Fingerabdrücke in sein Tablet. Sie bestand nur aus zwei Personen: der Ex-Frau des Opfers und seiner neuen Freundin, die gestern spätabends endlich aufgetaucht war. Auch diese Information verdankte er Werner. Nicht nur das, Werner hatte die Freundin auch für heute, zehn Uhr, ins Kommissariat bestellt.

Patrick betrachtete seine Miniliste. Er brauchte definitiv mehr Ansätze. Die einzige weitere Spur, die die Spurensicherung gefunden hatte, war ein Band, das um den Griff des Benzinkanisters gebunden war. Es schien ein Haarband zu sein, einfarbig rosa, und – das war das eigentlich Interessante – es hatte ein kleines eingesticktes P an einem der Enden. Verwertbare Fingerabdrücke waren keine darauf, aber es war mit an Sicherheit grenzender Wahrscheinlichkeit nicht zufällig da. Es schien wie eine Art Botschaft – ob an Bertie oder die Polizei, blieb noch herauszufinden – denn warum sonst hatte der Täter es so fein säuberlich um den Kanistergriff geknotet? Es bedeutete etwas, Patrick wusste nur noch nicht, was.

P. Patrick ging im Geiste die Personen durch, denen er bislang in diesem Fall über den Weg gelaufen war. Das waren wieder nicht viele. Eigentlich nur eine: Elisabeth, die Ex-Frau. Elisabeth Fischer, nirgends ein P. Die junge Freundin des Opfers hieß laut Klingelschild Julia Brandner. Auch nirgends ein P. Bertie Haberlands Brauerei hieß »Tannengold«, also auch Fehlanzeige. Abgesehen davon, warum sollte eine Brauerei rosa Haarbänder verteilen? Patrick schaute sich das Foto des Haarbands noch einmal genauer an. Es erinnerte ihn an Mathildas Haarschleifen, mit der Charlotte ihr manchmal die geflochtenen Zöpfchen zuband. War P ein Kind? Hatte Bertie Kinder? »Werner!«, rief er. Werner Siebenbart schaute von seinem Schreibtisch auf, der am anderen Ende des Raums stand. Er nippte gerade an seiner großen quietschgelben Kaffeetasse, auf der – das war sogar auf diese Entfernung lesbar – »Felsach rockt« stand. »Werner, kennst du dich in Maria Brunn aus?« Werner schüttelte den Kopf. »Ist halt so ein typisches Luftkurdorf da oben auf der Hochebene, immer zwei Grad kälter als hier unten im Tal. Aber ich komme da nicht hin, außer meine Frau will wandern – und dank der Knie muss ich da ja auch nicht mehr mit. Wir gehen jetzt lieber schwimmen, das ist besser, und meine Frau hat sogar einen Kurs gefunden, da fährt man Fahrrad unter Wasser. Also nicht richtig Fahrrad, diese Hometrainer-Fahrräder, die meine ich, die stehen da im Wasser, und man sitzt drauf und strampelt, aber das geht für die Knie in Ordnung, weil das Wasser es leichter macht …« Patrick schaltete ab. Nach einer Weile, in der er nur hier und da »Schwimmbad« und »meine Frau« aufschnappte, gelang

Werner dann wieder der Bogen zurück. »Aber Maria Brunn, nein, da oben war ich schon lange nicht mehr. Ich kenne da auch keinen. Gut, ›Tannengold‹, das kennt man, ja.«

Patrick nutzte seine Chance, an dieser Stelle einzuhaken. »Ich wollte eigentlich wissen, ob du weißt, ob der Tote Kinder hatte. Einen Firmenerben vielleicht. Eine Erbin, besser gesagt.« Werner stutzte kurz, dann schüttelte er den Kopf. »Keine Ahnung. Wie gesagt, ich kenne nur die Brauerei, weil die auch hier nach Felsach liefern. Die haben ein super neues Bier, das musst du mal probieren. ›Schwarzwaldbock‹ heißt das, richtig dunkel, da schmeckst du fast die Tannen, sag ich dir. Ich hab das vor Kurzem probiert, dabei war ich erst skeptisch, weil ich dunkles Bier nicht mag, aber dann ...«

Patrick seufzte. Ihm wurde wieder einmal bewusst, wie wenig er sich hier auskannte. Er war der Fremde, der Außenseiter. In Frankfurt hatten sie viele Freunde gehabt, er und Charlotte. Wenn er ehrlich war, hatte er geglaubt, dass man auf dem Dorf schnell Kontakte knüpfen konnte. Es gab doch dort so wenige Leute, und man lief sich automatisch immer wieder über den Weg. Er hatte sich mit Charlotte und Mathilda schon auf gemütlichen Dorffesten unter lauschigen Tannen gesehen und bei Grillpartys mit den neuen Nachbarn. Aber seine Nachbarn waren bisher noch kein einziges Mal zu Besuch aufgetaucht, obwohl Charlotte und er bei allen geklingelt und ein Glas selbst gemachtes Mango-Chutney vorbeigebracht hatten. Vielleicht wirkten sie als weltoffene Frankfurter ja auf die Schwarzwälder Dorfbewohner etwas einschüchternd. Patrick nahm sich vor, es heute Abend noch einmal bei den Niederackers zu versuchen, und unterbrach dann Werners Redefluss: »Krieg doch mal bitte raus, wer die Brauerei erbt, ja?«

Pünktlich um zehn Uhr meldete der Empfang des Kommissariats, dass die Freundin des Mordopfers eingetroffen war. Patrick bat darum, sie in sein Büro zu schicken.

Julia Brandner war eine hübsche junge Frau, blond, groß und mit müden Augen. Sie wirkte verstört. Patrick bot ihr einen Stuhl an und schickte Werner los, damit er ihr aus dem Kaffeeautomaten im Flur einen Kaffee besorgte. »Mein Beileid, Frau Brandner«, begann er. Julia nickte schwach. »Wir haben uns Sorgen um Sie gemacht«, fuhr Patrick fort. Er hielt es bei dem verstörten Zustand der Frau für besser, nicht zu sagen, dass sie außerdem verdächtig war. »Wir konnten Sie gestern nirgends erreichen.«

»Ihre Kollegen haben mich doch gestern Abend angetroffen, als ich nach Hause kam.«

»Woher kamen Sie da?«

»Ich war den Tag über unterwegs. Es war Dienstag.«

»Ist das dienstags normal für Sie?«

Werner brachte den Kaffee in einem braunen Plastikbecher und hielt ihn Julia hin. Sie reagierte nicht, also stellte er ihn achselzuckend vor ihr ab.

»Noch einmal: Ist es normal für Sie, dienstags so lange unterwegs zu sein?«, fragte Patrick.

»Ja.«

»Warum?«

Julia hob die Hand und fuhr mit dem Zeigefinger sehr

langsam den Rand des Kaffeebechers entlang. Patrick und Werner tauschten einen Blick. Werner bewegte die Hand vor dem Gesicht in Scheibenwischerbewegung.

»Das ist unsere Abmachung. Berties und meine. Dienstag ist mein Tag.«

»Und was machen Sie dienstags?«

»Ich fahre in die Stadt. Manchmal nach Freiburg. Manchmal auch nur nach Freudenstadt, wenn ich keine Lust auf eine längere Fahrt habe. Bummeln, einkaufen, solche Sachen.«

Sie fuhr noch eine weitere Runde mit dem Finger.

»Ich mache mir da einen schönen Tag. Esse irgendwo.«

»Alleine?«

»Ja. Ich habe keine Freunde. Mehr. Ich habe keine Freunde mehr.«

»Und Sie waren gestern wo genau?«

»In Freiburg.«

»Alleine?«

»Ja.«

Patrick fand Julia Brandner zunehmend eigenartig.

»Warum war Ihr Handy aus?«

»Der Akku war leer.«

Patrick räusperte sich.

»Wie war Ihr Verhältnis zu Bertie Haberland?«

»Er war mein Lebensgefährte.«

Patrick begann, mit dem Bleistift auf die Schreibtischunterlage zu trommeln.

»Ist Ihnen in letzter Zeit irgendetwas aufgefallen? War etwas anders als sonst?«

»Nein.« Julia hielt ihren Blick gesenkt.

»Hatte Ihr Lebensgefährte Feinde?«

»Nein.«

»Hatte er Kinder?«

»Nein. Nur einen Patensohn, Paul Salm, das ist der Dorfarzt.«

Patrick merkte auf. Der erste Name mit P.

»Wir haben am Tatort ein Haarband mit einem eingestickten P gefunden. Fällt Ihnen dazu etwas ein?«

»Nein.«

Plötzlich setzte sie sich aufrecht hin, nahm den Kaffeebecher in die Hand und trank einen Schluck.

»Der ist nicht schlecht für einen Automatenkaffee.«

Patrick entließ sie. »Bleiben Sie bitte für uns erreichbar«, sagte er. »Und Sie können weiterhin vorläufig nicht in Ihr Haus. Unsere Spurensicherung ist da noch nicht durch.«

»Ich dachte, der Garten ist der Tatort.«

»Ja, aber vielleicht hat der Täter auch im Haus Spuren hinterlassen. Die Schiebetür zum Garten stand ja offen, es wäre also möglich.«

»Hm.«

»Haben Sie jemanden, bei dem Sie wohnen können?«

Nun flackerte ihr Blick eindeutig.

»Ja, meine Eltern. Da habe ich heute ja schon übernachtet.«

»Wohnen die in Maria Brunn?«

»Ja.«

»Gut. Halten Sie sich auf jeden Fall zu unserer Verfügung.«

Julia Brandner lächelte. »Ich dachte immer, solche Sätze gibt es nur im Krimi.«

VIER

Nach dem Mittagessen – körperwarme Kartoffelsuppe mit darin aufgeweichten Croûtons – sammelte sich die Backgruppe vor dem Betreuten Wohnen, um gemeinsam zu Annemi zu spazieren. »Keine Sorge, der Weg ist nicht weit«, hauchte Marion und legte ihre Hand federleicht auf Christas Schulter. Sie hatte das hellblaue Pulloverungetüm vom Morgen gegen eine geblümte Bluse getauscht und sah nun noch zerbrechlicher aus. Die gelben Blüten auf der Bluse betonten ihre gelbliche Haut unvorteilhaft. Christa wollte gerade bemerken, dass ihrer Erinnerung nach in Maria Brunn kein Weg weit war, da öffnete sich das Fenster der mittleren Wohnung im Erdgeschoss. Ein riesiger Mann mit dunklen Augenbrauen, die aussahen wie zwei fette schwarze Raupen, streckte seinen Kopf ruckartig heraus. Die Raupen bildeten zwei wütende Haken über den Augen. »Marion«, brüllte er, »wo ist meine Brille?« Marion schien neben Christa noch ein bisschen mehr zusammenzuschrumpfen. »Ich habe sie ihm doch auf den Esstisch gelegt«, murmelte sie. »Marion!« Das Brüllen wurde noch ein bisschen lauter. »Mein Hardy ist manchmal ein bisschen schwierig«, sagte Marion und eilte zu ihrem Mann. »Arschloch«, sagte Hilde und schüttelte den lilagesträhnten Kopf. »Ich habe ihm einmal die Haare geschnitten, aber das mach ich nie mehr. Der dachte, er könnte mich auch so herumkommandieren, wie er es mit der Marion macht. Da hab ich ihm gesagt, was er mich mal kann«, sie lachte. »Wenn man dreiundvierzig Jahre lang Friseurin war, macht einem keiner mehr was vor.«

»Du schneidest immer noch Haare? Hier im Betreuten Wohnen? Schwarz?«, fragte Christa. Hilde nickte. Dann grinste sie unbehaglich. »Verhaftest du mich jetzt?«

»Nein, ich frage mich eher, ob du mir meine mal schneiden würdest.«

In diesem Moment kam Marion zurück. Im Türrahmen ihrer Wohnung stand wie ein Fels und immer noch missgelaunt der Raupen-Mann. »Komm nicht so spät wie letztes Mal«, meckerte er seiner Frau hinterher.

Als sie sich gemeinsam auf den Weg durch Maria Brunn machten, war Christa erstaunt, wie vertraut ihr das Dorf noch war. Es waren natürlich einige neue Häuser und Straßen dazugekommen – sie trugen jetzt so klingende Namen wie »Mozartstraße« oder »Feldbergweg«, nicht mehr »Saugasse« wie früher –, aber das, woran Christa sich erinnerte, wenn sie an Maria Brunn dachte, war immer noch da. Die Häuser mit den grünen oder roten Holzläden, die Vorgärten mit Margeriten und Pfingstrosen, die verschlafene Ruhe, die schiere Ereignislosigkeit und überall Natur. Natur, Natur, Natur.

Die Straßen waren an diesem Sommernachmittag ausgestorben bis auf einige alte Frauen. Diese Frauen, in pastellfarbenen weiten Oberteilen oder praktischen Sommerkleidern, schnitten den Kirschlorbeer, gossen Begonien in Blumentöpfen oder fegten die sowieso schon saubere Straße. Ein einzelnes Kind fuhr auf seinem Kinderrad herum, und irgendwo bellte ein Hund, dumpf und unaufgeregt. Das restliche Dorf war entweder zur Arbeit weggefahren, hatte im Haus zu tun oder war ins Freibad hinunter nach Felsach geflohen. Die Sommerhitze lag schwer und dicht über Maria Brunn, die drei Tannen neben dem Hotel »Hirschhof« schienen, als würden sie sich unter der Sonne ducken wollen, und selbst die dauernervöse Bärbel trottete brav neben Carlo her.

Das Hotel war allerdings neu für Christa. In ihrer Kindheit war dort ein Holzlager gewesen, wenn sie nicht alles täuschte. Die langen Stämme der abgeschlagenen Tannen stapelten sich dort, bevor sie nach und nach Richtung Tal gebracht wurden, zum Sägewerk Winterhalter. Auf den glatten Stämmen war Christa immer gerne herumbalanciert. Gab es das Sägewerk noch? Zu Christas Kinderzeit hatte es an jeder Ecke im Schwarzwald eines gegeben.

Jetzt war also hier das Hotel. »Schwarzwaldwellness« stand auf dem Schild davor, darüber vier Sterne mit dem Zusatz »Superior«. Ein paar schicke Autos parkten auf dem Hotelparkplatz, die Geranien in den Blumenkästen der Balkone ließen temperaturbedingt ein wenig die Köpfe hängen. »Ich habe mir da mal die ›Rosenölmassage‹ gegönnt«, erzählte Hilde. »Das war sehr schön. Magst du Massagen, Christa?«

Christa schüttelte den Kopf. Nicht wirklich.

»Vergiss die Massagen. Die machen einen super Rehbraten an Cranberry-Jus«, raunte Carlo ihr zu, »auf einem Wildpilzbett mit abgeschmelzten Spätzle«, seine Stimme klang wie ein Schnurren. »Hätte ich selbst nicht besser gekonnt.« Christa dachte an die Kartoffelsuppe von vorhin. Vielleicht sollte sie sich den Rehbraten merken.

Vom Betreuten Wohnen aus waren es etwa zehn Minuten im Hüftkrankentempo bis zum Dorfzentrum. Dort stand, um den einzigen nennenswerten Platz herum, die heilige Dreifaltigkeit: die Kirche, das Wirtshaus, das Rathaus. Genau, wie es immer gewesen war. Die Kirche war wohl irgendwann frisch gestrichen worden – in Christas Kindheit war die Farbe abgeblättert und auch eher gräulich weiß als vanillehellgelb gewesen. Immerhin, dieselben Wildrosen kletterten noch an der Südseite die Kirchenwand hinauf. Auf dem kleinen Platz davor stand immer noch der alte Sandsteinbrunnen und plätscherte gleichmütig vor sich hin. Christa erinnerte sich an die langen Abende der Sommerferien, an denen sie genau hier Murmeln gespielt hatten, eines der wenigen Spiele, die Mädchen und Jungen traditionell zusammen spielten.

Die Geschäfte in Kirchennähe hatten auch im Großen und Ganzen ihren Platz behalten: die Metzgerei, die Bäckerei, die Post.

Die Apotheke hatte es allerdings zu Christas Kinderzeit noch nicht gegeben. Und auch nicht den kleinen Laden schräg gegenüber der Postfiliale. »Schwarzwaldliebe« stand auf dem geschnitzten Holzschild über der Tür. Auch davor gab es viele Schilder und Tafeln, alle schnörkelig mit Kreide

beschriftet: »Bio-Schwarzwälderschinken vom Weide-
schwein«, »Schwarzwälder Blutwurz-Schnaps aus eigener
Herstellung« und, in Christas Augen der Gipfel, »Workshop:
Traditionelle Schwarzwälder Kräuterweihesträuße binden«.

»Den Laden betreibt der Landfrauenverein«, erklärte
Hilde, als Christa davor stehen blieb. »Die machen sehr
schöne Heimatabende«, meldete sich Carlo zu Wort. »Und
Bärbels Leine hab ich dort auch bekommen, ist die nicht
schön? Von einer regionalen Ledermanufaktur.« Auf der
Leine waren lauter kleine Tännchen und rote Bollenhüte
eingestickt.

Annemi wohnte in einer der neueren Seitenstraßen, und wie
erwartet hatte sie einen übermäßig aufgeräumtem Vorgarten. Die Rasenkanten waren so akkurat, dass sich Christa
unwillkürlich vorstellte, wie Annemi jedes Hälmchen mit
der Nagelschere auf Linie schnitt. Annemi hatte sich seit
dem Morgen umgezogen; sie öffnete ihnen die Tür in einem
taubenblauen Blusenkleid. »Wolfgang gesellt sich zu uns«,
verkündete sie strahlend, »ich denke, unsere Torte reicht
ganz knapp auch für sechs.« Sie lachte perlend über ihren
eigenen Witz. Das Haus war eingeschossig, ein Bungalow
aus den Siebzigern, mit Marmorfußboden und cremefarbener Stilmöbelgarnitur. Das Wohnzimmer endete mit einer
riesigen Panoramaglasfront zum Garten, mit der obligatorischen orangeroten Markise, die Annemi über der weißen
Terrassensitzgruppe ausgerollt hatte. Der Tisch war ordentlich gedeckt, und in der Mitte thronte, neben einem roten
Gladiolenstrauß, die Schwarzwälder Kirschtorte. Jeder Sah-

neklecks darauf sah aus wie der andere, und auf jedem Klecks ruhte wiederum genau in der Mitte eine glasierte Cocktailkirsche ohne jeden Makel; Annemi hatte darauf bestanden, den letzten Dekor-Schliff selbst zu übernehmen.

Wolfgang stellte sich als Mann in hellblauem Freizeithemd und Bügelfaltenhose heraus. Seine Haare hatten nicht nur einen genauso akkuraten Schnitt wie Annemis, sondern auch exakt dasselbe Braun. Er begrüßte alle Damen mit angedeutetem Handkuss, dann setzte er sich, nahm ein Stück Schwarzwälder Kirschtorte entgegen und genoss mit großer Gestik den ersten Bissen. »Wunderbar habt ihr gebacken, ihr Lieben!«, rief er mehrmals. »Ganz köstlich.« Dann leitete er über zur Preisung von Annemis Rosenbogen, der sich der Terrasse anschloss. »Wie die duften«, jubelte Wolfgang und tätschelte Annemis Arm, wobei seine goldene Uhr klimperte. »Meine Annemi hat einfach einen grünen Daumen.« Und mit einem Wink auf die inzwischen zur Hälfte reduzierte Torte ergänzte er schelmisch: »Und einen süßen Zeigefinger fürs Backen.« Wolfgang und Annemi lachten beide und schüttelten dabei ihr braunes Haar. Christa sah fasziniert zu.

»Sag mal, Wolfgang, kanntest du Bertie Haberland?«, fragte sie ohne Überleitung. Sofort machte Wolfgang ein angemessen betroffenes Gesicht. »Natürlich. Ich war sein Freund und Anwalt. Schrecklich, einfach schrecklich. Die arme Elisabeth, ich war eben bei ihr drüben, weil sie Ärger wegen eines ungerechten Strafzettels hat. Es ist wie immer: Wenn schon etwas Schlimmes passiert, kommt immer noch mehr dazu.« »Elisabeth ist Berties geschiedene Frau«, fügte

Annemi hinzu. Christa fand, dass ein Strafzettel im Vergleich zu einem angezündeten Ex-Mann nicht direkt in einer Reihe zu nennen war, aber etwas anderes interessierte sie mehr. »Drüben? Ist sie eure Nachbarin?« Wolfgang stellte seinen Teller auf den Tisch. »Natürlich, direkt gegenüber. Wir haben damals gleichzeitig unsere Häuser gebaut. Das war ein Spaß seinerzeit!« Wieder machte er kurz eine pietätvolle Pause. »Meine Annemi und ich waren immer mit den Haberlands befreundet. Bertie war auch mein Golfpartner. Ein sehr guter, nicht wahr, Annemi?« Annemi nickte. »Es war natürlich schwieriger, als sie sich trennten, weil wir dann nicht mehr zu viert unterwegs sein konnten und Bertie mit seiner neuen Freundin beschäftigt war ...« Wolfgang ließ den Satz in der Luft hängen. Annemi schaute verbissen. »Ich war auch tatsächlich der Letzte, der Bertie lebend gesehen hat«, sagte Wolfgang dann. Christa horchte auf. »Ach, wirklich?«

»Ja, gestern auf dem Golfplatz zum Mittagessen. Er hatte ein Tiramisu, ich nur einen trockenen Weißwein.«

»Seltsames Mittagessen«, warf Hilde ein.

»Nun, ich wollte später mit meinem Täubchen essen«, Wolfgang lächelte Annemi zu. »Und er war schon beim Nachtisch angekommen.«

»Bertie hat immer einen Nachtisch genommen, er mochte Süßes«, sagte Annemi versonnen.

»War er anders als sonst?«, fragte Christa.

Wolfgang schüttelte betrübt den Kopf. »Ich habe das auch schon der Polizei gesagt. Dort habe ich nämlich gleich angerufen, als ich gehört habe, was passiert ist. Ich als Anwalt weiß ja, wie wichtig zuverlässige Zeugenaussagen sind. Bertie war gut gelaunt wie immer. Wir haben über die Kunstauktion gesprochen, die wir mit den Charity Engeln veranstaltet haben, und über die nächsten Projekte. Ja, und natürlich über die ›Tannengold-Spende‹ ...«

»Aber alles war wie immer?«

»Alles war wie immer. Danach ging er seine Runde zu Ende spielen. Annemi kam, und wir haben im Club zu zweit Mittag gegessen.«

»Es gab ganz wunderbaren Zander.«

»Wenn ich doch nur gewusst hätte, dass es das letzte Mal sein würde, dass ich unseren Freund sehe ...«

Kurz herrschte Stille an der Kaffeetafel, dann wurde Wolfgang ganz geschäftig. »Nun denn«, sagte er, klopfte sich tatkräftig auf die Schenkel und lächelte jovial in die Runde. »Meine Damen, mein Herr, meine Lieblingsdame« – er deutete einen Kuss auf Annemis Wange an – »ich muss los nach Felsach. Meine Kanzlei ruft!« Er winkte noch einmal und ging. Annemi schenkte Kaffee nach, Bärbel kaute heimlich an der faltenfreien Tischdecke.

Später an diesem Nachmittag hatte Christa einen Arzttermin. Einen verordneten, erzwungenen Arzttermin, genauer gesagt. »Wir wollen uns um unsere Schäfchen auch medizinisch gut kümmern«, hatte Herr Fuchs gedroht, »und darum arbeiten wir eng mit unserem örtlichen Arzt zusammen.« Nun saß Christa im Wartezimmer von Dr. Paul Salm, nicht weit vom Betreuten Wohnen entfernt. Ihr Blick wanderte über die ausgelegten Zeitschriften des Ärzte-Lesezirkels –

Frauenzeitschriften, Apothekenmagazin, Motorsport – und über die Plakate an den Wartezimmerwänden. Tipps gegen Rheuma waren darauf zu lesen. Ein anderes widmete sich dem Thema Kniegelenkspiegelung. Offenbar hatte man sich den Lebensthemen der Patienten hier angepasst. Außer Christa saß nur noch ein sehr alter Mann mit Sauerstoffgerät im Wartezimmer, der mit dem Kopf gegen die Wand gelehnt eingeschlafen war. Die Tür zum Wartezimmer öffnete sich, die dickliche Arzthelferin mit schreiend rot gefärbten Haaren schaute herein. »Frau Haas, bitte.«

Dr. Salm war Ende vierzig, gut gebräunt, sehr gesund. Er trug die obligatorische weiße Hose zu weißen Birkenstock und ein neongrünes Tennishemd und gab Christa noch im Laufen dynamisch die Hand. Christa setzte sich auf einen der beiden Patientenstühle mit schwarzem Lederbezug vor seinem Schreibtisch, während Dr. Salm den Blick auf den Bildschirm seines Computers richtete. »Sie hatten also einen Oberschenkelhalsbruch«, das war keine Frage, sondern eine Feststellung. Christa nickte. Dr. Salm hielt den Blick immer noch auf den Bildschirm gerichtet. Geistesabwesend erzählte er: »Ein Tennispartner von mir hatte das auch mal. Hab ich behandelt. Spielt jetzt wieder wie 'ne Eins.« Dr. Salm trug das Tennishemd wohl nicht umsonst. Er fuhr mit seinem Bürostuhl ein Stück weg vom Bildschirm, sodass er nun Christa direkt gegenübersaß. »Spielen Sie Tennis?«, fragte er. Er wartete keine Antwort ab, wandte sich noch einmal seinem Computer zu und klickte wild mit der Maus herum. »Ihnen wurde ja gar keine weitere Physiotherapie mehr verschrieben, sehe ich gerade. Das ist ein Skandal! Kein Wunder, dass Sie noch das Ding da brauchen«, er zeigte angewidert auf Christas Rollator. »Das lässt ja das wenige, was bei Ihnen noch an Muskulatur vorhanden ist, endgültig abbauen.« Christa hatte das Gefühl, gerade beleidigt worden zu sein. »Ich schreibe Ihnen mal ein Rezept für die Senioren-Aquagymnastik. Die findet im Altenheim statt.« Er stand federnd auf und ging zur Tür, hinter der seine Sprechstundenhilfe saß. Schon wieder jemand, der das S-Wort in Verbindung mit Christa benutzte. »Senioren. «

»Brigitte!«, donnerte er, »einmal Aquagymnastik. Zehn Termine. Mindestens.« Christas Auge fiel auf ein gerahmtes Foto an der Wand. Darauf war Dr. Salm neben einer gut geschminkten drahtigen Frau und einem hübschen Jungen zu sehen. Alle drei im Tennisdress, im Hintergrund unverkennbar der rote Boden und das weiße Netz eines Tennisplatzes und ein Banner: »Schwarzwald Open 2015«. Auf dem Regal hinter dem Schreibtisch standen akkurat in einer Reihe elf goldglänzende Pokale, alle in Tennisschlägerform. Dr. Salm kam wieder zurück, setzte sich schwungvoll auf seinen Stuhl und rieb tatkräftig die Hände aneinander. »So, meine liebe Frau Haas, die Aquagymnastik geht klar. Gut wäre bestimmt auch noch ein Bewegungsprogramm an der frischen Luft. Aber vielleicht ein Schritt nach dem anderen, oder? Das können wir in ein, zwei Wochen ins Auge fassen.« Christa, die sich schon mit Nordic-Walking-Stöcken in einer Gruppe beiger Rentner durch die Wiese hasten sah, nickte erleichtert.

»Und wie geht es Ihnen denn sonst so bei uns?«, fragte Dr. Salm. Christa zuckte die Achseln.

»Ich bin ja hoffentlich bald wieder weg«, sagte sie.

Dr. Salm zog eine Augenbraue hoch. »Haben Sie schon Anschluss gefunden?«, fragte er, als sei er der Vertrauenslehrer und sie die neue Schülerin.

»Ein paar vom Betreuten Wohnen kenne ich«, antwortete Christa genervt. »Die vom Altersheim will ich gar nicht kennen. Oder besser gesagt: Die kann man wahrscheinlich jeden Tag wieder neu kennenlernen, hab ich recht?« Sie lachte. Dr. Salm lachte nicht. »Ich meine nur, weil die doch alles vergessen.« Immer noch keine Reaktion. Christa räusperte sich.

»Ich habe übrigens von dem Mordfall Bertie Haberland erfahren. Kannten Sie ihn?« Christa hatte nicht den Eindruck, dass sie mit ihrer Frage noch irgendetwas an Stimmung zwischen ihnen kaputtmachen konnte. Dr. Salm sah auf, in seinem Gesicht spiegelten sich in schneller Folge verschiedene Emotionen. »Ja«, antwortete er trotzdem nur schlicht. »Haben Sie einen Verdacht, wer es war?« Dr. Salm schüttelte den Kopf. »Nein, ich kann mir nicht vorstellen, dass ihm irgendjemand etwas Böses wollte. Er war überall sehr beliebt. Und wichtig für unser Dorf, mit seiner Brauerei. Ohne ihn wäre hier vieles nicht möglich gewesen, er war ja sogar Ehrenbürger.«

Immer dasselbe, dachte Christa. Außer Hilde loben ihn alle in den höchsten Tönen. Der König von Maria Brunn.

Dr. Salm stand auf und streckte ihr die Hand hin. Sie war offenbar entlassen. Christa nahm die Hand und hielt sie fest.

»Danke. Wenn Ihnen doch noch etwas einfällt, lassen Sie es mich wissen.«

Dr. Salm lachte, als hätte sie einen Witz gemacht.

...

Patrick war den ganzen Tag in Maria Brunn unterwegs gewesen, hatte von verschiedenen Leuten Fingerabdrücke genommen und Berties Nachbarn befragt, immer mit dem Gefühl, nur die halbe Wahrheit gehört zu haben. Es war Sommer, alle waren in ihren Gärten, das hieß: Alle sahen die jeweils anderen ständig. Es war kaum zu glauben, dass niemand etwas mitbekommen hatte. Trotzdem, alles, was Patrick zu hören bekam, war nichtssagend: »Bertie war wie immer.« »Ich habe ihn nur morgens wegfahren sehen.« »Ich war den ganzen Tag nicht zu Hause.«

Als Letztes wollte er heute dem Dorfarzt einen Besuch abstatten. Immerhin war er der Patensohn, und immerhin begann sein Name mit P. »Ganz schön wenig, Patrick«, sagte er zu sich selbst, als er seinen Land Rover auf einem der lediglich zwei Parkplätze parkte, die mit dem Schild »Praxis Dr. Salm« versehen waren.

Nachdem er sich bei der Sprechstundenhilfe als Kriminaloberkommissar ausgewiesen hatte, wurde er noch vor einem sehr alten Mann mit fahrbarem Sauerstoffgerät eingeschoben. »Was kann ich für Sie tun, Herr Kommissar?«, fragte der Arzt, der älter war, als Patrick erwartet hätte.

Patrick holte sein Tablet heraus. »Ich leite die Ermittlungen im Fall Bertie Haberland«, sagte er und ließ eine

Pause folgen. »Mir liegen Informationen vor, nach denen Sie der Patensohn des Opfers sind?« Dr. Salm nickte. »Ja, das stimmt. Meine Eltern und Bertie waren alte Freunde, darum haben sie ihn damals für mich ausgesucht.«

»Hatten Sie eine gute Beziehung zu ihm?«

»Sie kommen nicht von hier, oder?«

Patrick schüttelte den Kopf und wunderte sich über den Themenwechsel. »Aus Frankfurt. Meine Familie und ich sind gerade erst hierhergezogen.«

Dr. Salm musterte ihn, als würde das alles erklären.

»Bei uns im Schwarzwald bedeutet das mit den Paten ziemlich viel. Bertie war mein Götte, so heißt hier der Patenonkel. Er war ein sehr guter Götte, hat sich immer gekümmert. Als ich ein Kind war, haben wir öfter Ausflüge gemacht, nur er und ich. Auf die Hornisgrinde, an den Mummelsee, nach Freudenstadt zum Eisessen, obwohl das dafür ziemlich weit ist. Ich war immer gern mit ihm unterwegs. Als ich einundzwanzig wurde, ist er mit mir ins Casino nach Baden-Baden gefahren. Und als ich vor ein paar Jahren genug davon hatte, im Krankenhaus eine Nachtschicht an die andere zu hängen, hat er mir finanziell unter die Arme gegriffen, damit ich hier diese Praxis aufmachen konnte. ›In Maria Brunn gibt es genug Alte‹, hat er gesagt.« Dr. Salm machte eine Pause. »Er hatte immer einen guten Geschäftssinn. Die Praxis brummt.«

»Sie verdanken ihm also viel?«

Paul Salm wirkte gedankenverloren. Wahrscheinlich erinnerte er sich an die vielen Momente mit seinem Patenonkel, dachte Patrick. »Ich war wie sein Sohn. Er hatte ja keinen«, sagte der Arzt.

Patrick wischte kurz auf dem Tablet herum, um seine Erkenntnisse festzuhalten. Dieser Arzt war heute der Erste, der etwas mitteilsamer war. Das musste er ausnutzen.

»Haben Sie einen Verdacht, wer Ihren, ähm, Götte, umgebracht hat?«

Dr. Salm verneinte. »Sie sind übrigens der Zweite, der mich das heute fragt«, sagte er.

Patrick zog die Augenbrauen hoch.

»So, wer denn noch?«

»Gerade eben – eine meiner Patientinnen. Eine ältere Dame.«

»Miss Marple, oder was?« Sie lachten beide.

Patrick schaute auf sein Tablet und dann auf die Uhr.

»Noch eine letzte Frage: Wo waren Sie gestern Nachmittag zwischen zwei und drei?«

Dr. Salm schien über die Frage nicht verärgert oder erstaunt. Er wandte sich seinem Computer zu und klickte ein paarmal mit der Maus. »In der Zeit hatte ich drei Patienten. Zwei vom Altenheim und einen aus dem Dorf. Ich weiß nicht, ob ich Ihnen die Daten nennen darf, Sie wissen schon, Arztgeheimnis und so weiter.«

»Sie dürfen.«

»Gut. Brigitte wird Ihnen die Namen und Adressen geben.«

Patrick stand auf. »Wenn Ihnen noch etwas einfällt, melden Sie sich bitte.«

»Sie werden es nicht glauben, aber auch diesen Satz habe ich heute schon mal gehört.«

»Miss Marple?«

»Richtig.«

...

»Julia, räum deine Tasche aus dem Weg! ... Julia! ... Antworte, Julia!«

Julia rollte sich im Bett zusammen und kuschelte ihren Kopf auf das Schildkrötenkissen, das in diesem Bett lag, seit sie denken konnte. Hier hatte sich nichts verändert, alles hatten ihre Eltern im Kinderzimmer so gelassen, wie es war, als sie vor viereinhalb Jahren mit Bertie zusammen in das neue Haus gezogen war. Damals waren sie erst ein halbes Jahr zusammen gewesen. Das Haus hatte er in Rekordzeit bauen lassen, sie hatte nie herausgefunden, wie er das geschafft und wie viel er dafür den Handwerkern extra bezahlt hatte. »Alles für dich«, hatte er immer nur gesagt und sie geküsst.

Und jetzt bin ich wieder hier, dachte sie. Als hätte es die Zeit dazwischen nicht gegeben. Über ihrem Bett hing immer noch das Poster von Justin Bieber, auf dem Schreibtisch stand die rosa Lampe mit dem Fuß in Form eines Flamingos. Wahrscheinlich lagen in der Schreibtischschublade sogar noch ihre alten Duftradiergummis.

Julia wickelte die Bettdecke um sich, obwohl es im Zimmer warm war. Im Sommer war das Zimmer schon immer schnell stickig geworden, weil es unter dem Dach lag.

Manchmal hatte sie deswegen in den Sommerferien im Garten gezeltet, mit ein paar Freundinnen aus der Nachbarschaft. Es war immer etwas Besonderes gewesen, ein Abenteuer auf dem eigenen Rasen, beschützt und behütet zwischen Mamas Dahlienbeeten. Nebeneinander hatten sie auf ihren Isomatten gelegen und einander erzählt, in wen sie gerade verliebt waren, und dann hatten sie die Horoskope in der »Bravo Girl« gelesen, mit Taschenlampe natürlich, und nachgesehen, ob ihr Sternzeichen zu dem Sternzeichen des Jungen passte, an den sie gerade am meisten dachten. Sie hatten Gummiwürmer gegessen und Chips und sich danach nicht die Zähne geputzt, der Gipfel der Rebellion. Julia umarmte die Schildkröte. Ihr waren keine Freundinnen mehr geblieben, mit denen sie Zelte und Gummiwürmer hätte teilen können. Nach und nach waren sie alle verschwunden in den Jahren mit Bertie. Sie hatten Julia nicht verstanden. Ihre beste Freundin war die Nichte von Elisabeth, also musste sie Partei ergreifen. Und der Rest fand es einfach eigenartig, dass sie jetzt mit einem so alten Mann in einem schicken Haus wohnte. Alle hatten ein Studium angefangen, wohnten irgendwo in Freiburg oder anderswo in bunten WGs, in denen das Geschirr nicht zusammenpasste und man sich über den Putzplan stritt. Ihre Leben waren so anders als das von Julia; irgendwann hatten sie sich einfach nichts mehr zu sagen gehabt. Julia zog die Beine noch ein wenig näher an ihren Körper heran und strich über die Narbe am linken Knie. Die hatte sie bekommen, als sie vor Jahren vom Kirschbaum gefallen war. Auch da war ihre beste Freundin dabei gewesen. Die Narbe würde sie immer daran erinnern, dass sie einmal eine beste Freundin gehabt hatte. Dass ihr Leben einmal so anders gewesen war. Es klopfte an der Tür.

»Ich habe etwas zu essen für dich«, ihr Vater klang weniger anstrengend als ihre Mutter. Er öffnete die Tür, auf der anderen Hand balancierte er ein Tablett. »Mit den besten Grüßen von Mama«, sagte er und zog eine Grimasse. »Willst du nicht doch unten mit uns zusammen essen?« Julia schüttelte den Kopf. Ihr Vater seufzte. »Na gut.« Er stellte das Tablett auf dem Schreibtisch ab. »Aber räum bitte wirklich deine Tasche aus dem Flur, bevor du schlafen gehst.« Julia nickte.

Als ihr Vater wieder gegangen war, inspizierte sie das Abendessen. Es gab Kartoffel-Zucchini-Eintopf. Eintopf bei der Hitze. Julia setzte sich auf ihren alten Schreibtischstuhl mit Blümchenmuster. Sie nahm den Löffel, der neben dem Teller lag, und begann zu essen. Der Eintopf war zu salzig. Julias Mutter salzte meistens zu viel. Julia aß ihn trotzdem. Dabei sah sie aus dem Fenster. Sie sah die Straße entlang, auf die Vorgärten und Haustüren der Nachbarn. Einige kamen gerade von der Arbeit nach Hause. Sie sah Arndt Fuchs, Berties Geschäftsführer und entfernter Nachbar ihrer Eltern, wie er gerade seine Haustür aufschloss. Sie sah ein paar Kinder, die noch auf der Straße mit Kreide malten, bevor sie gleich in die Häuser gerufen wurden, um die Hände zu waschen und zu Abend zu essen. Sie sah Herrn Schäfer von nebenan, den Vater ihrer ehemals besten Freundin, der seinen Rhododendron goss. Julia fühlte sich so einsam wie noch nie.

...

Als Patrick an diesem Abend nach Hause kam, frustriert und müde, erwartete ihn eine böse Überraschung. Jemand hatte einen Zettel an die Haustür gehängt. Darauf war mit Filzstift und in einer ältlichen Handschrift geschrieben: »Abfallhaufen bitte sofort entfernen!« Die Ausrufezeichen waren extra dick ausgemalt. Patrick starrte auf den Zettel. »Welcher Abfallhaufen?«, fragte er entgeistert. Dann folgte sein Blick dem Pfeil, der unter den empörten schriftlichen Aufschrei gemalt war. Er zeigte, wenn man sich eine sehr weit verlängerte Linie dachte, direkt auf Patricks Totholzhecke.

...

»Setzt du dich ein bisschen zu mir?«

Nach dem Abendessen war Christa noch eine Runde im Heimgarten gelaufen, langsam, so gut es eben ging. Sie hatte sich vorgenommen, alles dafür zu tun, bald wieder fit genug zu sein, um aus diesem Seniorentheater ausziehen zu können. Christa zuckte zusammen. Sie hatte Carlo gar nicht gesehen, erst jetzt, als er sie rief und winkte, bemerkte sie ihn auf einer Bank unter der größten Altenheimtanne. Sie wendete den Rollator und steuerte auf ihn zu. »Das ist mein Lieblingsplatz«, sagte er, als sie sich neben ihn gesetzt hatte. »Schön, oder?« Von der Bank aus hatte man einen guten Blick über das Dorf; man sah nicht nur die Kirche und das große Hotel mit dem guten Rehbraten, sondern auch die Pferdekoppeln hinter Maria Brunn, ein paar verstreute Heuschober und Jagdhochsitze. Und die Landstraße, die sich durch die Wiesen schlängelte und weiter hinten vom Wald verschluckt wurde, wo es ins Tal hinunterging und immer weiter zu den Schwarzwaldhöhenzügen in der Ferne, wenn man nur wollte. Christa wollte nicht. Der Platz war wirklich perfekt, schon weil einem das Altenheim im Rücken lag. Eine träge Hummel summte im Gras neben Christas Schuh.

»Ja, ist schön hier.«

»Wie kommst du klar bisher?«, fragte Carlo, nachdem sie eine Weile gemeinsam die Hummel beobachtet hatten.

»Wie meinst du das?«

»Du wirkst nicht wie jemand, der schon lange davon geträumt hat, ins Betreute Wohnen zu ziehen.«

Christa lachte bitter. »Vor vierzehn Wochen hatte ich noch ein ganz normales Leben. Und dann falle ich die Treppe runter, und jetzt bin ich hier. Weil meine Tochter und die Ärzte sagen, ich kann noch nicht wieder alleine, und weil mein Haus eine Baustelle ist. Nicht rollatorgeeignet.« Sie fuhr mit dem Finger das Holz der Sitzbank nach. »Es ist einfach so surreal. Das hier kann nicht mein Leben sein. Ich bin doch nicht …«

»Alt?«

»Ja.«

»Natürlich bist du das. Du bist pensioniert. Wenn du die Treppe runterfällst, brichst du dir den Oberschenkelhals. Klingt nach alt für mich.«

Christa stand auf. »Danke, aber so etwas brauche ich mir nicht anzuhören.«

Carlo lachte. »Du brauchst genau das. Jemand, der dir

sagt, wie es wirklich aussieht. Jemand, der sich damit aus-kennt. Schau mich an, ich bin auch alt. Wir sitzen im selben Boot.« Er legte ihr die Hand auf den Arm. »Jetzt setz dich halt wieder hin!«

»Warum sollte ich?«

Carlo angelte eine Packung Schokobutterkekse aus ei-nem Jutebeutel, der neben ihm lag. »Ich habe Kekse.«

Christa zögerte. Allerdings hatte sie sonst nichts zu tun. Sie setzte sich wieder. »Schön, dann gib mir mal einen von deinen blöden Keksen«, knurrte sie. »Es ist lange her, seit ich zum letzten Mal einen Schokokeks gegessen habe.«

»Tsss, dann wird es Zeit.«

Einige Augenblicke schwiegen sie, während sich der süße Geschmack im Mund ausbreitete.

Dann fing Carlo wieder an zu reden. »Ich weiß, du denkst nur daran, hier so schnell wie möglich wieder weg-zukommen. Aber überleg dir das genau. Die Chancen ste-hen ziemlich gut, dass du in ein paar Jahren wieder am sel-ben Punkt stehst, und dann endgültig. Und dann brauchst du einen Platz, und wer weiß, wo du dann landest? Hier ist es schön.«

»Macht es dir nichts aus, hier zu wohnen?«

Carlo nahm sich noch einen Keks. »Ich habe akzeptiert, dass ich alt bin. Und das solltest du auch. Alt werden ist ganz normal. Jeder tut es – sogar Bärbel hat inzwischen zwei Zähne weniger und verträgt nur noch Seniorenfutter.« Er biss vom Keks ab. »Peinlich wird's eher, wenn man es nicht rechtzeitig merkt.«

»Gib mir noch einen Keks.«

Sie lauschten den Abendgeräuschen im Garten und ihrem eigenen Kauen.

»Und das Ganze hat ja auch Vorteile«, sagte Carlo nach einer Weile.

»Zum Beispiel?«

»Ich war wirklich gerne Koch, aber ich hatte viel zu wenig Zeit. Das Restaurant, die Mitarbeiter, die Finanzen, tausend Fragen, tausend Pflichten. Kurz vor meinem achtundsechzigsten Geburtstag hatte ich einen Hörsturz vor lauter Stress – da war mir klar: Jetzt reicht es. Ich habe mein Restaurant verkauft, für ziemlich gutes Geld übrigens, und ein halbes Jahr später bin ich hier eingezogen, und seitdem höre ich wieder tipptopp. Bisschen früh fürs Betreute Wohnen, haben viele meiner Freunde gesagt, aber inzwischen beneiden sie mich. Hier geht es mir gut, und im Notfall wäre gleich eine nette Schwester da. Wenn ich eines Tages vergesse, wie ich heiße, ziehe ich einfach nach nebenan ins Altenheim und muss mich nicht mehr umgewöhnen – und bis es so weit ist, habe ich ein schönes Leben und mache nur noch, was ich will. Hier sitzen und mit dir Kekse essen, zum Beispiel.« Er seufzte zufrieden. »Alt sein hat seine Vorteile. Man muss zum Beispiel nicht mehr alles mitmachen. Smartphones mag ich nicht; meine Finger sind für die ganze Wischerei zu wurstig. Also habe ich mir einfach nie eines gekauft, und keiner wundert sich. Das wäre nicht so, wenn ich dreißig Jahre jünger wäre. Oh, und man kann sich schlafen legen, wann man will. Und man kann Marotten entwickeln, völlig ungestraft.« Carlo lachte leise. »Der Aufstand des Alters.«

Christa grinste. »Die faltige Rebellion.«

»Eine Runde Kekse wäre noch da.«

»Her damit.«

Sie saßen an diesem Abend noch lange zu zweit auf der Bank.

FÜNF

Lukas frühstückte an diesem Morgen, es war der zweite nach dem Mord, früher als sonst, sodass er auch der Erste war, der die Zeitung in die Hand bekam. Er überflog den Sportteil des »Schwarzwald-Kuriers«, aber es war nichts Interessantes dabei. Als er die Zeitung umdrehte, fiel sein Blick auf die Todesanzeigen. Es waren mehr als sonst, und auf vielen stand derselbe Name. Er zählte nach, es waren fünf Todesanzeigen für Onkel Bertie. Eine von seiner Ex-Frau und Lukas' Familie, eine – die größte – von den Maria Brunner Charity Engeln, eine von den Mitarbeitern bei »Tannengold«, eine vom Gemeinderat Maria Brunn, in dem Onkel Bertie viele Jahre gesessen hatte. Die fünfte Todesanzeige fiel aus dem Rahmen. Sie war klein, ganz am Ende der Zeitungsseite. Dort stand ein Gedicht: »Ich lebe mein Leben in wachsenden Ringen / die sich über die Dinge ziehn. / Ich werde den letzten vielleicht nicht vollbringen / aber versuchen will ich ihn.« Dann folgten nur Berties Name, das Todesdatum und darunter, statt einer Unterschrift, ein »P«.

...

Christa machte sich schon bald nach dem Frühstück auf den Weg. Der Himmel war blitzblau, und sie wollte die Mittagshitze umgehen. Ihr erster Halt war der Heimatladen »Schwarzwaldliebe«, denn für das, was sie vorhatte, brauchte sie ein Gastgeschenk. Die Neigung zu beschrifteten Kreidetafeln setzte sich im Innern des Ladens fort, wie Christa nun feststellte. Nicht auf allen Tafeln standen Angebote des Ladens, auf manchen war auch Tiefsinniges zu lesen. »Heimat ist, wo dein Herz weit ist.« »Die Ruhe des Waldes ist die Stille deiner Seele«, und »Glück ist, zu Hause zu sein«. Irgendwie roch es in dem Laden nach Tanne, nach Honig, nach Kräutern. Argwöhnisch schaute sich Christa nach einem Raumbedufter um, fand aber keinen.

An den Wänden hingen Kuckucksuhren für jeden Geschmack, von traditionell bis rosa Glitzer. Es gab Schneekugeln mit Schwarzwaldtännchen darin, Bollenhüte in allen Größen – mit und ohne angeklebte Kunsthaarzöpfe, Babybodys mit dem Aufdruck »Schwarzwaldschätzchen«. Sogar einige von Carlos T-Shirts erkannte Christa an einem Kleiderständer wieder. Ein ganzes Wandregal war gefüllt mit Wanderführern, ein anderes mit Gartenratgebern und Kochbüchern. Das Ladenangebot war offensichtlich auf die Wander- und Skitouristen und diejenigen Maria Brunner ausgelegt, die nicht vor kitschigen Last-Minute-Mitbringseln zurückschreckten. Christa war heute eine von ihnen.

An der Verkaufstheke, hinter der an rustikalen Holzstangen prachtvolle Schinken baumelten, stand eine gemütlich aussehende Frau mit grüner Leinenbluse, unspektakulären grauen Haaren und runder Brille und lächelte Christa entgegen. Ein Schildchen an ihrer Bluse wies sie als »Elvira« aus. »Willkommen in uns'rer ›Schwarzwaldliebe‹, sagte sie mit viel Dialekt. »Kann ich Ihna helfe'?« Christa sah sich unschlüssig um. »Ich brauche ein Geschenk, also ein Mitbringsel.« Die Verkäuferin lächelte noch ein bisschen mehr über ihre roten gesunden Backen. Sie sah genauso aus, wie sich Touristen eine bodenständige Schwarzwälder Landfrau vorstellten. Kein Wunder, dass der Laden lief. »Wie schee, Sie sind wohl bei jemandem ei'gelade'?« Christa scannte mit den Augen das Regal mit den selbst gemachten Schnäpsen auf selbst geklöppelten Deckchen. Blutwurz, Blutwurz, noch einmal Blutwurz. Ihr Vater hatte den immer bei Magenschmerzen getrunken; das regionale Allheilmittel für jede Bauchverstimmung und nach jeder Wanderung. »Eingeladen ist das falsche Wort«, murmelte Christa. Dann sagte sie laut: »Haben Sie auch Blumen?« Nach weiteren zehn Minuten hatte Christa sich für diejenige Topfpflanze entschieden, bei der der angebrachte Schwarzwalddekor am wenigsten ausgeprägt war. »Derf ich's Ihna ei'packen?«, fragte Elvira unverdrossen. »Nein, ich brauche sie sowieso gleich.« Christa bezahlte. »Bleibe' Sie denn noch a bissle in Maria Brunn?«, sagte Elvira und schob sich ihre runde Brille auf ihrer rundlichen Nase zurecht. In diesem Moment sprang eine grau gestreifte Katze auf den Ladentisch. Sie trug ein Halsband, an dem eine kleine goldene Plakette baumelte: I love Maria Brunn. »Nicht, dass ich wüsste«, murmelte Christa. Ihr Gegenüber schien die Antwort überhört zu haben. »Ach, des isch toll«, strahlte sie, »dann derf ich Sie im Namen von uns Landfraue' sehr herzlich zu unseren Veranstaltungen und Feschtlen ei'laden.« Sie streckte Christa ein bunt bedrucktes Faltblatt entgegen. »Feschtlen«, Festchen, Christa mochte es, dass hier – genau wie in Freiburg – im Dialekt alles verkleinert und verniedlicht wurde. Und in Maria Brunn passte es ganz besonders gut, zu dieser Schwarzwaldidylle wie aus der Spielzeugkiste. Tännle, Wäldle, Bächle, Häusle. Christa nahm das Faltblatt. Das Erste, worauf ihr Blick fiel, war die Veranstaltung »Vergnügliche Fahrt ins Kloster Alpirsbach«. »Danke«, sagte sie. Sie würde es Carlo mitbringen. »Tschüssle!«, rief Elvira ihr freundlich zu. Als Christa ging, war es gerade Punkt neun Uhr, und alle Kuckucksuhren explodierten gleichzeitig.

Mit dem Blumentopf im Rollatorkorb ging Christa das letzte Stück noch langsamer als sowieso schon. Während sie auf das richtige Haus zukroch, behielt sie Annemis Küchenvorhänge im Auge. Zu ihrer Erleichterung schien dahinter alles ruhig. Elisabeth geschiedene Haberland wohnte in einem Haus, das dem von Annemi und Wolfgang stark ähnelte, abgesehen von der Tatsache, dass es noch größer war. Der Vorgarten war auf die gleiche Art und Weise gepflegt und getrimmt; nur die Hortensie machte einen etwas verdursteten Eindruck, als hätte die Bewohnerin gerade dringendere Sorgen als das sorgfältige Gießen. Christa drückte auf die Klingel. Zuerst rührte sich nichts. Gerade als sie überlegte, noch einmal zu klingeln, hörte sie leichte Schritte, und die Haustür wurde einen Spaltbreit geöffnet. Christa winkte mit ihrem Blumentopf in Richtung des Spalts und setzte ihr schönstes Lächeln auf. »Frau Haberland?« Die Tür öffnete sich ein bisschen weiter. Elisabeth Haberland war eine gepflegte Frau in einem schwarzen Pullover, der teuer aussah und für das Sommerwetter viel zu warm war. Christa schätzte sie auf Mitte sechzig. »Frau Haberland?«, fragte sie noch einmal. »Ich bin geschieden.«, sagte die Frau mit einer glockenklaren Stimme. »Ich heiße wieder Fischer.« »Entschuldigung«, Christa lächelte noch mehr. Dabei stemmte sie ganz zufällig und sanft die Haustür ein bisschen weiter auf. »Ich bin Christa Haas, ich bin mit Ihrem Mann zur Schule gegangen. Entschuldigung, Ex-Mann natürlich.« Elisabeth Fischer blinzelte verwirrt. Bevor sie zu Recht fragen konnte, was Christa vor ihrer Haustür zu suchen hatte, fuhr ihr diese vorsichtshalber in die Parade. »Ich wollte Ihnen mein Beileid aussprechen. Um der alten Zeiten willen.« Elisabeths Augen füllten sich mit Tränen. Schnell wischte sie sie weg. Christa war überrascht. Nach allem, was sie bisher über das Ehe-Aus der Haberlands erfahren hatte, hätte sie nicht mit überbordender Traurigkeit gerechnet. Etwas ungelenk sagte sie: »Keine Hemmungen, Trauer muss raus.« Während Elisabeth sich mit den Fingerspitzen immer wieder die Augenwinkel tupfte, schob sich Christa endgültig ins Haus. »Es ist so eigenartig, um einen Mann zu trauern, von dem man geschieden ist«, sagte Berties Ex-Witwe, und nun kullerten die Tränen wirklich. »Er hat mich damals sehr plötzlich verlassen, wissen Sie.« Im selben Moment schaute sie erschrocken und presste die Lippen aufeinander, sichtlich entsetzt, so etwas einer Wildfremden zu erzählen. Christa führte Elisabeth ins Wohnzimmer – kleine Sesselchen, Teerosen auf dem Tisch, gut gefüllte Buchregale – und drückte sie sanft auf das Polstermöbel. Ihren Blumentopf stellte sie kurzerhand auf dem Wohnzimmertisch ab. Er biss sich eklatant mit den Teerosen. »Machen Sie sich keine Sorgen«, ermunterte sie sie währenddessen. »Ich habe Bertie schon seit so vielen Jahren nicht mehr gesehen, ich habe gar kein richtiges Bild mehr von ihm vor Augen.« Elisabeth zog ein Taschentuch aus dem Ärmel ihres Pullovers, offenbar hielt sie zurzeit ständig eines griffbereit.

Sie putzte sich damenhaft die Nase. »Bertie und ich haben vor fünfundvierzig Jahren geheiratet.« Elisabeth unterbrach sich. »Oh, entschuldigen Sie, möchten Sie vielleicht einen Kaffee?« Christa nickte sofort. Es würde der aufgelösten Elisabeth vielleicht ganz guttun, etwas Praktisches nebenbei zu machen. Elisabeth stand auf und ging in die Küche. Christa folgte ihr unaufgefordert. Die Küche war groß und geschmackvoll eingerichtet, Blickfang war eine knallrote Küchenmaschine, die sicher teuer gewesen war. Elisabeth war Christas Blick gefolgt. »Die hat mir Bertie geschenkt. Kurz danach hat er mir gesagt, dass er auszieht.« Einen Moment lang befürchtete Christa neue Tränen, aber Elisabeth fasste sich schnell wieder und drückte einige Knöpfe auf der riesigen vollautomatischen Kaffeemaschine. Christa hatte für solche Maschinen nichts übrig. Sie verstand nicht, wo der Vorteil dabei war, auf jede Tasse einzeln warten zu müssen. »Mit Milchschaum?«, fragte Elisabeth. Christa lehnte ab. Auch der Milchschaumfetischismus hatte sie nie ergriffen. Aber, das musste sie zugeben, Elisabeths Kaffee schmeckte gut. Elisabeth stellte eine zweite Tasse unter den Maschinenhahn und drückte wieder Knöpfe. Erneut röhrte der Apparat los. »Noch während der Scheidung hat er sich dann dieses Haus am Dorfrand gebaut«, rief Elisabeth über die Kaffeemaschinengeräusche hinweg. »Mit seiner neuen Freundin.« Man sah ihr den Schmerz an.

»Hatten Sie noch Kontakt zu ihm?«, fragte Christa.

»Vor einiger Zeit hatte ich ein Problem mit der Heizung. Da habe ich ihn angerufen, und er hat mir geholfen.« Elisabeths Kaffee war ebenfalls fertig, und beide trugen ihre Tassen vorsichtig zurück ins Wohnzimmer. Christa setzte sich mit dem Gesicht zum Fenster. Im Garten blühte der Rittersporn.

Elisabeths Blick wirkte gedankenverloren. »Ich denke, im Grunde wollte er einfach noch einmal etwas erleben, sich noch einmal etwas beweisen«, sagte sie. »Sein ganzes Leben ist ihm so gut gelungen, nie ein Problem, immer Erfolg. Sie war wohl ein letztes Abenteuer, bevor es zu spät war.« Christa nahm an, dass mit »sie« Berties junge Freundin gemeint war. Elisabeth richtete sich auf und schüttelte sichtbar ihre Gedanken ab. Sie stellte ihre Tasse auf den Wohnzimmertisch und sah Christa herausfordernd an. »Man verdächtigt mich, wissen Sie das?« Christa antwortete nicht. Ihrer Erfahrung nach erzählten Menschen mehr, wenn man sie möglichst wenig unterbrach. »Dieser Kommissar hat gestern Fingerabdrücke von mir genommen, als wäre ich eine Schwerverbrecherin.« Elisabeth lachte freudlos. »Vollkommener Unsinn. Ich habe ihn geliebt.« Christa dachte an die vielen Täter, die ihr im Laufe ihrer Karriere begegnet waren, die genau deshalb getötet hatten. Allerdings konnte sie sich bisher tatsächlich schlecht vorstellen, dass die elegante, korrekte Elisabeth herumlief und Leute anzündete. »Wie kommt denn die Polizei auf Sie?«, fragte sie. Elisabeth, das konnte man an ihrem Gesicht ablesen, hätte sich etwas mehr Empörung von Christa gewünscht. »Nun ja, die verlassene Ehefrau, eifersüchtig und rächend ...« Sie ließ den Satz in der Luft hängen.

Die kurze Stille, die folgte, wurde vom melodischen Klingeln der Türglocke unterbrochen. Christa dachte zum tausendsten Mal, dass sie sich zu Hause auch endlich eine nettere Klingel einbauen lassen sollte. Das konnten die Handwerker eigentlich gleich miterledigen; sie machte sich eine gedankliche Notiz, heute Nachmittag deswegen anzurufen. Ihre bisherige Klingel trötete so markerschütternd, dass sie jedes Mal senkrecht stand, wenn jemand überraschend klingelte. Anna sagte das schon seit Jahren. Zu Hause. Christa spürte einen Stich in der Herzgegend.

»Entschuldigen Sie«, sagte Elisabeth artig, stand auf und ging zur Tür. Christa hörte, wie sie sprach. Dann antwortete eine Männerstimme.

Christa nippte an ihrem Kaffee. Ein paar Augenblicke später kam Elisabeth in Begleitung eines großen jungen Mannes zurück. Er sah aus wie eine eigenartige Mischung aus Holzfäller und Bankangestelltem; ziemlich teuer aussehende Lederschuhe vereinten sich mit einer akkuraten engen Hochwasser-Bügelfaltenstoffhose und einem karierten Flanellhemd. Dazu kam ein dunkler Vollbart, wie ihn zu Christas Kinderzeit nur seltsame Großväter getragen hatten.

Deren Bärte waren allerdings fusselig gewesen, mit Krümeln vom letzten Abendbrot, während dieser Bart so perfekt getrimmt und gesund war, dass er beinahe unecht wirkte. Der Mann stutzte kurz, offenbar hatte er nicht damit gerechnet, dass Elisabeth Besuch hatte. Dann wurde seine gut eingecremte Stirn wieder glatt. Er streckte Christa die Hand entgegen, die sie schüttelte. »Das ist Kommissar Patrick Lorenz«, stellte Elisabeth vor. Christa nickte ihm zu. »Welcher Dienstgrad?«, fragte sie.

»Ähm. Seit Neuestem Kriminaloberkommissar.«

»Hm.«

»Welchen Dienstgrad haben Sie denn?«, fragte der Kommissar und zwinkerte dabei neckisch. Offenbar hielt er Christa für eine wirre alte Schachtel.

»Erste Kriminalhauptkommissarin a. D.«

Patrick Lorenz blinzelte hektisch. »Ich wohne gerade im Betreuten Wohnen«, fügte Christa erklärend hinzu. In Kommissar Lorenz' Kopf schien ein Rädchen einzurasten. »Ah, die Miss Marple«, murmelte er.

»Entschuldigung?«

»Nichts. Was machen Sie hier?«, fragte Patrick ruppig. Elisabeth schaute verwundert zwischen den beiden hin und her.

Christa wies lächelnd auf den Blumentopf. »Ich habe Frau Haber ... – Frau Fischer mein Beileid ausgesprochen. Bertie Haberland war ein ehemaliger Mitschüler von mir.« Kommissar Lorenz zupfte sich am Flanellhemd. »Ich würde gerne mit Frau Fischer alleine über eine ernste Angelegenheit sprechen«, sagte er. Elisabeth wirkte bei dieser Ankündigung schon wieder mitgenommen und schaute Hilfe suchend zu Christa. Die nickte ihr leicht zu. »Frau Haas soll bleiben«, sagte Elisabeth fest.

Patrick Lorenz wirkte säuerlich. »Na schön.« Er straffte die Schultern. »Frau Fischer, wir haben auf dem Benzinkanister, der zur Ermordung Ihres Mannes benutzt wurde, einen Fingerabdruck von Ihnen gefunden. Er war zwar schwach, aber trotzdem gibt es keinen Zweifel.« Kurz sagte niemand etwas. Das Ungeheuerliche dieser Aussage hing schwer und dunkel in der Luft. Elisabeth ging mit zittrigen Schrittchen zu ihrem Sessel und sank hinein. Eine Weile schaute sie stumm aus dem Fenster. Dann sagte sie: »Das kann nicht sein, ich habe kein Benzin. Ich zünde auch nie ein Feuer an.« Christa schaute zum großen Kamin, der an der linken Wohnzimmerwand thronte. Daneben Schürhaken und ein Metallkörbchen, in das normalerweise Holzscheite gehörten und das jetzt, im Sommer, leer war. Elisabeth folgt ihrem Blick. »Der hat nicht mehr gebrannt, seit Bertie ausgezogen ist. Ich weiß gar nicht, wie man das macht. Nicht einmal gegrillt habe ich schon mal selbst.« Ihre Stimme bekam langsam einen hysterischen Unterton. Der Kommissar räusperte sich. »Man muss kein Grillmeister sein, um jemanden mit Benzin zu übergießen und anzuzünden. Außerdem war das Benzin Rasenmäherbenzin.«

»Können Sie sich Ihren Fingerabdruck auf dem Kanister irgendwie erklären?«, fragte Christa. »Fällt Ihnen eine Gelegenheit ein, bei der Sie mit Benzin zu tun hatten?« Kommissar Lorenz starrte sie wütend an. Elisabeth rang die Hände. »Nein«, stieß sie hervor, »ich habe kein Benzin im Haus, ich habe noch nie welches gekauft. Und auch sonst wüsste ich nicht, wo und wozu.« Sie schaute ratlos von Patrick zu Christa. »Für solche Dinge war Bertie zuständig.«

»Aha. Ich habe noch eine Frage«, Patrick war froh, daran gedacht zu haben, das Foto des Haarbands vom Spurensicherungsbericht abfotografiert zu haben. Er holte sein Tablet heraus, rief das Foto auf und hielt es Elisabeth hin. »Fällt Ihnen zu diesem Haarband etwas ein?«, fragte er. »Oder zu dem P, das daraufgestickt ist?«

Elisabeth musterte das Foto aufmerksam. »Nein«, sagte sie dann. »Überhaupt nichts. Bertie kannte kein Mädchen mit P, das ein Haarband tragen würde.«

»Sonst irgendeine Person in seinem Umkreis, die mit P in Verbindung gebracht werden könnte?«

»Waren Sie schon bei Paul Salm?«

»Ja«, sagte Patrick frustriert.

Christa nahm ihm das Tablet aus der Hand und schaute das Foto ebenfalls an. Nicht nur, dass sie es einfach genommen hatte, die Art, wie sie es jetzt hin- und herdrehte, um möglichst wenig Bildschirmspiegelung zu haben, machte Patrick aggressiv. Nach ihrer Inspektion gab sie es ihm gnädig zurück. Er wusste nicht recht weiter, also setzte er sich unaufgefordert, wobei er mit einem seiner teuren Lederschuhe ungeschickt an den Wohnzimmertisch stieß und dadurch Elisabeths Kaffeetasse umfiel. Ein kleines Kaffeerinnsal ergoss sich auf die Glastischplatte.

»Sorry.«

Elisabeth zuckte die Achseln und ging in die Küche, um einen Lappen zu holen. Patrick nutzte die Gelegenheit, um sich Christa zuzuwenden. »Und nun zu Ihnen. Waren Sie mit dem Opfer wirklich auf der Schule? Oder haben Sie sich hier nur eingeschlichen, um mal wieder was zu erleben?«

Christa ignorierte den angriffslustigen Tonfall und lächelte milde. »Ich war tatsächlich in seiner Klasse.«

»Und wie war er?«

Christa dachte an Bertie Haberlands Vorliebe, die Mädchen mit selbst gefangenen Spinnen über den Schulhof zu jagen. Sie dachte daran, dass er Klassensprecher gewesen war. Sie dachte daran, wie er ihr einmal eine Nussschnecke geschenkt hatte, weil ihre Mutter ihr im Gegensatz zu seiner nie Geld gab, um beim Bäcker eine zu kaufen. Bertie Haberland war als Kind ein Anführertyp mit versteckten weichen Seiten gewesen, ein Glückspilz, ein Gewinner. Welche Seite später im Vordergrund gestanden hatte, wusste sie nicht. Noch nicht, zumindest. Und sie verspürte keinen Drang, das alles diesem Frischlingskommissar vor sich zu erzählen, der sie offenbar als Ärgernis betrachtete.

Elisabeth erschien mit dem Lappen, wischte den Tisch ab und nahm Lappen und ihre Kaffeetasse mit. Christa griff sich ihre noch stehende Tasse und trank den letzten Schluck Kaffee aus. »Ich gehe jetzt besser«, sagte sie, ohne auf Patricks Frage geantwortet zu haben.

»Gut, dann eine Warnung. Mischen Sie sich nicht in den Fall ein«, Patrick Lorenz bemühte sich sichtlich, selbstbewusst aufzutreten. »A. D. heißt auch a. D.« Sein Bart glänzte unnatürlich, bemerkte Christa. Ob er ernsthaft Öl hineinstrich, nach alter Väter Sitte? Christa stand auf, langsam wegen der Hüfte, und stellte ihre Tasse auf den Tisch neben ihren Blumentopf. Sie tätschelte Elisabeth die Schulter und sagte: »Im Zweifelsfall finden Sie mich in Annemis Back-gruppe.« Dann nickte sie Kommissar Lorenz knapp zu und rollte ihren Rollator wie eine Königin zur Haustür.

Um fünf begann an diesem Nachmittag die Aquagymnastik im kleinen Hallenbad des Altenheims. Das Bad war in die Jahre gekommen, man hatte es in den Siebzigern gebaut. Eine Plakette an der Eingangstür verriet die Firma »Tannen-gold« als maßgebliche Stifterin. Schon wieder Bertie. Die Sportgruppe bestand aus vierzehn Teilnehmern ausschließ-lich weiblichen Geschlechts. Hilde und Marion waren auch dabei. »Es wird dir gefallen«, versprach Hilde, die einen pin-ken Badeanzug mit Strasssteinen trug, »warte, bis du unse-ren Lukas siehst.« Sie zwinkerte. Beifälliges Gemurmel und Gekicher einiger anderer Damen. In diesem Moment betrat ein sportlicher junger Mann in kurzer Hose und weißem Muskelshirt die Schwimmhalle. Christa erkannte ihn, es war der Junge auf Dr. Salms Tennis-Familienfoto. Er klatschte in die Hände und rief mit gut gelaunter Animateurstimme: »So, Mädels, dann fangen wir mal an.« Hilde deutete auf den Mann und formte mit den Lippen leise, aber überdeutlich: »Lukas!«

Während Christa den anderen Teilnehmerinnen ins Schwimmbecken folgte, zerrte Lukas Salm ein Gestell heran, auf dem verschiedene Wassergymnastikutensilien gestapelt waren. »Sie da«, rief er und wedelte mit einer gel-ben Schwimmnudel in Christas Richtung, »sind Sie die Christa, die heute neu zu unserer Gruppe dazustoßen soll?« Christa schaute ihn genervt an, was er mit einem gewinnenden Lächeln durch sehr gerade Zähne quittierte. »Willkommen, Christa, ich bin der Lukas, und zusammen werden wir fit!« »Fit!«, riefen die anderen Teilnehmerinnen und klatschten zweimal in die Hände. Offenbar waren sie von Lukas hervorragend abgerichtet. Christa nahm ihm kommentarlos die gelbe Schwimmnudel, die er ihr hinstreckte, aus der Hand und suchte sich einen Platz weit hinten.

...

Als Arndt Fuchs an diesem Abend nach Hause kam, wollte er nichts hören, nichts sehen, nichts sagen müssen. Leider nahm seine Frau Elvira darauf keine Rücksicht. »Wieso kommsch du scho' wieder so spät?«, fragte sie ihn, noch während er sich seine Lederschuhe aus- und die Pantoffeln anzog. Es war eigentlich zu warm für Pantoffeln. Aber er trug immer welche, egal bei welchem Wetter, denn Elvira schätzte weder Straßenstaub noch schweißige Sockenabdrücke auf dem teuren Parkett, das sie hatten legen lassen, als Arndt vor Jahren zum stellvertretenden Geschäftsführer bei »Tannengold« aufgestiegen war. Arndt antwortete nicht auf Elviras Frage, und Elvira, in der grünen Leinenbluse, die er nicht leiden konnte, weil sie so öko aussah, wie sie tatsächlich auch war, schob ihre Brille zurecht, eine Geste, die sie am Tag hundertfach wiederholte.

Gemeinsam setzte sich das Ehepaar Fuchs ins Wohnzimmer, wo sie meistens zu Abend aßen und dabei die Tagesschau und dann einen Krimi ansahen. Elvira servierte die Vesperplatte, die sie jeden Abend servierte: Käse von Bauer

Bennewirt, Schwarzwälder Schinken – den hatte sie als Inhaberin der »Schwarzwaldliebe« immer parat –, ein bisschen Hausmacher Leberwurst in der Dose vom Metzger Bergmann und unbedingt Essiggürkchen, davon konnte Elvira ein Glas an einem Abend essen. Auf alles legte sie Essiggürkchen. Auf Wurstbrot, auf Käsebrot, auf Schinkenbrot und auch auf Butterbrot, und am schlimmsten war es, dass sie auch welche in den Kartoffelsalat machte, was Arndt hasste und Elvira trotzdem seit siebenundzwanzig Jahren tat.

Das Brot im Brotkorb hatte sie selbst gebacken. Vor drei Jahren war es Elvira gewesen, die bei den Landfrauen die Idee eingebracht hatte, das alte Backhaus neben der Post wieder in Schwung zu bringen. Das war kurz nachdem die gemeinsame Tochter zum Studium nach München gezogen war. Seitdem backten die Landfrauen immer montags – oft moralisch unterstützt von nostalgieinteressierten Touristen und einigen Altenheimbewohnern – Brot im traditionellen Schwarzwälder Steinbackofen. Arndt hatte es zuerst für eine nette Idee gehalten, aber inzwischen konnte er dieses rustikale Brot nicht mehr sehen, das leider auch noch unbedingt in Großmutters Backkörben geformt wurde und darum Bauernfamiliengröße hatte, was dazu führte, dass die abgeschnittenen Scheiben unpraktisch riesige, längliche Ausmaße annahmen. Er wollte Brot wie ein normaler Mensch. »Des isch halt traditionell«, sagte Elvira jedes Mal stur, wenn er sich darüber beschwerte.

Wütend belegte Arndt eine schmale, längliche rustikale Riesenscheibe mit Käse, den er rollen musste, damit er nicht zu sehr überlappte, und schob das Essiggürkchenglas, das Elvira ihm angeboten hatte, mit einer genervten Armbewegung zur Seite. Eine Weile sahen sie schweigend die Tagesschau. Der Fernseher war neu, groß und flach, passte aber kaum in das für den Fernseher vorgesehene Fach der Schrankwand, die sie seinerzeit zur Hochzeit bekommen hatten und die Elvira leider immer noch schön fand. »Probier's mal mit Gemütlichkeit« hatte das Modell damals laut Möbelhausschild geheißen. Probier's mal mit Gemütlichkeit, am Arsch. Arndt klatschte sich noch eine Scheibe gerollten Schinken auf sein längliches Käsebrot. Heimische Gemütlichkeit war das, was er nicht sein wollte. Aber er war es leider. Er war langweilig und er wusste es. Er war beige Anzüge und Pantoffeln und Schrankwand und Käsebrot, all das, was Bertie Haberland nie gewesen war. »Arndt, sei doch mal ein bisschen schicker«, hatte der einmal zu ihm gesagt, als sie zusammen Golf gespielt hatten, »ein bisschen moderner, ein bisschen mehr, ich weiß nicht … Kosmopolit.« Arndt hatte sich geschämt und nicht gewusst, was er sagen sollte. Wie sollte er kosmopolitisch sein, wenn er nie aus Maria Brunn herausgekommen war? Er hatte in Felsach eine Banklehre gemacht und war bei seinen Eltern wohnen geblieben, weil es die anderen auch so machten und es billiger war. Nach der Lehre hatte sein Vater ihm eine Stelle bei der Maria Brunner Bankfiliale vermittelt, und als die geschlossen wurde, weil sich Bankfilialen auf dem Dorf nicht mehr rentierten, kam er bei Bertie unter. Er war geschmeichelt gewesen, dass Bertie ihn sofort einstellte, dass er sich manchmal mit ihm unterhielt und dabei kumpelhaft seinen Arm um ihn legte. Es war wie ein Ritterschlag gewesen, wenn Bertie das tat. Arndt wusste nicht, warum Bertie ihn auserkoren hatte, aber so war es gewesen. Zuerst war er nur einfacher Buchhalter bei »Tannengold« gewesen, dann Leiter des Controllings. Als Bertie das neue riesige Brauereigebäude bauen ließ, bekam Arndt darin ein großes Büro, fast so groß wie das von Bertie. Er wurde stellvertretender Geschäftsleiter, sie gingen gemeinsam golfen, sie waren zusammen bei den Charity Engeln, Bertie als Vorsitzender, Arndt als Stellvertreter. Gemeinsam hatten sie vor sieben Jahren eine Charity-Westweg-Wanderung als Spendenlauf organisiert. Zehntausend Euro waren dabei zusammengekommen, und bei der Dankesrede hatte Bertie ihn gesondert erwähnt. Er wusste noch, wie er da in der ersten Reihe saß und stolz war. Elvira hatte unbegeistert und schlecht angezogen neben ihm gesessen. Es hatte ihn immer gestört, dass sie Bertie nicht mochte, dass sie herumnörgelte, weil Arndt so viel arbeitete, dass sie kein Interesse an Charity-Veranstaltungen hatte. Sie interessierte sich nur für Wiesenkräuter und Schwarzwaldausflüge und diesen Landfrauenladen. Sie machte einfach nichts her, und das störte sie nicht einmal. Im Vergleich dazu Elisabeth, oder später dann noch besser: Julia. Bertie hatte eben ein Händchen für Frauen gehabt. Elisabeth war immer elegant, hatte gute Manieren, interessierte sich nicht nur für Wiesenkräuter und Räucherschinken. Man sah einfach, dass sie Klasse hatte. Sie und Bertie waren jahrelang das perfekte Paar an der Spitze der Maria Brunner Charity Engel und auf dem Golfplatz gewesen, sie hatten dieses gewisse Etwas. Und dann war Bertie mit Julia noch ein Upgrade gelungen. Arndt schmunzelte etwas über seinen eigenen Scherz. Jung und knackig, sportlich auch. Er sah zu Elvira hinüber, deren Bauch unter der Leinenbluse Falten warf. Und dazu diese breiten Oberarme. Sie sah aus wie eine Bäuerin, und das fand sie auch noch gut. Wenn sie sich wenigstens schminken würde, aber sie wollte nicht, und wenn sie es dann doch tat, weil er darauf bestand und weil man eben einfach nicht ungeschminkt zum Golfclub-Sommerfest ging, dann sah es komisch aus. Arndt rückte ein wenig von seiner Frau ab.

Vor einem Jahr war Bertie eines Abends in sein Büro gekommen, gut gelaunt, gut angezogen. Berties Anzüge saßen immer perfekt. Arndts Anzüge waren ihm meistens an den Schultern zu groß, aber er konnte nichts dagegen tun. Und sie waren beige. Elvira kaufte ihm die immer.

Bertie hatte ihn an diesem Abend angelächelt, sich halb auf die Schreibtischkante gesetzt und gesagt: »Arndt, mein Lieber, willst du befördert werden?« Arndt hatte eine Weile auf dem Schlauch gestanden. Er war schon stellvertretender Geschäftsführer – wohin hätte er noch befördert werden sollen, wenn nicht zu … »Ich gehe in den Ruhestand. Ich will noch was vom Leben haben«, Bertie hatte ihm auf seine typische Bertieart zugezwinkert. »Und Julia will ja auch noch ein bisschen Spaß mit mir, bevor ich zu alt dafür bin.« Sie hatten verschwörerisch-kumpelhaft gelacht. »Ich bleibe der Inhaber, aber ich brauche einen Geschäftsführer«, war Bertie auf das eigentliche Thema zurückgekommen. »Also, bist du dabei?« Arndt hatte nicht gewusst, was er sagen sollte. Natürlich musste er bei diesem Angebot zugreifen. Aber wirklich

Geschäftsführer? Verantwortlich für all das? »Tannengold« ohne Bertie, das war unvorstellbar. Bertie war das Charisma, der Charakter des Ganzen. Ohne ihn wäre es nur noch eine Brauerei, geleitet von einem farblosen Mann in beigem Anzug. Arndt wusste, dass das jeder denken würde. Er dachte es ja selbst. Aber natürlich hatte er angenommen; man sagte nicht Nein zu Bertie und zu so einem Angebot.

Elvira hatte nicht viel dazu gesagt. »Heißt des, du arbeitsch noch mehr?«, hatte sie nur gefragt, als er ihr abends beim obligatorischen Schinkenbrot von Berties Angebot erzählt hatte.

Ein halbes Jahr später hatte Bertie offiziell die Firma an ihn übergeben. Bei der Rede, die er dafür hielt, hatte Arndt geweint vor Rührung, so sehr hatte Bertie ihn gelobt. Als er ihn nach vorn rief, gab er ihm nicht nur die Hand, sondern umarmte ihn auch. Der Lokalreporter machte ein Foto davon, das am nächsten Tag groß im »Schwarzwald-Kurier« erschien. Arndt hatte an diesem Tag gedacht, dass er alles hatte, was er sich jemals hätte erträumen können. Er wollte Bertie zeigen, dass er ihm zu Recht vertraute. Arndt schnaubte bei dieser Erinnerung mit vollem Mund. Wie naiv er gewesen war. Es war alles so anders gekommen.

...

Elisabeth fühlte sich an diesem Abend so eigentümlich; es war ein Gefühl, als würde sie krank werden, so matt und irgendwie wund im Inneren kam sie sich vor. Eine Weile saß sie auf ihrem Sofa und versuchte zu lesen. Das Buch hatte ihre Nichte ihr zu Weihnachten geschenkt: »Große Königinnen der Geschichte«. Sie versuchte, sich auf das Kapitel über Königin Isabella von Kastilien zu konzentrieren, aber es gelang ihr nicht. Zu sehr drehten sich ihre Gedanken um den Besuch des Kommissars und den der merkwürdigen Frau Haas. Der Kommissar war schon zum dritten Mal hier gewesen. Zum ersten Mal direkt nach dem Mord, da noch deutlich freundlicher, um sie über den Tod von Bertie zu informieren, was auch nur recht war, denn immerhin war sie die ehemalige Ehefrau, und Julia war noch nicht einmal zu Hause gewesen. Wo sie sich wohl herumgetrieben hatte? Elisabeth hatte nicht im eigentlichen Sinne etwas gegen Julia. Sie kannte sie, hatte ihr sogar kurz, bevor Bertie sie verlassen hatte, im Supermarkt in Felsach dabei geholfen, den Rucola zu finden. Scheißrucola, dachte Elisabeth, steck ihn dir sonst wo hin. Sie dachte das mit einer gewissen Befriedigung; laut hätte sie so etwas nie ausgesprochen. Was hätte sie damals gesagt, wenn ihr dort jemand verraten hätte, dass dieses junge Mädchen, das etwas verloren vor dem Salatregal stand, mit ihrem Mann ins Bett ging? Sie hätte es bestimmt nicht geglaubt. Julia war die Tochter ihrer ehemaligen Tennispartnerin. Elisabeth hatte lange Tennis gespielt, genau wie Bertie. Gemeinsam waren sie später zum Golf gewechselt, zuerst nur ab und an in einem Golfclub einige Orte weiter oder im Urlaub, aber als dann ein Golfclub für das Dorf im Gespräch war, hatte sich Bertie sehr dafür starkgemacht und die Baugenehmigung gegen den Widerstand der sieben skeptischen Maria Brunner Gemeinderäte durchbekommen. Sie waren dort natürlich sofort gemeinsam eingetreten, hatten zusammen gespielt. Es war immer schön gewesen, friedlich, ausgeglichen. Ausgerechnet auf dem Golfplatz hatte er ihr dann gesagt, dass er sie verlassen würde. Dass er eine andere hatte, eine jüngere. Das Rucola-Mädchen. Als er ihren Namen zum ersten Mal vor Elisabeths Ohren aussprach, brauchte sie sogar einige Zeit, um in ihrem Gedächtnis ein klares Gesicht dazu zu finden. Sie hatte damals noch nicht geahnt, dass dieses Gesicht, dass dieser Name zu einer Art Besessenheit werden, dass er sie begleiten würde, den ganzen Tag und dann in ihren Träumen. Bertie hatte Julia ihr vorgezogen. Sie war nie wieder ohne Julia gewesen, seit Bertie wegen ihr gegangen war. Julia, langbeinig und dünn und straff und hübsch. Sie war nicht übertrieben schön, fand Elisabeth, nur jung genug, um schon allein dadurch gut auszusehen. Der federnde Gang, der wippende blonde Pferdeschwanz. Elisabeth hatte sie immer wieder beobachtet, konnte gar nichts dagegen tun. Wenn sie im Dorf spazieren ging, kam sie an diesem protzigen, seelenlosen weißen Würfel vorbei, den Bertie dort für sich und Julia in Windeseile gebaut hatte. Der Vorgarten war nicht grün und voller blühender Sträucher, so wie ihrer es war, sondern gefüllt mit hellgrauen kleinen Steinen, aus denen nur hier und da ein streng in Form geschnittener Buchsbaum hervorschauen durfte. Die Fenster waren modern, in Glasbändern zogen sie sich über die ganze Fassade, dazu eine Haustür so riesig, dass man sich daneben wie ein Zwerg vorkommen musste. Was war falsch an normal großen Haustüren? Nicht, dass sie jemals durch die Tür gegangen oder auch nur in ihre Nähe gekommen war. Bertie hatte sie nie eingela-

den, und auch wenn sie vor Neugier, einer selbstzerstöreri-
schen, nagenden Neugier, getrieben wurde, hatte sie es nie
über sich gebracht, von selbst ihrem Ex-Mann einen Besuch
abzustatten. Lieber rief sie ihn von Zeit zu Zeit an, mit einem dringenden Problem, das er lösen und für das er sie besuchen musste. Manchmal war das Problem echt, aber sie
musste zugeben, auch ab und zu eines erfunden, inszeniert
zu haben wie beispielsweise, als sie die Heizungsdichtungen
im Keller selbst gelockert hatte. Es war albern und peinlich,
natürlich. Aber immerhin war er gekommen, jedes Mal. Er
hatte ihr geholfen, er war immer freundlich zu ihr gewesen,
und sie hatte gehofft, dass er langsam, aber stetig, mit jedem Besuch ein bisschen mehr, daran dachte, wie glücklich
sie hier zusammen gewesen waren. Dass es sein Zuhause
war, das Haus, das er selbst gebaut hatte, mit den eigenen
Händen und viel Spaß daran, im Gegensatz zu dem weißen
Würfel, den eine Architektenfirma entworfen und dann hur-
tig auf der grünen Maria Brunner Wiese aufgestellt hatte.
Es war das Haus, in dem sie einmal geplant hatten, Kinder
aufzuziehen. Noch so ein Traum, der nicht erfüllt worden
war. Das, was sie einmal als Kinderzimmer geplant hatten,
war später Berties Fitnessraum geworden. Trotzdem: Das
Leben mit ihr hier, die ganzen Jahre – es musste ihm doch
etwas bedeutet haben. Er hatte es nur zeitweilig vergessen.
Und beim letzten Besuch hatte sie wirklich den Eindruck gehabt, dass sich etwas verändert hatte. Er war nicht sofort gegangen, nachdem er die Batterien der Feuermelder ausge-
tauscht hatte, sondern noch auf einen Kaffee geblieben und
hatte ein bisschen erzählt. Und zum Abschied hatte er sie

umarmt. Nicht besonders herzlich und auch nur sehr kurz, aber immerhin. Sie erinnerte sich daran, wie sie danach mit klopfendem Herzen und einer kleinen, neuen Hoffnung die Haustür hinter ihm geschlossen hatte.

Jetzt würde er nie mehr kommen und die Heizung entlüften oder die Fernsehsender neu einrichten. Er würde nie mehr mit ihr Kaffee trinken, sie nie mehr umarmen.

Elisabeth fröstelte. Warum war ihr Leben so aus den Fugen geraten? Was hatte sie getan, um das alles zu verdienen? Je länger sie diese Fragen in ihrem Kopf widerhallen ließ, desto matter fühlte sie sich. Sie beschloss darum, sich wieder auf Isabella zu konzentrieren. Isabella hatte gerade die Inquisition in Kastilien eingeführt. Das passte zu Elisabeths Stimmung.

· · ·

Während Elisabeth auf ihrem Sofa ihren Gedanken nachhing, traf sich Annemis Backgruppe ohne Annemi zum Uno-Spielen in der Cafeteria des Altenheims. Carlo gab die Karten aus, Hilde schnitt den Marmorkuchen an, den sie den Cafeteriamitarbeitern, die eigentlich nur einzelne Kuchenstücke ausgeben sollten, abgeschwatzt hatte. Marion verteilte Servietten und Gläser, Christa schenkte von dem Wein ein, den Carlo gesponsert hatte. »Ein Grauburgunder, mit ein bisschen Pfirsich und Vanille im Abgang«, pries er ihn an. »Bla, bla, bla«, sagte Hilde und prostete in die Runde.

»Ich habe schon ewig nicht mehr Uno gespielt«, sagte Marion. »Mein Hardy spielt nicht.«

Das Spiel begann. Christa konnte schnell einen Vorsprung ausbauen. »In meiner zweiten Kommune haben wir nächtelang Uno gespielt. Ich weiß nicht einmal, warum. Vielleicht waren es die Drogen«, sagte sie grinsend.

»Du hast mal in einer Kommune gelebt?«

»In drei insgesamt.«

»Mit Drogen?«

»Ja. Aber nur natürliches Zeug. Damals war ich noch nicht bei der Polizei.«

»Eine richtige Kommune mit freier Liebe?«, fragte Hilde interessiert. Marion sah schamhaft auf ihre Karten und legte dann eine.

»Uno«, sagte Carlo kurz darauf überraschend.

Dieses Mal mischte Hilde die Karten. »Habt ihr heute diese seltsame Todesanzeige für Bertie gesehen?«, fragte sie, während sie mit geübter Hand den Kartenstapel durch ihre Hände sausen ließ. »Ein Gedicht und dann einfach nur ein P. als Unterschrift.«

»P Punkt?«

»Ja.«

Carlo spuckte das gerade abgebissene Stück Marmorkuchen in seine Serviette. »Der ist ja komplett trocken. Das ess ich nicht.«

»Ach, so schlimm ist er nicht«, sagte Marion, die wie ein Spatz an ihrem Kuchenstück herumpickte.

»Ich hol uns was Besseres.« Nachdem Carlo gegangen

war, wandte sich Christa Hilde zu. »Was war das für ein Gedicht?«, fragte sie.

»Irgendeines mit Ringen.«

»Dem Sport?«

»Nein, Baumringe oder so etwas.«

»Hast du die Zeitung noch?«

Hilde nickte und schenkte sich großzügig Wein nach. »Ich hab die abonniert. Der ›Schwarzwald-Kurier‹. Die Todesanzeigen sind da immer das Interessanteste.« Sie trank einen Schluck. »Inzwischen bin ich in einem Alter, in dem ich da immer jemanden drin finde, den ich kenne.«

»Hilde, so solltest du nicht reden!« Für Marion war das eine beinahe kühne Wortmeldung.

»Aber es stimmt. Ich habe schon vier meiner Freunde überlebt.«

»Freunde in welchem Sinn?«, fragte Christa lauernd.

»Im aufregenden«, sagte Hilde gedehnt und grinste.

Carlo kam zurück. Er legte eine edel aussehende Schachtel Pralinen auf den Tisch und daneben die aktuelle Ausgabe des »Schwarzwald-Kuriers«. »Ich dachte, du fragst sowieso gleich danach«, sagte er zu Christa und zwinkerte ihr zu.

Sie schlug die Todesanzeigen auf. »... mein Leben in wachsenden Ringen ...«, las sie tonlos vor. P. Die gleiche Initiale wie auf dem Haarband am Benzinkanister. Sicher kein Zufall. Christa legte die Zeitung nachdenklich beiseite. »Bereit für die nächste Runde?«, fragte Hilde. »Bereit für die nächste Niederlage, meine Damen?«, fragte Carlo zurück. Sie spielten bis zehn. Danach ging Christa auf ihr Zimmer und rief Anna an.

»Ich lebe mein Leben in wachsenden Ringen, die sich über die Dinge ziehn ...« Christa fuhr mit der freien Hand glättend über die vor ihr liegende Zeitung.

»Das ist Rilke.«

»Rainer Maria?«

»Es gibt nur einen.«

Anna klang müde. Sie war immer noch an der Uni.

»Wie kommst du darauf?«

»Es stand in einer Todesanzeige.«

»Zufällig in einer Todesanzeige für deinen Schulkameraden?«

Christa antwortete nicht.

»Ach, Mama.«

»Lass mich, du hast keine Ahnung, wie langweilig es hier ist. Doch, hast du, wenn du bedenkst, dass ich dich um zehn Uhr abends ganz aufgeregt wegen einer Todesanzeige anrufe.«

»Das Gedicht geht noch weiter.«

»Wirklich, wie denn?«

Aus dem Telefonhörer kamen plötzlich zischende Laute.

»Was ist das?«

»Die Kaffeemaschine. Ich muss hier noch ein bisschen durchhalten. Langsam bekomme ich Panik. Wenn ich die Vorlesung nicht bald zu Ende kriege, fängt das neue Semester an, und ich stehe schweigend vor meinen Studenten.«

Es zischte noch lauter.

»Zu Weihnachten bekommst du eine neue Maschine. Das hört sich nicht gut an.«

»Ich hänge aber an dieser. Sie hat mal dir gehört, das gefällt mir.«

»Ja, aber schon damals war sie schwierig.«

Nun hörte man das Gurgeln des durchlaufenden Kaffees.

»Also, wie geht das Gedicht nun weiter?«

Anna räusperte sich. »Moment, ich muss nachdenken.«

Christa kritzelte auf ihrem Telefonblock herum. Es war eine alte Gewohnheit von ihr, einen kleinen Block neben dem Telefon liegen zu haben, auf den sie Kreise und Schnörkel malen konnte. Heute malte sie Ringe.

»Ich kreise um Gott, um den uralten Turm«, begann Anna dann langsam, »und ich kreise jahrtausendelang.«

»Rilke hat das bestimmt im Altenheim geschrieben.«

»Und ich weiß noch nicht: bin ich ein Falke, ein Sturm / oder ein großer Gesang.«

»Hm.«

»Was ›hm‹?«

»Ich finde den letzten Reim nicht so gelungen.«

Christa kritzelte einen Turm und einen Vogel. Der Vogel sah aus wie eine Taube. Sie schrieb »Falke« daneben und malte einen Pfeil zwischen Wort und Taube.

»Kritisierst du Rilke?«

»Kritisierst du mich?«

»Gute Nacht, Mama.«

»Gute Nacht, Schatz.«

SOMMER 1961

»Wer kann mir sagen, wie hoch der Feldberg ist?« Der Lehrer klopfte sich mit dem Holzlineal in die Handfläche, klatsch, klatsch, klatsch, immer wieder, während er seinen Blick durch das Klassenzimmer schweifen ließ. In der ersten Reihe duckten sich einige weg, manche sahen auf die Tischplatte vor ihnen. Niemand mochte Erdkunde, Erdkunde war langweilig. Und der Lehrer dachte nicht daran, es interessanter zu machen. Er fragte jede Stunde ab, Zahlen, Flüsse, Hauptstädte. Kein Mensch wollte wissen, wie hoch der Feldberg war. Der Blick des Lehrers blieb an dem Jungen in der hintersten Reihe hängen, der gelangweilt aus dem Fenster schaute. »Bertie.«

Bertie reagierte absichtlich langsam. Er drehte gelassen den Kopf, bis er den Lehrer direkt ansah. Bertie konnte den Lehrer nicht leiden; ein alter Mann, klein, hager, mit Seitenscheitel und Schnauzbart. Abgebrochener Hitler, nannten sie ihn manchmal in den Pausen, wenn kein Lehrer zuhörte. »Haberland«, schrie jetzt der abgebrochene Hitler. Er wurde sehr schnell wütend, witterte überall Ungehorsam und Aufsässigkeit. Einer vom alten Schlag. »Steh auf!« Bertie erhob sich in aller Ruhe. Als er endlich stand, stand er nicht gerade und stramm. Er hatte eine Hand in der Hosentasche, lässig und krumm. »Wie hoch ist der Feldberg?«, wollte der Lehrer noch einmal wissen. Er fixierte den Jungen vor sich mit starrem Blick. Der Junge war eine einzige Provokation für ihn. Viel jünger, viel größer, hübsch, sportlich, beliebt, alles, was der Lehrer nie gewesen war, auch nicht vor vielen Jahren. Dazu war der Junge so unerträglich aufsässig, richtig eingebildet. Früher hätte man solche wie ihn zurechtgestutzt. Der Lehrer dachte an seine eigene

Schulzeit, in der die Lehrer viel strenger gewesen waren, auch geschlagen hatten, ohne dass sich darüber jemand aufregte. Es war viel militärischer gewesen, die Jungen hatten ordentlichen Schneid gehabt – oder hatten ihn gelernt. Heute wurde der Lehrer schief angesehen, wenn er eine Ohrfeige an einen frechen Schüler verteilte. Bertie hätte schon längst eine verdient. Je länger der Lehrer darüber nachdachte, desto ärgerlicher wurde er. Nun zuckte Bertie auch noch die Schultern. »Hoch genug, dass man mit den Skiern runterfahren kann?!«

Die Klasse schnappte nach Luft. Bertie grinste. Eine seiner blonden Haarsträhnen fiel ihm ins Gesicht. Der Lehrer verlor endgültig die Fassung. »Frecher Hund!«, brüllte er. Dabei schlug er mit dem Lineal so hart auf Berties Tischplatte, dass es zersplitterte. Einen Moment war es still, dann hörte er ein leises Kichern hinter seinem Rücken. Der Lehrer wusste nicht, wie er sich verhalten sollte. Man durfte ihn nicht auslachen, das durfte man einfach nicht. Die Pausenglocke läutete und enthob ihn der Pflicht zu einer Reaktion.

In der Pause war Bertie von seinen Klassenkameraden umringt. Die anderen Jungen bewunderten ihn dafür, wie mutig er gewesen war. Bertie zuckte nur wieder die Achseln und lachte sein gewinnendes Lachen. Ein Mädchen, das Ruth hieß, bot ihm Schokolade an. Sie sah nicht schlecht aus, hatte einen rötlichen Pferdeschwanz und trug ein gelbes Blusenkleid, das ziemlich eng anlag. Sie war eine von denen, mit denen Bertie schon einmal Eis essen gegangen war. Es war aber natürlich wieder nicht mehr passiert als ein keusches Küsschen. Bertie kramte eine Zigarettenschachtel aus der Tasche seiner Lederjacke. Auf dem Schulhof war Rauchen offiziell verboten, aber hier, in der Ecke hinter dem Lehrgarten-Schuppen, war man sicher. Bertie verteilte großzügig ein paar Zigaretten an die Jungen um sich herum, dann zündete er sich selbst eine an. Er ließ sie lässig im Mundwinkel, während er Ruth ansprach. »Wie geht es dir denn, Ruth?« Ruth wurde ein bisschen rot. Sie hatte lange Wimpern, die sie stark getuscht hatte. Bertie paffte gelassen, ohne die Zigarette aus dem Mund zu nehmen. Er hatte lange geübt, um das zu können, seit er es einmal im Fernsehen gesehen hatte. »Gut, ich habe ein Pferd geschenkt bekommen.« Ruths Vater war Zahnarzt. Bertie lachte und nahm nun doch die Zigarette aus dem Mund.

»Und wie heißt es?«

»Sissi.«

Bertie nahm noch einen Zug. »Vielleicht willst du mir ja deine Sissi mal zeigen?«, fragte er. Ruth wurde noch röter. »Ich glaube, das wäre meinem Vater nicht so recht.« Bertie grinste. »Er soll es ja auch nicht erfahren.« Ruth fiel darauf keine schlagfertige Antwort ein. Die Jungen lachten. Als Ruth gegangen war, fragte einer von ihnen: »Hat sie dich mal rangelassen?« Bertie nahm den letzten Zug, blies gekonnt den Rauch durch die Nase wieder aus und trat dann die Zigarette auf dem Boden aus. Als er aufsah, schauten ihn sechs Augenpaare erwartungsvoll an. Bertie hatte keine Wahl. Er war Klassensprecher, er war beliebt, er wollte sich keine Blöße geben. Also strich er sich die Haare zurück und erzählte ihnen genau das, was sie hören wollten.

SECHS

Bertie Haberlands Brauerei besaß an der Eingangsseite eine große Glasfront. Patrick spiegelte sich selbst darin, während er darauf zulief. Er sah seinen Gang und war zufrieden damit: aufrecht, selbstbewusst. Seine Schultern waren durch die Gartenarbeit etwas breiter geworden, zumindest war das sein Eindruck.

Am Empfang saß ein sehr hübsches Mädchen in einer blauen Bluse, die gut zu ihren blonden Haaren passte. »Kommissar Lorenz«, sagte Patrick und hielt seinen Dienstausweis hoch. Das Mädchen sah ihn mit großen Augen an. »Haben Sie denn einen Termin?«, fragte sie. »Nein«, Patrick sah sich um, während er antwortete. Das Foyer, durch die Glasfront taghell, hatte einen glänzend spiegelnden Boden und Loungemöbel, die eher in ein Designhotel gepasst hätten als zu einem Unternehmen, das Bier abfüllte. In Patricks Vorstellung waren Dorffirmen eigentlich klein und muffig, und irgendwo hing ein Playboy-Kalender.

»Nein, ich habe keinen Termin«, wiederholte er, »aber ich möchte trotzdem mit dem Geschäftsführer reden.« Das Mädchen telefonierte kurz, dann nickte sie. »Herr Fuchs empfängt Sie. Erster Stock, erste Tür links«, sagte sie und wies mit ihrer makellosen Hand in die angegebene Richtung.

Das Büro war groß und ebenfalls von Glas umgeben. Ein riesiger schwarzer Schreibtisch war das einzig Dunkle an diesem Raum. Dahinter saß ein Mann in einem beigen Anzug. Als er Patrick sah, stand er auf. Nicht nur der Anzug, alles an dem Mann war irgendwie beige. Seine Haare hatten ein nichtssagendes Aschblond, durchzogen von vereinzeltem Grau, sein Gesicht ein Allerweltsgesicht, durchschnittliche Größe, kombiniert mit dem durchschnittlichen Bauch eines Mittfünfzigers. Nur seine Krawattenwahl war bemerkenswert: Seide mit aufgemalten Katzen. Patrick stellte sich vor und ging seinen Fragenkatalog durch. Wie lange war Herr Fuchs schon Geschäftsführer? Wie stand die Firma finanziell da? Wie hatte er sich mit Bertie Haberland verstanden? Herr Fuchs war kein guter Lügner. Nachdem er die ersten Fragen beantwortet hatte – »ein halbes Jahr« und »Wir können sicher nicht klagen« –, änderte sich seine Stimmlage, als es um sein Verhältnis zu Bertie ging. »Oh, die Zusammenarbeit mit Herrn Haberland war immer ganz reibungslos ... wirklich, ganz, ganz reibungslos.«

»Hat er Sie weiterhin beraten? Er ist doch Inhaber geblieben, stimmt's?«

Herrn Fuchs' linkes Augenlid begann zu zucken. »Ähm, nun, er hat sich natürlich aus dem Tagesgeschäft herausgehalten«, die Stimme wurde noch ein bisschen höher. Patrick hätte seine Totholzhecke darauf verwettet, dass Haberland alles getan hatte, außer sich herauszuhalten.

»Er war wirklich gar nicht mehr hier?«, hakte er darum nach. Herrn Fuchs war sein Unbehagen deutlich anzusehen. »Na ja. Er hat vielleicht das ein oder andere Mal vorbeigeschaut. Es ist natürlich auch schwer loszulassen, wenn man so ein erfolgreiches Unternehmen aufgebaut hat.« Aha, dachte Patrick. Herr Fuchs kam nun etwas in Plauderlaune. »Er hatte aber auch viele andere Verpflichtungen, neben der Brauerei. Sein Vorsitzamt bei den Maria Brunner Charity Engeln zum Beispiel. Da war er ja immer sehr aktiv, hat Wohltätigkeitsveranstaltungen organisiert und so weiter. Ich bin dort Vizepräsident, habe ihn oft unterstützt ...« Patrick wartete, bis Herr Fuchs weitersprach. »Ja, und dann das neue Haus, das er sich gebaut hat. Und die junge Frau wollte natürlich auch ein bisschen Aufmerksamkeit«, Herr Fuchs lachte ein keuchendes Lachen. Seine Katzenkrawatte wackelte dabei. »Und dann das Golfen. Bertie war oft golfen; seit er im Ruhestand war, noch viel öfter.« »War er denn gut darin?«, fragte Patrick ohne Interesse. Golfen war für ihn etwas für reiche Alte. Also ganz passend für Bertie Haberland. Herr Fuchs nickte. »Sehr gut. Er hatte das beste Handicap im ganzen Club.« Er strich sich über das farblose Haar. »Danach komme ich. Ich bin auf Platz zwei.« Wie in allem, dachte Patrick. Du warst wohl immer der Zweitbeste, der Stellvertreter, der Vize. Patrick betrachtete sein Gegenüber nachdenklich, und sein Blick blieb dabei wieder an seiner Krawatte hängen.

Herr Fuchs hatte Patricks Blick auf seine Brust verfolgt und strich sich nun verlegen über die Katzenkrawatte. »Ich hatte heute Morgen keine andere«, murmelte er. »Die hat mir mein Cousin geschenkt. Der mag so was.« Als Patrick nicht sofort antwortete, setzte Herr Fuchs nach: »Sie kennen ihn vielleicht. Mein Cousin leitet das Altenheim.« Patrick dachte bei sich, dass das Klischee, auf dem Land sei jeder mit jedem verwandt, stimmte. Er nickte. »Ja, Ihren Cousin habe ich schon kennengelernt.« Das war übertrieben, er hatte mit Oliver Fuchs vorige Woche ein kurzes Gespräch über Insektenhotels geführt. Herr Fuchs – der Altenheimfuchs, nicht der Firmenfuchs – hatte nämlich eines im Vorgarten stehen, und Patrick hatte ihn gefragt, wo man so etwas kaufen konnte. Tatsächlich hatte er ziemlich nett gewirkt. Jedenfalls deutlich lebensfroher als sein Cousin. Patrick bedankte sich und verließ das Büro. Beim Hinausgehen lächelte ihm das Mädchen am Empfang gewinnend zu. Er legte bei ihr einen Stopp ein und ließ sich die Terminübersicht von Arndt Fuchs für den Tag geben, an dem Bertie ermordet worden war.

· · ·

Christa ging die Straße entlang, in der sie einmal gewohnt hatte. Sie hatte nicht wirklich einen Grund dazu, nur Neugier, wie es hier inzwischen aussah. In der Amselstraße hatte sich im Gegensatz zum Dorfzentrum einiges verändert in den vielen Jahren. Kaum ein Haus sah noch so aus, wie es damals ausgesehen hatte, als Christa ein Kind gewesen war. Die meisten Häuser waren größer geworden, angebaut, gestrichen, neue Wintergärten. Ein paar waren sogar komplett abgerissen und durch neue, modernere ersetzt worden.

Das Haus, in dem Christa mit ihren Eltern gewohnt hatte, stand noch. In den Zwanzigerjahren gebaut, schlicht, aber nicht unansehnlich. Vor sechzig Jahren war es weiß gewesen, nun hatte es einen helllila Anstrich. Der Garten war gepflegt, es gab sogar einen kleinen Teich vorm Haus. Es ist in gute Hände gekommen, dachte Christa. Schön. Sie beschloss, bis zum Ende der Straße zu gehen. Die Amselstraße hatte schon immer als Sackgasse geendet, wie viele Straßen in Maria Brunn, die von der Hauptstraße abzweigten. Am Ende hatte der Haberland-Hof gelegen, gethront, musste man schon fast sagen. Es war kein typischer alter Schwarzwaldhof, wie es ihn drüben in Katzgold noch gab, sondern einer, der irgendwann zwischen Jahrhundertwende und Wirtschaftskrise gebaut worden war, als man keine Lust mehr auf die alten Höfe ohne fließendes Wasser und ohne Stromleitungen hatte und einige Bauern, die es sich leisten konnten, modernere Höfe hochzogen. Mit betonierten großen Einfahrten und allen Errungenschaften, die man in dieser Zeit eben haben wollte. Der alte Haberland, Berties Großvater, war einer dieser Bauern gewesen. In Christas Kindheit war sein Hof der größte und modernste im Dorf gewesen.

Jetzt erschrak Christa, als sie vor dem Anwesen stand. Es war immer noch groß, aber das war alles, was es mit dem früheren Anblick gemeinsam hatte. Auf der großzügigen Hoffläche war überall der Beton aufgesprungen. Durch die Ritzen des Belags wucherte das Unkraut. Die Scheune war halb zerfallen, vermodernde Balken lagen herum. Das Haus selbst wirkte wie im Dornröschenschlaf. Die Fenster waren blind geworden, der Putz blätterte von der Hauswand ab, ein Holzfensterladen war aus der Halterung gebrochen und lag nun im Vorgarten. Hier hatte es früher Tulpen und Vergissmeinnicht gegeben – die Haberlands waren eine der wenigen gewesen, die sich den Luxus eines reinen Ziervorgartens geleistet hatten, im Gegensatz zum Rest von Maria Brunn, auch Christas Eltern, bei denen Karotten im Vorgarten wuchsen und immer noch irgendwo Platz für einen Birnbaum war, der im August die Wespen anzog. Jetzt bestand der ehemalige Vorgarten der Haberlands nur noch aus Gestrüpp und alten Holzzaunlatten. Ein Schandfleck in diesem Bilderbuch-Schwarzwalddorf. Rührend wirkten die vergilbten Klöppelgardinen von Mama Haberland, die immer noch in den Fenstern hingen. Direkt vor dem Hof stand ein großes Schild, das offensichtlich neu war. »Hier baut in Kürze Ihre Baufirma Kaiser« und darunter das computererzeugte Bild eines modernen Wohnblocks, weiß, mit Balkonen. »Wenigstens das kann er sich jetzt in die Haare schmieren«, knurrte eine Stimme hinter Christa. Sie drehte sich um. Vor ihr stand ein Mann, vielleicht Anfang sechzig, massig, muskulös, rotgesichtig, in Jogginghose und Trainingsjacke. »Sportverein Maria Brunn« stand auf seiner Brust, und dasselbe wiederholte sich auf seiner Jogginghose, direkt über dem eingenähten Namen »Sven Veit«. »Wie bitte?« »Der Haberland. Der wollte das hier bauen. Jetzt wird er wohl nicht mehr dazu kommen.« »Hier sollte so ein großer Wohnblock hin?«, fragte Christa. Sven Veit nickte. »Ja, das ging ewig hin und her, was aus dem Grundstück wird. Ist ja riesig. Und der brauchte es ja nicht einmal, hatte ja seine Brauerei und zwei protzige Häuser hier im Dorf.« Sven lachte trocken. »Der hätte jede Nacht abwechselnd in einer seiner Luxushütten schlafen können und konnte es sich leisten, das hier verfallen zu lassen. Ich war der Idiot, der daneben wohnen musste, die ganzen Jahre.« Sven wies auf das Haus rechts neben dem Haberland-Anwesen, ein solides Einfamilienhaus, unspektakulär. Veit. Christa erinnerte sich langsam dunkel an die Veits, die – damals noch ohne Sohn Sven – in ihrer Kindheit hier gebaut hatten.

»Uns macht es schon seit Ewigkeiten ganz wahnsinnig, dass wir diese Ruine als Nachbarschaft haben. Nachts hängen hier die Jugendlichen rum, mit Zigaretten und Bierflaschen, die sie uns dann freundlicherweise leer hinterlassen. Ständig muss ich da beim Fußballtraining Ansagen machen, dass sie damit aufhören sollen.« Sven schüttelte den Kopf. »Als Bertie dann verkündet hat, dass er sich jetzt drum kümmern will, waren wir erleichtert. Wir konnten ja nicht ahnen, dass er *das da* unter ›kümmern‹ versteht.« Wütend fuchtelte er wieder Richtung Bauschild. »Der wollte uns diesen Klotz vor die Nase setzen. Das passt doch hier gar nicht rein, so ein Mietblock. Und Gott weiß, wer da eingezogen wäre. Außerdem hätte es uns das ganze Licht genommen, sage ich Ihnen.« Er zog die Nase hoch, wie das nur Fußballspieler und ihre Trainer konnten. »Ich sag Ihnen mal was, weil Sie nicht von hier sind.« Christa widersprach nicht. »Weil laut kann man das ja vor den Alteingesessenen nicht sagen: Ich bin nicht unglücklich, dass es den erwischt hat. Jetzt ist hier sicher erst mal Baustopp. Keine Ahnung, wer das Ganze erbt, aber wenn wir Glück haben, dann ist es die Elisabeth,

und die ist viel zu vernünftig, um diese verrückte Wohn-
blockidee durchzudrücken. Die weiß, dass das hier im Dorf
nicht gut ankommt, und im Gegensatz zu ihrem aufgeblase-
nen Ex-Mann interessiert sie sich dafür.«

Christa nickte interessiert. »Und dieser Haberland hat
sich nicht für das interessiert, was das Dorf denkt?« »Ha«,
Sven lachte bitter und zog noch einmal die Nase hoch. »Ich
sag Ihnen mal eines. Der hat sich nur für sich interessiert
und dafür, wo er noch mehr Geld herbekommt. Vermieter
sein, das hätte dem noch gefehlt in seiner Geldquellen-
sammlung. Ich weiß, es tun alle so, als wär er ein Heiliger
gewesen, mit seiner Brauerei und den Arbeitsplätzen und
seiner Riesenspende jedes Jahr und dem Charity-Gedöns.
Aber ich hab mich von dem nicht einwickeln lassen. Ich hab
gesehen, dem geht es nur um sich.« Christa nickte. Es schien
ihr, als würde Sven auf ihre Zustimmung warten. »Man
braucht Leute, die hinter die Fassade schauen«, sagte sie,
weil das Nicken nicht auszureichen schien. Sven lächelte
plötzlich und klopfte ihr auf die Schulter. »Ich wusste gleich:
Sie gefallen mir!«

...

»Wann sehen wir uns?«

»Ich weiß nicht.«

»Bist du noch bei deinen Eltern?«

»Ja.«

Julia schloss die Badezimmertür ab und hockte sich auf
den Badewannenrand.

»Ich vermisse dich.«

»Ich vermisse dich auch.«

»Julia!«, die durchdringende Stimme ihrer Mutter schrillte durch die Badezimmertür. »Julia, der Kommissar ist da!«

»Ich muss aufhören.«

»Ist gut. Ich ruf dich heute Abend noch mal an, wenn ich kann.«

Julia legte auf und betrachtete sich im Spiegel. Sie sah bleich aus, unter ihren Augen hatten sich dunkle Ringe gebildet. Das T-Shirt, das sie trug, hatte sie auch gestern schon angehabt, ihre Haare waren strähnig. Schnell fasste sie sie mit den Händen zusammen, fand aber kein Haargummi, sondern nur eine dieser großen Plastikhaarspangen, die ihre Mutter benutzte, wenn sie sich keine Mühe geben wollte. Julia klemmte sich die Haare mit der Spange am Hinterkopf fest. Nun, mit den streng nach hinten genommenen Haaren, sah sie noch erschöpfter aus als vorher. »Egal«, sagte sie zu ihrem Spiegelbild. »Total egal.« Sie schloss die Tür auf und ging die Treppe hinunter ins Erdgeschoss. Unten stand Kommissar Lorenz im Flur und unterhielt sich mit ihrer Mutter. »Ich habe ihn selten gesehen«, sagte die gerade. »Wir waren nicht besonders einverstanden mit der Beziehung, die unsere Tochter ... oh, Julia«, sie unterbrach sich. »Schon gut, nur keine Hemmungen. Ich weiß doch, was du davon gehalten hast.« Julia schnitt eine Grimasse.

»Frau Brandner, ich bin nur hier, um Ihnen zu sagen, dass Ihr Haus wieder freigegeben ist. Die Spurensicherung ist durch, es war alles sauber. Sie können wieder einziehen.«

»Mein Haus, das klingt komisch. Das war unser Haus.«

»Laut unseren neuesten Recherchen ist es aber jetzt Ihres.«

Julia zuckte die Achseln. Ihre Mutter schaute sie mit großen Augen an. »Er hat dir das Haus vererbt?«

Julia nickte.

Julias Mutter blieb fassungslos. »Du besitzt also jetzt ein Haus?«

»Frau Brandner, ich muss Ihnen leider sagen, dass das ein Motiv ist«, schaltete sich der Kommissar ein.

»Oh Gott«, stieß Julias Mutter hervor.

Julia blieb stumm.

»Ist Ihnen inzwischen irgendein Geschäft in Freiburg eingefallen, in dem Sie am Dienstag waren und wo sich jemand an Sie erinnern könnte?«

Julia schüttelte den Kopf. »Ich war nur in Kaufhäusern und habe sowieso nichts gekauft. Und es war sehr voll.«

»Kaufhäuser schließen um acht. Sie waren laut der Kollegin, die Sie angetroffen hat, erst um kurz nach elf zu Hause.«

»Ich bin über Land gefahren. Ich hatte es nicht eilig.«

»Haben Sie nirgends gegessen?«

»Ich hatte keinen Hunger.«

Julias Mutter schaltete sich ein. »Typisch für sie. Schauen Sie sich doch an, wie dünn sie ist.«

Patrick musterte Mutter und Tochter. Auch die Mutter war sehr dünn. »Bei mir ist es etwas anderes, ich nehme einfach nicht zu«, erriet sie seine Gedanken. Julia schnaubte.

»Ihr Alibi sieht bisher ziemlich mau aus«, stellte Patrick fest.

Julia zuckte nur die Schultern.

Als Patrick gegangen war, ließ Julia sich langsam auf der Treppe nieder, lehnte ihren Kopf gegen das Geländer und weinte.

. . .

Patrick fuhr an diesem Nachmittag den ganzen Weg nach Freiburg über die Landstraße. Es war so viel schöner als über die Autobahn. Die gewundenen Straßen, die über die Hügel führten, kilometerlang durch Wald, ab und zu durchbrochen von Wiesen und Dörfern, manchmal einzelne Höfe, hier und da ein Sägewerk. Er kam durch felsige Täler mit steilen Hängen und Schluchten, die beinahe an alte »Winnetou«-Filme erinnerten, die er sich gerne ansah. Der Schwarzwald war wild, fand er, wild und geheimnisvoll. Patrick kurbelte das Fenster seines alten Land Rovers herunter und hängte einen Ellenbogen heraus. So musste sich Autofahren früher dauernd angefühlt haben, als es noch keine Klimaanlagen gab. Der Fahrtwind zerzauste ihm die linke Hälfte seiner Frisur. Mit der rechten Hand drückte er an der Musikanlage des Autos herum. Er hatte eine neue einbauen lassen, an die er sein Handy anschließen konnte. Simon and Garfunkel.

»And here's to you, Mrs Robinson, Jesus loves you more than you would know, oh, oh, oh«, Patrick sang mit, laut und schief. Manchmal wäre er einfach gerne früher geboren worden. Jugend vor ein paar Jahrzehnten, in den wilden Sechzigern und Siebzigern, das musste toll gewesen sein.

Er war fast traurig, als er an seinem Ziel ankam.

Die Freiburger Rechtsmedizin war in einem funktionalen Bau untergebracht; Patrick war noch nie hier gewesen. Die Rechtsmedizinerin, die Bertie obduziert hatte, erwartete ihn glücklicherweise schon, sodass er sich nicht erst durchfragen musste. Sie führte ihn in den kühl klimatisierten Obduktionssaal, der einen starken Kontrast zu der sommerlichen Hitze draußen bildete. Die untersuchte Leiche von Bertie lag noch auf dem Tisch. »Ich will Ihnen ein paar Dinge direkt an ihm zeigen können«, sagte die Ärztin gut gelaunt. Sie trug einen beeindruckenden Dutt auf dem Kopf und vielen Sommersprossen auf der Nase. Patrick schätzte sie etwa auf sein Alter. »Es waren allerdings keine großen Überraschungen dabei. Er lag auf dem Rücken, als er mit dem Benzin übergossen wurde. Der Mörder muss rechts neben ihm gestanden haben, etwa auf Hüfthöhe, das ergibt sich aus der unterschiedlichen Verteilung des Benzins auf dem Körper.« Die Ärztin stellte sich so vor den Obduktionstisch, wie der Mörder neben dem schlafenden Bertie gestanden haben musste. »Oberkörper und Kopf waren praktisch vollkommen von Benzin eingehüllt, darum hatte er auch keine Chance. Die Beine haben etwas weniger abbekommen, sodass hier die Brandentwicklung nicht so rasant war.« Sie betrachtete den verkohlten Körper nachdenklich. »Da muss viel Hass im Spiel gewesen sein«, sagte sie. »Der Mörder muss fest entschlossen gewesen sein, wenn er sich für so eine Methode entschieden hat. Die erlaubt kein Zaudern: hingehen, Benzin ausschütten, Flamme dranhalten – das sind ein paar Sekunden. Wenn man bei einem einzigen Schritt zögert, klappt alles nicht mehr. Der Mörder war sich absolut sicher, dass er das hier wollte. Ich denke, er ist es im Kopf tausendmal vorher durchgegangen.«

»Oder er war sehr wütend. Dann überlegt man auch nicht mehr lange, sondern zieht es einfach durch.«

»Ja, oder so.«

Sie schwieg einige Sekunden lang, dann fuhr sie in professionellem Ton fort: »Insgesamt war die Benzinmenge in jedem Fall groß genug, um dem Opfer keine Chance zu lassen. Damit will ich sagen, dass die Brandbeschleunigung so groß war, dass ihm nicht mehr viel Zeit zur Reaktion blieb.«

Patrick schnitt eine Grimasse. »In den Filmen rennen brennende Menschen immer noch schreiend herum«, sagte er. »Aber niemand hat ihn gehört, und er lag fast direkt neben der Gartenliege auf dem Rasen.«

Die Ärztin nickte. »Ja, das passt zu meinem Ergebnis. Der Schock und die Brandbeschleunigung waren so immens, dass er wahrscheinlich nur noch mit Mühe überhaupt aufstehen konnte und dann gleich zusammengebrochen sein muss. Dazu auch noch der Umstand, dass er geschlafen hat und sicher erst durch die Nässe des Benzins aufgewacht ist. Er hatte also eine verminderte zeitliche Chance, zu reagieren. Zudem wurde er ja im Liegen angezündet. Aus dieser Position, mit dem Schock und der schnellen Brandentwicklung, in die Senkrechte zu kommen war eventuell gar nicht zu schaffen – schon gar nicht in seinem Alter. Auch sich bemerkbar zu machen muss schwer gewesen sein. Es kann sein, dass er geschrien hat, allerdings nur einen kurzen Moment. Das kann auch leicht im Alltagslärm untergehen.«

»Es ist auf einem Dorf passiert. Da ist nicht viel Lärm. Der Mord wurde dadurch entdeckt, dass ein Nachbar Brandgeruch bemerkt hat«, warf Patrick ein.

»Wann war die Todeszeit noch mal?« Die Ärztin schaute auf ihre Unterlagen. »Zwischen vierzehn und fünfzehn Uhr. Auf dem Dorf im Sommer an einem Werktag ... da werden einige den Rasen gemäht oder in der Küche das Geschirr gespült haben. Da könnte so ein kurzer Schrei auch mal untergehen.«

Patrick sah sie an. »Sie kommen auch vom Dorf«, stellte er fest.

»Südschwarzwald. Ein Kaff aus vier Höfen«, grinste sie.

»Und da sind Sie freiwillig in die Stadt gezogen?«

Die Ärztin sah ihn an, als sei das eine sehr dumme Frage.

»Ähm, okay, und was haben Sie noch für mich?«, fragte Patrick schnell. »Nicht mehr viel«, sie hob die Leiche etwas an. Der Rücken war nicht komplett verbrannt, einige Quadratzentimeter konnte man noch als Haut erkennen. »Das Feuer hat sich nicht überall komplett durchgefressen, aber fast.« Sie senkte den Körper wieder in seine seltsam gekrümmte Rückenlage zurück. »Die Krümmung ist nicht die Sterbehaltung. Das entsteht, wenn die Hitze das Gewebe zusammenzieht.«

»Aha«, Patrick wusste nicht, wie ihn diese Information weiterbringen sollte. Er dachte an das rosa Haarband. »Gibt es Hinweise, ob es eine Frau oder ein Mann gewesen ist?«, fragte er.

Die Ärztin antwortete nicht sofort. »Schwierig«, sagte sie. »An sich ist es eine Methode, die keine körperliche Kraft erfordert. Also wäre das Geschlecht egal. Andererseits ist es eine extrem brutale Mordart.« Sie deckte den Toten wieder zu. »Ich will keine Klischees bemühen, aber es ist statistisch schon so, dass Morde, bei denen das Opfer körperlich stark verletzt wird, eher von Männern begangen werden.«

»Also eher ein Mann?«

»Vielleicht, ja. Oder eine ziemlich ungewöhnliche Frau.«

»Am Benzinkanister wurde ein Haarband festgebunden. Rosa. Ein P. ist darauf eingestickt.«

»Das muss aber nicht unbedingt auf eine Frau als Täterin hindeuten. Vielleicht stand der Mörder nur in Verbindung mit der Dame mit P.«

»Oder P. ist gar kein Name.«

»Oder das.«

Patrick fiel nichts mehr ein, was er noch hätte fragen können. Die Ärztin breitete ein Tuch über dem Körper aus. »Ich schicke Ihnen den Bericht zu.«

»Digital?«

»Klar, was denn sonst? Und wir werden die Leiche heute noch zur Beerdigung freigeben«, sagte sie. Dann begleitete sie ihn noch zum Ausgang. »Ich wünsche Ihnen noch ein gutes Einleben im Schwarzwald«, sagte sie zum Abschied.

»Haben Sie einen Tipp?«

Die Ärztin musterte seine engen, unten hoch aufgekrempelten Jeans.

»Andere Hosen vielleicht.«

Auf dem Rückweg hörte er die Beach Boys.

· · ·

Arndt löschte alles, was er bisher getippt hatte. Zum vierten Mal an diesem Nachmittag. Er hätte nicht gedacht, dass es so schwer werden würde, den Nachruf zu schreiben. Kurz überlegte er, ob er jemanden damit beauftragen könnte, verwarf den Gedanken aber sofort wieder. Natürlich musste er das schreiben, er als Geschäftsführer, er als Berties Freund.

Arndt legte die Finger wieder auf die Tasten. »Tief getroffen gedenken wir Bertie Haberlands.« War das zu schmalzig? Zu gewöhnlich? So wie »Mit herzlicher Anteilnahme« oder »Mein Beileid«, all diese Todesfloskeln. Vielleicht sollte er persönlicher werden? »Unser Freund Bertie Haberland ist tot«, nein, das war es auch nicht. Bertie war nicht für jeden ein Freund gewesen. Für manche war er einfach nur der leutselige Chef von »da oben«. Anderen Mitarbeitern war er auf die Zehen getreten. Und für Nadine vom Empfang war er der, der ihr immer in den Ausschnitt geschaut hatte. Sie hatte das Arndt gegenüber nie geäußert, vielleicht auch sonst niemandem erzählt, aber er hatte es öfter bemerkt, wenn er mit Bertie am Empfang vorbeiging. Er hatte sogar mit dem Gedanken gespielt, Bertie darauf anzusprechen, hatte sich dann aber nicht getraut. »Unsere Empfangsdamen müssen was hermachen«, hatte Bertie immer gesagt. »Die Nadine ist super, die ist ein richtiger Blickfang.« Als Berties Affäre mit Julia öffentlich wurde, hatte Arndt im

Nachhinein bemerkt, wie sehr Berties neue Freundin Nadine glich. Groß, blond, sehr jung, Berties Typ also. Arme Elisabeth. Wie es ihr wohl ging? Er sollte nach ihr sehen, er hatte sie immer gemocht. Sollte man eine Ex-Frau eigentlich im Nachruf erwähnen? Immerhin hatte sie Bertie all die Jahre den Rücken freigehalten, wie man das so schön sagte. Sie hatte es verdient, genannt zu werden. Arndt machte sich eine Notiz, dann kehrte er zu seinem bisherigen Text zurück.

»Bertie Haberland war nicht nur Gründer der Brauerei ›Tannengold‹, sondern auch ein wunderbarer Chef, der sich gut um seine Mitarbeiter kümmerte«, tippte er weiter. Das stimmte. Bertie hatte gerne Feste für die Belegschaft ausgerichtet, er hatte kostenloses Obst verteilen lassen, damit sich alle vitaminreich ernährten, und einmal die Woche kam seit einigen Jahren eine Masseurin, die die von der Schreibtischarbeit oder von den Jobs in der Abfüllhalle hart gewordenen Rückenmuskeln lockerte, sofern man sich rechtzeitig in die Massageliste eingetragen hatte. Speziell für diese Masseurin hatte Bertie in Maria Brunn viel Spott einstecken müssen. »Mich hat mein Leben lang noch keiner massiert«, hatte im »Lamm«, der Dorfwirtschaft, einmal ein angetrunkener Stammtischveteran zu Bertie hinübergebrüllt, als Bertie und Arndt zusammen nach einem langen Arbeitstag auf einen Absacker gegangen waren. »Aber der Haberland, der kann ja alles zahlen.« Arndt war erschrocken über so einen offenen Angriff, aber Bertie hatte nur gelacht. Er war zu dem Mann hinübergegangen, hatte ihm in typischer Bertieart den Arm um die Schulter gelegt und irgendetwas zu ihm gesagt, das Arndt nicht hören konnte. Dann hatte Bertie die

Kellnerin gerufen und dem Mann ein Bier bestellt, ein »Tannengold«-Bier natürlich. »Wenn der Haberland schon alles bezahlen kann, dann kann er ja wohl dir auch ein Bier ausgeben«, hatte er fröhlich gerufen und dem Mann noch einmal kumpelhaft auf den Rücken geklopft. Als er wieder zu Arndt an den Tisch zurückkam, grinste er zufrieden. Und Arndt sah am Gesichtsausdruck des Stammtischmitglieds, dass ein neuer Anhänger Bertie Haberlands geboren worden war.

»Keine Angst, Bertie kümmert sich um euch«, war Berties berühmter Satz am Ende jeder Rede vor den Mitarbeitern gewesen. Und das tat er auch. Jeder, selbst der unwichtigste, konnte mit Anliegen zu ihm ins Büro kommen. Bei der Weihnachtsfeier hatte Bertie immer groß aufgefahren, er hatte sich nie lumpen lassen: Champagner, kleine Törtchen und Lachspasteten, geliefert von der Sterneküche des Hotels »Hirschhof«. Einmal hatte er eine Skulptur aus belgischer Schokolade bestellt, in Form eines Schwarzwaldmädels mit Tracht, Korb und Bollenhut. Die beeindruckten Aahs und Oohs hatte er mit jungenhaftem Grinsen eingeheimst. So etwas liebte er. Bei Betriebsausflügen übertraf er sich selbst mit Abenteuerlust. Einmal waren sie in einen Hochseilklettergarten gegangen, wo Arndt seine ausgeprägte Höhenangst entdeckt hatte. Ein anderes Mal hatte Bertie ein »Schwarzwälder Flößer-Erlebnis« gebucht, wo sie auf groben zusammengebundenen Baumstämmen einen Wildbach hinunterflößten wie einst die Urgroßväter. Arndt wäre an dem Tag lieber krank gewesen, aber Bertie hatte jede Minute geliebt. Er war natürlich auf dem vordersten

Floß mitgefahren, stand auf den runden rutschigen Stämmen so felsenfest und hoch erhoben, als hätte er sein ganzes Leben nie etwas anderes gemacht, und hatte sich köstlich amüsiert, als eines der Flöße kenterte und die gesamte Produktentwicklungsabteilung im eiskalten Schwarzwaldwasser landete. Bertie konnte einfach nichts etwas anhaben. Er bekam auf dem Golfplatz nicht einmal einen Sonnenbrand.

Arndt lehnte sich im Schreibtischstuhl zurück. Es war eine Sonderausführung, schwarzes Leder mit hohen Polstern, und so gut wie alles war höhenverstellbar. Bertie hatte ihn sich an seinen Rücken anpassen lassen, und als Arndt das Chefbüro übernommen hatte, ließ er ihn, wie er war. So war der Stuhl nun einen Tick zu hoch für ihn eingestellt, aber es war eben Berties Stuhl. Lächerlich, sagte er sich manchmal. Wie ein alberner Teenie, der sich die Hand nicht mehr waschen will, wenn sie ein Star gedrückt hat. Er hatte den Stuhl sogar so gelassen, als Bertie immer öfter wieder in der Firma aufgetaucht war. Die ersten paar Wochen nach seinem Ruhestandsbeginn war alles gut gegangen. Bertie und Julia waren erst einmal in Urlaub gefahren, Malediven, mit einem dieser Bungalows am Strand, an denen lange weiße Gardinen wehten wie in einer Raffaello-Werbung. Bertie hatte ihm später Fotos gezeigt. Als er zurückkam, blieb zuerst noch alles ruhig. Elvira und Arndt wurden zu einem Abendessen eingeladen, um die Malediven-Urlaubsgeschichten anzuhören und die Mitbringsel zu bewundern. Für Elvira hatten sie eine Muschelkette und einen Sarong mitgebracht, beides Dinge, die sie niemals tragen würde. Vor Arndt stellte Bertie strahlend eine Holzfigur ab, einen

Meter hoch. Sie stellte einen Affen dar. »Das schnitzen da die Einheimischen. Es hätte auch noch Tiger gegeben, aber ...« Bertie hatte gelacht. Arndt hörte das Lachen heute noch.

Ein paar Tage später hatte Bertie das erste Mal in Arndts Büro gestanden. Er wolle nur mal sehen, wie es ihm ging. Später kam er zweimal die Woche. Nur mal sehen. Nur mal ein bisschen umhören. Nur mal ein paar ungebetene Ratschläge geben. Die Ratschläge hatten sich gehäuft. Bertie war durch die Abfüllhalle geschlendert, durch die Büros. Er redete mit den Mitarbeitern. Über ihn wahrscheinlich auch, ob sie zufrieden waren mit ihm als Chef. Arndt konnte ihnen ansehen, dass sie sich Bertie zurückwünschten – außer Nadine vielleicht. Der lustige Bertie, der gesprächige Bertie, der coole Bertie. »Arndt, das ist vielleicht doch alles eine Nummer zu groß für dich«, hatte er dann vorletzte Woche gesagt. Arndt sah ihn noch vor sich stehen, da vor dem Schreibtisch, groß, braun gebrannt, gut gelaunt, selbstsicher, unverwüstlich.

Er schloss die Augen. Sollte doch jemand anderes diesen blöden Nachruf schreiben.

. . .

Dr. Paul Salm spielte heute nicht in Bestform. Das Wetter war drückend; auf dem Tennisplatz von Maria Brunn staute sich die Hitze. Er hatte das Gefühl, der rote Sand glühte, sodass ihm von oben und von unten warm war. Die Sonne stand so, dass sie beim Spielen blendete, und mindestens drei seiner zuletzt schlecht geschlagenen Bälle gingen auf ihr Konto. Paul bedeutete seinem Spielpartner, dass er eine Pause brauchte, und ging zur Bank, wo seine Mineralwasserflasche und ein Handtuch auf ihn warteten. Nachdem er einige Schlucke genommen hatte, trocknete er sich das Gesicht und bewegte sein Handgelenk rotierend in alle Richtungen. Seine Rückhand war heute nicht in Form, er wusste nicht, woran es lag. »Weiter?«, rief Wolfgang Liebig, sein Spielpartner. Paul nickte, ging aber nicht mit Lust zurück auf den Platz. Das war selten, Paul liebte Tennis. Nie verpasste er ein Grand-Slam-Turnier im Fernsehen. Das Ploppplopp war Hintergrundgeräusch so vieler Sommernachmittage und Abende in seinem Haus, dass seine Familie sich schon längst daran gewöhnt hatte. Pauls Frau Sybilla spielte ebenfalls Tennis, sogar sehr gut. Sie hatte das letzte Dameneinzel der Schwarzwald Open voriges Jahr für sich entschieden. Lukas hatte als Kind Tennis gespielt; es war ihm auch gar nichts anderes übrig geblieben, denn Paul hatte ihn zum Kindertennis angemeldet, kaum war er alt und groß genug, den Schläger zu halten. Paul bildete sich ein, dass es sein Verdienst war, einen so sportlichen Sohn zu haben. Lukas hatte sogar in Freiburg Sport studiert; wenn Paul nicht eingeschritten wäre, hätte er es als Hauptfach genommen. »Davon kannst du nicht leben«, hatte er ihm gesagt, also hatte Lukas VWL studiert und Sport nur als Nebenfach. Paul war zufrieden mit ihm, seine Abschlussnoten waren gut. Nur dass er sich jetzt so verzettelte, das gefiel ihm gar nicht. Seit einem halben Jahr war Lukas fertig mit dem Studium, und noch immer hatte er keine Stelle, sich noch nicht einmal um eine bemüht. Er ließ sich treiben, war wieder bei seinen Eltern eingezogen, und auch wenn vor allem Sybilla darüber völlig aus dem Häuschen war vor Freude und um ihren Jungen herumschwirrte, war Paul doch der Ansicht, dass Lukas bald einmal aus dem Quark kommen musste. Während des Studiums hatte Lukas in den Semesterferien bei »Tannengold« gearbeitet, nachdem Paul mit Bertie geredet hatte. »Ich schaue, was ich machen kann«, hatte Bertie versprochen, und er hatte Wort gehalten. Schon ab dem zweiten Semester hatte er Lukas eine Stelle in der Marketingabteilung freigeräumt, später hatte er ihn sogar zum persönlichen Assistenten gemacht, ein Job, der mit Berties Rückzug aus der Firma ins Wanken geraten war. Lukas vertrug sich nicht besonders mit Arndt. »Arndt macht keinen Spaß«, sagte er immer. In den letzten Monaten hatte er darum seinen Einsatz in der Firma zurückgeschraubt und ein paar bedeutungslose Jobs als Wassergymnastiktrainer und Wanderführer angenommen. Seit Neuestem leitete er auch noch das Waldbaden. So konnte es wirklich nicht weitergehen.

»Worauf wartest du?« Wolfgang riss Paul aus seinen Gedanken. Paul versuchte, sich wieder auf das Spiel zu konzentrieren, und es gelang ihm ein sehr sauberer Aufschlag. Aber seine Gedanken wanderten schnell zurück zu Lukas. Das Angebot, das Bertie ihm kürzlich gemacht hatte, war der helle Wahnsinn gewesen. Eigentlich unglaublich für Lukas' Alter, für seine geringe Erfahrung. Darum war Bertie auch zuerst zu Paul gekommen. »Ich will Lukas den Geschäftsführerposten anbieten«, hatte er gesagt, als sie gemeinsam auf Pauls Terrasse einen Gin Tonic tranken und Sybilla gerade im Haus war. »Was hältst du davon?« Paul hatte sich beinahe verschluckt. »Schau mich nicht so an«, Bertie hatte gelacht. »Ich bin nicht verrückt. Es ist mein Ernst. Lukas hat sich gut angestellt, er ist jung, er hat Energie und gute Ideen. Ich mag ihn. Ich mag dich. Es ergibt alles Sinn.«

»Aber Arndt ...?«

Bertie hatte sich im Gartenstuhl zurückgelehnt und gelächelt. »Ach, Arndt.«

Paul hatte nicht weiter nachgefragt. »Also hast du nichts dagegen?« Natürlich hatte er nichts dagegen. Es war perfekt. An dem Abend, nachdem Bertie ihm von seinem Plan erzählt hatte, war Paul sehr zufrieden schlafen gegangen. Das war nun neun Tage her. Neun Tage, und alles war anders. Paul schlug den nächsten Ball härter, als er wollte. »Paul, was ist denn heute los mit dir?«, rief Wolfgang ärgerlich. Paul fing bei der nächsten Gelegenheit den Ball und drehte ihn in der Hand. »War die Polizei schon wegen Berties Testament bei dir?« Er schlug auf.

»Ja. Ich habe ihnen alles genau erklärt. Auch seine kürzliche Änderung. Kommt deine Laune daher? Ach, Paul, so war er eben. Spontan. Er hat gemacht, was er wollte, und das weißt du auch.«

»Er war mein Götte. Meiner. Er war wie mein zweiter Vater, Wolfgang!«

Paul erwischte den Ball gerade noch und schlug ihn mit aller Kraft und Wut zurück. Den Rest des Satzes spielten sie schweigend.

· · ·

Es war schon lange dunkel, als Christa in ihrer Wohnung mit Todesverachtung etwas verschlang, das laut Menüplan »Hackbraten Esterházy« hieß und aussah, als hätte es vor Christa schon einmal jemand gegessen. Sie blieb dabei, eher unabsichtlich, bei einer einschläfernden Reportage über die Bretagne hängen und war beinahe eingedöst, als sie draußen auf dem Flur einen eigenartigen Tumult hörte. Jemand sang sehr laut und sehr schief, und dazu gab es geräuschvolle Schläge, die durch den Gang zu hallen schienen. Christa hievte sich aus ihrem Sofapolster hoch und schloss ihren froschgrünen Bademantel über ihrem Schlafanzug. Als sie ihre Wohnungstür erreicht und sie aufgemacht hatte, bot sich ihr ein eigenartiges Bild. Eine kleine, sehr alte Frau mit wirr vom Kopf abstehenden weißen Haaren und einer Art Metzgerschürze über dem bunten Pyjama sang im Flur aus Leibeskräften und donnerte dazu in einem nicht besonders gelungenen Rhythmus mit ihrem Rollstuhl gegen die Glastür, die den Flügel des Betreuten Wohnens von dem Glaskorridor ins Altenheim hinüber abtrennte. »Im Märzen der Bauer die Rösslein einspannt« – dong – »dann setzt er die Wiesen und Felder instand« – dong. Christa wusste nicht recht, ob sie Lust hatte, sich mit dieser nächtlichen Musikantin auseinanderzusetzen. Leider hatte die Frau sie nun erspäht, denn sie richtete ihre kleinen dunklen Knopfaugen direkt auf Christa. »Du da!«, rief sie. »Sing mit!« Christa schwieg. »Sing!« Seufzend ging Christa nun doch zur Glastür, und weil die Knopfaugen sich immer noch erwartungsvoll auf sie richteten, setzte sie an: »Er pflüget den Boden, er egget und sät.« Frau Metzgerschürze nickte begeistert und donnerte zur Belohnung noch einmal gegen die Glastür. Bei »und rührt seine Hände frühmorgens und spät« hatte Christa sie erreicht. Entschlossen stellte sie ihren Rollator ab und packte den Rollstuhl der Frau bei den Griffen. Sie drückte auf den elektrischen Türöffner, die Tür schwang auf, und mit einiger Anstrengung gelang es Christa, die Frau samt Rollstuhl hindurchzuschieben. Nun stand sie im Altenheim-Bereich. »Hallo?«, rief sie. »Nachtschwester?« Die Frau im Rollstuhl beschloss, ihr zu helfen, und rief nun auch aus Leibeskräften. »Hallo! Hallooooo!« Dann lachte sie und zupfte an ihrer Schürze. Christa überlegte gerade, in ihre Wohnung zurückzugehen und einen der Notrufknöpfe einzuweihen, als tatsächlich Schritte zu hören waren. Eine Schwester mit Zopf tauchte auf, abgekämpft und mit müden Augen. »Frau Bergmann, was machen Sie denn hier?«, fragte sie, ohne eine Antwort zu erwarten. Bergmann. In Christas Gedächtnis arbeiteten sich Erinnerungen hervor. Die Bergmanns waren schon in ihrer Kindheit die Maria Brunner Metzgerfamilie gewesen. Christa schaute ihren Schützling noch einmal genauer an. Metzger Bergmann hatte damals eine Tochter in Christas Alter gehabt, aber die Frau wirkte viel älter. Vielleicht Bergmanns Schwester? Christa kam nicht mehr auf den Vornamen. »Ich habe sie drüben vor meiner Wohnung gefunden«, erklärte sie der Nachtschwester.

»Ja, Frau Bergmann macht gerne nachts Ausflüge.«

»Sie singt wohl auch gerne«, knurrte Christa.

Die Schwester lachte. »Haben Sie mitgesungen?«, fragte sie. Christa verzog das Gesicht. »Ja, mich bringt sie auch immer dazu. Sie kann da richtig streng sein«, die Schwester lachte wieder und strich sich eine Haarsträhne aus dem Gesicht. »Danke, dass Sie sie zurückgebracht haben.« Sie nahm Christa die Rollstuhlgriffe aus der Hand und verabschiedete sich. Beim Weggehen hörte Christa, wie Frau Bergmann »Im Frühtau zu Berge« anstimmte. Als sie wieder in ihrer Wohnung war und sich im Badezimmer die Zähne putzte, fiel Christa der Name wieder ein. Irma. Irma Bergmann, die Schwester des Metzgers.

SOMMER 1961

Als Bertie das nächste Mal Gras für die Hasen holen musste, hielt er nach ihr Ausschau, aber sie war nicht da. Sie kam nur manchmal aus der Stadt nach Maria Brunn zur Großmutter, wenn ihre Mutter keine Zeit für sie hatte. Bertie hatte gehört, dass ihre Mutter eine Geschiedene war.

In den nächsten Wochen vergaß er ihre Hüften nicht, ihre Waden, ihren Gang, aber er hatte viel zu tun. Es war Sommer, und auch wenn in den Filmen die Leute im Sommer in den Urlaub fuhren, bedeutete Sommer in Maria Brunn vor allem Arbeit. Das Wetter blieb heiß, das Gras wurde immer höher, und Anfang Juni musste zum ersten Mal in diesem Jahr Heu gemacht werden. Gleich nach der Schule und dem Mittagessen ging es auf die Schwarzwaldwiesen; Berties Vater hatte viele davon, mehr als alle anderen Bauern im Dorf. Zu zweit war das nicht zu schaffen, und so etwas wie Knechte gab es nicht mehr, darum kam jeden Sommer Onkel Wilhelm aus dem Tal herauf und brachte seine beiden Söhne mit. Bertie konnte mit diesen Cousins nichts anfangen. Er sah sie immer nur in Arbeitshosen irgendwo auf den Wiesen stehen, staubig, dreckig, verschwitzt, und dabei wirkten sie, als könnten sie sich nichts Besseres vorstellen. Sie hießen Gunnar und Gerald und hatten im Sommer ganz verbrannte speckige Nacken. Onkel Wilhelm war der älteste Bruder von Berties Mutter. Er trank sehr viel. Das Ritual war immer dasselbe: Wenn sie vom Feld oder den Wiesen kamen, müde und verschwitzt, dann setzte sich Onkel Wilhelm mit einem tiefen Stöhnen auf die Holzbank im Hof. »Irene, wo bleibt der Schnaps?«, rief er. »Irene!« Berties Mutter kam dann mit einer Flasche selbst gebranntem Obstschnaps, den sie im Sommer und Herbst im Schuppen destillierte, und außerdem gab es Brot und Wurst, alles im Hof, und da saßen sie und sahen zu, wie die Sonne unterging und Onkel Wilhelm sich betrank. Wenn Gunnar und Gerald Glück hatten, hatte Berties Mutter auch noch Kirschkuchen gebacken, mit Butterstreuseln darauf. Dann strahlten sie und aßen die Stücke mit den dreckigen Händen direkt vom Blech, sodass Bertie keines mehr davon essen wollte und meistens schnell ins Badezimmer ging und Wiesenstaub und Schweiß wegwusch. Heu zu machen war nicht so schlimm wie das Stroh, das sie im August in die Scheune brachten und das er zusammen mit Gerald und Georg auf dem Scheunenboden niedertreten musste. Es zerstach einem die Beine, und in die frischen blutigen Stiche setzte sich der Staub und floss der salzige Schweiß, und das brannte alles wie Feuer und entzündete sich auch meistens, sodass Berties Beine Ende August ganz rot und blutig gekratzt waren und sich erst im Herbst wieder erholten. Bertie wusste, dass sein Vater sich wünschte, er wäre genauso wie Gunnar und Gerald und würde das alles wie sie lieben. Aber so war er nicht und würde es auch garantiert nie werden.

Am dritten Tag der Heuernte saßen sie wieder abends im Hof auf der Holzbank, mit einem ausklappbaren Tisch vor sich, auf dem die Leberwurst, das Brot, die Essiggurken, das Kuchenblech und das Bier standen. Eine Flasche Birnenschnaps stand vor Onkel Wilhelm, Berties Mutter saß in einem Stuhl mit Lehne und geblümtem Polster und stopfte einen Kissenbezug. Ihre Finger arbeiteten schnell. Die Sonne stand rot und feurig über dem Wald, und die Mücken schwirrten. »Ein schöner Abend«, sagte Berties Mutter. Onkel Wilhelm grunzte zustimmend. »Wie früher, Irene«, seine Zunge war schon etwas schwer, »wie früher, weißt du noch?«

Onkel Wilhelm sprach immer von früher. Von seiner Kindheit, in der alles noch viel besser gewesen war, und vom Krieg. Im Gegensatz zu den meisten, die Bertie kannte, erzählte er gerne und viele Kriegsgeschichten. »Bumm, bumm, bumm. Das kannst du dir nicht vorstellen, Junge, immer ducken und der Lärm! Ich habe heute noch ein Pfeifen im Ohr, das kommt von damals.« Onkel Wilhelm war in Frankreich gewesen, angeblich bei der Eroberung von Paris. Wenn Bertie bei ihm zu Hause war, was selten vorkam, eigentlich nur, wenn sie seinen Mähdrescher holen wollten, oder manchmal an Feiertagen, dann musste er sich immer Onkel Wilhelms Kriegskiste ansehen. Das war eine Zigarrenkiste aus Holz, und darin lagen die Abzeichen und eine Kugel, die vor sich hin rostete, und ein paar Fotos von Kameraden. »Alle gefallen«, sagte Onkel Wilhelm dann und streichelte über die Fotos. Bertie wusste nie, was er sagen sollte.

»Gerda, komm doch rüber«, rief da Berties Mutter plötzlich und winkte. Gerda war ihre Nachbarin links, die Großmutter des Mädchens mit dem gelben Kleid und den Waden und Hüften. Eine alte Frau mit einem Buckel und einem ganz kleinen, aber sehr eng gedrehten Haarknoten. Bertie sah auf, und tatsächlich stand Gerda am Zaun zwischen ihrem Garten und dem Hof der Haberlands und goss ihre Stockbohnen. Sie hob den Arm und winkte ihnen zu. Sie trug eine ärmellose, blau geblümte Kittelschürze, und die Haut am Oberarm, faltig und schlaff, schwang bei der Bewegung mit. Sonntags trug sie Tracht, wenn sie in die Kirche ging. Es war die Tracht der Gegend für alte Frauen und Witwen: eine schwarze Bluse, ein schwarzes Mieder und darüber ein breiter Rock mit blauer Schürze und kleinen silbernen Stickereien, dazu ein kleiner schwarzer Hut mit Spitze daran. Alles dunkel und unglaublich ernst. Auch Berties Mutter hatte noch eine Tracht im Schrank, aber

Gott sei Dank zog sie die nie an. Es vertrug sich nicht mit ihrer Bewunderung für Brigitte Bardots Caprihosen.

Eine Weile später kam Gerda tatsächlich – und nicht allein, sondern mit dem Mädchen. Berties Herz klopfte ein bisschen vor Aufregung. »Die Pauline ist bei mir«, sagte Gerda. Gerald und Georg glotzten Pauline an, die vorsichtig lächelnd grüßte. Heute war ihr Kleid violett mit großen rosa Blüten und mit ausgestelltem Rock. Sie war eine eigenartige Mischung aus Stadt und Dorf, barfuß, aber ihr Kleid war modisch. Sie setzten sich, und Pauline saß gegenüber von Bertie, sodass er sie in Ruhe anschauen konnte. Sie war hübsch, große braune Augen und braune Haare, die weich aussahen und glänzten. Er wollte sie ansprechen, aber es fiel ihm nichts ein, was er hätte sagen können. Zum ersten Mal war er gegenüber einem Mädchen nervös. »Willst du Kirschkuchen?«, fragte er nach einiger Zeit. Sie lächelte und nickte. »Ja, bitte«, sagte sie. Ihre Stimme war sanft. Er suchte ihr ein Stück aus, das noch nicht mit den Fingern seiner Cousins in Berührung gekommen war, legte es auf seinen Teller und schob ihn ihr zu. Während sie den Kirschkuchen aß, sah Bertie auf ihre Hände. Im Vergleich zu seinen waren sie sauber und heil, die Fingernägel hatte sie sogar lackiert. Der Lack war rosa. Hier in Maria Brunn lackierte sich niemand die Nägel. Er wusste, dass sein Vater sich später, wenn sie gegangen war, darüber lustig machen würde. Er sagte, dass Frauen, die sich die Nägel lackierten, leicht zu haben waren. Bertie hoffte, dass er recht hatte. Er lächelte Pauline an. Sie lächelte zurück. Ein guter Anfang.

SIEBEN

In dieser Nacht, ihrer ersten Nacht allein im Haus, konnte Julia nicht schlafen. Sie war so müde, aber es gelang ihr trotzdem nicht. Wie immer seit seinem Tod dachte sie nur an Bertie und wie ihr Leben in den letzten Monaten aus dem Ruder gelaufen war. Sie wälzte sich auf die linke Seite und schüttelte das Kopfkissen neu auf. Die Luft im Zimmer stand. Der ganze Tag war stickig heiß gewesen, über Maria Brunn hing der Sommer so hartnäckig und glühend wie selten. Julia sah eine Weile den Gardinen zu, die vor der offenen Balkontür im warmen Nachtwind wehten. Dort draußen auf dem Balkon hatte sie oft mit Bertie gefrühstückt, vor allem in der Anfangszeit. Fünf Jahre waren sie zusammen gewesen, fünf Jahre. Julia dachte an den Anfall, den ihre Mutter bekommen hatte, als sie von ihnen erfuhr. »Dass du dich nicht schämst«, hatte sie geschrien, »ein verheirateter alter Mann!« »Du bist nicht viel jünger als er«, hatte Julia zurückgeschrien. »Heißt das, dass du eine alte Frau bist?« Da hatte ihre Mutter geweint. »Was soll ich bloß Elisabeth sagen?«, hatte sie immer wieder gemurmelt. »Was soll ich bloß Elisabeth sagen?« Julia hatte sich damals nicht darum gekümmert. Es hatte sie nicht interessiert, wie es Elisabeth ging oder welche schiefen Blicke ihre Mutter im Dorf erntete, weil ihre Tochter mit Bertie Haberland schlief. Die Blicke, die ihr selbst zugeworfen wurden, interessierten sie genauso wenig. Es war wie ein Rausch gewesen. Mit Bertie war alles so anders, als sie es bis dahin gewohnt gewesen war. Er war ein richtiger Mann, mit einem erfolgreichen Unternehmen, mit Geld, er hatte Ahnung vom Leben. Er hatte ihr schöne Dinge geschenkt.

Julia erinnerte sich an ein goldenes Armband, das sie in ihrer allerersten gemeinsamen Woche bekommen hatte. Es lag einfach auf ihrem Kopfkissen und war wunderschön. Teuer. Etwas ganz anderes als der billige Modeschmuck, den sie bisher getragen hatte und der hässlich schwarzblau auf der Haut abfärbte, wenn er mit Wasser in Berührung kam. Bertie hatte ihr das Armband umgelegt, und sie hatte ihn geküsst. »Bist du glücklich?«, hatte er sie gefragt. »Sehr.« Das war die Wahrheit gewesen. Nur ein paar Wochen später hatte er begonnen, dieses Haus für sie beide zu bauen. Es war alles so schnell gegangen. Er hatte ihre Vorschläge für das Haus ernst genommen, sie wie eine Erwachsene behandelt, sie um Rat gefragt, was die Baupläne und die Einrichtung anging. Ohne sie hätte es keinen Balkon für das Schlafzimmer gegeben. Kein Ankleidezimmer. Keine offene Küche. Kein Gästezimmer. Das Haus war wunderschön geworden, genau so, wie sie es sich vorgestellt hatte. Julia hätte damals nicht gedacht, dass sie einmal anfangen könnte, es zu hassen.

Wieder drehte sie sich um, dieses Mal auf die rechte

Seite. Rechts neben ihr hatte Bertie geschlafen. Gleich als sie heute Nachmittag ins Haus zurückgezogen war, hatte sie sein Bettzeug abgeräumt, sodass nur noch ein Kopfkissen und eine Bettdecke auf dem großen Bett geblieben waren. Sie wollte nicht mehr daran denken, dass er neben ihr gelegen hatte.

Stattdessen dachte sie an morgen. Sie drehte den Kopf und sah auf den mintfarbenen Retrowecker, der auf ihrem Nachttisch stand. Es war sieben Minuten vor drei. In zwölf Stunden würde sie auf dem Friedhof stehen. Sie hatte lange darüber nachgedacht, was sie anziehen sollte, und sich letztendlich für ein dunkelgraues Kleid und schwarze Schuhe entschieden. Beides hatte ihr Bertie einmal auf einem Wochenendtrip nach Brüssel gekauft. Er hatte gerne solche Reisen gemacht, sie damit überrascht. Mal waren sie kurz vor Weihnachten nach Stockholm geflogen, mal nach Mallorca, wo Bertie golfte und sie den ganzen Tag am Pool lag. Das dunkelgraue Kleid war passend. Schwarz sollte sie wohl besser nicht tragen; sie war trotz der letzten fünf Jahre und Berties Scheidung in den Augen der Maria Brunner nicht die Witwe. Das war Elisabeth. Julia konnte das schon daran sehen, dass sie keine einzige Kondolenzkarte bekommen hatte; ganz zu schweigen von Besuch. Nicht dass sie es erwartet hätte. Sie wusste, wo ihr Platz war, man hatte es ihr oft genug deutlich gemacht. Nie wurde sie mit Bertie zusammen offiziell irgendwohin eingeladen; nicht zum Sommerfest des Golfclubs, nicht zum Empfang im Hotel »Hirschhof«. Wenn Bertie sie zu solchen Veranstaltungen trotzdem mitgenommen hatte, hatte sie dort den Status des uneingeladenen Überraschungsgastes, stand die meiste Zeit unbeachtet neben Bertie oder machte erleichtert mit den wenigen Konversation, die Bertie zuliebe über ihren Schatten sprangen – meistens Männer. Es gab kein Vertun: Sie war der Eindringling, Elisabeth war die Heilige. Einmal, ganz am Anfang, hatte sie sich darüber bei ihrer Mutter beschwert. »Tja, ich hatte dich gewarnt, Julia«, war die Antwort gewesen. »Er war verheiratet. Und wie man sich bettet, so liegt man.« Julias Mutter hatte noch einige Variationen dieser Verhaltensgrundregel auf Lager, unter anderem: »Wie man in den Wald hineinruft, so schallt es heraus«, und: »Man muss die Suppe auslöffeln, die man sich selbst eingebrockt hat.« Alle besagten dasselbe: Julia war selbst schuld. Und das war sie auch. Wie sehr sie schuld war, das ahnte selbst ihre Mutter nicht.

Julia drehte sich auf den Rücken und sah zur Decke. Sie musste unbedingt schlafen, schon seit Wochen schlief sie kaum. Tagsüber war sie dann in einem eigenartigen Zustand aus Müdigkeit und einer Aufgedrehtheit, die sie früher nicht gekannt hatte. Zwei Tage vor Berties Tod war es so schlimm gewesen, dass sie, auf der Landstraße unterwegs, rechts in die Wiese fahren musste, weil ihr Herz so klopfte. Es pochte und pochte; sie hatte es mit der Angst zu tun bekommen. Wenn das so weiterging, musste sie zum Arzt gehen. Sie hatte schon alles Mögliche versucht: heiße Milch mit Honig, aber bei dieser Hitze war das nicht verlockend. Baldriantropfen, die ihre Mutter manchmal nahm. Aber auch das hatte sie nicht beruhigen können. Seit Anfang des Sommers fühlte sie sich so unter Strom, so innerlich angespannt. Es war alles zu viel für sie. Seit Bertie tot war, war ihre Schlaflosigkeit noch schlimmer geworden. Auch jetzt klopfte ihr Herz viel zu schnell, sie spürte es ganz deutlich. Julia legte sich die rechte Hand auf den Bauch, genau auf die Mitte, und atmete tief ein und aus. Angeblich beruhigte das. Es half aber nicht. Sie sah wieder auf den Wecker. Fünf nach drei. Julia gab auf. Sie stand auf, tapste auf nackten Füßen nach unten in die Küche, nahm eine Flasche Wasser aus dem Kühlschrank und schenkte sich ein Glas davon ein. Es war ihr nicht kalt genug. Sie füllte Eiswürfel nach, der Kühlschrank verfügte über eine Eisspenderfunktion. Bertie hatte das unbedingt gewollt, er fand es so amerikanisch. »Wie in alten Filmen, Kätzchen«, hatte er gesagt. »Ein bisschen Hollywood in Maria Brunn.« Er hatte sie Kätzchen genannt, dabei war sie größer als er und mochte keine Katzen. Die Eiswürfel schmolzen schnell. Die Hitze des Tages staute sich im Haus und verließ es nicht, egal, wie viele Fenster Julia öffnete. Sie schob die großen Schiebefenster zum Garten auf. Der Rasen lag still da im Mondlicht, als wäre auf ihm nicht erst vor einigen Tagen jemand verbrannt. Die Wiesen dahinter schienen unbeeindruckt von allem, was passierte, und der Wald stand da wie eine schwarze, rauschende ewige Mauer. Julia schloss die Augen. Morgen musste sie zwischen diesen ganzen Menschen stehen, alle Augen auf sie gerichtet, und es würden kaum freundliche Blicke sein. Morgen. Sie hatte Angst davor.

Mit geschlossenen Augen rauschte der Wald noch lauter. Der verdammte Wald. Sein Rauschen verspottete sie. Diese Tannen standen schon, bevor Bertie geboren worden war, und sie standen auch jetzt, nachdem er tot war. Sie überdauerten. Sie sahen alles.

. . .

Direkt nach dem Frühstück tätigte Christa einen Anruf. Sie hatte sich die Nummer aus Hildes Zeitung ausgerissen.

»Redaktion ›Schwarzwald-Kurier‹, guten Morgen!«, sagte eine weibliche Stimme.

»Guten Morgen, Christa Haas hier. Ich habe eine dringende Frage.«

»Ja, bitte?«

»Ein kürzlich Verstorbener, ein alter Freund, wurde in Ihrer Zeitung mit mehreren Todesanzeigen bedacht. Sehr geschmackvoll, wir haben uns sehr darüber gefreut ...« Sie machte eine Pause, um das wirken zu lassen. »Nun würden wir uns gerne erkenntlich zeigen und den Inserenten ein kleines Dankeschön zukommen lassen. Ich kümmere mich darum, denn, nun ja, die engeren Angehörigen sind natürlich sehr in Trauer und ...«

»Wie war denn der Name?«

»Bertie Haberland. Wir können alle Anzeigen zuordnen, nur bei einer haben wir Schwierigkeiten. Sie wurde nur einfach mit P. unterzeichnet, und nun frage ich mich, ob Sie mir vielleicht den Namen dieses ... netten Menschen mitteilen könnten, der an unseren Bertie gedacht hat.« Christa, bremse dich, dachte sie. Langsam wird es zu dick.

»Hm«, durch den Hörer war Tastaturklappern zu hören.

»So ein Anliegen ist natürlich schon allein aus Datenschutz-gründen sehr schwierig.«

»Natürlich.«

»Aber selbst wenn ich es dürfte, könnte ich Ihnen dazu keine Auskunft geben. Das Inserat wurde anonym aufgegeben. Ich sehe hier nirgends einen Namen.«

»Und Sie haben keine Möglichkeit, es trotzdem irgendwie nachzuverfolgen?«

»Nein. Und wenn ich eine hätte, hätte ich keine Zeit dazu.«

Das Gespräch war beendet.

• • •

»Sag mir doch noch mal, warum ich hier mitmache?« Finster starrte Christa vor sich hin, während sie neben Carlo den vollkommen schattenfreien Weg durch die Maria Brunner Wiesen entlangkroch. »Weil dir die Traditionen des Schwarzwalds am Herzen liegen?«, versuchte es Carlo. Christa verdrehte die Augen. »Weil alle anderen auch mitmachen?« Es waren tatsächlich alle da, sogar Hardy. Christa schnaubte. »Weil ich so charmant und überzeugend bin und dich überredet habe?« Carlo grinste. »Auf, ihr Nachzügler, wir bleibe' immer schee zsamme'!« Elvira, Inhaberin der »Schwarzwaldliebe«, Vorsitzende der Landfrauen und engagierte Wiesenkräuterkennerin, hatte trotz ihres gemütlichen Wesens eine durchdringende Stimme, die sie nun schon zum wiederholten Mal dazu einsetzte, Christa und Carlo zur Eile anzutreiben. Sie waren noch langsamer als die anderen Alten. »Jaja«, murmelte Christa, »hab du doch mal einen Oberschenkelhalsbruch.«

»Komm schon, Christa, Dr. Salm sagt doch auch, dass du dich viel bewegen sollst. Knochendurchblutung und Muskelaufbau und so weiter.« Carlo war schon wieder unglaublich gut gelaunt. Christa verdrehte noch einmal die Augen und behielt trotzig ihr mehr als gemütliches Rollatortempo bei.

Sobald Christa und Carlo den Großteil ihres Rückstandes aufgeholt hatten, machte sich Elvira bereit, den Ablauf der nächsten Stunde zu erklären. Heute trug sie ein sackartiges Leinenkleid, das aussah, als hätte sie es selbst mit Zwiebelschalen gefärbt. Zwei große Hirschhornknöpfe waren als einzige Verzierung angebracht. »Also – ich freu mich arg, dass ich Sie alle bei unserem Kurs ›Traditionelles Kräuterweihestraußbinden für Senioren‹ begrüßen derf«, rief sie über die Köpfe hinweg und musste nach diesem langen Satz erst einmal Luft holen. »Schon seit vielen Hundert Jahren wird bei uns im Schwarzwald im Sommer dieser scheene Brauch gepflegt. Früher war des ausschließlich die Arbeit der Frauen und Mädchen, heute, in den modernen Zeiten, därfe auch d' Herren der Schöpfung mitmachen.« Vereinzelte Lacher. »Ich weiß es noch genau, wie ich früher mit meiner Mutter hier über diese Wiesen g'schlendert bin und die passenden Kräuter und Blumen für unseren Strauß g'sucht hab.« Christa drehte ihren Rollator um und setzte sich auf die kleine Sitzfläche. »Und genau des mache' wir jetzt auch. Am Ende hat dann jeder ein schönes Schwarzwälder Wiesensträußle, das wir zur Kräuterweihe morgen an Mariä Himmelfahrt in d' Kirch' bringen können. D' Herr Pfarrer freut sich schon auf unsere Kunschtwerke!« Christa kramte nach ihrer Trinkflasche. »So, jetzt, wer weiß denn, wie viele verschiedene Kräuter in unser Sträußle g'hören?« Christa hatte die Flasche gefunden und öffnete sie. »Scheiße!«, die auf dem Weg durchgeschüttelte Apfelsaftschorle spritzte auf Christa und ein bisschen auch auf Carlo und die Umstehenden.

»Oje, brauche' Sie e Tasche'tuch?«

Christa schüttelte den Kopf. Die ganze Situation ging ihr auf die Nerven. »Sieben«, sagte sie darum, während sie sich die süße Saftschorle von den Fingern leckte.

»Bitte?«

»Sieben Kräuter kommen in den Maria Brunner Kräuterweihestrauß«, Christa schüttelte ihre klebrigen Arme aus. Elvira war überrascht. »Ganz genau!«, lobte sie. Carlo, Hilde – heute in Leggings und Zebramusterbluse –, Marion und selbst Hardy nickten Christa anerkennend zu. »Des kann Pfefferminze sein, oder Wermut, oder Rainfarn, oder Kamille ...«, zählte Elvira auf. »Da kann man einfach seiner Fantasie freien Lauf lassen. Und es muss ja auch net jeder dieselben Kräuter finden. S' geht einfach nur um ein bissle Spaß und Bewegung und natürlich um unsere Schwarzwälder Tradition, die einfach toll isch.« Elvira strahlte glücklich. Christa nahm nun endlich einen Schluck von dem, was in der Flasche noch übrig geblieben war.

»Also, dann schwärmen Sie mal aus. Wer Hilfe beim Kräutererkennen braucht, dem hab ich hier was ausgedruckt. Mit Farbfotos! Die häufigschten Schwarzwälder

Wiesenkräuter. Und ansonschten einfach mich rufen, ich helf gern!« Elvira verteilte ihre Kräuterfotoausdrucke. »Vorsicht, die Wiesen sind e' bissle uneben. Drum für die mit Rollator: Im Zweifelsfall lieber am Wegrand sammeln.«

Kurze Zeit später zockelte die ganze Gruppe über die große Wiese hinter dem Altersheim, jeder mit einem kleinen Weidenkörbchen bewaffnet, und suchte seine sieben Kräuter zusammen. Christa rollte verbissen den Rollator über die holprige Wiese. Sie hatte keine Lust, am Wegesrand das zu sammeln, wo schon die Dorfhunde drübergepinkelt hatten.

»Ist das nicht wunderschön?«, fragte Carlo verträumt. »Die Sonne, die Landschaft, der Wald, es ist wie im Bilderbuch. Und jetzt dieses Kräutersammeln ...« Er schwenkte sein Körbchen, als wäre er Heidi. Christa steuerte zielsicher eine etwas verwilderte Wiesenecke an und pflückte dort einiges, das sie in ihren Korb legte.

»Und du hast das schon als Kind gemacht? Diese Maria Brunner Kräuterweihe?«

Christa nickte. Sie sah hinüber zu Annemi, die weiter unten am Bach entlangstreifte und in ihrem Korb schon eine Menge Grün gesammelt hatte. »Es war ein eiserner Wettkampf«, sagte sie, »wer den besten und schönsten und größten hatte.« Carlo sah sie irritiert an. »Strauß«, schob Christa nach. »Und jedes Jahr hat Annemis Mutter gewonnen. Annemi konnte schon komplizierte Kräuterkronen flechten, als ich noch stolz war, dass ich ein Papierschiffchen falten konnte.«

Einige Zeit später sammelten sie sich alle wieder im Garten des Altenheims. Elvira hatte große Bündel Sonnenblumen, Ringelblumen, Rosen und Dahlien in allen Farben vor sich liegen und sich inzwischen eine Gartenschürze umgebunden. »So, hat denn jeder von euch sieben verschiedene Kräuter g'funden?«, fragte sie. Zustimmendes Gemurmel aus vielen Kehlen. »Ich habe fünfzehn«, Annemi schwenkte lächelnd ihren Korb, »es hat einfach solchen Spaß gemacht, dass ich wohl etwas über das Ziel hinausgeschossen bin.« Christa hustete laut und vernehmlich.

»Jetzt binden wir unsere Kräuter zu einem hübschen Sträußle«, dozierte Elvira. »Und damit des eine richtig bunte Sach' wird, hab ich hier ganz typische Bauerngarten-Blümle mitgebracht.« Carlo drängelte sich nach vorn und schnappte sich eine der Sonnenblumen. »Immer langsam mit de' junge Braut!«, war Elviras Antwort darauf.

Carlo und Christa setzten sich wieder auf ihre Bank unter der Birke. Christa beobachtete Annemi aus der Ferne dabei, wie sie damit begann, auf aufwendige Art aus Blumen und all ihren fünfzehn Kräutern eine Art Kranz zu binden. »Toll, Annemarie, wunderschön!«, rief Carlo zu ihr hinüber. Seine eigenen Versuche waren dagegen eher bescheiden. »Und was machst du mit deinen, ähm, Kräutern?«, fragte er und zeigte auf Christas Korb, in der nur eine einzige Kräutersorte lag, nämlich Minze. »Eistee«, antwortete sie zufrieden.

· · ·

Oliver Fuchs saß über seinen Rechnungen. Es waren eindeutig zu viele. Er erinnerte sich wehmütig an Zeiten, in denen er gar keine Rechnungen bekommen hatte. Als er noch zu Hause bei seinen Eltern wohnte und wie sein älterer Cousin eine Ausbildung zum Bankkaufmann gemacht hatte, zum Beispiel. Oder später, als er die Bank hinter sich ließ und Sozialpädagogik studierte. Er hatte eine wirklich schöne Studienzeit gehabt, mit netten Mitbewohnern und denkwürdigen WG-Partys. Oliver neigte eigentlich nicht zu trüben Gedanken, aber heute dachte er nostalgisch daran zurück. Sein Leben war so fürchterlich ernst geworden, dabei war er selbst eigentlich jemand, der die Dinge leichtnahm. Sein Cousin machte sich gerne über seine Art lustig, aber das machte ihm nichts aus. Er hätte niemals mit Arndt tauschen wollen, mit seinen langweiligen Anzügen, seinem langweiligen Haus, seinem langweilig geradlinigen Lebenslauf. Nur seinen Geschäftsführer-Kontostand, den hätte Oliver zumindest heute gerne gehabt. Er seufzte und blätterte sich durch den Stapel Papier, auf dem es zu viele Zahlen und die Wendung »spätestens zu zahlen bis« gab. Er stand auf und ging zum Fenster hinüber, das auf den Garten des Altenheims hinausging. Draußen war eine Gruppe seiner Senioren unter der Anleitung von Elvira damit beschäftigt, Blumensträuße zu binden. Oliver war jede Veranstaltung recht, die ein bisschen Abwechslung für seine Heimbewohner brachte, darum hatte er auch sofort zugestimmt, als Elvira mit der Kräuterweihestrauß-Idee ankam. Das war wenigstens etwas, das nichts kostete, wenn man von den Dankeschön-Pralinen für Elvira einmal absah. Aber ansonsten schien einfach alles etwas zu kosten, bei den Reparaturen angefangen, die im Heim ständig anfielen, über die Schuldentilgungen für das vor wenigen Jahren neu gebaute Gebäude des Betreuten Wohnens bis hin zu den Löhnen für das Pflegepersonal und sogar die Ausgaben für die irrwitzige Menge an Putzmitteln, die so ein Altenheim verbrauchte. Die Kosten für die Instandhaltung des Hallenbades und der Cafeteria gab es natürlich auch noch, und dann war beim letzten großen Sommergewitter im Heimgarten eine große Fichte umgeknickt, die dringend professionell weggeräumt werden müsste, aber selbst das kostete ja. Oliver Fuchs spürte, wie die Verzweiflung in ihm hochkroch. In diesem Moment hasste er Bertie Haberland wieder einmal, wie er ihn in den letzten Tagen oft gehasst hatte. So ein Gefühl war für einen Menschen wie Oliver Fuchs sehr ungewöhnlich, er neigte nicht zu Hass oder Rachegedanken. Als ihn vor einigen Jahren seine Lebensgefährtin für einen anderen verlassen hatte, hatte er einige Tage geweint und ihr dann ganz ehrlich zum Geburtstag gratuliert, denn sie hatte nun einmal Geburtstag gehabt. Heute waren sie befreundet und trafen sich ab und an beim Italiener. So jemand bin ich, dachte Oliver, ich bin jemand, der mit seiner Ex-Freundin gut auskommt. Ich bin jemand, der gerne alten Omas zuhört. Ich bin jemand, der Claudia von der Cafeteria weiterhin als Angestellte behält, obwohl sie furchtbar unaufmerksam ist und außerdem manchmal Kuchen mitgehen lässt. So jemand bin ich. Aber trotzdem stand er da am Fenster, sah auf die gut gelaunten Heimbewohner mit ihren Blumensträußen und hasste Bertie Haberland.

...

Der Tag wurde ungewöhnlich heiß, noch heißer als die vorigen. Schon um die Mittagessenszeit zeigte das Thermometer dreiunddreißig Grad. Christa aß ihr Mittagessen – zur Abwechslung tatsächlich gelungene Bandnudeln mit Lachs und Brokkoli – an ihrem Esstisch in Unterwäsche. Dann zog sie sich eine schwarze Hose und eine leidlich luftige graue Bluse an und machte sich bereit für Berties Beerdigung. Keine Hitzewelle konnte sie heute davon abhalten, auf den Friedhof zu gehen. Früher hatte sie bei ihren Ermittlungen oft die Erfahrung gemacht, dass Beerdigungen von Mordopfern Erkenntnisse brachten, die man ohne sie nie gehabt hätte. Im Grunde war eine Beerdigung wie eine große Familienaufstellung: Man sah, wer wem nahestand, wer wen nicht leiden konnte, wer sehr trauerte, wer gar nicht trauerte.

Christa bunkerte zwei Halb-Liter-Apfelschorle-Flaschen im Rollatorkorb, setzte sich ihre Sonnenbrille und einen unpassend hellen Strohhut auf und ging los.

...

Auch Lukas machte sich bereit für die Beerdigung. Er hatte vor einigen Jahren, als seine Großmutter gestorben war, einen schwarzen Anzug gekauft und war nun froh, etwas Passendes im Schrank zu haben und nicht noch schnell von seiner Mutter zum Einkaufen nach Felsach gezerrt worden zu sein, wo es sowieso nur Geschäfte gab, in denen Leute über fünfzig ihre Kleider kauften. Der Anzug saß etwas eng; damals hatte er weniger Muskeln gehabt. Aber es würde schon gehen. Lukas betrachtete sich im Spiegel. Er gefiel sich, war gebräunt von diesem heißen und langen Sommer. Seine Haare waren von der Sonne gebleicht und heller als sonst. Er fand, dass er beinahe dem jungen Bertie ähnlich sah, den er von Fotos kannte. Auch Bertie hatte das gefunden. »Schau ihn an«, hatte er erst vorige Woche zu Paul gesagt und Lukas den Arm um die Schultern gelegt. »Er sieht langsam mir ähnlicher als dir. Mein geheimer Sohn.« Sie hatten alle darüber gelacht, sogar Sybilla. Lukas fühlte, wie die Tränen in ihm hochstiegen. Es war ihm lieber, er weinte hier allein als später auf dem Friedhof, wenn alle zusahen. Außerdem war er einer der Sargträger, das war eine große Ehre, und es würde einen schlechten Eindruck machen, wenn er dabei schluchzte wie ein Kind. Lukas wischte sich die Tränen ab, es waren die ersten, die er um Bertie weinte, seit er wusste, dass er tot war. Das lag nicht daran, dass er nicht um ihn getrauert hätte. Er würde Bertie vermissen, den coolen, lustigen, reichen Onkel Bertie, der sich nahm, was er wollte. Wenn Lukas ehrlich war, dann war ihm Bertie oft lieber gewesen als sein eigener Vater. Paul war schwach. Er hätte es niemals zu einer eigenen Praxis gebracht, wenn Bertie ihm nicht geholfen hätte. Das hatte Bertie selbst so gesagt, als er mit Lukas zum letzten Mal auf ein Bier in den Golfclub gegangen war. So etwas hatten sie in letzter Zeit immer öfter gemacht, nur sie beide, ohne Paul oder Sybilla. Sie hatten geredet, wie man unter Männern redet, und Bertie hatte ihn behandelt, als wäre er nicht der

Sohn seines Patenkindes, sondern ein Gesprächspartner auf Augenhöhe. Beim letzten Treffen vor ein paar Tagen hatte er ihm dann von seinem Plan erzählt. Lukas hatte am Anfang gedacht, dass er ihn auf den Arm nähme. Es hatte gedauert, bis er verstanden hatte, was Bertie ihm da anbot. »Aber ich habe keine Erfahrung«, hatte er gesagt und gespürt, wie ihm die Vorstellung, Ja zu sagen, Angst machte. »Ach was, Lukas, du arbeitest seit fünf Jahren in der Firma mit. Du kennst die Leute dort. Du weißt, was wir machen. Ich glaube, du hattest manchmal beinahe einen besseren Überblick über unsere Firmenfinanzen als ich.«

»Quatsch.«

»Ja, gut, das war übertrieben«, Bertie hatte auf diese gewinnende Bertie-Art gelacht. »Meine Finanzen habe ich nie aus den Augen gelassen.«

Er winkte lässig der Bedienung und bedeutete ihr, noch einmal zwei Bier zu bringen.

»Aber du bist gut, du hast Ideen, und du kannst dich durchsetzen. Das ist das Wichtigste. Denkst du, ich konnte alles, als ich angefangen habe? Nein, aber ich hatte Biss und wollte es. Und ich habe nie gekuscht, vor keinem. Kuschst du?«

Lukas hatte den Kopf geschüttelt.

»Ich kann dich nicht verstehen.«

»Nein, ich kusche nicht.«

»Sehr gut. Und so jemanden brauche ich. Jemanden, der auch ein bisschen Charisma hat, der was hermacht. Du bist doch ein hübscher Kerl, groß, sportlich, du bist ein Alphatier, und so eines will ich auf meinem Chefsessel haben, verstehst du?«

»Und Arndt?«

Bertie hatte gelacht. »Arndt ... Arndt war eine Übergangslösung. Der ist kein Alphatier, der ist nicht mal ein Gammatier. Der ist, ich weiß es nicht, eine Haselmaus vielleicht.«

Sie hatten beide gelacht.

»Nein, ich brauche einen richtigen Kerl. Einen wie dich, einen Erben, bei dem mein Werk in guten Händen ist.«

»Papa erbt doch die Brauerei.«

»Ja, ich weiß, das habe ich immer gesagt. Aber langsam, je älter du wirst, denke ich, du bist der bessere Erbe. Vor allem, wenn du jetzt Geschäftsführer wirst. Es macht einfach mehr Sinn.«

Die Kellnerin, ein hübsches Mädchen, das öfter im Golfclub bediente, brachte das Bier. Ihre Bluse war weit ausgeschnitten und gut gefüllt. Lukas sah hin, ganz automatisch.

Bertie lachte noch mehr. »Gefällt dir, die Kleine, oder?«

Lukas rutschte unbehaglich hin und her. Die Kellnerin war noch in Hörweite.

»Du solltest dir bald mal ein Mädchen suchen, Lukas«, sagte Bertie, ohne die Stimme zu dämpfen. »Mädchen sind das Beste auf der Welt, das Beste im Leben. Mädchen und Spaß und ein bisschen Geld, was braucht man mehr? Und du, mein Junge, kannst das alles haben, dafür sorge ich.« Er hatte ihm zugezwinkert. »Zumindest für Letzteres. Ein Mädchen kannst du dir selber suchen.«

Lukas hatte genickt, was hätte er sonst tun sollen?

In diesem Moment hatte ihn eine Angst überfallen, wie er sie noch nie gehabt hatte. Was würde passieren, wenn alles herauskommen würde? Jetzt hing noch viel mehr dran als vorher, jetzt hing seine ganze Zukunft davon ab. Eine Zukunft, wie sie seine Eltern doch immer für ihn gewollt hatten und er ja auch, zumindest glaubte er das. Eine goldene, sichere, einfache Zukunft.

»Sagst du also Ja?«, hatte Bertie gefragt.

Lukas hatte noch einmal genickt. Er wäre verrückt gewesen, etwas anderes zu tun. Krachend war Berties Hand auf seinem Rücken gelandet und hatte daraufgeklopft.

»Perfekt. Ich lasse meinen Anwalt alles fertig machen. Und mein Testament kann er bei der Gelegenheit auch gleich ändern.«

Lukas hatte auf sein Bier gestarrt und versucht, seine Gedanken zu ordnen.

...

Die Sonne knallte auf den Maria Brunner Friedhof, als hätte sie nie etwas anderes getan. Christa war schon so lange nicht mehr hier gewesen, dass sie den Friedhof beinahe neu entdeckte. Sie hatte vergessen, wie schön er war, mit seiner alten Sandsteinmauer ringsum und ein paar großen alten Bäumen. Eine Marienfigur stand wie eh und je zwischen den Friedhofstannen, ihr Mantel und der Heiligenschein waren inzwischen etwas in Mitleidenschaft gezogen worden, aber ihr Sandsteingesicht war so sanftmütig wie zu Christas Kommunionszeit. Neben der Maria war eine Sitzbank, sogar im Schatten. Christa setzte sich und sah sich um. Der Friedhof war kleiner, als sie ihn in Erinnerung hatte. Ein paar Meter weiter rechts war ein Grab vorbereitet. Das vorläufige Holzkreuz stand schon, die Erde daneben lag bereit, um den Sarg zu bedecken. Erde zu Erde. Christa musste nicht zum Kreuz laufen, um zu wissen, was darauf geschrieben stand. Bertie Haberland. Sie beschloss, hierzubleiben und zu warten.

Zehn nach drei kamen sie; so viele Leute in Schwarz, dass es wirkte, als würde sich ein Rabenschwarm auf die Friedhofswege ergießen. Die Kirchenglocken läuteten. Voraus ging der Pfarrer, dessen weißes Chorhemd in der Sonne leuchtete, dann die Sargträger mit Bertie auf den Schultern, dann Elisabeth am Arm von Annemi, dahinter Wolfgang. Und wiederum dahinter, allein, eine blonde junge Frau mit sehr verweintem Gesicht. Ihre Verzweiflung stach aus der Gruppe heraus. Christa machte auch Dr. Salm und Herrn Fuchs, den Altenheimleiter, unter den Gästen aus, genauso wie Lukas als Sargträger und den Kommissar. Es folgten so viele, dass Christa bald den Überblick verlor.

Als sich alle ums Grab versammelt hatten, sah Christa nur noch dunkel gekleidete Rücken, hörte den Pfarrer sprechen, roch den Weihrauch. Die alten Worte, die sie schon aus ihrer Kindheit kannte, wenn sie mit ihrer Mutter hierher auf die Beerdigung alter Mütterchen gekommen war. »Wir übergeben den Leib der Erde«, das Mikrofon des Pfarrers kreischte durch eine Rückkopplung kurz auf, dann erscholl weiter seine sonore Stimme durch die dichte Sommerluft: »Christus, der von den Toten auferstanden ist, wird auch unseren Bruder Bertram Haberland zum Leben erwecken.« Berties Name war in Wirklichkeit Bertram gewesen? Kein Wunder, dass er ihn von Anfang an so hartnäckig abgekürzt hatte, dachte Christa.

Es kam ein wenig Bewegung in die Gruppe, wahrscheinlich senkten die Sargträger jetzt den Sarg ins Grab. Wieder kreischte das Mikrofon kurz auf. Christa beschloss, in ihrem Testament Mikrofone für ihre Beerdigung zu verbieten. Ein warmer Wind kam auf und trug die Worte des Pfarrers über die Gräber: »Ich bin die Auferstehung und das Leben. Wer an mich glaubt, wird leben ...«

Christas Augen wanderten über die Hinterköpfe der Trauergäste. Die verzweifelte junge Frau erkannte sie an ihrer Größe und dem blonden Haar gut auch von hinten, sie stand links, ziemlich weit vorn beim Grab, aber nicht direkt daran. Elisabeth war kleiner, sie war nicht gut auszumachen, aber Annemis überkandidelter Hut mit schwarzer Feder dafür schon. Demnach stand Elisabeth ganz vorn am Grab neben dem Pfarrer und den Ministranten. Sie war damit ganz offiziell die trauernde Witwe, Scheidung hin, Scheidung her. Interessant, dachte Christa. Dann öffnete sie ihren Blick für den Rest der Gruppe. Beinahe ganz Maria Brunn musste hier versammelt sein. Wenn Christa noch daran gezweifelt hätte, dass Bertie der Mittelpunkt von Maria Brunn gewesen war, hätte sie in diesem Moment damit aufgehört. Bertie wäre sehr zufrieden gewesen, hätte er gesehen, wie sie alle trotz der Hitze auf den Beinen waren, um ihn zu verabschieden.

Christa schaute sich um. Vielleicht sah er es ja irgendwie, man konnte nie wissen. Sie erinnerte sich daran, wie sie als Kind hier auf dem Friedhof manchmal überzeugt gewesen war, dass die Toten sie sehen konnten. Es war kein unangenehmes Gefühl gewesen, eher friedlich. Dieses Gefühl stieg auch jetzt in ihr auf. Ich bin vielleicht wirklich alt, dachte sie. Alte Weiber und Kinder glauben solches Zeug. Sie konzentrierte sich wieder auf die Trauergemeinde. Hier und da ein Schluchzen, ansonsten andächtige Stille. Christas Blick wurde von einer Bewegung eingefangen. Der blonde Hinterkopf, den sie vorhin schon ausgemacht hatte, wackelte seltsam nach rechts und links, dann vor und zurück. Er schwankte, dann sank die junge Frau zu Boden, lautlos, zwischen den schwarzen Schultern und Rücken. Jemand rief: »Achtung!«, und dann: »Wir brauchen einen Arzt!« Bewegung kam in die Gruppe, es wurde umgeschichtet und neu angeordnet, bis sich Dr. Salm durch die Menge gedrängelt hatte. Es entstand nicht viel Aufruhr. Er bückte sich und verschwand aus Christas Sichtfeld. Dann bildete sich eine kleine Gasse aus schwarzen Hosenbeinen und dunklen Nylonstrümpfen, und Julia wurde von Dr. Salm gestützt hindurchgebracht. Sie kamen auf Christas Bank zu. Dr. Salm nickte kurz zur Begrüßung, dann half er dem Mädchen, sich auf die andere Bankhälfte zu setzen. Sie war sehr blass. »Ich habe Apfelsaftschorle«, bot Christa an und hielt die ungeöffnete ihrer beiden mitgebrachten Flaschen hoch. »Wunderbar«, lobte Dr. Salm. »Trink das mal aus, Julia, dann geht's dir besser. Das war wohl der Kreislauf.« Julia nahm die Flasche von Christa mit einem schiefen Lächeln entgegen. »Mein Beileid«, sagte Christa. Dann wusste sie nicht, was sie sonst noch sagen sollte. Sie war sich allerdings absolut sicher, dass sie neben Berties junger Freundin saß. Die Beerdigung ging derweil weiter. Julia und Christa saßen nebeneinander stumm auf der Bank im Schatten, tranken Apfelschorle und hörten dem Trachtenverein zu, der ein Trompetenstück spielte. Sie spielten »California Dreamin'« von The Mamas and The Papas. Christa wippte mit der Fußspitze im Takt. Julia lächelte, zittrig, aber immerhin. »So war er«, sagte sie. »Ja, so war er«, sagte Christa.

Als die Beerdigung vorbei war, Julia sich erholt hatte und alle zum Leichenschmaus gegangen waren, saß Christa immer noch auf der Bank. Erst nach einer Weile raffte sie sich auf und ging zu dem aufgeschütteten Grab hinüber, auf dem sich die Blumenkränze stapelten. »Von deinen Charity Engeln – du warst unser Chef-Engel«, stand auf einem Band. »Ein letzter Gruß von deinem Golfclub Maria Brunn«, »Du warst der Beste! Deine dankbaren Mitarbeiter«, von Berties ehemaliger Firma. So viele Blumen und Grußworte. Plötzlich stieg ihr ein bekannter Duft in die Nase. Minze. Sie sah sich suchend um. Da, am Fußende des Grabes, ganz vorn, lag ein kleiner Strauß zwischen all den prachtvollen, protzigen Kränzen. Minze und Goldraute, Wermut, Kamille, Rainfarn, Schafgarbe und Salbei. Sieben Kräuter. In der Mitte eine der rot gefleckten Dahlien, genau dieselbe Sorte, die Elvira am Morgen für den Kräuterstrauß-Workshop mitgebracht hatte. Ordentlich gebunden, genau, wie es sein sollte. Christa bückte sich, um sich den Strauß genauer anzusehen. Zwischen den sieben Kräutern glitzerte etwas. Als sie den Strauß hochhob, erkannte sie, dass es ein Kettchen war, das um das Ende des Straußes gewickelt war und ihn zusammenhielt. Zu kurz für den Hals, eher für den Arm. Sie zog es heraus. Es war tatsächlich ein Armkettchen, billig und angerostet. Es hatte einen Anhänger. P. stand darauf eingraviert. P. Christa dachte an das Haarband mit demselben Buchstaben, das um den Griff des Benzinkanisters geschlungen gewesen war. Mit einem Mal waren ihre Sinne geschärft. Sie spürte die stechende Sonne auf ihrem Rücken, roch die Kräuter des Kräuterweihestraußes in ihrer Hand, hörte, wie die Kirchturmuhr schlug. Wer auch immer Bertie ermordet hatte, er war hier gewesen. Hier unter den Trauergästen. Hinter ihr knackte etwas. Christa richtete sich schneller auf, als es ihrer Hüfte guttat, und sah sich um. Sie war allein. Nur die Gräber, die Tannen, die Maria und sie. »Jetzt fang nicht an zu spinnen, Christa«, sagte sie laut zu sich selbst. Dann steckte sie das Armkettchen in ihre Hosentasche und legte den Kräuterweihestrauß in ihren Rollatorkorb. Es war Zeit, dass sie von hier wegkam.

...

Das »Lamm« war gestopft voll, die meisten Trauergäste waren nach der Beerdigung mit hierhergekommen. Nun gab es keinen freien Platz mehr, und obwohl es in dem alten Gastraum dank der dicken Sandsteinwände normalerweise auch im Sommer recht kühl blieb, heizten die vielen Menschen gemeinsam mit der warmen Luft, die durch die offenen Fenster hereinkroch, den Raum so sehr auf, dass viele der Trauergäste Schweißperlen auf der Stirn hatten. Es gab, was es immer gab, wenn ein Leichenschmaus in der Maria Brunner Dorfwirtschaft gehalten wurde: Platten mit Schinkenbroten und Platten mit aufgeschnittenem Hefezopf – mit oder ohne Nussfüllung. Einige fleißige ältere Damen gingen herum und kontrollierten den Füllstand der Kaffeekannen, aus denen bei der Hitze ohnehin kaum jemand trank. Die Gespräche waren gedämpft, der Leichenschmaus hatte erst begonnen. In etwa einer Stunde würden die Geschichten lauter und lustiger werden, so war das immer. Vor allem, nachdem zum »Verdauungsschnäpsle« übergegangen worden war. Als Christa eintrat, empfing sie der Geruch von Schinkenbrot und Kaffee, vermischt mit Parfüm, eine olfaktorische Herausforderung. Sie blieb in der Mitte des Gastraums stehen und hielt den Strauß hoch. »Entschuldigung«, rief sie, »Entschuldigung.« Die murmelnden Gespräche verstummten tröpfelnd, die Kaffeedamen hielten inne. Alle sahen Christa an. »Diesen Kräuterweihestrauß habe ich soeben auf Berties Grab gefunden. Und ich muss mich doch sehr wundern, dass so etwas in Maria Brunn passiert«, fuhr Christa anklagend fort. »Ein Kräuterweihestrauß gehört zur Kräuterweihe, alles andere ist respektlos – der Muttergottes gegenüber, der wir die Kräuter weihen, und unserem lieben Verstorbenen gegenüber, der ... ähm ... eben nicht die Muttergottes war.« Christa zögerte kurz, dann bekreuzigte sie sich ungelenk. Die Bewegung war durch fünfzig Jahre Nicht-Benutzung etwas eingerostet. Zu ihrer Überraschung bekreuzigten sich einige der Älteren automatisch auch. Sie ließ den Blick schweifen. In den Gesichtern las sie Verwirrung über ihren Auftritt, milde Empörung und hier und da auch einfach nur Langeweile. Nirgends aber las sie ein Erkennen oder ein Erschrecken. Keiner zuckte, keiner schaute extra weg, es gab keinen, der mit einem Mal auf die Toilette musste. Entweder war derjenige, der den Strauß niedergelegt hatte, ein guter Schauspieler, oder er war gar nicht hier. »Okay«, posaunte Christa, »das wollte ich nur loswerden. Nun wünsche ich einen ... hm ... gesegneten Leichenschmaus.« Das Wort war ihr schon immer zuwider gewesen. Plötzlich packte sie jemand von links an der Schulter. »Was zum Teufel machen Sie da?«, zischte derjenige. Es war Patrick Lorenz. Sie bedeutete ihm, mit ihr hinauszugehen, und tatsächlich folgte er mit grimmiger Miene.

»Was war denn das für ein Auftritt? Schnüffeln Sie wieder herum, oder was? Ich hatte Ihnen gesagt, dass Sie sich raushalten sollen. Und was sollte das mit dem Strauß überhaupt?«, überfiel er sie, kaum, dass sie vor dem Gasthaus standen. Christa wartete, bis er Luft holen musste. »Der Strauß lag auf dem Grab.«

»Ja, das haben Sie ja gerade allen sehr deutlich mitgeteilt. Na und?«

»Das hier hat ihn zusammengehalten«, sie fischte das Armkettchen aus ihrer Tasche, wobei sie aufpasste, es nur mit dem Ärmel ihrer Bluse zu greifen, damit sie keine unnötigen Fingerabdrücke darauf hinterließ. Patrick starrte es an. »Schauen Sie sich den Anhänger an.«

»P.«, flüsterte Patrick aufgeregt. »Der Mörder war auf dem Friedhof.«

Christa nickte. »Aber er ist nicht da drin«, sagte sie und zeigte Richtung »Lamm«. »Und wenn doch, dann habe ich jetzt ein bisschen auf den Busch geklopft.« Zufrieden überreichte sie Patrick das Kettchen in ein Taschentuch, das er sich inzwischen ausgebreitet auf die flache Hand gelegt hatte. »Ja, allerdings.« Patrick hatte wieder zu seiner alten Wut zurückgefunden. »Und ab jetzt klopfen Sie auf gar nichts mehr, haben wir uns verstanden?«

»Warte mal, ich habe den Strauß doch erst gefunden«, erinnerte ihn Christa. »Ohne mich wüsstest du gar nichts von diesem Kettchen und davon, dass unser Mörder auf der Beerdigung war.« Patrick wusste nicht, ob er zuerst auf ihr unmögliches Duzen eingehen sollte oder auf ihr Argument. Er entschied sich für den Mittelweg. »*Mein* Mörder, wenn schon. Nicht *unser* Mörder. Und danke. Aber ab jetzt brauche ich Ihre Hilfe nicht mehr. Und übrigens habe ich mich heute doch sehr gewundert, als ich beim ›Schwarzwald-Kurier‹ angerufen habe, um mehr über die Todesanzeige zu erfahren, unter der schon wieder dieses P. aufgetaucht ist, und mir gesagt wurde, ich sei heute schon der Zweite, der danach fragt. Ich habe es satt, bei meinen eigenen Ermittlungen der Zweite zu sein, haben Sie mich verstanden?!«

»Wirklich? Du hast dort erst heute nachgefragt? Die Todesanzeige war doch schon gestern in der Zeitung.«

Er schnaubte, steckte das Kettchen ein, machte auf dem Absatz kehrt und lief zu seinem Land Rover, der am Straßenrand parkte. Noch im Laufen holte er sein Handy aus der Hosentasche und begann zu telefonieren. Christa sah ihm milde lächelnd nach. Dann ging sie nachdenklich zurück zum Leichenschmaus.

Innen war der Lärmpegel wieder wie zuvor. Niemand drehte sich nach ihr um, als sie den Raum betrat. Christa ließ ihren Rollator im Eingang stehen und steuerte langsam durch das Gedränge zu dem Tisch von Elisabeth und Annemi. Als sie dort ankam, lächelte Elisabeth ihr zu, als hätte ihr merkwürdiger Kräuterstrauß-Auftritt gar nicht stattgefunden. Christa nahm das als Zeichen, sich zu ihnen zu setzen und sich einen Tee zu bestellen. »Wir haben nur Hagebuttentee«, sagte die Lammwirtin, eine blondierte, etwas genervt aussehende Frau, die Christa unbekannt war.

»Was habt ihr denn sonst?«

»Kaffee, Bier, Radler, Cola«, leierte die Frau herunter.

»Oh, habt ihr noch diesen Orangensprudel in Glasflaschen?«

»Wir haben jedenfalls gelben Sprudel.«

»Ja, dann bitte den.«

Elisabeth starrte vor sich hin. Annemi legte ihr den Arm fürsorglich um die Schultern und tätschelte mit der anderen Hand Elisabeths Handrücken. »Ich glaube, wir sollten in den nächsten Tagen ein paar schöne Dinge unternehmen, meinst du nicht auch?« Elisabeth nickte zaghaft. »Wollen wir nicht mal wieder auf den Golfplatz? Das Wetter ist so schön, und du hast schon so lange nicht mehr Golf gespielt.«

Elisabeth schien zumindest nicht vollkommen abgeneigt. Sie schaute Christa an, die ihr gegenübersaß. »Möchten Sie mitkommen?«, fragte sie. Christa sah im Augenwinkel, wie Annemis Miene versteinerte. Sie lächelte breit. »Aber gerne, Frau Fischer.«

Annemi sammelte sich schnell. »Wunderbar«, zwitscherte sie. »Dann vielleicht übermorgen? Wenn es dir nicht passt, Christa, dann kann ich das natürlich gut verstehen. Außerdem ... mit deiner Hüfte?!«

»Ach, Dr. Salm sagt ja immer, ich soll viel spazieren gehen. Und beim Golfen selbst kann ich euch ja zuschauen.«

»Wird dir das nicht langweilig?«

»Nicht im Geringsten. Übermorgen passt mir gut.«

Die Flasche kam, und Christa stellte beglückt fest, dass der gelbe Sprudel immer noch so schmeckte wie in ihrer Kindheit, als sie manchmal die Mark, die sie von ihren Eltern als Taschengeld bekam, hierher zum Lammwirt getragen hatte, um Orangensprudel zu trinken. Oder um Zehnereis zu kaufen, ein billiges Wassereis, das seinen Namen daher hatte, dass eines davon zehn Pfennige kostete. Der alte Lammwirt war ein Bär von Mann gewesen, so, wie man sich einen Dorfwirt vorstellte, grobschlächtig, laut und rotnasig. Er war furchtbar nett gewesen und hatte meistens Christas Geld nicht genommen. So hatte sie hier Nachmittage lang gesessen, während sich der Staub in der Luft sammelte und im Licht tanzte, das gedämpft durch die Butzenscheiben fiel, und hatte kostenlos Orangensprudel getrunken und sich mit dem alten Lammwirt unterhalten. Sie hatte ihm erzählt, wie es in der Schule gewesen war, und er erzählte ihr von früher, von der Zeit, in der er ein Kind gewesen und selbst auf die Maria Brunner Dorfschule gegangen war. Dass es damals im Winter eisig gewesen war im Schulzimmer, wenn das Dorf kein Geld für Holz hatte herausrücken wollen. Dass sie nicht in Hefte, sondern auf Tafeln geschrieben hatten, auf Schiefertafeln, die leicht zerbrachen und teuer waren, und wenn eine zerbrochen war, dann bekam man nicht nur vom Lehrer, sondern auch noch vom Vater ein paar auf den Hintern oder eine Ohrfeige. Christa hatte mit wohligem Schaudern diese alten Geschichten von einem Maria Brunn angehört, das damals erst ganz knapp verschwunden gewesen war.

»Kannst du dich noch an den alten Lammwirt erinnern?«, fragte sie Annemi.

Annemi verzog das Gesicht. »Natürlich. Ich hatte als Kind immer Angst vor ihm. Er war so groß und irgendwie ungehobelt.«

»Was wurde aus ihm?«

»Er wurde ziemlich alt. Aber irgendwann war er nicht mehr ganz richtig im Kopf. Saß nur noch hier in der Ecke und hat vor sich hin gefaselt. Sein Sohn hat alles übernommen und dann sein Enkel.«

»Wie hieß sein Enkel noch mal?«

»Heinz«, sagte Annemi und zeigte auf den Mann, der hinter dem Tresen Bier zapfte. Christa erinnerte sich vage; Heinz war einige Jahre jünger gewesen als sie, ein kleiner Bub, der auf dem Boden herumgekrabbelt war, wenn sie ihren Orangensprudel trank. »Der ist anders als sein Großvater. Bertie war immer zufrieden mit ihm, stimmt's, Elisabeth?«

Elisabeth nickte.

»Wieso Bertie? Was hatte er mit dem Lammwirt zu tun?« Christa schenkte sich noch einmal nach.

»Ihm gehörte das ›Lamm‹.«

»Wie bitte?« Christa starrte Annemi an.

»Ja, er hat es gekauft und verpachtet. Schon vor Ewigkeiten. Darum feiern wir ja auch hier. Vom Kulinarischen her hätte natürlich die Sterneküche im ›Hirschhof‹ viel besser zu Bertie gepasst.« Annemi machte eine pikierte Pause, in der sie tadelnd auf die Schinkenbrote und den Hefezopf schaute. Dann kehrte sie zum Thema zurück. »Elisabeth, wann hat Bertie noch mal das ›Lamm‹ gekauft? Da wart ihr erst ein paar Jahre verheiratet, oder?«

Elisabeth, die immer noch ziemlich teilnahmslos vor sich hin starrte, nickte wieder und versuchte sichtlich, sich aus ihren Gedanken zu reißen. »Ja, da hat er es gekauft. Es hat ja auch gut gepasst: Bertie mit seiner Brauerei, und das ›Lamm‹ war etwas in die Jahre gekommen.«

»Etwas?! Es war komplett heruntergewirtschaftet!«, fuhr Annemi dazwischen. »Eine vollkommen rückständige Dorfwirtschaft war das hier. Ein dunkles Loch.«

Christa dachte wieder an ihre heimeligen Stunden mit dem alten Lammwirt und runzelte die Stirn.

»Bertie war sehr großzügig, hat alles renovieren lassen und hübsch gemacht und dann wieder an Heinz verpachtet. Natürlich unter der Voraussetzung, dass nur das ›Tannengold‹-Bier ausgeschenkt wird«, Annemi lachte hell. »Bertie war so ein guter Geschäftsmann. Er hatte immer den richtigen Riecher und hat etwas gewagt.«

Christa sagte nichts dazu. Überall in diesem Dorf schien man über Bertie zu stolpern. Anscheinend hatte ihm halb Maria Brunn gehört. »Der König von Maria Brunn«, Christa fielen Hildes Worte wieder ein. Sie schaute zu Heinz, dem aktuellen Lammwirt, hinüber. Jeder Hahn, aus dem er zapfte, trug das Emblem von »Tannengold.«

...

Gegen halb sechs klingelte Patrick an diesem Abend bei Elisabeth. Er hatte nach dem Zusammenstoß mit Christa im Kommissariat angerufen, um nach den Ergebnissen der Alibiüberprüfungen zu fragen. Nachdem er sich Werners ausschweifenden Bericht plus eine gar nicht so kurze Erzählung über private Siebenbart'sche Entscheidungsschwierigkeiten bezüglich eines neuen Sofas angehört hatte, gab er Gas und fuhr direkt zu Elisabeth.

Sie hatte sich nach der Beerdigung umgezogen und öffnete in einer weißen Stoffhose, zu der sie eine dunkelblaue Bluse ohne jeden Bügelfehler trug, die genau auf die richtige, geschmackvolle Art ihre gealterten Arme verdeckte und trotzdem leicht genug für den Sommer war. Dazu passte ihre goldene Kette, an der eine tropfenförmige Perle hing. »Ja, bitte«, sagte sie, und um ihre mit dezentem rosafarbenen Lippenstift geschminkten Lippen lag ein harter Zug. Vielleicht lag dies aber auch nur an dem schweren Tag, den sie heute hinter sich gebracht hatte.

»Frau Fischer«, er gab seiner Stimme bewusst einen sehr ernsten Ton, »es tut mir leid, dass ich Sie ausgerechnet heute stören muss, aber Sie haben definitiv kein Alibi für die Tatzeit.« Elisabeths Gesicht zeigte keine Überraschung. Annemi hatte sie an dem Nachmittag besucht, an dem Bertie ermordet worden war, aber sie war kurz vor der vermuteten

Tatzeit gegangen, das hatte sie so auch Patrick erzählt. »Dafür haben wir heute einen Paketboten aufgetrieben, der aussagt, um zwanzig vor drei hier geklingelt zu haben. Sie haben nicht aufgemacht, also liegt die Vermutung nahe, dass Sie unterwegs waren. Sie hätten durchaus mit dem Kanister im Auto zu einem geeigneten Punkt fahren können, um von dort über die Wiesen zum Garten Ihres Ex-Mannes zu schleichen und ...« Elisabeth hob die Hand. Patrick verstummte, ärgerte sich aber gleichzeitig darüber. »Ich besitze keine Benzinkanister«, sagte Elisabeth ruhig, aber bestimmt. »Begreifen Sie das doch bitte endlich.« Sie ließ die Hand sinken. Kurz war Patrick aus dem Konzept gebracht. Nicht wegen dem, was sie sagte, sondern wie sie es sagte. So ruhig, so bestimmt. Endlich wusste Patrick, an wen sie ihn erinnerte: Sie war wie Frau Bungert, seine ehemalige Französischlehrerin. Französisch war sein Hassfach gewesen, Frau Bungert hatte ihm nie etwas Besseres als eine Vier minus gegeben. Patrick spürte, wie er wütend wurde. Er ging eine Stufe höher Richtung Haustür, stand nun direkt vor ihr, viel zu dicht eigentlich. Der Komfortabstand zwischen einander fremden Menschen beträgt dreißig Zentimeter oder mehr. Zwischen Patrick und Elisabeth waren definitiv keine dreißig Zentimeter übrig. »Ihre Fingerabdrücke waren darauf – wie wäre es, Sie begreifen *das* endlich«, sagte er. Es kam ihm selbst ein bisschen übertrieben vor. Immerhin war sie eine ältere Dame. Ältere Damen behandelte man nicht so. Allgemein schien es, als hätte er es in diesem Fall überdurchschnittlich oft mit alten Leuten zu tun. Er ging wieder einen Schritt zurück. »Sie haben kein Alibi, Ihre Fingerabdrücke sind auf der Tatwaffe, und Sie haben ein Motiv. Immerhin hat Ihr Mann Sie für eine Jüngere verlassen, vor aller Augen. Das ist demütigend, Sie hatten allen Grund, ihn zu hassen. Das sieht insgesamt überhaupt nicht gut für Sie aus. Ich könnte Sie auf der Stelle verhaften lassen, ist Ihnen das eigentlich klar?«

Elisabeth war tatsächlich blass geworden. Sie wandte sich von ihm ab und ging ins Haus. Er folgte ihr; sie stand am Esstisch und schenkte sich ein Glas Mineralwasser ein. Ihre Hand zitterte dabei etwas.

»Und, werden Sie mich verhaften?«

Patrick betrachtete sie nachdenklich. Sie war bisher unbescholten, da war ein Haftbefehl immer so eine Sache. Außerdem war sie eine alte Frau, damenhaft und korrekt. Die Vorstellung, dass sie fliehen würde, war absurd.

Er räusperte sich. »Vorerst nicht«, sagte er und hörte, wie sie erleichtert aufatmete. »Aber Sie dürfen Maria Brunn nicht verlassen.«

Elisabeth lächelte. »Wo sollte ich auch hin?«, fragte sie. Sie schwiegen beide kurz.

»Möchten Sie etwas trinken?«, fragte Elisabeth dann. Patrick schüttelte den Kopf.

Er setzte sich auf einen der schweren polierten Holzstühle mit hellblauem Samtbezug. Elisabeth sank selbst auf den gegenüberliegenden Stuhl. »Ich habe Bertie nicht gehasst, sondern geliebt«, sagte sie leise. »Ich habe den Postmann nicht gehört, weil ich gesaugt habe. Ich sauge immer dienstagnachmittags das ganze Haus. Und ich habe wie gesagt noch nie einen Benzinkanister gekauft oder benutzt.«

Patrick entsperrte sein Tablet, auf dem er sich die Fragen eingespeichert hatte, die er ihr stellen wollte.

»Gut, noch einmal von vorne und bitte laut und deutlich, damit das Ganze aufgezeichnet werden kann: Wo waren Sie am Nachmittag, an dem Ihr Ex-Mann ermordet wurde?«

»Hier. Ich habe Staub gesaugt.«

»Und Annemarie Liebig war bei Ihnen?«

»Ja, vor dem Staubsaugen. Bis etwa halb drei.«

»Ihr Ex-Mann wurde zwischen zwei und drei angegriffen.«

»Ich weiß.«

Patrick schaute konzentriert auf sein Tablet, als stünde dort die Antwort, wie er diese harte Nuss knacken könnte.

»Wie war das Verhältnis zu Ihrem Ex-Mann?«

»Den Umständen entsprechend gut. Wir hatten noch Kontakt.«

»Hat es Sie gestört, dass er hier in Maria Brunn das neue Haus gebaut und mit seiner neuen Freundin dort eingezogen ist?«

»Natürlich.«

Patrick scrollte in seinem digitalen Fragenkatalog ein wenig weiter nach unten.

»Hassen Sie seine neue Freundin?«

»Julia? Ach, ich kenne sie, seit sie klein ist. Ihre Mutter und ich sind befreundet.«

Patrick schüttelte den Kopf. Bisher hatte er immer gedacht, es hätte nur Vorteile, dass auf dem Dorf jeder jeden kannte.

»Aber sie hat Ihnen Ihren Mann weggenommen ...«

Er wollte endlich eine Emotion aus Elisabeth hervorlocken. Sie war so beherrscht.

»Man kann keinen Mann wegnehmen, der sich nicht wegnehmen lassen möchte. Außerdem kenne ich meinen Mann. Er hat das sicher aktiv betrieben. Bertie hat genommen, nicht ›sich nehmen lassen‹.«

Patricks Tablet schaltete auf Bildschirmschoner. Er hatte das Gefühl, hier seine Zeit zu verschwenden.

»Was glauben Sie, wer es war?«

Elisabeth drehte unbewusst an ihrem Ehering. Er bemerkte die Geste.

»Jemand, der gewusst hat, wann und wo Bertie seinen Mittagsschlaf machen würde ...«

Patrick nickte. So weit war er auch schon, nur leider hatte sich bei der Befragung von Nachbarn und Freunden herausgestellt, dass das die meisten wussten. Bertie hatte mit seiner neu gewonnenen Freizeit im Ruhestand und seinem täglichen Mittagsschläfchen im Garten gerne andere aufgezogen.

Elisabeth lächelte und schien seine Gedanken erraten zu haben. »... aber beide Voraussetzungen schränken hier in Maria Brunn den Verdächtigenkreis vermutlich wenig ein.«

...

»Kannst du kommen?«

Julia lief nervös vor der Glaswand zum Garten auf und ab und hielt ihr Handy fest umklammert. Sie hatte ihre Beerdigungskleidung noch an, nicht einmal die Schuhe hatte sie ausgezogen. Paul Salm hatte darauf bestanden, sie nach der Beerdigung noch einmal durchzuchecken. »Nur um sicherzugehen, meine Liebe.« Ihr Blutdruck war viel zu hoch gewesen, das hätte sie ihm aber auch sagen können. Er stellte fest, dass sie sich kühl anfühlte, kaltschweißig. Auch das wusste sie. Er hatte ihr Beruhigungstabletten mitgegeben, davon sollte sie eine nehmen, sobald sie zu Hause war, und sich dann ins Bett legen. Nun lag die Schachtel auf dem Wohnzimmertisch. Julia graute vor einer weiteren Nacht allein in diesem Haus. Dieses Haus klagte sie an, es flüsterte und wisperte.

»Bitte komm«, rief sie. Sie wusste, dass ihre Stimme einen hysterischen Unterton hatte, aber sie konnte nichts dagegen tun.

»Wie geht es dir?«, fragte Lukas.

»Du hast doch gesehen, wie ich vorhin auf dem Friedhof zusammengeklappt bin, oder?«

»Ja. Tut mir leid, dass ich zu weit weg stand, um irgendetwas tun zu können. Wenn ich es doch gemacht hätte, wäre es auffällig gewesen. Du weißt, dass ich mir das momentan nicht leisten kann. Nicht ausgerechnet jetzt. Sonst bin ich der Böse, und dann wird es für mich sehr schwer werden, wenn ...«

»Jaja«, unterbrach ihn Julia.

»Bist du sauer?«

»Nein. Ich kann es nur einfach nicht mehr hören.«

Kurz schwiegen sie sich an, dann seufzte Julia.

»Tut mir leid. Tut mir ehrlich leid. Ich bin nur einfach so mit den Nerven am Ende. Die letzten Wochen und dann ...

Bertie ... und diese Beerdigung heute, das war einfach furchtbar. Wie sie mich alle angeschaut haben. Die wissen es.«

»Quatsch.«

»Doch. Sie konnten mich schon die ganzen letzten Jahre nicht leiden.«

»Ach, Julia.«

»Ich bin so allein. Du kannst dir das nicht vorstellen, wie das ist, wenn dich alle hassen.«

Lukas wusste nicht, was er sagen sollte. Er konnte es sich ja tatsächlich nicht vorstellen. Und er musste unbedingt verhindern, in eine ähnliche Situation zu kommen wie Julia. Davon hing jetzt alles ab.

»Hat mein Vater sich gut um dich gekümmert?«

»Ja. Er hat mir ein Beruhigungsmittel gegeben.«

»Hast du es genommen?«

»Noch nicht.«

»Nimm es, und leg dich hin. Ich komme, sobald ich kann. Aber ich muss auf jeden Fall warten, bis es dunkel ist und deine Nachbarn schlafen.«

»Gut. Beeil dich trotzdem.«

»Versprochen.«

...

Oliver Fuchs machte seine Feierabendrunde durch das Altenheim. Er liebte seine Spaziergänge durch die Flure, die er jeden Tag einmal morgens und einmal abends gewissenhaft unternahm. Dabei redete er mit den Pflegerinnen und blieb für ein Schwätzchen stehen, wenn irgendwo eine alte Oma im Flur herumsaß und wirkte, als hätte heute noch kaum einer mit ihr geredet. Den Abschluss seines abendlichen Rundgangs bildete immer, zumindest im Sommer, eine der Bänke vor dem Altenheim. Sie war windgeschützt und stand gleichzeitig so, dass man alles im Auge behalten konnte, was sich auf dem Platz vor dem Heim, dem Betreuten Wohnen und dem Kindergarten abspielte. Dort saßen jeden Abend ein paar alte Herren und unterhielten sich. Manchmal machten sie eine Gesprächspause und beobachteten, was es zu sehen gab, und dann unterhielten sie sich darüber, was es zu sehen gegeben hatte. Sie hatten auch immer ein bisschen Wein, zur Not aus dem Tetrapak, und den teilten sie nicht nur miteinander – wobei sie illegal Gläser aus der Cafeteria benutzten –, sondern auch mit Oliver Fuchs. »Meine Jungs«, nannte er sie. »Wie geht es meinen Jungs heute Abend?«, fragte er auch dieses Mal. Sie lachten dieses tiefe großväterliche Lachen, das alte Männer so gut konnten. Der Wein, den sie ihm anboten, war ziemlich sauer, aber er trank ihn trotzdem. »Gleich kommt sie wieder raus«, sagte einer der Banksitzer.

»Wer denn?«, fragte Oliver.

»Na, die hübsche Kindergärtnerin. Die hatte wohl was vergessen. Kam vorhin aus dem Kindergarten raus, dann ging sie wieder rein, und bald kommt sie wieder raus.«

»Schönes Kleid, tolle Haare.«

»Seht ihr das auf die Entfernung mit euren alten Augen überhaupt noch?« Oliver erntete Protestrufe. In diesem Moment kam eine Frau aus dem Kindergarten, mit schönem

Kleid und tollen Haaren. Oliver kannte sie nur vom Sehen, sie war nicht aus Maria Brunn. Seine alten Jungs pfiffen und klatschten. Die Frau lachte, stieg in ihren kleinen gelben Fiesta und fuhr hupend davon. »Und wie geht es denn dir, Bub?«, fragte der Älteste in der Runde. Oliver lächelte und antwortete irgendetwas Belangloses. Bald darauf verabschiedete er sich und lief nach Hause. Er hatte es nicht weit. Die Haus, in dem er wohnte, war dasselbe, in dem er zur Welt gekommen war, ein paar Straßen weiter, ziemlich nahe bei der Kirche. Er war einer der wenigen, bei denen noch »Maria Brunn« als Geburtsort im Ausweis eingetragen wurde, ansonsten war seine Generation schon fast geschlossen im Krankenhaus in Felsach zur Welt gekommen. Er nicht. Er war eine schnelle, überraschende Geburt gewesen, leicht, hatte seine Mutter immer gesagt, du hast keine Probleme gemacht. So war er heute noch. Er nahm nichts schwer, und er machte niemandem Probleme, immer gut gelaunt, immer freundlich. Es gab niemanden, der ihn nicht mochte. Darum war es auch so ungewöhnlich, dass er an diesem Abend einen verkniffenen Zug um den Mund hatte. Als er bei seinem Haus ankam, das er nur noch in der Erdgeschosswohnung bewohnte – das obere Stockwerk hatte er an eine Familie mit Kindern vermietet, mit der er weitläufig verwandt war –, ärgerte er sich über ein Dreirad, das quer auf dem Gartenweg zurückgelassen worden war. An beinahe allen Tagen seines Lebens hätte ihn so etwas nicht gestört. Im Gegenteil, er mochte es, dass Kinder im Haus waren. Er spielte gerne mit ihnen, manchmal passte er abends auf sie auf, wenn die Eltern einmal ausgehen wollten. Aber heute ärgerte ihn das Dreirad. Es ärgerte ihn sogar, dass es so schön leuchtend rot war. Als er in seine Wohnung kam, die fröhlich eingerichtet und bunt war, war ihm nicht nach Fröhlichkeit. Auf dem Tisch lag seit einer Woche der Brief, den er angefangen hatte zu schreiben. Handschriftlich, weil es ihm passender erschienen war, persönlicher. Er hatte gehofft, dass es einen Unterschied machen würde, dabei hätte dieser Brief sicher auch nichts geändert. In einem Wutanfall, der ganz und gar untypisch für Oliver Fuchs war, stürzte er sich nun, nachdem er den Brief sieben Tage lang angeschaut und geduldet hatte, auf das Blatt Papier und zerknüllte es. Als das nicht reichte, zerriss er es in kleine Fetzen. Danach stand er da, mitten im Raum, um ihn herum Briefkonfetti.

Er beschloss, dass der Tag nicht so enden durfte, und ging joggen, lief dieses Mal sogar weiter als bis zur Königin-Luise-Tanne. Zu Hause duschte er, und dann aß er nach und nach eine ganze Fürst-Pückler-Eisrolle, während er »Das Sams« schaute, einen Film, den er eigentlich für seine kleine Nichte zum Geburtstag gekauft hatte. Er schaute und aß und wünschte sich, ein Kind zu sein und an Wunschpunkte zu glauben.

...

Als Lukas ankam, war es schon beinahe Mitternacht. Er kam wie immer über die Wiesen und durch den Hintereingang. Der normale Zugang über Straße und Haustür war ihm zu gefährlich. Maria Brunn hatte überall Augen. Vor allem dann, wenn es wichtig war, dass etwas geheim blieb. Er schloss die Hintertür leise auf, ging durch die Garage und von dort durch eine weitere Seitentür ins Haus. Den Schlüssel hatte ihm Julia bei einem ihrer einsamen Freiburg-Dienstage nachmachen lassen. Er ging leise durch den Flur und schlich die Treppe hinauf ins Schlafzimmer. Julia lag auf dem Bett, nicht zugedeckt, einfach so, nur in Unterwäsche. Sie sah friedlich aus und sehr hübsch. Das graue Kleid, das sie bei der Beerdigung getragen hatte, lag zusammengeknüllt auf dem Boden. Er hob es auf und legte es über den dunkelgrauen kleinen Sessel, der in einer Ecke des Raums stand. Dann ging er zum Bett und kniete sich davor hin. Er strich Julia die Haare aus dem Gesicht und flüsterte ihr leise Nettigkeiten ins Ohr. Langsam wachte sie auf. Sie wirkte benommen, als würde sie gar nicht richtig verstehen, dass er tatsächlich da war. Dann aber wurde sie wacher, griff nach seiner Hand und lächelte. »Endlich«, sagte sie. Ihr fiel die Dunkelheit im Raum auf. Nur die kleine Nachttischlampe brannte. »Wie spät ist es?«

»Fast Mitternacht.«

Sie lächelte wieder. »Wie bei Cinderella.«

»Die Kürbiskutsche steht unten.«

»Lass sie warten.«

Sie umfasste seinen Nacken, zog ihn zu sich und küsste ihn.

SOMMER 1961

Das nächste Mal sahen sie sich auf der Straße vor dem Haberland-Hof. Pauline spielte dort mit dem kleinen Nachbarsjungen, als Bertie schlecht gelaunt mit einigen Briefen, die er für seinen Vater zur Post bringen sollte, vorbeikam.

Als er Pauline sah, vergaß er die Briefe und seine schlechte Laune und ging zu ihr. Gerade ließ sie eine große bunte Murmel zu dem kleinen Jungen kullern. Der bückte sich eifrig, wie das nur kleine Kinder tun, und schnippte sie nach einigen Versuchen zu ihr zurück. »Wie geht es dir?«, fragte Bertie Pauline. Sie wurde rot und schaute nicht zu ihm auf, sondern konzentrierte sich nur noch mehr auf ihren kleinen Spielgefährten. »Gut«, antwortete sie trotzdem. »Und wie geht es dir?«

»Ich muss diese Briefe zur Post bringen. Begleitest du mich?«

Der kleine Junge, der verstand, dass er Gefahr lief, gleich allein spielen zu müssen, rief wütend »Nein!« und stampfte mit dem Fuß auf. Pauline lächelte. »Ich kann wohl nicht weg.« Bertie sah sie unschlüssig an. »Bist du noch da, wenn ich wiederkomme?«

Pauline nickte. Sie sah heute noch hübscher aus als beim letzten Mal, trug einen roten Rock und dazu ein ärmelloses weißes Oberteil. In ihre Haare hatte sie ein Haarband geflochten. »Gut, ich beeile mich.«

Bertie rannte die Amselstraße entlang bis zur Post und wieder zurück, aber als er zurückkam, war niemand mehr auf der Straße, weder ein kleiner Junge noch ein hübsches Mädchen im roten Rock. Wütend kickte Bertie gegen die Straßenlaterne, die vor dem Hof seiner Eltern stand. In diesem Moment nahm er eine Bewegung hinter Gerdas

Küchenfenster wahr. Dort stand Pauline und winkte, ihre weiße Bluse war deutlich zu sehen. Er winkte zurück. Sie trat noch näher an die Scheibe und lächelte ihn an, ihre Augen lagen auf ihm, ganz sanft und freundlich. Sie legte ihre Hand ganz sacht an die Scheibe. Dann kam Gerda und zog sie vom Fenster weg.

ACHT

Am nächsten Tag gab es zum Frühstück Orangenmarmelade. Das war der Tropfen, der das Fass zum Überlaufen brachte. Christa beschloss, einen Spaziergang zum Bäcker zu unternehmen und dort auf ein anständiges Croissant zu hoffen, oder zumindest ein Rosinenbrötchen. Ihre Hüfte fühlte sich gut an, nichts konnte sie aufhalten. Als Christa mit dem Fahrstuhl ins Erdgeschoss gefahren war und von dort aus dem Haus trat, atmete sie tief ein. Schwarzwaldluft mit dem deutlichen Geruch von frisch gemähtem Gras und einer winzigen Note von Kuhmist, der irgendwo weiter entfernt ausgebracht worden war; es roch fast wie früher.

Christa war erst ein paar Meter weit gekommen, als ihr Bärbel um die Rollatorräder sprang. Hinter ihr her schlenderte Carlo. »Hattest du heute auch Orangenmarmelade?«, fragte Christa mitfühlend. Carlo grinste. »Nein, aber Bärbel hat seit gestern einen verstimmten Magen.« Er betrachtete den Hund mitleidig. Dann hellte sich sein Gesicht auf. »Ich freue mich so auf unseren ›Zuckerschnitten‹-Termin heute«, sagte er. »Hast du mitbekommen, dass wir uns heute erst um elf treffen?«

»Ja. Warum eigentlich?«

»Ach, ich fand es besser.« Er lächelte glücklich. »Ich leite das Ganze dieses Mal nämlich.«

»Was backst du denn mit uns?«

»Wir backen nicht nur, wir kochen auch. Ein richtiges Menü, mit allem Pipapo. Inklusive Hummerterrine. Dafür war ich nämlich berühmt. Für Hummerterrine und Steinpilzravioli«, er lächelte stolz. »Ich hatte einfach mal wieder Lust, und Annemarie war zum Glück gleich begeistert von der Idee.«

»Also falls du öfter mal Lust hast, würde ich mich als essendes Publikum immer gerne opfern.«

Carlo, der besorgt beobachtete, wie Bärbel sich ins Stiefmütterchenbeet des Betreuten Wohnens übergab, lachte. »Was hättest du denn gerne?«

»Pizza.«

»Weil ich Italiener bin?«

»Nein, weil ich Pizza mag.«

Bärbel würgte etwas nach.

»Meinetwegen, ich back dir mal eine Pizza. Mit frischen Tomaten, Basilikum und anständigem Mozzarella darauf. Mehr sollte nämlich gar nicht auf einer Pizza sein.« Christa hielt es für besser zu verschweigen, dass sie selbst sogar vor Hackfleisch und Ananas auf der Pizza nicht zurückschreckte. Zu Hause hatte sie einen hervorragenden Pizzalieferdienst, der sich auch über die abstrusesten Zusammenstellungen nicht wunderte. Kurz vor ihrem Sturz hatte sie dort für sich und ihre Handwerker eine Jumbo-Pizza mit Mais, Salami, Dönerfleisch und Spiegelei bestellt.

Zur Bäckerei war es nicht weit. Über dem Eingang hing, wie früher auch, eine goldpolierte Brezel. »Bäckerei Gnad« stand auf der Hauswand in schwungvollen Buchstaben geschrieben; die waren neu, zumindest neu nachgestrichen. Christa steuerte ihren Rollator die Rampe zur Bäckerei hoch, die für Rollstühle, Kinderwägen und solche wie sie selbst angebracht worden war. Die Tür zur Bäckerei war leicht aufzudrücken und begrüßte Christa mit einer klimpernden Glocke. Drinnen sah es aus, wie Bäckereien eben aussahen: weiß gefliester Boden, eine Theke, auf der das obligatorische Körbchen mit gefärbten hart gekochten Eiern stand, vollkommen unabhängig von der Jahreszeit. An den Wänden prangten verschiedene gerahmte Zertifikate von Meisterbriefen und Fortbildungsurkunden. Früher hatten an der Wand Kruzifixe, pastellige Gemälde von Schutzengeln und getrocknete Blumenkränze gehangen; die alte Frau Gnad hatte so etwas gemocht.

In einem Regal neben der Theke stapelten sich verschiedene Nudelsorten, abgepackt in diesen knisternden durchsichtigen Plastiktüten, die es nur für Bäckereinudeln, aber nie für die im Supermarkt zu geben schien. Jede Tüte trug den Aufdruck »Tannbachmühle«. Christa erinnerte sich sofort an die verwunschene Mühle im Wald etwas weiter Richtung Tal, bei der ihre Mutter früher das Kuchenmehl noch in kleinen Säcken gekauft hatte. Sie hatte es dort geliebt. Auf dem Weg dahin, meistens mit dem Fahrrad, hatten sie unbedingt »Es klappert die Mühle am rauschenden Bach« singen müssen. Christa strich über eine der Nudelpackungen, Sorte »Omas Suppennudeln«. Unglaublich, dass es die Tannbachmühle noch gab, dachte sie.

Vor ihr waren noch zwei andere Kunden an der Reihe, worüber sie froh war, denn die Auswahl war beachtlich. An der Wand reihten sich Brotlaibe mit klingenden Namen: Schwarzwaldbrot, Buttermilchbrot, Kürbisbrot, Joggerbrot, Bauernkrustenbrot. In Christas Kindheit hatte es bei Bäcker Gnad genau zwei Brotsorten gegeben: Roggen und Weizen. Meistens hatte ihre Mutter hier, wenn überhaupt, das Roggenbrot gekauft, was Christa eine lebenslange Abneigung dagegen eingeimpft hatte. Sie hatte in ihrer Kindheit garantiert das ganze Pensum an diesem gräulich-sauren Brot gegessen, das ein Mensch in seinem Leben ableisten sollte. Heute gab es in den Auslagen neben Brot auch verschiedene belegte Brötchen, Pizzataschen und Butterbrezeln, einen ganzen Korb Schneckennudeln mit weißem Zuckerguss, daneben Apfeltaschen, die unvermeidliche Schwarzwälder Kirschtorte und einen Zwetschgenkuchen, auf dem – ein sehr gutes Zeichen – an diesem Sommermorgen noch keine einzige Wespe saß.

Als sie an der Reihe war, entschied sie sich für ein großes Stück davon.

Christa bezahlte, verstaute die Bäckereitüte mit dem kostbaren Inhalt vorsichtig in ihrem Rollatorkorb und rollte die Rampe wieder hinunter. Sie hatte keine Lust, sofort wieder nach Hause – sie bemerkte mit schaudernder Verblüffung, dass sie diesen Begriff im Zusammenhang mit dem

Betreuten Wohnen gedacht hatte – zu gehen. Stattdessen schob sie ihren Rollator und ihr Frühstück noch ein Stückchen weiter die Straße entlang, bis sie zu dem kleinen Platz vor der Kirche kam. Dort setzte sie sich auf eine der beiden Sitzbänke und packte zufrieden ihren Zwetschgenkuchen aus. Er schmeckte so gut, wie er aussah, die Zwetschgen waren genau richtig süß-säuerlich und die Streusel weich und buttrig. Christa ließ den Blick schweifen. Die Häuser rings um den Platz waren in den letzten Jahrzehnten renoviert worden, das beschränkte sich nicht nur auf das »Lamm«. Viele hatten hübsche Schwarzwälder Holzschindelfassaden, die zu Christas Kindheit fleckig und altersverwittert, nun aber in Pastellgelb, Pastellgrün oder Pastellrosa neu gestrichen worden waren. Dazu passend die alten Holzfensterläden, natürlich auch die neu lackiert. Alles war so unglaublich adrett. In Christas Kindheit war Maria Brunn ein Bauerndorf gewesen, ein richtiges, mit Pferdeäpfeln auf den Straßen und Dreck in den Rinnen. Die meisten Familien hatten ein bisschen Land bewirtschaftet, und außerdem arbeiteten die Männer als Elektriker oder Schlosser oder Mechaniker irgendwo. Die Frauen hatten neben Haushalt und Kindern fast alle noch eine Heimarbeit, wie zum Beispiel das Herstellen von Papiermanschetten für Grillhähnchenfüße. Das hatte Christas Mutter gemacht. Bekamen heute Grillhähnchen überhaupt noch solche weißen Papiermanschetten um die Schlegel? Christa wusste es nicht.

Gerade als sie den letzten Bissen ihres Zwetschgenkuchens in den Mund stopfte und ihm genießerisch nachschmeckte, kam Annemi über den Platz geschlendert.

Christa versuchte sich in einem Trick, der schon als Kind nur leidlich funktioniert hatte: Sie schaute weg und hoffte, dass Annemi sie nicht sehen würde. »Christa! Du hier?« Annemis durchdringende Stimme wurde von den Holzschindelfassaden zurückgeworfen und verstärkt. Christa öffnete die Augen. »Annemi, wie schön.«

»Ja, ich bin auf dem Weg zu Jürgen. Ich meine: zu unserem Bürgermeister«, sagte Annemi selbstgefällig. Sie war die Art von Mensch, die gerne unterstrich, wie nah sie wichtigen Menschen stand. Wichtig im Maria Brunner Sinne. Christa blieb betont unbeeindruckt.

»Hast du was ausgefressen?«

Annemi zog eine relativ undamenhafte Grimasse. »Wir wollen eine Wohnung in Berties Wohnprojekt kaufen. Und nun müssen wir natürlich wissen, woran wir sind, jetzt, wo Bertie nicht mehr ist«, erklärte sie. »Ich meine, ob es jetzt trotzdem gebaut wird. Mit Bertie war das natürlich eigentlich alles schon abgesprochen, aber wir hatten noch nichts unterschrieben.«

»Wollt ihr die Wohnung vermieten?«

Annemi nickte. »Ja. Aber sie ist außerdem auch für später irgendwann. Fürs Alter, weißt du.«

Christa dachte an Carlo und dass er gesagt hatte, Alter sei nur peinlich, wenn man es selbst nicht rechtzeitig bemerke. Sie sah Annemis Falten neben den Augen und um den Mund, die Altersflecken auf ihren überpflegten Händen mit den manikürten Fingernägeln. In diesem Moment verstand sie, was er meinte, und beschloss großzügig, ihre Erkenntnis mit Annemi zu teilen. »Annemi, du bist so alt wie ich.«

»Ja und?«

»Ich bin im Betreuten Wohnen.«

»Worauf willst du hinaus?«

»Mach dir doch nichts vor. Du *bist* ›im Alter‹.«

Annemi lachte perlend. »Unsinn. Wolfgang und ich sind völlig fit. In den besten Jahren.«

»Aha. Also, ihr wollt in die Wohnung ziehen, wenn ihr dann mal alt seid.«

»Genau. Wenn man erst mal neunzig ist, kann man so ein großes Haus und so einen riesigen Garten nicht mehr gebrauchen. Und unsere Kinder wohnen beide in der Stadt, dahin wollen wir nicht. Da wäre es schön, hier eine Wohnung zu haben, modern und geräumig. Bertie hatte uns schon die Pläne vorgelegt, genau das, was wir suchen.«

»Hm.«

»Ach, es ist eine Tragödie, dass er tot ist.«

»Ja, allein schon aus Immobiliengründen.«

»Denkst du nachher an unseren Kurs?«

»Ja.«

»Hast du mitbekommen, dass Carlo ihn heute leitet?«

»Ja.«

»Gut. Er ist wirklich begnadet. So, ich muss weiter, ich bin nämlich bestimmt nicht die Einzige, die jetzt ihre Ansprüche neu anmelden muss. Jeder will ein Stück vom Kuchen«, Annemi blinzelte Christa neckisch zu, »aber die Leiterin der ›Zuckerschnitten‹ kennt sich eben mit Kuchen aus.«

Nachdem Annemi um die Ecke verschwunden war, schlug die Kirchturmuhr. Halb neun. Um zehn würde das Hochamt beginnen, heute war Mariä Himmelfahrt. Christa hatte plötzlich Lust, der Kirche einen Besuch abzustatten, solange sie noch still und verlassen war.

Die Maria Brunner Kirche war wunderschön, das musste selbst Christa, die spätestens seit ihrer Studentenzeit ein distanziertes Verhältnis zu diesen Dingen pflegte, zugeben. Sie war klein und alt, aber irgendwie niedlich: mit einem kleinen Türmchen, auf dem ein geschwungenes Dächlein saß. Christa parkte den Rollator vor der Kirche, die drei ausgetretenen Sandsteinstufen zum Kirchenportal konnte sie ihn nicht hochhieven. »Ich sollte sowieso mal ohne das Ding üben«, murmelte sie und griff fest nach dem Treppengeländer. Zu ihrer Erleichterung ging es besser, als sie befürchtet hatte. Sie legte die Hand auf die von der Sonne schon leicht angewärmte alte Messingklinke und erinnerte sich dabei an die vielen Male, die sie als Kind durch diese Tür gegangen war. Ihre Eltern waren nicht besonders fromm gewesen, aber in Maria Brunn ging jedes Kind zur Kommunion, da gab es keine Ausnahme, und Christas Eltern hatten entschieden, dass auch Christa keine werden sollte. So ging sie mit den anderen zum Kommunionsunterricht zu Pfarrer Ziegler, einem alten strengen Mann, dessen furchtbar dicke Brillengläser ihm gigantische Froschaugen zauberten. Das einzige Problem bei der Kommunion war das Kleid gewesen. Die Mädchen trugen ausschließlich weiße Kleider aus kratzigem Tüll, die alle wie Wattebäusche aussehen ließen. Christa erinnerte sich noch an das Kratzen und wie sie zum

Ärger ihrer Eltern während der gesamten Erstkommunions-
feier versucht hatte, mit den Fingern den steifen Kragen von
ihrem Hals wegzuziehen.

Im Inneren der Kirche umfing Christa diese sakrale
Kühle, eine Art der Temperatur und Luftfeuchtigkeit, die
man nur im Sommer und nur in alten Kirchen erleben
konnte. Das Kircheninnere war dämmrig; die Fenster waren
schon immer ein bisschen zu hoch angebracht gewesen, um
wirklich Licht hineinzulassen. Christa sah sich weiter um.
Hier sah noch alles so aus, wie sie es vor über sechzig Jahren
zurückgelassen hatte. Die knarrenden Holzbänke waren dieselben, der Altar, das Kreuz. Die Putten, die rechts und links
des Altars die Wände hochstiegen, lächelten genauso feist
auf sie herunter wie immer. Das Altarbild – Maria umkränzt
von Engeln – war noch genauso bonbonfarben, wie sie es in
Erinnerung hatte. Die Maria sah aus, als hätte sie die teu-
erste Kosmetikbehandlung der Welt hinter sich: die Wangen
rosig und glatt, die Augen glasklar, der Mund rosenfarben.
Als Kind hatte Christa an dieser Stelle immer gebetet, sie
möge genauso hübsch werden und ewig jung, aber beides
hatte nicht einmal im Ansatz funktioniert.

Sie ging den Mittelgang nach vorn und setzte sich in die
erste Reihe. Die Kirchenbank ächzte leise, als sie sich nie-
derließ. Hier hatte sie Taufen zugesehen, und Hochzeiten
und Beerdigungsfeiern, den drei Meilensteinen des Dorfle-
bens oder vielleicht auch des Lebens allgemein, die hier in
Maria Brunn meist vor der ganzen Dorfgemeinschaft begangen wurden. Irgendwie kannte man ja jeden, und wenn man
nicht kam, fiel man unangenehm auf.

Je länger Christa in ihrer Kirchenbank saß und sich umsah, desto mehr kleine Neuerungen bemerkte sie doch. Die Altartücher waren neu, nicht mehr diese groben, gefühlt jahrhundertealten Leinentücher mit ausgefransten Ecken, die es in ihrer Kindheit noch gegeben hatte. An einer der Wände hingen, etwas versteckt neben dem Beichtstuhl, bunte Steckbriefe mit Fotos von den diesjährigen Erstkommunionskindern. Vor dem Altar für den heiligen Sebastian waren die ehemals hölzernen gemeingefährlichen Kerzenbänke gegen welche aus dunklem beschlagenen Metall getauscht worden.

Als sie den Kopf in den Nacken legte, entdeckte sie hoch über dem Hauptaltar sogar einen Beamer.

In diesem Moment hörte sie, wie sich das Kirchenportal öffnete. Sanfte Schritte, dann schloss sich die Tür wieder. Sie war nicht mehr allein. »Guten Morgen, Frau Haas.« Die Stimme klang kultiviert und sanft. Sie drehte sich um. Im Dämmerlicht stand Elisabeth Fischer. Christa wollte aufstehen. »Nein, bleiben Sie sitzen«, sagte Elisabeth. »Ich wollte mit Ihnen reden.« Christa gehorchte vor lauter Überraschung. Elisabeth kam nach vorn, ihre eleganten cremefarbenen Lederslipper machten dabei fast kein Geräusch. »Ich habe Sie in die Kirche gehen sehen und dachte: Die Gelegenheit kommt nie wieder.« Sie setzte sich neben Christa, langsam und bedacht. So saßen sie einige Zeit nebeneinander und sahen nach vorn auf den Altar. »Sie waren letztens gar nicht nur bei mir, um zu kondolieren, hab ich recht?«, fragte Elisabeth nach einer Weile. Christa sah keinen Grund, zu leugnen. »Nein«, antwortete sie. Elisabeth nickte langsam. »Sie ermitteln auf eigene Faust. Das habe ich spätestens bei Ihrem Auftritt nach der Beerdigung verstanden.« Christa sah nach vorn zur Maria. »Wissen Sie, ich habe hier sonst nicht viel zu tun ...« Wieder schwiegen sie ein Weilchen. Dann sagte Elisabeth zu Christas Überraschung: »Es ist mir recht, wenn Sie sich darum kümmern. Diesem jungen Kommissar traue ich nicht viel zu. Gestern kam er und hat versucht, mich in die Ecke zu drängen.« Sie lächelte. »Nun ja, auf dem Papier sieht es auch tatsächlich nicht gut für mich aus. Ich habe nachgedacht, über den Kanister mit meinen Fingerabdrücken«, sie machte eine Pause. »Ich glaube, der Kanister war nicht zufällig da. Er wurde absichtlich dort gelassen.« Elisabeth räusperte sich. »Jemand versucht, mir den Mord in die Schuhe zu schieben.«

Christa sah zum Blumenschmuck, der auf dem Altar der heiligen Agnes stand. Weiße und rosa Freesien. Ja, vielleicht hatte jemand versucht, den Verdacht auf Elisabeth zu lenken, und es war auch geglückt. Niemand lag näher als die betrogene Ehefrau.

»Aber ich weiß nicht, warum«, Elisabeth seufzte. »Ich weiß einfach nicht, warum.« Christa setzte sich ein wenig aufrechter hin, die harte Lehne der Kirchenbank drückte in ihren Rücken. Ihre Hüfte tat weh. Lange würde sie nicht mehr sitzen können.

»Haben Sie hier Feinde?«, fragte sie. Elisabeth schüttelte den Kopf. »Ich habe die ganze letzte Nacht nachgedacht«, sagte sie, »aber mir fällt niemand ein. Julia hat meinen Mann bekommen, also hat sie keinen Grund, etwas gegen mich zu haben. Und ansonsten habe ich mich immer gut mit allen verstanden. Ich habe doch auch wirklich alles gemacht, für das Dorf, für die Leute ...«

Auch wenn Christa weiterhin nach vorn sah, konnte sie regelrecht fühlen, wie Elisabeths Gesicht einen ratlosen Ausdruck hatte. »Ich war dreiunddreißig Jahre im Kirchenchor, verdammt noch mal«, stieß Elisabeth plötzlich hervor. Christa lachte. Elisabeth lachte auch, mit Wutränen in den Augen, aber immerhin lachte sie. »Wenn Sie ohnehin nichts zu tun haben, dann suchen Sie weiter«, Elisabeths Stimme nahm einen bittenden Ton an.

Christa nickte. »Ich finde ihn.«

Elisabeth legte für einen Moment ihre Hand auf Christas und drückte sie. Dann saßen sie noch ein bisschen nebeneinander.

»Ich hasse Freesien«, sagte Christa.

»Den Strauß habe ich aufgestellt«, antwortete Elisabeth. Christa verabschiedete sich rasch.

. . .

»Meine Lieben, heute machen wir etwas ganz Besonderes. Ich werde mich im Hintergrund halten, und der liebe Carlo«, Annemi tätschelte Carlos Oberarm, als wäre er ein Pferdehintern, »der liebe Carlo hier wird uns mit hineinnehmen in die Geheimnisse der italienischen Küche und mit uns eine ganz feine Torta al Limone backen«, Annemi rollte das R extra lange. »Also, Carlo, ich räume meine Bühne für dich.« Sie breitete zunächst die Arme aus und fing dann an, damenhaft zu applaudieren. Die anderen fielen in den Applaus mit ein. »Carlo, Carlo«, skandierte Hilde. Carlo lächelte geschmeichelt und klopfte sich auf den Bauch, weil er nicht wusste, wo er mit den Händen hinsollte. »Danke, Annemarie«, sie schenkte ihm ein schmelzendes Lächeln, »sehr nett. Also eigentlich wollte ich mit euch ein ganzes Menü kochen, aber sehr kurzfristig hat nun Herr Fuchs behauptet, dass das mit der Hummerterrine und den Steinpilzen zu teuer werden würde, und jetzt bleibt uns eben doch nur der Nachtisch, denn Zitronen sind gerade billig, nehme ich an.«

Hilde verzog enttäuscht das Gesicht, Annemis Lächeln war etwas angestrengt.

»Also, die Torta al Limone ist ein typisches Gebäck aus Italien, dem Land, wo die Zitronen blühen und so weiter« – »wie schön«, flüsterte Annemi – »und es ist im Großen und Ganzen einfach ein Mürbteig mit einer Ricotta-Zitronen-Füllung.« Er ging zum Kühlschrank der Kursküche, holte einige in Frischhaltefolie verpackte Teigkugeln heraus und hielt sie ihnen entgegen. »Ich hab da mal was vorbereitet«, grinste er. »Weil jeder von uns weiß, wie Mürbteig geht – Mehl, Ei, Zucker, Salz, kalte Butter –, und der ja ruhen muss, dachte ich, das können wir uns heute sparen. Abgesehen davon, dass ich ja dachte, wir wären mit Hummer und Steinpilzravioli beschäftigt. Also zur Füllung.«

In der nächsten Viertelstunde waren sie damit beschäftigt, nach Carlos Anweisung die Teigkugeln auszurollen, eine runde Tarte-Form zu fetten und mit einem der beiden ausgerollten Teige die Form akkurat auszulegen. Carlo achtete auf jeden Millimeter. »Christa, pass doch auf, da hast du eine Formwelle nicht ganz mit Teig ausgelegt«, sagte er und tippte auf den Makel, den Christa nicht einmal mit einem Mikroskop gesehen hätte. »Aha, jetzt kann ich mir dich plötzlich viel besser als erfolgreichen Gourmetkoch mit herumgescheuchter Küchenbelegschaft vorstellen«, zischte sie und drückte den Teig extra stark in die Form. Carlo warf ihr einen Lufthandkuss zu.

Marion war dazu verurteilt worden, die Zitronenschale zu reiben, und auch dies verwandelte sich von einer einfachen Arbeit zu einer Art Happening, nachdem Carlo entdeckt hatte, dass sie »der Schale nicht vollständig gerecht wurde«. Am Ende rieb er die Zitrone selbst, während Marion entmutigt danebenstand. Hilde hatte weniger Probleme mit ihrer Aufgabe, die ausschließlich daraus bestand, Ricottapäckchen aus dem Kühlschrank zu holen und zu öffnen sowie Eier, Zucker und Salz neben einer Rührschüssel bereitzustellen. Annemi war die anspruchsvollste Tätigkeit zugefallen. Sie rollte die zweite Teigkugel aus und sollte einen exakt passgenauen Teigkreis im Radius der Kuchenform mittels eines Teigschneiders ausschneiden. »Meine Torta al Limone ist eine gedeckte Torta, es gibt da sicher abweichende Meinungen, aber na ja, so ist sie einfach am besten, da beißt die Maus keinen Faden ab«, posaunte Carlo, während er begann, den Ricotta aus den geöffneten Päckchen mit einem Löffel in die Rührschüssel zu befördern. »Ich habe noch einmal genau nachgemessen, Carlo, es stimmt auf den Millimeter genau«, verkündete Annemi und machte genau dasselbe Gesicht wie in der zweiten Klasse, als sie die Beste im Weitsprung gewesen war. »Sehr schön, Annemarie«, lobte Carlo. »So, und nun habe ich gedacht, da es auf die Zusammenstellung der Füllung am meisten ankommt, schaut ihr einfach zu, dann hat es jeder mitbekommen.« »Kontrollfreak«, knurrte Christa.

Mit sichtbar jahrzehntelang geübten Griffen rührte Carlo Eier, Zucker, eine Prise Salz und zum Schluss die geriebene Zitronenschale unter den Ricotta, der sich langsam zartgelb färbte. »Und nun einfach die Füllung in unsere Foooooooorm«, Carlo beförderte mit Schwung mittels eines Teigschabers seine Ricottamischung restlos auf sein vorbereitetes Teigbett, in dem man noch Christas wütenden Daumenabdruck erkennen konnte, »glatt streichen«, auch das gelang ihm begnadet, »und jetzt die Teighaube«, er beförderte sanft Annemis abgezirkelten und ausgemessenen Teigkreis auf seine Kreation. »Wunderbar. Jetzt nur noch in den Ofen, und ich dachte, während wir warten, machen wir noch schnell ein Vanilleeis dazu …«

»Wie bitte?«, fragte Hilde.

»Keine Sorge, dafür musste Herr Fuchs nichts extra bezahlen; die Zutaten hab ich immer da.« Carlo zauberte unbeirrt eine Eismaschine aus der von ihm mitgebrachten Stofftasche und begann, eine ebenso in der Stofftasche befindliche Schlagsahneflasche mit Schwung über dem Eisbehälter der Maschine auszuleeren. »So, meine Damen, das wird heute nicht ganz figurfreundlich«, grinste er. Christa gab auf und setzte sich. Ihre Hüfte ziepte, und Carlo konnte auch ohne sie sein Eis machen, bei dem er offenbar sowieso keine Hilfe duldete. Während die Torta Zitrona Ricotta Italiana vom Ofen aus langsam einen süß-fruchtigen Duft verströmte, rührte Carlos Eismaschine unermüdlich Sahne, Milch, Eier, Zucker und Vanille. »Ich dachte übrigens, wir sparen uns heute den Weg zu Annemarie. Ich lade euch auf meinen Balkon ein. Die Torta schmeckt sowieso am besten, wenn sie noch ein bisschen warm ist.« Offenbar hatte Carlo endgültig das Kommando übernommen.

Das Einzige, was Christa wirklich verblüffte, war, wie widerspruchslos Annemi das geschehen ließ. Eine Stunde später saßen sie auf Carlos kleinem Balkon und balancierten Teller auf ihren Knien, die mit einer Komposition aus warm duftender Torta al Limone und zart schmelzendem selbst gemachten Vanilleeis sowie dekorativen Zitronenmelisseblättchen aussahen, als kämen sie direkt aus einer Gourmetküche. Und genau das taten sie ja auch.

. . .

Patrick versorgte schon zum zweiten Mal an diesem Tag seinen Unterarm mit einem neuen Pflaster. Er hätte nicht erwartet, dass Hühner so tief kratzen konnten. Aktuell war er nicht mehr unbedingt davon überzeugt, dass das mit den Hühnern eine gute Idee gewesen war. Vor allem nicht, nachdem sich Charlotte als allergisch entpuppt hatte. Gleich nachdem sie die Hühner geliefert bekommen hatten, hatte sie sich ständig gekratzt. »Ich weiß nicht, was das ist«, hatte sie gesagt, »vielleicht war ich heute zu viel in der Sonne?« Inzwischen aber war klar: Charlotte war gegen die Hühner allergisch, gegen die schönen schwarz-weißen Sundheimhühner – sie hatte extra darauf geachtet, eine alte Hühnerrasse aus der Gegend zu bestellen –, und das bedeutete, dass die Hühner ab sofort an Patrick hängen bleiben würden.

Einige Kollegen hatten gefeixt, als sie seine verpflasterten Arme gesehen hatten. Von denen war kein Einziger ein Hühnerhalter. »Kein Wunder, dass die alten Hühnerrassen aussterben und die Kinder nicht mehr wissen, woher das Ei kommt, wenn selbst die Dorfleute keine Hühner mehr haben«, hatte Patrick dagegengehalten. Andererseits mussten sie auch keinen Stall ausmisten und sich von Hühnerkrallen misshandeln lassen.

Patrick beschloss, das Hühnerthema vorerst zu verdrängen. Es reichte, wenn er sich damit heute nach Feierabend wieder würde auseinandersetzen müssen.

Er hatte auch ohne die Hühner schon schlechte Laune. Die Ermittlungen gingen nicht voran, da konnte er sich nichts vormachen. Er hatte kaum Verdächtige, und die wenigen, die es gab – Elisabeth, Julia und Arndt –, hatten alle nicht vorhandene oder wackelige Alibis, sodass er keinen von ihnen streichen konnte. Arndt hatte laut seinem Terminplan für den fraglichen Tag eine Videokonferenz mit einer Münchner Brauerei als Alibi, aber die Münchner hatten auf Nachfrage ausgesagt, dass die Konferenz nicht wie geplant um drei, sondern erst um zehn nach drei begonnen und Arndt fahrig gewirkt hatte. Darauf angesprochen, hatte Arndt etwas verworren zu Protokoll gegeben, er sei mit der Technik nicht zurechtgekommen. Das musste nicht stimmen. Allerdings konnte Patrick sich gut vorstellen, dass Arndt Fuchs tatsächlich kein Technikgenie war. Zudem fehlte bei Arndt das Motiv. Patrick hatte zwar den Eindruck, dass es zwischen Arndt und Bertie Spannungen gegeben hatte, aber das war bisher nur ein Gefühl. Auch Julia hatte kein Motiv. Ihr Leben mit Bertie schien gut gewesen zu sein.

Patrick stach frustriert die Spitze seines Bleistifts in die gepolsterte Schreibunterlage. Dieses verdammte Dorf war wie eine Mauer aus Verschlossenheit, Schwarzwälder Schinken und Geranien. Sie verkauften ihn für dumm. Keiner redete mit ihm, alle ergingen sich in Plattitüden. Wenn man ihnen glaubte, dann gab es in ganz Maria Brunn keine Probleme, und Bertie war ein Heiliger, der mit dem Füllhorn herumlief und allen mit Rat, Tat und Geld zur Seite stand. Er hatte keinen Ansatz. Die Spur mit dem P. wurde langsam albern. Überall fragte er herum, wer eine Person mit P. sein könnte, die mit Bertie in Verbindung stand, aber niemand wusste etwas. Oder zumindest gab niemand etwas zu. Das Armkettchen, das um den Strauß gewickelt gewesen war, den die nervige alte Ex-Kommissarin gefunden hatte, bot keinen Anhaltspunkt und keine Fingerabdrücke. Auch kein Laden, in dem es gekauft worden sein könnte, war bisher gefunden worden. Es war ohnehin schon völlig angelaufen, irgendein billiges Metall.

Patrick schaute die Videos durch, die er am Vormittag von den Befragungen der Kräuterweihestrauß-Workshopteilnehmer aufgenommen hatte. Die Idee war dabei gewesen, dass man im Nachhinein Dinge bemerkte, die einem im direkten Gespräch entgangen waren: verräterische Gesten, gesenkte Blicke, Hinweise darauf, dass derjenige log. Einige der Videos waren langweilig, eine bloße Abfolge von ziemlich gebrechlichen Altenheimbewohnern, die stolz ihren Strauß vorzeigten und dann Dinge sagten wie: »Sie müssen lauter sprechen, mein Hörgerät ist aus.«

Elvira Fuchs, die Leiterin des Workshops, hatte ihm die genaue Liste der Teilnehmer ausgehändigt. »Ich hab natürlich net alle meine Schäfle dauernd im Aug' haben können«, sagte sie und schob sich die runde Brille auf der Nase zurecht. »Des Beispielsträußle, das ich zur Anschauung g'macht hab, hab ich später in der Cafeteria vom Altenheim auf'd Theke gestellt. Und dann hab ich geschtern Abend noch einen bissle aufwendigeren Strauß g'macht. Für heut, für'd Kirch.« »Etwas aufwendiger« war eine kolossale Untertreibung für das Wagenrad an Grün und Blumen, das Patrick dann von ihr in der Kirche als Ausstellungsstück zum Feiertag vorgeführt bekommen hatte. Auch Annemarie Liebigs Werk stand dort noch aufgebahrt auf einem Ständer und welkte leicht vor sich hin, umflattert von seiner Schöpferin. Kaum hatte er erklärt, dass er sie filmen wollte, brachte sie dezent ihre Haare in Ordnung, zupfte sich die Bluse zurecht und erklärte ihm ungefragt jedes der fünfzehn Kräuter. Patrick hatte sich schon bei der Live-Situation gelangweilt, er wollte sich das Ganze nicht noch einmal als Film ansehen. Er spulte vor zu dem Video mit Hilde in ihrer Betreuten-Wohnen-Wohnung. »Klar, mein Strauß ist hier, Herr Kommissar, Moment, ich hole ihn.« Sie stemmte sich von ihrem Stuhl hoch, die türkise Bluse verdeckte nur unzureichend ihren Hintern, der in metallicgoldenen Leggings steckte. Sie verschwand kurz aus dem Bild, Patrick hörte sein eigenes Räuspern, dann kam sie wieder und schwenkte einen Strauß, der viele Rosen und wenige Kräuter enthielt. »Alte

Mädchen müssen sich die Rosen eben selber schenken«, kommentierte sie das Ganze und lachte ihr rauchiges Lachen.

»Haben Sie nur einen Strauß gemacht?«

»Natürlich. Elvira hat mich ja schon wegen diesem einen hier fast als Rosendiebin angezeigt. Die hat sich vielleicht aufgeplustert, als ich mehr als eine ihrer kostbaren Rosen wollte. Von wegen, dass es dann nicht für alle reicht. Dabei wollten doch die meisten sowieso diese Dahlien. Was sind Dahlien schon, wenn man Rosen haben kann? So, und nun zu Ihnen, junger Mann, wollen Sie vielleicht einen Kaffee?«

Das nächste Video zeigte Carlo. Sein Strauß baumelte kopfüber aufgehängt von seiner Balkonbrüstung. »Klar habe ich nur einen gemacht: den da. Elvira hat ihn heute Morgen weihen lassen, und jetzt will ich ihn trocknen, so wie das traditionell gemacht wird.«

»Okay, und haben Sie vielleicht jemanden beobachtet, der zwei Sträuße gemacht hat?«

Carlo legte die Stirn in Falten, dann schüttelte er den Kopf. »Nein. Annemarie, also die Frau Liebig, die hat wahnsinnig viele Kräuter gesammelt. Hat dann einen sehr großen Strauß daraus gemacht. Den müssen Sie sich unbedingt mal anschauen, Wahnsinn.«

»Den habe ich schon gesehen.«

In diesem Moment hörte man ein leises würgendes Geräusch. Carlo sprang auf. »Entschuldigung, jetzt kotzt sie wieder. Mein Hund ist krank. Und oh, oh, da ging wohl etwas auf Ihre Schuhe.« Die Kamera wackelte, weil Patrick seine Schuhe angewidert schüttelte, dann brach das Video ab.

Das Video von Marion und Hardy spulte er nur kurz durch, es war ein vollkommen unergiebiges Gespräch gewesen. Marion hatte stumm ihren Strauß vorgezeigt, während ihr riesiger unangenehmer Mann verkündet hatte, dass er sowieso eigentlich nicht mitgewollt hatte und nur homosexuelle – er benutzte einen deutlich unneutraleren Begriff – Männer Blumensträuße banden. Er hatte also keinen und auch nie einen gehabt.

Das letzte Video zeigte die Erste Kriminalhauptkommissarin a. D. Haas, die aussagte, aus ihren Kräutern Tee gemacht zu haben, und dann mit ihrer Tasse süffisant in die Kamera prostete.

Keiner von ihnen hatte die Lehrbuch-Zeichen für Falschaussagen gezeigt, keiner nervös gewirkt. Patrick war danach sogar noch der Sache mit Elviras Beispielstrauß nachgegangen, der angeblich in der Cafeteria stand. Dort war allerdings weit und breit kein Strauß gewesen. Auf Nachfrage erklärte ihm die Cafeteria-Mitarbeiterin, eine gewisse Claudia Siebig, unsicher, dass er vielleicht mit dem anderen Blumenschmuck der Tische schon nach dem heutigen Frühstück entsorgt worden war.

Auch der Benzinkanister brachte ihn nicht weiter. Er hatte zwar herausgefunden, dass genau solche schon abgefüllten Kanister mit rasenmäherkompatiblem Benzin über die Sommermonate in der »Schwarzwaldliebe« verkauft wurden, und hatte von Elvira Fuchs, der Ladenbesitzerin, eine

Liste aller Privatpersonen angefordert, die in den letzten zwei bis drei Sommern einen gekauft hatten. Es waren siebenundzwanzig Stück. Aber was genau sollte er mit dieser Information nun anfangen? Jeden Einzelnen der siebenundzwanzig besuchen und sich den Kanister zeigen lassen? Damit würde er sich endgültig in Maria Brunn zum Affen machen. Aber es war gerade kein anderer frei, den er hätte schicken können. Als er den Posten hier angenommen hatte, war ihm nicht klar gewesen, wie personell unterbesetzt so ein kleines Kommissariat war. Dauernd waren die wenigen Kollegen, die es gab, unterwegs. Und Werner saß mit seinem Knie im Innendienst fest, und das sogar gerne.

»Ich hab es satt«, zischte er vor sich hin und stach noch einmal zu. Die Spitze brach ab. Patrick suchte einen Bleistiftspitzer. Dann nahm er wütend die Benzinkäuferliste und fuhr nach Maria Brunn.

· · ·

Sven saß missmutig über dem Mittagessen. Es gab Gulasch mit Spätzle, eigentlich ein Gericht, das er ziemlich gerne aß, aber er war der Ansicht, dass Gulasch ein Winteressen war, und es war Sommer.

»Schatz, was ist los?«

»Es ist viel zu heiß für Gulasch.«

»Als es gestern wegen der Hitze nur Kartoffelsalat gab, war es dir zu wenig.«

»Das ist ja auch kein Essen.«

Petra sah ihren Mann prüfend an. »Ärgert dich wirklich mein Gulasch?«

Sven schwieg und kaute. Er war froh, dass sie nur zu zweit waren, jetzt, wo er gerade so launisch war. Die beiden Töchter waren verreist, die ältere mit ihrem Freund an den Gardasee, die jüngere mit Rucksack und zwei weiteren Mädchen per Interrail durch Spanien.

»Nein.«

»Was ist denn los?«

»Ich habe gehört, dass der Bau trotzdem gemacht wird. Und zwar genau so, wie der Haberland es geplant hat. Angeblich hat er die Baurechte und alles, was damit zusammenhängt, an Paul Salm vererbt.«

»Oje.«

»Du sagst es. Es hätte doch jetzt einfach Schluss sein können. Er ist tot, was soll das noch?«

»So solltest du nicht reden. Du weißt, über die Toten soll man nicht ...«

Sven fiel ihr ins Wort. »Ich rede auch nicht schlecht über Tote. Ich rede schlecht über Bertie, das ist nur ein bestimmter Toter.«

»Schatz, das ist Haarspalterei. Er ist tot, das ist schrecklich. Das Haus wäre sonst auch gebaut worden, das ist also nichts Neues. Wir müssen uns einfach damit abfinden.«

Petra pickte sich noch ein paar Fleischbrocken mit der Gabel aus dem Gulaschtopf. Sven konnte es nicht leiden, wenn sie das machte.

»Außerdem, vielleicht wäre ja für die Steffi und den Marcel wirklich eine Wohnung dabei.« Steffi war die ältere Tochter. »Das wäre doch super, wenn sie so direkt in der Nachbarschaft bleiben könnte.«

»Hm.«

»Willst du unsere Tochter nicht in der Nachbarschaft haben?«

»Doch. Aber ich will nicht das blöde riesige Haus vom Haberland direkt vor der Nase. Vom toten Haberland, wohlgemerkt. Das ist doch pervers, dass so etwas überhaupt rechtlich geht.« Sven schob sich wütend die letzte Gabel Spätzle in den Mund. »Zum Glück müssen das wenigstens meine Eltern nicht mehr erleben. Die hatten doch sowieso immer das Nachsehen mit den Haberlands als Nachbarn.«

Petra reichte es. Diesen Vortrag kannte sie zur Genüge. Sie räumte den Tisch ab.

»Ich hab Apfelmus gekocht. Willst du ein bisschen davon zum Nachtisch? Mit Schlagsahne?«

Svens Gesicht hellte sich ein wenig auf, obwohl er es nicht wollte. Petra lächelte. Sie kannte ihren Mann. Der Rest des Mittagessens verlief angenehmer.

. . .

Am Nachmittag löste Hilde ihr Versprechen ein und schnitt Christa die Haare. Viel zu schneiden gab es nicht, Christas Haare waren kinnlang, seitdem sie 1968 in Berlin in die Studentenbewegung eingestiegen war und das Gefühl gehabt hatte, lange Haare seien ein Ausdruck der Unterwerfung unter das Patriarchat. Später hatte sich diese Haltung etwas gemildert, aber da hatte sie sich schon an die Vorteile kürzerer Haare im Alltag gewöhnt und es so gelassen. Genauso wie die blonde Farbe, die sie zuerst von Natur aus hatte und inzwischen routiniert über das Grau färbte. Hilde platzierte sie in ihrer Wohnung, die an allen Ecken und Enden mit bunten Glastieren und Plüschkissen in grellen Farben ausgestattet war, auf einen Stuhl in der Mitte des Wohnzimmers und legte ihr geübt einen glitzernden Friseurumhang um. »Ist der nicht der Hammer?«, fragte sie. Christa gab einen neutralen Laut von sich.

»Nur ein bisschen nachschneiden, bitte.«

»Wie wär's mit einer anderen Farbe?«

»Nein.«

»So ein paar Strähnen, vielleicht in einem frechen Rot?«

»Nein.«

Hilde seufzte. »Christa, du unterforderst mich.«

Sie holte eine Sprühflasche hervor und feuchtete damit Christas Haare an. Dann kämmte sie sie straff glatt und begann, mit Kennerblick zu schneiden.

»Wie viele Kunden hast du noch so?«, fragte Christa mit geschlossenen Augen, weil die Schere gerade ihren Pony abschnippelte.

»Ach, schon jede Woche drei oder vier.«

»Gutes Taschengeld, oder?«

»Ich kann nicht klagen.«

»Das ist das Problem bei der Polizei. Man kann so schlecht schwarzarbeiten.«

Hilde lachte.

»Vermisst du deinen Salon?«

Sie antwortete nicht gleich, sondern betrachtete Christas Haare frontal im Gesamten und besserte dann links etwas nach. »Ja, es war immer schön. Die Kunden und was sie alles so erzählt haben. Ich war immer top informiert. Und ich hab diesen Geruch geliebt.«

»Welchen Geruch?«

»Diesen Friseursalongeruch. Die Mischung aus Farbe, Haarspray und gutem Friseurshampoo, nicht diesem Supermarktzeug.«

»Wie hieß dein Salon?«

»›Hairgöttle‹.«

Christa lachte so heftig, dass Hilde aufhören musste zu schneiden. »Das ist nicht dein Ernst!«

Hilde grinste halb amüsiert, halb beleidigt. »Klar ist das mein Ernst. Warte.« Sie lief zur Wand zwischen Küche und Wohnzimmer, nahm eines der gerahmten Fotos ab, die dort hingen, und brachte es Christa. Darauf war der Friseursalon zu sehen. »Hairgöttle« stand in pinkem Leuchtröhrenschriftzug über dem Eingang. Das Pink biss sich mit den roten Geranien der Balkonkästen, die im Stockwerk über dem Salon hingen. Irgendwie kam Christa das ganze Ensemble bekannt vor. »Wo im Dorf ist das genau?«

»Das ist da, wo jetzt der Paul Salm seine Praxis hat.« Hilde begann, die Seiten zu schneiden.

»Ach so, er hat dir deinen Laden abgekauft.«

»So kann man es natürlich auch ausdrücken.« Christa hatte den Eindruck, Hildes Scherenbewegungen wurden etwas aggressiver. »Er würde es so sagen. Und Bertie hätte es so gesagt.«

Schon wieder Bertie. »Und was würdest du sagen?«

Hilde hörte auf zu schneiden, und Christa atmete erleichtert aus; die Schere war eindeutig zu nahe an den Ohren gewesen, um eine aufgewühlte Friseurin zu vertragen. »Ich würde sagen, sie haben mich hinausgeekelt.« Christa schaute erwartungsvoll. Hilde seufzte. »Willst du einen Kaffee?«, fragte sie. »Ja, gerne.« Während Hilde zwei Tassen aus dem Küchenschrank nahm und sie aus der Thermoskanne vollschenkte, erzählte sie. »Es hat angefangen, als ich dreiundsechzig war. Seit über fünfzehn Jahren hatte ich da schon den Salon in Maria Brunn, vorher hatte ich einen in Felsach. Aber, na ja, damals hatte ich eine Weile einen Freund hier, und so ... Ich habe in der Wohnung über dem Laden gewohnt – alles war gut, ich hatte den kürzesten Arbeitsweg der Welt, und mein Salon lief super. Das Problem begann, als Paul Salm genug davon hatte, im Krankenhaus in Felsach Nachtschichten zu schieben. Er wollte eine gemütliche Landpraxis mit Öffnungszeiten, die er bestimmen konnte, und Rentnern, die undramatische Wehwehchen und viele Privatversicherungen haben. Also begann er, sich in Maria Brunn umzuschauen, und da fiel wohl sein Blick auf meinen Laden. Und leider war mein Vermieter ...«

»... Bertie«, vollendete Christa für sie. Hilde schnalzte mit der Zunge. »Gut erraten.« Sie reichte Christa eine der Kaffeetassen. Christa trank einen Schluck, der Kaffee war süß, und Hilde hatte einen verhängnisvollen Hang zur Kaffeesahne. »Bertie ist Pauls Patenonkel, der hat sich schon immer für Paul starkgemacht, für die ganze Familie Salm eigentlich. Nur ist es gar nicht so leicht, jemandem wegen Eigenbedarf zu kündigen. Viel einfacher ist es, wenn derjenige selber geht. Also wurde plötzlich meine Miete erhöht. Und erhöht. Und erhöht. Irgendein Grund ließ sich immer finden. Als die Miete so hoch wurde, dass ich den Laden nicht mehr hätte halten können, ging ich zu ihm und kündigte. Und dann machte er das, was er unnachahmlich gut konnte.« Hilde nahm wieder die Schere in die Hand und machte sich daran, Christas Hinterkopf durchzustufen. »Ich weiß ja nicht, ob er schon als Kind so war, aber Bertie hatte immer viel Charme, wenn er wollte. Ich habe nie erlebt, dass er die Beherrschung verloren oder jemanden beleidigt hätte. Und er konnte sehr lustig sein. Als ich also zu ihm kam und ihm die Kündigung auf den Tisch legte, da strahlte er mich an, stand auf, legte mir den Arm um die Schulter und fragte mich, ob ich nicht auch Hunger hätte und ob er mich zum Essen einladen dürfte.« Hilde griff mit einer Hand in Christas Haare und lockerte sie. »Ich habe ihn natürlich durchschaut, aber ich bin trotzdem mitgegangen. Einfach, weil ich wissen wollte, wie er es wohl anstellen würde. Er hat mich ausgeführt, drüben in das Hotel »Hirschhof«, schweineteuer und sehr gut. Er hat richtig auffahren lassen, hat nett geplaudert, und als wir beim Dessert ankamen, da lächelte er, legte seine Hand auf meine und sagte: ›Hast du dir schon über dein Alter Gedanken gemacht?‹ Das war in der Zeit, in der dieses Haus hier geplant wurde, und Bertie saß damals noch im Gemeinderat. Er erzählte mir etwas von den Gefahren der Altersarmut, gerade für Frauen, und davon, dass für Selbstständige die Altersvorsorge teuer ist, womit er natürlich recht hatte. Kurz und gut: Er bot mir an, diese Wohnung hier für mich zu bezahlen, auf Lebenszeit. Ein sicherer, schöner Platz, um sorgenfrei alt zu sein.« Christa starrte sie an. »Und wie du siehst, habe ich nicht Nein gesagt.«

»Er hat dich gekauft? Aber warum? Du hattest doch schon gekündigt. Er hatte, was er wollte.«

Hilde zuckte die Schultern. »Ja. Aber so war er. Es ist schwer zu erklären.« Sie schwieg eine Weile. »Ich glaube, er mochte es, großzügig zu sein. Das Gefühl, den Leuten etwas Gutes zu tun, wenn er Lust dazu hatte. König Bertie, er nimmt es und er gibt es.«

Sie löste den Verschluss des Glitzerumhangs in Christas Nacken. »Ein großzügiger, lustiger, durchtriebener Scheißkerl, das war er.«

Sie hielt Christa einen Spiegel vor. »Wie gefällt es dir?« Christa fasste sich in die Haare. Seit Jahren hatte sie sich nicht entschließen können, sie durchzustufen, und Hilde hatte es nun einfach gemacht. »Super«, sagte sie und meinte es ganz ehrlich.

• • •

Patricks Laune hatte sich seit dem Morgen stetig weiter verschlechtert. Sieben Besuche hatte er schon hinter sich, siebenmal die fragenden Blicke an sieben Haustüren, die zu irritierten Blicken wurden, sobald er sein Ansinnen vorgetragen hatte. Sieben Keller oder Dachböden – in einem Fall war es auch ein kleiner, sehr unaufgeräumter Gartenschuppen gewesen –, in denen er herumgestanden und sich einen roten Rasenmäher-Benzinkanister hatte vorführen lassen, und siebenmal mitleidiges bis amüsiertes Lächeln der Besitzer. Gewissenhaft hatte er die Betreffenden von der Liste gestrichen. Blieben noch zwanzig weitere. Unglaublich, dass in einem so kleinen Dorf so viele Leute Benzinrasenmäher hatten. Die Gärten waren einfach zu groß. »Benzinrasenmäher lohnen sich nicht bei kleinen Flächen«, hatte ihm Werner mit Kennermiene erklärt, als er ihm die Käuferliste überreichte. »Das braucht man erst, wenn man ordentlich was zu mähen hat. Ich habe übrigens einen zum Aufsitzen, damit macht es einfach mehr Spaß. War natürlich teuer, das Ding, meine Frau ist fast ausgeflippt, als ich den einfach mal spontan gekauft und heimgebracht habe. Ist schon länger her, aber ich hör sie quasi noch schreien. Inzwischen findet sie es aber ganz gut, sie hat sogar auch mal damit gemäht. War nicht ihr Ding. Dafür lieben es meine Enkel, die nehm ich auf den Schoß, wenn ich mähe. Immer abwechselnd, drei auf einmal würde ja nicht gehen ...« Patrick hörte im Geiste Werners Monolog widerhallen, während er zum nächsten Benzinrasenmäherbesitzer fuhr. Es war eigentlich lächerlich, diese kurzen Wege von Straße zu Straße mit dem Auto zu fahren, aber Patrick fürchtete, dass sein Image noch viel mehr in Mitleidenschaft gezogen würde, wenn er zu Fuß mit einer Papierliste in der Hand Klinken putzen ging, als wäre er der Stromableser. Das nächste Haus lag in einer Sackgasse direkt neben einem großen Hof, der offenbar schon sehr lange seinem Schicksal überlassen worden war. »Hier baut ...«

Werner hatte bei der Prüfung von Berties laufenden Geschäften auch die Planung eines Mietshauses erwähnt. Das hier war das gute Stück, das bald dem modernen Wohnblock weichen sollte. Werner hatte die Hintergründe geprüft, aber alles schien sauber zu sein. Patrick wandte sich von dem baufälligen Hof ab und ging zum Haus rechts daneben. »Komm herein, bring Glück und Wein«, stand auf der kreativen Fußmatte aus Kokosfaser. Er klingelte. Die Frau, die ihm öffnete, war schätzungsweise Mitte fünfzig und sehr normal, das war das Wort, das Patrick einfiel. Sie war etwas rundlich, aber nicht dick, von mittlerer Größe und hatte eine Allerweltsfrisur aus rötlich getönten, halb langen Haaren, die gut zu ihrem Allerweltsgesicht passte. »Guten Tag, Kommissar Lorenz mein Name«, stellte er sich vor. »Sie oder Ihr Mann haben offenbar vor einiger Zeit einen Rasenmäher-Benzinkanister gekauft, den würde ich jetzt gern einmal sehen.« Die Frau schaute verblüfft, dann nickte sie. »Ist das wegen Bertie?«

»Ja, genau.«

»Schrecklich, was da passiert ist.«

So waren etwa alle Gespräche abgelaufen, die er heute an den Haustüren geführt hatte.

»Ja, da haben Sie recht. Darum wollen wir auch alles schnell aufklären.«

»Natürlich. Kommen Sie mit in den Keller. Den Kanister habe ich gekauft, hm, im April müsste das gewesen sein.« Das stimmte, laut Patricks Liste war es der 8. April gewesen.

Die Frau, laut Liste Petra Veit, führte ihn in einen sehr aufgeräumten Keller, der wie das Treppenhaus komplett mit gesprenkelten Fliesen ausgelegt war. Die hohen Metallregale waren vorbildlich aufgeräumt; offenbar hatte Petra alles im Griff. Sie ging zielstrebig auf das hinterste Regal zu und zog einen kleinen roten Kanister heraus, einen, wie ihn Patrick heute schon sieben weitere Male gesehen hatte. »Da ist das gute Stück«, sagte sie. »Schön, danke«, Patrick strich sie von der Liste.

»Falls Ihnen sonst noch etwas einfällt, das uns weiterhelfen könnte ...?« Das fragte er seit fünf Tagen jeden, dem er in diesem Dorf begegnete.

»Nein, ich glaube nicht. Ich hatte mit Bertie nicht so viel zu tun. Mein Mann, der Sven, auch nicht. Der hat sich natürlich über das Bauprojekt geärgert. Sie haben es ja vielleicht gesehen, welcher Klotz da direkt neben unser Haus gebaut werden soll. Ach, das ist eben mein Sven. Unser Haus ist sein Elternhaus, er ist hier aufgewachsen und hängt sehr an allem. Aber er ist wirklich ein ganz Lieber; Vorstand vom Sportverein.« Das erklärte die vielen Fußballaccessoires an den Wänden und in den Regalen. »Er trainiert die Jugendmannschaft.« Patrick nickte. Ihn interessierte der Sportverein nicht besonders. Hier schien alles in Ordnung, der Kanister war da, und er hatte keinen Grund, die Veits zu verdächtigen, außer dem, dass sie es nicht geschätzt hatten, eine große Baustelle neben ihr Haus zu bekommen.

Und diese Frau war wenigstens offen und auskunftsfreudig, etwas, das er in den letzten Tagen abgesehen von Paul Salm nirgends erlebt hatte.

Patrick nutzte also die Gelegenheit. »Ich hätte noch eine Frage. Fällt Ihnen irgendein Mensch – oder vielleicht auch eine Sache, ein Unternehmen oder sonst etwas – ein, der mit Herrn Haberland in Verbindung steht oder stand und dessen Name mit einem P anfängt?«

Petra überlegte ehrlich und angestrengt. Dabei ließ sie ihre Lippen unbewusst immer wieder ein tonloses P sagen. »P, P, P. Hm, nein, ich glaube nicht. Ich frage aber mal den Sven, wenn er wiederkommt. Der ist arbeiten. Er arbeitet bei ›Tannengold‹, da hat er es nicht weit. Er kommt sogar immer zum Mittagessen heim, das finde ich schön ...« Petra unterbrach ihren Werner-verdächtigen Redestrom, als sie Patricks ungeduldige Miene sah. »Aber eine Person oder Sache mit P. – nein, wirklich nicht.«

»Sie heißen Petra.«

Petra lachte. Patrick stellte erstaunt fest, dass sie ein schönes Lachen hatte. »Das stimmt, aber ich hatte nichts mit Bertie zu tun. Er war schon aus der Schule draußen, als ich erst hineinkam, also kenne ich ihn nicht von früher. Für mich war er einfach nur der Chef meines Mannes.«

»Ärgern Sie sich auch über den Wohnblock, der gebaut werden soll?«

Petra zuckte die Schultern. »Nicht wirklich. Sven hat recht, es gibt viel Lärm, und wir werden im Haus nicht mehr so viel Licht haben, aber ansonsten ... vielleicht ziehen ja nette Leute ein. Es ist nicht gerade eine verbreitete Meinung im Dorf, aber ich finde, Maria Brunn täten einige neue Gesichter ganz gut.«

»Ich bin mit meiner Familie neu hierhergezogen.«

»Na, sehen Sie, das ist doch ein Anfang.«

Patrick bedankte sich und ging. Die Suche nach dem P war wirklich frustrierend. Petra wirkte deutlich zu normal, um Grund für einen Mord oder die Mörderin selbst zu sein. Hinter diesem P konnte alles oder nichts stecken, sogar ein Kosename oder ein Ort. P wie »Phantom«, dachte Patrick.

...

Um fünf war an diesem Tag wieder Aquagymnastik angesetzt. Christa hatte schon beinahe ihre Badetasche fertig gepackt, als ihr klar wurde, dass sie unmöglich noch einmal eine Dreiviertelstunde auf einer nasskalten Schwimmnudel balancieren konnte. Sie beschloss, dem sofort ein Ende zu setzen. Außerdem hatte sie nun, da sie wusste, dass Paul Salm Berties besonderer Schützling gewesen war, mehr Interesse an ihm. Sie machte sich zum zweiten Mal an diesem Tag auf den Weg ins Dorf.

Als sie bei der Praxis ankam, war es schon nach fünf. Um sechs endete die Sprechstunde.

Christa ging auf gut Glück zum Anmeldetresen. Brigitte sah heute gestresst aus. Christa lächelte ihr darum extra freundlich entgegen. »Guten Tag, ich weiß, ich habe keinen Termin, aber ich müsste ganz dringend mit dem Doktor sprechen.«

Brigitte schaute nicht begeistert. »Ich war schon einmal da. Und ich bin privat versichert.« Anscheinend war Letzteres ein Argument. Brigitte wandte sich ihrem Computer zu und klickte ein bisschen herum. »Na gut, Frau Haas, da Sie nun schon einmal da sind ... Setzen Sie sich ins Wartezimmer, ich hoffe, Sie haben etwas Zeit mitgebracht.« Im Wartezimmer saßen ein Jugendlicher mit Gipsarm und zwei ältere Frauen, die Christa nicht kannte. Sie setzte sich und begann, in einer Klatschzeitschrift zu blättern. Caroline von Monaco hat auch schon jünger ausgesehen, dachte sie. Nach einer deutlich kürzeren Zeit als von Brigitte angedroht wurde sie aufgerufen.

Dr. Salms heutiges Tennishemd war rot, was ihm nicht stand, und seine Miene wirkte angestrengt. »Frau Haas, was ist denn so dringend?«, fragte er und wirkte dabei nicht ganz so dynamisch wie beim letzten Mal.

»Ich wollte mit Ihnen über die Aquagymnastik reden«, begann Christa. Dr. Salm nickte desinteressiert. »Was ist denn mit der Aquagymnastik bei meinem Sohn?«, fragte er. »Ich mag sie nicht«, antwortete Christa wahrheitsgemäß. »Es liegt nicht an Ihrem Sohn, der ist nett. Aber das ist nichts für mich, dieses Hopsen und Kreisen und diese lächerlichen Schwimmnudeln …« Dr. Salm lächelte nachsichtig und faltete die Hände auf dem Schreibtisch, wie es nur Ärzte taten. »Meine liebe Frau Haas, ich glaube, das ist – wie so vieles – eine Frage der Gewöhnung. Und es tut Ihnen zweifellos gut, dort mitzumachen. Im Wasser sind unsere Gelenke nicht so belastet wie auf dem Trockenen, das ganze Gewicht« – er musterte sie auf eine Art, dass Christa sich sofort zwanzig Kilo schwerer fühlte –, »das ganze Gewicht, das Ihre Hüfte, Ihre Knie, Ihre Knöchel normalerweise tragen müssen, ist ihnen für eine halbe Stunde genommen, und sie können sich bei Bewegung erholen, ohne belastet zu werden.« Das Gespräch lief ganz und gar nicht so, wie Christa es sich vorgestellt hatte. Sie wollte von der Aquagymnastikliste genommen und nicht darüber aufgeklärt werden, dass ihre Gelenke sich von ihr erholen mussten. Sie beschloss, das Thema zu wechseln.

»Ich habe gehört, das Mordopfer war Ihr Götte«, begann sie. Paul Salms Miene wurde ernst und drückte deutlich aus, dass ihm der Themenwechsel nicht gefiel.

»Und da hatte ich ein ganz schlechtes Gewissen, dass ich Sie das letzte Mal so direkt auf ihn angesprochen habe«, fuhr Christa fort.

Dr. Salms Gesicht wurde etwas sanfter.

»Also, mein herzliches Beileid, im Nachhinein.«

»Danke.«

»Hat er Ihnen viel vererbt?«

Dr. Salm räusperte sich. »Frau Haas, jetzt haben Sie doch eben selbst noch gesagt, dass Sie zu direkt waren.«

»Schon, aber ich bin hier aufgewachsen. Ich weiß, was es bedeutet, der Götte von jemandem zu sein. Erben, zum Beispiel.«

Paul seufzte. »Wenn ich Ihnen jetzt diese Frage beantworte, gehen Sie dann weiter in die Aquagymnastik?«

»Wenn's sein muss.«

»Gut. Es geht Sie zwar absolut nichts an, aber er hat mir das Grundstück seines Elternhofes vermacht, genauso wie das Bauprojekt darauf, das er begonnen hat und das ich zu seinen Ehren abschließen werde.«

»Großzügig.«

Obwohl es ja tatsächlich großzügig war, wirkte Paul in seiner Dankbarkeit angestrengt, als er antwortete. »Er war ein sehr guter Götte, hat sich immer sehr um mich gekümmert, nicht nur finanziell. Wenn ich könnte, würde ich dieses Grundstück sofort gegen einige weitere Jahre mit ihm eintauschen.«

»Schön.«

»So, und jetzt wieder zu Ihnen. Wie geht es Ihnen denn sonst so bei uns? Sind Sie inzwischen bereit für den zweiten Schritt in Richtung rollatorloses Leben?«

Christa durchforstete ihr Gehirn. Was war noch mal der zweite Schritt? Oh Gott, Bewegungsgruppen an der frischen Luft. »Ich glaube, das ist unnötig«, sagte sie, »ich bin sowieso oft draußen und bewege mich. Heute war ich zweimal im Dorf. Gestern war ich beim Kräuterweihestrauß-Binden.« Dr. Salm war erfreut. »Das ist ja wunderbar. Aber ich denke trotzdem, dass wir da die nächste Stufe nicht vernachlässigen dürfen.« Dr. Salm stand auf und kramte in einem Prospektregal, das hinter seinem Schreibtisch direkt unter dem Tennispokal-Regal hing. »Und gerade bei diesem Wetter ist es im Wald viel angenehmer für den Kreislauf als im Dorf oder in den Wiesen, wo kein Schatten ist. Ich hatte selbst beim Tennis diese Woche ein wenig Probleme mit der Hitze, und das, obwohl ich gut trainiert bin.« Er hatte offenbar gefunden, wonach er gesucht hatte, und kam mit einem Prospekt zurück an den Schreibtisch, auf dem sehr viel Wald abgebildet war. Er legte es vor Christa hin. »Wandern ist der Seele Lust«, stand groß darauf. Darunter »Geführtes Waldbaden für Anfänger und Senioren«. »Ich sag Ihnen was«, lockte Christa, »ich gehe zum Waldbaden, wenn wir dafür die Aquagymnastik streichen.«

»Liebe Frau Haas, wir Ärzte geben Verordnungen nicht zum Spaß«, Dr. Salm lächelte gewinnend. »Wir denken uns etwas dabei. Das Wasser ist wichtig für Ihre Gelenke. Und der Wald ist eine sehr gesunde Umgebung, voller Ruhe und voller Sauerstoff. Unser Maria Brunner Waldbaden ist auch für Senioren wunderbar zu bewältigen, mit ebenen und breiten Wegen und vielen Pausen. Das wird Ihnen ganz sicher guttun.«

»Haben Sie den Text selbst geschrieben?«, fragte Christa.

»Wie bitte?« Dr. Salm räusperte sich. »Mein Sohn leitet das Waldbaden, den kennen Sie ja schon. Übermorgen Nachmittag ist der nächste Termin. Wir melden Sie gleich mal an.«

Noch bevor sie den Mund aufmachen konnte, spurtete er schon los zu Brigitte. »Machen Sie die Anmeldung für zwei«, rief Christa. Wenn sie schon leiden musste, dann auf keinen Fall allein.

. . .

Elisabeth konnte nichts dafür, ihre Beine schienen sie zu lenken. Weil sie an diesem Abend einfach nicht müde wurde, hatte sie beschlossen, einen späten Abendspaziergang zu machen. Die Luft war weich und warm, als sie aus der Haustür trat und die Straße entlangging. Es waren viele Sterne zu sehen, und der Mond stand hell und ruhig über dem Wald. Unglaublich, wie hell der heute ist, dachte Elisabeth. Sie liebte solche mondsilbernen Sommernächte. Auf den Straßen war niemand unterwegs, Maria Brunn war am Abend meistens still. Elisabeth genoss diese Stille und ihr Alleinsein. Es hatte nach der Trennung viele Monate gedauert, bis sie im Alleinsein auch etwas Gutes hatte entdecken können. Wenn nicht dauernd jemand um einen herum war, konnte man mehr bei sich sein, keiner lenkte die Gedanken ab. Der Abend war voller Geräusche, die man am Tag nicht wahrnahm, sogar in einem so friedlichen Dorf wie Maria Brunn nicht. Elisabeth hörte die Sommergrillen auf den Wiesen zirpen, im Wald wiegten sich die Tannen. Es war ein später Sommerabend im Schwarzwald wie aus einer Tourismusbroschüre. Die zweite Heuernte hatte begonnen; die Luft roch nach abgemähtem Gras.

Mit einem Mal stand Elisabeth vor Berties und Julias Haus. Sie hatte es sich nicht als Ziel vorgenommen, aber jetzt war sie hier. Sie stand ganz ruhig auf der gegenüberliegenden Straßenseite und schaute das Haus an. In der Auffahrt parkte immer noch Berties neues Auto, riesig und tintenschwarz. Es passte zu ihm; Bertie hatte Autos immer gemocht. Elisabeth dachte an das, das er gefahren hatte, als sie zum ersten Mal ausgingen. Es war ein schwarzer Sportwagen gewesen, sie wusste die Marke nicht mehr, hatte sich nie dafür interessiert. Aber er hatte sie damit trotzdem beeindruckt. Es war ein tolles Gefühl gewesen, mit Bertie Haberland durch das Dorf zu brausen und dann über die Landstraßen, mit offenem Verdeck, sodass ihre Haare zerzausten und sie sich irgendwann ein Kopftuch umband wie Jackie Kennedy. Und genau so hatte sie sich auch gefühlt, wie die First Lady, die Königin von Maria Brunn, und Bertie war ihr Held in strahlender Rüstung, der ihr Leben aus dem Gewöhnlichen herausgehoben hatte. Wenn sie jetzt darüber nachdachte, fand sie ihren damaligen Stolz etwas peinlich,

aber zu der Zeit war sie einfach eine achtzehnjährige Arzthelferin gewesen, der wahrscheinlich nichts Besonderes im
Leben passieren würde und die niemand wahrnahm. Sie war
immer recht hübsch gewesen, aber erst als Bertie Haberland
begann, sich für sie zu interessieren, fühlte sie sich wirklich
schön. In diesem Moment trat sie ins Rampenlicht des
Dorfs, wurde beachtet. Nicht nur von ihm, auch von allen
anderen. Sie war ab sofort »die Freundin von ...«, denn Bertie war damals schon eine Größe gewesen im Maria Brunner
Dorfkosmos, als er nach seinem Studium zurückgekommen
war.

Kein Mensch hier hatte studiert. Es waren die späten
Sechziger, und die jungen Maria Brunner gingen auf die
Haupt- oder Realschule und erlernten dann einen Beruf,
denn damit ließ sich schnell Geld verdienen, genug, um
eine Familie zu ernähren, die man bald gründen sollte, aber
nicht so viel, dass man sich von der Dorfgemeinschaft zu
sehr abhob. Bertie war anders. Er hatte keine Angst aufzufal-
len. Er hatte Wirtschaft studiert, und als er zurückkam, trug
er teure Hemden zu Jeans, war eine verwegene Mischung
aus gut situiert und abenteuerlustig. Er war der begehrteste
Junggeselle von Maria Brunn, und als er wegen einer Man-
delentzündung bei Dr. Braun, dem damaligen Hals-Nasen-
Ohren-Arzt in Felsach, in die Sprechstunde kam, fiel sein
Blick auf die junge Elisabeth, die ihn so nett anlächelte, während sie seine Daten aufnahm. Sie kannte ihn vom Sehen.

Später würde er sagen, dass er nicht verstehen konnte,
wie er sie vorher im Dorf hatte übersehen können. Er fragte
sie sofort nach einem Treffen, und auch das imponierte ihr,

weil er so spontan war. Er schien keine Angst vor einem Korb zu haben; erst Jahre später war ihr klar geworden, dass er einfach davon ausgegangen war, dass sie sowieso Ja sagen würde.

Sie waren essen gegangen und hatten sich unterhalten. Er hatte ihr viel von seinem Studium erzählt und von seinen Plänen, hier in Maria Brunn eine Firma richtig groß aufzuziehen, wobei ihm ziemlich egal war, welche Art von Firma genau. Sie hatte zugehört, am Anfang noch ein bisschen skeptisch, aber dann hatte sie immer mehr an ihn geglaubt. Zu Recht, wie sich nur wenige Jahre später herausstellte, nachdem er die kleine Nebenerwerbsbrauerei von Maria Brunn gekauft und in Windeseile zu einem großen Unternehmen ausgebaut hatte, das sehr bald sehr schwarze Zahlen schrieb. Einen Monat nach der ersten Verabredung verlor sie ihre Unschuld an ihn, bei einem Picknick an dem kleinen See im Wald. Er hatte alles ganz genau vorbereitet, ihr dort zwischen den Tannen Kaviar auf Kräckern serviert, etwas, das sie nicht erwartet hatte, jemals zu essen. Es war wunderschön gewesen, und ihre letzten Zweifel wurden zerstreut, als er ihr im Herbst, kurz vor Sankt Martin, den Heiratsantrag machte. Irgendwo in den Großstädten feierte man vielleicht die freie Liebe, aber hier machte man das noch klassisch, und Bertie legte sich ins Zeug. Der Ring hatte einen richtigen Stein, in Herzform geschliffen. Ein Amethyst, wie er ihr erklärte, ein lavendelfarbener Edelstein. Sie fand ihn wunderschön. Nachdem er sie verlassen hatte, hatte sie darüber nachgedacht, den Ring wegzuwerfen. In den Wald oder wohin auch immer, aber sie hatte es nicht übers Herz gebracht. Der Ring lag in ihrer Schmuck-schatulle auf der Kommode im Schlafzimmer und erinnerte an bessere Zeiten.

Elisabeth sah immer noch zum Haus hinüber, dem wei-ßen modernen Würfel. In einem Zimmer brannte Licht. Ir-gendwie war sie sich sicher, dass es die Küche war, auch wenn sie das Haus nie betreten hatte.

Plötzlich nahm sie eine Bewegung in diesem Licht wahr, und ein paar Augenblicke später stand dort, vor dem Fenster und gut beschienen, Julia. Sie trug ein weißes Shirt, das ihre braun gebrannten Arme freiließ, an denen nichts wackelte, wenn sie sich bewegte, wie sie es jetzt tat. Was machte sie? Abwaschen vielleicht? Aber es war schon spät. Ihre blonden Haare hatte sie zu einem nachlässigen Pferdeschwanz ge-bunden, aber sie sah trotzdem großartig aus. Jung und straff und selbstbewusst. Und sie hatte keine Ahnung, dass die Frau, mit der sie den Mann geteilt hatte – wobei ›teilen‹ hier wohl das falsche Wort war –, in der Dunkelheit stand und sie beobachtete. Elisabeth schämte sich ein wenig dafür, dass sie das tat. Aber nicht genug, um weiterzugehen. Sie sah Ju-lia dabei zu, wie sie im Stehen an einem Glas Wein nippte. Weißwein. Bertie hatte einen wunderbaren Weingeschmack gehabt, nicht erst im Alter, wie viele, wenn sie zu viel Geld und Zeit hatten, sondern schon, als er jung war. Zu ihrer Hochzeit wählte er zu jedem Gang einen anderen Wein aus, dachte lange über den richtigen nach. Sie hatte es geliebt, dass er sich so viele Gedanken um die Hochzeit machte; in ihrer Generation taten das die Männer nicht. Aber Bertie war es wichtig gewesen. Es wurde so ein schönes Fest. Man sagte ja, die Hochzeit sei der schönste Tag im Leben, und für Elisabeth stimmte das auch. Wenn man ihr damals gesagt hätte, dass sie einmal hier stehen würde, nachts, geschieden und des Mordes an Bertie verdächtigt, und die Geliebte ihres Mannes beobachtete, was hätte sie gesagt? Wahrscheinlich hätte sie nur gelacht. Und nun stand sie da, die Grillen zirpten, der Schwarzwald flüsterte, aber ihr war nicht nach Lachen zumute.

SOMMER 1961

Von nun an sahen sie sich oft. Pauline besuchte ihre Großmutter häufiger, und jedes Mal, wenn sie da war, richtete Bertie es so ein, dass er etwas zu Gerda hinüberbringen musste, oder tauchte am Gartenzaun auf, wenn Pauline im Garten war. Sie unterhielt sich dann mit ihm, lachte über seine Witze. Sie war anders als die Mädchen in seiner Klasse, diese prüden Maria Brunner Landpomeranzen. Pauline umwehte der Glanz der Stadt und auch ein bisschen Verruchtheit, wie er fand. Bertie stellte sich die Mädchen in der Stadt wild vor. Sie gingen abends ins Kino und schminkten sich die Lippen, zumindest tat das Pauline, und den Jungs waren sie bestimmt nicht abgeneigt. Ihre Mutter war oft bis spät arbeiten; Pauline hatte ihm erzählt, dass sie dann manchmal heimlich mit ihren Freundinnen zum Tanzen ging. So etwas gab es hier in Maria Brunn gar nicht, abgesehen von der Kirchweih oder wenn jemand heiratete – und dann spielte die unvermeidliche Trachtengruppe. Pauline konnte in der Stadt zu moderner Musik tanzen. »Lernst du da auch Jungs kennen?«, hatte Bertie sie gefragt und gegrinst. Pauline hatte nur gelächelt, aber Bertie glaubte, dass das ein Ja war. Sie tat nur so schüchtern, sicher hatte sie es faustdick hinter den Ohren. Ihm konnte sie nichts vormachen.

Auch ihre Kleider unterschieden sich von denen jener Mädchen, die Bertie sonst zu den langweiligen Eisnachmittagen ausführte. Sie waren bunter, und manchmal trug Pauline auch gar kein Kleid, sondern Jeans. Keine blaue, nur schwarze, weil die blauen ihre Großmutter nicht erlaubt hätte, aber immerhin. »Willst du mal mit mir zum Eisessen fahren?«, fragte er sie, nachdem sie sich einige Male unterhalten hatten. »Auf meinem Mofa.« »Vielleicht«, sagte sie. Er grinste. Sie würde am Ende garantiert mitkommen.

Ein paar Tage später hatte er sie so weit, dass sie mit ihm spazieren ging. Sie gingen am Abend, als die Sonne schon rot, aber noch nicht gesunken war und die Wiesen um das Dorf herum golden glänzten. Pauline erzählte von den Hühnern ihrer Großmutter.

Bertie betrachtete ihren Hals, die zarte Haut ihrer Schultern, die man im Ausschnitt des Kleides sehen konnte. Er ging dicht neben ihr und konnte ihren Duft riechen.

Sie roch nach Mädchen und nach Aufregung. Er dachte nicht mehr lange nach und legte seinen Arm um sie. Sie schüttelte ihn nicht ab. So gingen sie eine Weile durch die Wiesen. Sie sprachen nicht mehr viel.

Am darauffolgenden Samstag kam sie dann wirklich mit ihm auf dem Mofa mit. Natürlich schimpfte ihre Großmutter ihnen nach, als sie über die Dorfstraße davonfuhren; Pauline auf dem Gepäckträger, die Arme um Berties Hüften geschlungen. Ihre Haare trug sie mit einem schönen rosa Haarband zusammengebunden in einem langen, hohen Pferdeschwanz, der wie eine Fahne in der Sommerluft wehte, als sie durch die Wiesen und durch den Wald ins Eiscafé Adria fuhren. Pauline bestellte einen Bananensplit, Bertie nahm einen Nussbecher. Auf dem Heimweg hielt Bertie an einer alten Tanne, unter der eine Sitzbank stand. Er hatte sich das gut überlegt; für das, was er tun wollte, konnte er nicht Paulines Großmutter oder seine Eltern oder sonst jemanden in der Nähe gebrauchen. Er brauchte nur Pauline und ein bisschen Mut. Nachdem er ihr geholfen hatte, abzusteigen, stand sie vor ihm und sah ihn an. Herausfordernd, wie er fand. »Wollen wir uns setzen?«, fragte Pauline. Da beugte er sich schnell vor und küsste sie. Richtig, nicht nur ein keusches Küsschen auf die Wange wie sonst immer. Er küsste sie direkt auf den Mund, wie das die Kerle in den Filmen auch immer machten. Für einen kurzen Moment blieb sie stocksteif, aber dann wurde sie weich und küsste zurück.

NEUN

Am Morgen war die Luft klarer als in den vorangegangenen Tagen. Der Himmel war so strahlend blau, als wäre er frisch gewaschen worden, und im Gegensatz zu der ganzen vorherigen Woche wehte ein angenehmer leichter Wind, der die Hitze erträglich machte. Es war der perfekte Tag, um draußen zu sein.

Gleich nach dem Frühstück packte Christa einige Sachen zusammen, die sie auf dem Golfplatz zu brauchen glaubte. Um zehn wollte Annemi sie abholen, wobei »wollen« wahrscheinlich nicht unbedingt das Wort der Wahl war. Christa wusste selbst nicht mehr, warum sie es für so eine gute Idee gehalten hatte, sich in diesen Golfausflug zu drängeln. Ja, Bertie war Golfclubmitglied gewesen, also kannten ihn dort alle. Allerdings war nicht gesagt, dass sie überhaupt mit irgendjemandem dort ins Gespräch kommen würde, der nicht Annemi oder Elisabeth war, und von denen würde sie wohl kaum etwas Neues erfahren. »Egal, wenigstens etwas zu tun«, redete sie sich selbst gut zu und warf Sonnencreme in ihre Tasche.

Das Klingeln des Telefons unterbrach ihr Packen, das Display zeigte »Anna« an. Sie nahm ab.

»Sag mal, was brauche ich auf einem Golfplatz?«

»Eine neue Persönlichkeit?«

»Guten Morgen, Schatz.«

»Guten Morgen, Mama. Du gehst wirklich golfen?«

»Ja, nein, ich schaue eher zu. Man sagt, mit kaputten Hüften sollte man nicht golfen.«

»Mama, was geben sie dir denn dort in Maria Brunn?«

»Wie meinst du das?«

»Du findest Golfen bourgeois. Du hast dich über jeden einzelnen Verwandten lustig gemacht, der jemals angefangen hat zu golfen. Du hast sogar mal gesagt, wer golft, hat die Revolution verraten.«

»Ja, das klingt nach mir.«

»Und wieso gehst du dann auf einen Golfplatz?«

»Ich bin eben offen für Neues. Demnächst kaufe ich mir eine Perlenkette und einen Stapel Polohemden.«

»Mama!«

»Ich hoffe, ich bekomme auf dem Golfplatz etwas über Bertie heraus.«

Anna seufzte.

»Übrigens lassen deine Handwerker fragen, ob sie im Badezimmer die Decke auch gleich neu streichen sollen.«

»Oh Gott, keine Ahnung. Ich war so lang nicht mehr da, ich erinnere mich kaum an meine Badezimmerdecke.«

»Was soll ich ihnen sagen?«

»Ach, sag ihnen, was du denkst. Du bist doch mein kluges Kind.«

Kurz machten beide eine Pause, in der sie ihren Gedanken nachhingen. Dann fragte Christa: »Wie läuft es mit deiner Vorlesung?«

»Ich bin jetzt bei der ›Winterreise‹.«

»Hm, okay, erzähl mir was Spannenderes.«

Anna antwortete nicht sofort. Dann: »Jan und ich wollen zusammenziehen.«

»Unglaublich, hat er dich überredet?!«

»Ja, na ja, er hat schon recht: Wir könnten uns die Miete teilen und nach etwas Größerem schauen, vielleicht mit Garten. Und ich habe es irgendwie selber satt, dass die Hälfte meiner Sachen bei ihm und die andere Hälfte bei mir ist und ich dauernd genau das nicht dahabe, was ich gerade brauche ...«

»Anna.«

»Ja?«

»Es ist keine Schande, als Paar zusammenzuwohnen.«

Christa hörte förmlich, wie Anna glücklich lächelte.

»Okay, erzähl mal, hat Jan schon alle Immobilienmakler in Freiburg aufgescheucht?«

Eine halbe Stunde später legte Christa auf und klappte ihre Tasche zu. Annemi klingelte pünktlich.

Auf dem Golfplatz war noch nicht viel Betrieb. Annemi und Elisabeth zogen ihre Golfbags zum ersten Loch und begannen zu spielen. Christa, die am Eingang mit harten Bandagen erkämpfen musste, ihren Rollator auf den Platz mitnehmen zu dürfen, ließ sich auf der Rollatorsitzfläche nieder und schaute den beiden beim Spielen zu. Sie redeten nicht viel, und wenn, dann ging es um die Schläge. Nach allem, was Christa verstand, war Elisabeth besser. Das wunderte sie nicht. Annemi war zu perfektionistisch, sie regte sich zu schnell auf. Schon ab dem vierten Loch war sie so verärgert über ihr schlechtes Spiel und darüber, dass Christa das auch noch mitbekam, dass sie immer fahriger schlug. Christa interessierte sich nicht dafür, wer wie viele Schläge brauchte und ob ein Ball in irgendeinem Sandfeld oder künstlichen Teich landete. Sie ließ den Blick über den Golfplatz schweifen. Egal, was sie sonst vom Golfen und von Golfclubs hielt, sie musste zugeben, dass es fürs Auge eine entspannende Landschaft war. Sehr getrimmt, aber dadurch auch ruhig; das Gras auf den künstlichen Hügeln, die den Golfplatz durchzogen, war so ebenmäßig, dass es im Gesamtbild wirkte wie grüne Wellen, die ruhig und gelassen durch die Landschaft schwappten. Leider gab es auf diesen Wellen keinen einzigen Baum. Christa cremte sich fortwährend ein und erinnerte sich an einen Ganzkörpersonnenbrand, den sie sich als Studentin auf einer Reise nach Marokko geholt hatte.

Nach der Hälfte der Lochanzahl – neun, wenn Christa nicht alles täuschte – wurde endlich eine Pause beschlossen.

»Ich habe Lust auf einen Eiskaffee«, verkündete Annemi. »Christa, den musst du probieren. Er ist einfach köstlich. Sie haben einen ganz tollen Arabica, von einer kleinen, sehr feinen Kaffeerösterei in der Schweiz.« Christa nickte. Eine Pause klang gut, Eis auch, Kaffee auch, ob aus der Schweiz oder nicht.

Sie setzten sich auf der Clubterrasse an einen kleinen

Tisch im Halbschatten. Eine sehr hübsche junge Bedienung kam, um ihre Bestellung aufzunehmen. Annemi bestellte drei Eiskaffee und legte ihre Hand auf den Arm der Kellnerin. »Und, Beatrice, bitte nur vom Arabica. Etwas anderes bringe ich nicht hinunter.«

»Natürlich, Frau Liebig.« Beatrice verschwand.

Elisabeth seufzte, setzte ihr weißes Golfcap ab und streckte die Füße wohlig aus. »Annemi, das war eine gute Idee, mich hierherzuschleppen. Die frische Luft und die Sonne vertreiben die trüben Gedanken. Und ich war so lange nicht mehr golfen.«

Annemi lächelte beflissen. »Siehst du, ich wusste doch, dass dir das guttut.«

»Warum waren Sie denn so lange nicht mehr hier, wenn es Ihnen so gefällt«, fragte Christa, »und Sie doch so gut golfen?« Sie warf vergnügt einen Seitenblick auf Annemi.

»Ach, weil Bertie oft hier war. Ich wollte nicht, dass uns alle beobachten und darauf achten, wie wir miteinander auskommen.«

»Verstehe. Jetzt haben Sie wieder freie Bahn.«

Elisabeth seufzte. »Ja, aber die Mitgliedschaft ist ziemlich teuer.«

Christa sah sie aufmerksam an. »Haben Sie Geldsorgen?«

»Christa!«, rief Annemi und schüttelte tadelnd den Kopf.

»Nein, schon in Ordnung«, Elisabeth schob sich die Sonnenbrille ins Haar. »Tatsächlich wird es jetzt, wo Bertie tot ist, für mich etwas knapper.« Sie schaute über die grünen

239

Golfhügelwellen. »Bertie hat mir nach unserer Scheidung freiwillig monatlich mehr Geld gegeben, als er musste. Und das Haus habe ich sowieso bekommen, also konnte ich meinen Lebensstandard halten, wie man das so sagt.« Sie seufzte. »Na ja, und jetzt bekomme ich nichts mehr. Geschiedene Ehefrauen erben nicht.«

»Hat er nichts im Testament verfügt? Dass Sie weiterhin etwas bekommen, oder so?«

»Nein.«

»Absichtlich, oder hat er nicht daran gedacht?«

»Macht das einen Unterschied für mich?«

»Nein.«

Annemi machte den Mund auf, um vermutlich ein kniggekursgemäßeres Gesprächsthema anzuschneiden, aber Christa kam ihr zuvor.

»Weiß das der Kommissar? Dass Sie nach Berties Tod jetzt finanziell schlechter dastehen?«

»Nein. Berties Zusatzzahlungen waren eher unter der Hand, etwas zwischen ihm und mir. Es war mir unangenehm, der Polizei das zu sagen.«

»Aber es entlastet Sie«, rief Christa. »Pssssst«, zischte Annemi und sah sich hektisch um.

»Es entlastet Sie«, wiederholte Christa beinahe genauso laut wie beim ersten Mal.

»Ja, gut, ich sage es dem Kommissar.«

»Oh, bitte, darf ich das übernehmen?«, grinste Christa.

Elisabeth lächelte. »Schön, dass Sie uns Gesellschaft leisten«, sagte sie dann. »Haben wir Sie eigentlich schon zum Golf bekehrt?«

»Ich bin eine Unbekehrbare.«

Der Eiskaffee kam, Beatrice stellte vor jeder ein großes, hohes Glas ab, in dem sich brauner Kaffee, cremefarbenes Vanilleeis und ein Berg Schlagsahne zu einem Kunstwerk türmten. Christa leckte ein bisschen Sahne vom Löffel. Es war gute Schlagsahne, nicht diese billige luftaufgeschlagene. Richtig gute Sahne, dachte Christa in Erinnerung an Annemis Schwarzwälder Kirschtorte-Vortrag. Unglaublich, dass das alles erst ein paar Tage her war. Christa kam es vor, als wäre sie schon ewig in Maria Brunn.

»Beatrice wird auch immer hübscher«, sagte Elisabeth anerkennend und schaute der Kellnerin nach.

»Sie könnte ruhig einen Knopf mehr an der Bluse zumachen«, bemerkte Annemi moralinsauer.

Elisabeth lachte. »Aber es scheint zu wirken. Die Männer an der Bar kleben förmlich an ihr.«

Nach einer Weile entschuldigte sich Christa zur Toilette und ging ins Clubhaus. Drinnen sah es genauso aus, wie sie sich einen Golfclub vorgestellt hatte. Die Seite zur Terrasse hin war mit viel Glas modern gestaltet, die Möbel cremefarben und leicht, während die Umgebung der Bar vor poliertem Mahagoni und Ledersesseln nur so strotzte. Tatsächlich saßen ausschließlich Männer in heller Golfkleidung an der Bar. Dafür, dass es erst elf Uhr vormittags war, waren es zudem erstaunlich viele. Beatrice huschte hinter der Bar herum und schenkte Getränke aus. Christa folgte der Beschilderung. Die Toilette enttäuschte sie nicht, hier dominierte ebenfalls Mahagoni, und die Seife roch teuer. Auf dem Rückweg nach draußen blieb Christas Blick an einigen

Fotos hängen, die die Wände schmückten. Golfer, Golfer und noch mal Golfer. Golfcaps und Pullunder, so weit das Auge reichte. Turniere, glückliche Gewinner, Ausflüge. Christa suchte die Fotos nach ihr bekannten Gesichtern ab, vor allem nach dem von Bertie. Sie fand ihn oft und meistens in der Mitte. Was ihr aber auch auffiel, war, dass er erstaunlich oft direkt neben Lukas zu sehen war. Interessant, dachte Christa. Bertie hatte nicht nur seinem Patenkind Paul Salm nahegestanden. Lukas und Bertie wirkten auf den Fotos vertraut, fast wie Vater und Sohn. Und tatsächlich sah Lukas Bertie ein bisschen ähnlich.

...

Patricks Vormittag hatte gehalten, was der vorangegangene Nachmittag versprochen hatte: noch mehr Keller, noch mehr Benzinkanister. Es waren alle da. Als die Uhr der Dorfkirche halb zwölf schlug, war hinter jedem zu kontrollierenden Verkaufsposten ein Häkchen. Das hätte er sich also auch sparen können. Im Büro erwartete ihn Werner. »Ich habe die Personenabfrage gemacht, die du wolltest«, begrüßte er Patrick. »Und?« Patrick schämte sich schon fast, dass er gestern doch noch vor lauter Verzweiflung Werner damit beauftragt hatte, Petra Veit zu durchleuchten. Immerhin war sie ein P. Werner stand auf und kam zu Patricks Schreibtisch, eine Handlung, die selten genug war. Normalerweise saß er auf seinem Platz, als sei er dort festgewachsen. »Petra Veit, geboren 1960 in Felsach«, begann er wichtig, »Lehre zur Steuerfachgehilfin, verheiratet mit Sven Veit seit 1986, zwei Töchter – Stefanie und Meike ...«

Patrick wühlte in seiner Schreibtischschublade nach etwas Süßem, fand aber nur einen Kaugummi.

»Hörst du mir zu?«

»Stefanie und Meike.«

»Richtig. Stefanie hat eine Ausbildung gemacht zur ... Moment ...«

Patrick steckte sich den Kaugummi in den Mund und nutzte den Moment: »Werner, sag mir einfach, ob es eine Verbindung zwischen Petra Veit und Bertie Haberland gab.«

Werner schaute traurig auf seinen langen Aufschrieb, dann seufzte er. »Nein.«

»Nein?«

»Nein.«

Kurz darauf rief Charlotte an, um zu sagen, dass eines der Hühner ausgebrochen war und sie mit Mathilda zum Zahnarzt musste. Patrick sollte sich also um das Huhn kümmern. Nichts Gutes ahnend fuhr er nach Hause.

...

»Du kannst mich bei dir rauslassen, Annemi«, sagte Christa auf der Rückfahrt.

»Wirklich? Bist du noch nicht müde von dem Marsch über den Golfplatz?«

Christa wusste nicht, wovon sie müde sein sollte. Sie hatte die meiste Zeit auf ihrem Rollator gesessen und gewartet, bis die Damen das Loch trafen. Von Abschlag zu Abschlag waren sie mit dem Golfcart gefahren, wobei es jedes Mal umständlich gewesen war, Christas Rollator darauf unterzubringen. »Ja, ich bin sicher. Dr. Salm sagt immer, ich muss mich bewegen.«

»Na gut.«

Annemi parkte ihren Wagen. Während sie und Elisabeth nach der Verabschiedung in die jeweils gegenüberliegenden Häuser gingen, machte sich Christa langsam und bedacht zu Fuß auf den Nachhauseweg.

...

»Scheißvieh!« Wieder war Patrick das Huhn entkommen. Da stand es mitten auf der Wiese und machte sich über ihn lustig, zumindest kam es ihm so vor. Schon seit einer Viertelstunde versuchte er, es zu fangen. Inzwischen war er schweißnass. Wie es überhaupt aus dem umzäunten Hühnerauslauf entkommen war, war ihm ein Rätsel. Aber da stakste es in seiner ganzen schwarz-weißen Pracht zwischen Patricks kleinem Blutstreifling-Apfelbäumchen und dem alten Kirschbaum und pickte im Gras herum. Es wirkte ganz ruhig und friedlich, aber sobald Patrick sich ihm näherte, schlug es wild mit den Flügeln und rannte schneller, als er es jemals von einem Huhn erwartet hätte. Charlotte und Mathilda waren immer noch nicht vom Zahnarzt zurück – da waren nur er und das Huhn. Patrick wischte sich den Schweiß von der Stirn. Noch ein Versuch, dann würde er aufgeben. Er schlich sich an das Huhn heran. Es beäugte ihn misstrauisch und hörte auf zu picken. Sein Kopf ruckte. Patrick duckte sich, um kleiner zu wirken, und rannte dann los. Das Huhn gackerte hysterisch und flüchtete sich zwischen die Stangenbohnen. »Ich hasse dich!«, schrie Patrick. Das Huhn sah ihn spöttisch an.

»Du musst ihr das Gefühl geben, dass du über ihr schwebst«, rief da hinter ihm eine vertraute Stimme. Er drehte sich um. Christa stand vor dem niedrigen rustikalen Holzzaun, der den Garten einfasste. »Wie bitte?«

»Hühner denken dann, du bist ein Hahn. Wenn du Glück hast, hat sie Lust auf den Hahn und hockt sich flach hin. Dann kannst du sie besser fangen.«

»Ich soll dem Huhn Avancen machen?«

»Versuch's einfach mal.«

Patrick kam sich ziemlich blöd dabei vor, aber er näherte sich dem Huhn – groß und vornübergebeugt – und gab sich Mühe, ein Hahn zu sein. Christa gab von der Straße Anweisungen wie ein Trainer am Spielfeldrand. »Und jetzt einfach mal so bleiben«, rief sie, als er gekrümmt über dem Huhn stand. Das Huhn blieb, wo es war. Es gackerte einmal leise. Und dann hockte es sich tatsächlich ganz flach zwischen die Buschbohnen.

»Siehst du, du bist ein guter Hahn«, rief Christa. »Jetzt langsam nach unten beugen und dann sanft von den Seiten packen.« Sanft packte Patrick zu. »Ha!« Vor lauter Freude über seinen Jagderfolg vergaß er ganz, dass ihm diese alte Ex-Kommissarin auf die Nerven ging. Er trug das Huhn triumphierend zu ihr. Das Gefieder war ganz weich und warm. Patrick stellte fest, dass es sich schön anfühlte. »Danke«, schnaufte er. »Woher wissen Sie das?«

»Meine Eltern hatten auch Hühner.« Sie zeigte vage in die Luftlinienrichtung ihres Elternhauses. »Da drüben.« Gemeinsam brachten sie das Huhn in den Stall zurück. »Du musst den Auslauf größer machen«, sagte Christa. »Sonst ist bald alles, was darin noch Wiese ist, Matsch. Hühner sind unmöglich, was das angeht.«

Patrick wischte sich die Hände an der Hose ab und betrachtete seine Hühnerlehrerin von der Seite. »Wollen Sie was trinken?«, fragte er. Christa lächelte »Gerne.«

Ein paar Minuten später saßen sie auf der Terrasse, beide ein Glas von Charlottes selbst gemachter Sanddorn-Limonade vor sich. »Schön habt ihr es hier«, sagte Christa anerkennend.

»Ja, wir wollten schon immer aufs Land ziehen. Charlotte und ich kommen beide aus Frankfurt.«

»In Frankfurt habe ich mal einen Sommer lang in einer ganz tollen linksalternativen Tanzgruppe gelebt«, sagte Christa. Patrick starrte sie an. Offenbar stellte er sich gerade einiges vor.

Nach einer Schweigeminute sagte er: »Ich bin froh, dass wir aus Frankfurt weg sind. So viel Grün hier und diese Ruhe. Die Menschen kennen sich untereinander. Es wirkt alles so perfekt.«

Christa lachte. »Du hast nicht viel Ahnung vom Dorf, oder?«

Patrick antwortete nicht. Er dachte daran, gegen wie viele Mauern er in den letzten Tagen gerannt war. Und an den Zettel von den Niederackers bezüglich der Totholzhecke.

»Kann sein«, gab er zögernd zu.

»Wie laufen die Ermittlungen?«

Patrick gab einen unbestimmten Laut von sich.

»Schlecht also.«

»Es gibt einfach keine wirklichen Anhaltspunkte. Bei der Ex-Frau würde alles stimmen: Motiv, Gelegenheit, Indizien. Aber ich kann es ihr trotzdem nicht nachweisen.«

»Sie wäre dumm gewesen, ihn umzubringen. Er hat ihr monatlich ordentlich Extrageld gegeben.«

»Wir haben darauf aber keinen Hinweis in den Abrechnungen gefunden.«

»Es war auch nicht offiziell.«

»Warum hätte er das tun sollen? Sie war seine Ex-Frau.«

Christa dachte an Hilde. »So war er wohl«, sagte sie.

Sie trank noch einen Schluck. »Cui bono?«, fragte sie dann. »Wer hat einen Vorteil von seinem Tod?«

Patrick zuckte die Achseln. »Na ja, Julia erbt das Haus.«

»Und der Patensohn, Paul Salm, erbt das Hofgrundstück und den Wohnblock und damit die Mieteinnahmen.«

Patrick starrte sie an. »Woher wissen Sie das?«

Christa zuckte die Achseln. »Hab mich umgehört. Wer erbt das ›Lamm‹?«

Patrick schnaubte. »Das wissen Sie also auch schon, dass das ihm gehört hat?!«

»Ja. Wer erbt es?«

»Er hat es den Maria Brunner Charity Engeln vermacht. Ist zwar ein bisschen ungewöhnlich, geht aber, sagt mein Assistent.«

»Und jetzt zum Interessantesten: Wer erbt die Brauerei?«

»Sagen Sie bloß, das wissen Sie zur Abwechslung nicht?«

»Lukas?«

»Haben Sie das auch irgendwo gehört?«

Christa sah vor ihrem inneren Auge die Fotos im Golfclub und schüttelte den Kopf. »Geraten«, antwortete sie.

»Das mit der Brauerei ist interessant. Bis vor einer Woche hätte sie nämlich noch Paul anstatt Lukas Salm geerbt.«

»Warum hat er es geändert?«

Paul zuckte die Schultern.

»Wussten die Salms das?«

»Paul Salm wirkte wütend und überrascht, als wir es ihm sagten. Aber das kann natürlich auch nur gut gespielt gewesen sein. Lukas hat auffällig herumgedruckst. Ich denke, er wusste es.«

Christa lehnte sich im Gartenstuhl zurück.

»Also profitieren einige von seinem Tod. Lukas wahrscheinlich am meisten. Die Brauerei läuft offenbar sehr gut.«

»Stimmt. Aber ich kann bisher keinem etwas nachweisen. Lukas hat zwar kein Alibi – er behauptet, er wäre allein wandern gewesen und sei danach noch in der Gegend herumgefahren –, aber am Tatort gibt es keine Spuren von ihm, niemand hat etwas gesehen, und er bleibt felsenfest bei seiner Geschichte.«

Eine Weile schwiegen sie.

Dann brach es aus Patrick heraus: »Warum schweigen mich hier alle an? Ich habe das Gefühl, egal, was ich mache, treffe ich irgendwie nicht den richtigen Ton, und alle erzählen mir nur die halbe Wahrheit. Warum machen sie es mir so schwer? Und was ist falsch an meiner Totholzhecke?« Patrick ließ die Schultern sinken. Plötzlich fühlte er sich etwas leichter, als hätte er endlich etwas abgeladen, was er seit Tagen mit sich herumschleppte.

Christa lächelte. »Also was das Schweigen angeht, wenn du im Dorf als Kommissar unterwegs bist: Das ist nichts Persönliches. Die meisten hier kennen sich; der Polizei in Frankfurt gegenüber etwas gegen den Nachbarn auszusagen, den man nicht kennt, ist etwas völlig anderes, als wenn es der Schwager deines Großcousins oder dein Sandkastenfreund ist.«

Sie machte eine Pause.

»Nun zum tatsächlich Persönlichen: Ich würde sagen, du solltest dir Zeit geben, dir und ihnen. Du bist halt zugezogen, das ist kein leichter Stand.«

Patrick lachte. »Ist das nicht nur ein blödes Dorfklischee?«

»Ach, tatsächlich? Zähl mir doch noch mal die offenen Arme auf, die dich empfangen haben ...«

Nach einer weiteren Minute Schweigen, in der sie den Vögeln zuhörten, die im Kirschbaum saßen und vor sich hin pfiffen, sagte Christa: »Und zum Dritten: Mach um Himmels willen diesen Reisighaufen da weg; die Niederackers werden sich damit nie anfreunden.«

»Da können Igel drin überwintern oder Siebenschläfer.«

»Dafür gibt's hier schon was.«

»Was denn?«

»Den Wald.«

Patrick grinste schief.

»Ich komm nicht weiter mit dem Fall.«

»Soll ich dir helfen? Ich habe anscheinend noch den Maria Brunner Stallgeruch, auch nach all den Jahren.«

Patrick zögerte. Dann nickte er.

»Ich würde ab jetzt vielleicht ›Christa‹ sagen. Aber trotzdem ›Sie‹.«

»Ja, mach das mal.«

. . .

Eleonora Weiß war an diesem Tag schon um die Mittagszeit vollkommen erledigt. Das Baby hatte den halben Vormittag geschrien, auf dem Sofa stapelte sich die Bügelwäsche, und ihr fünfjähriger Sohn hatte seit zwei Tagen die Windpocken. Gegen zwei Uhr endlich bot sich ihr eine lang ersehnte Pause. Das Baby schlief, der Junge schlief, und die Bügelwäsche würde auch morgen noch herumliegen.

Eleonora hatte Zeit, ein oder zwei Pralinen zu essen, denn das tat sie gerne, und damit belohnte sie sich, wenn ein Tag besonders stressig war – so wie dieser. Heute schaute sie, während sie ihre Pralinen aß, aus dem Küchenfenster. Sie sah, wie Julia Brandner von schräg gegenüber nach Hause kam, wie sie ihr kleines rotes Cabrio, ein Angeberauto in Eleonoras Augen, parkte, ausstieg und in das einschüchternde Haus ging, das sie mit Bertie bewohnt hatte. Als Nächstes beobachtete Eleonora, wie Timmy, der graugestreifte Nachbarskater, in hohem Tempo durch das Gitter des Jägerzauns schoss, der das Grundstück von Familie Weiß umgab, und dann seine Krallen an der weiß lackierten

Holzwand ihres Carports schärfte. Heute reichte allerdings Eleonoras Energie nicht mehr, um sich darüber aufzuregen. Das nächste Ereignis war da schon interessanter. Sie beobachtete, wie ein alter roter Golf die Straße entlangfuhr und vor ihrem Haus anhielt. Der Fahrer stieg nicht aus, er saß nur still da. Nach einer Weile fuhr er weiter. Zuerst kam ihr in ihrem von Erschöpfung gefluteten Kopf die Szene wie ein Déjà-vu vor, weil sie schon im Voraus hätte sagen können, dass der Fahrer im Wagen sitzen bleiben und nach einer Weile wegfahren würde. Aber dann wurde ihr klar, dass sie das deswegen wusste, weil sie es tatsächlich schon einige Male gesehen hatte. Immer dasselbe Auto war das gewesen, und so ging das schon seit, ach, mindestens zehn Tagen, immer wieder. Der Ablauf war jedes Mal der gleiche: Der rote altersschwache Golf fuhr vor ihren Vorgarten, hielt dort und fuhr nach einigen Minuten weiter. Eigentlich auffällig. Nur war Eleonora Weiß durch ein ständig schreiendes Baby und ihren Schlafmangel seit Wochen nicht richtig wach. Darum war ihr der rote Golf wohl entfallen, als die Polizistin vor einigen Tagen bei ihr geklingelt und sie gefragt hatte, ob in letzter Zeit in der Nachbarschaft etwas Auffälliges vorgefallen war. Aber nun wusste sie es wieder, und sie musste es sagen. Zum Glück kannte sie das Auto; sie wusste, wer der Fahrer war, es gab gar keinen Zweifel. Eleonora griff zu der Karte, die die Polizistin dagelassen hatte, und zum Telefon, um die aufgedruckte Nummer zu wählen, aber gerade als sie die Hälfte davon eingetippt hatte, schrie das Baby, und sie legte das Telefon beiseite. Die Polizei musste warten.

. . .

Das Altenheim veranstaltete seinen monatlichen Filmabend. Welcher Film geschaut wurde, darüber konnte in der Woche davor jeweils demokratisch per offen aushängender Strichliste abgestimmt werden, ein System, das geradezu zum Betrug einlud. Dieses Mal hatte »James Bond: Goldfinger« die meisten Striche bekommen. Christa holte Carlo ab.

Sie fand ihn auf seinem Balkon. Dieses Mal trug er ein neutrales weißes T-Shirt, aber gerade, als sich Christa über das Fehlen eines schwarzwaldthematischen Kleidungsstücks wunderte, entdeckte sie, dass auf seinen Badelatschen jeweils eine kleine Gummi-Kuckucksuhr klebte. »Bereit für Bond?«

»Gleich, ich muss nur noch meine Ochsenherzen gießen.«

»Wieso hast du denn gleich vier Tomatenpflanzen auf deinen Minibalkon gequetscht? Reicht da nicht eine? Oder keine?«

»Von Gemüse kann man nie genug haben, und Tomaten sind schwierig. Wenn mir zwei kaputtgehen, habe ich noch zwei in Reserve.«

»Aha.«

»Zurzeit mache ich mir ein bisschen Sorgen um Mick.«

»Deine Tomaten haben Namen?«

»Klar. Das sind im Uhrzeigersinn: Dave Dee, Dozy, Beaky, Mick ... und das«, er wies auf den Basilikumstrauch im Blumentopf, »ist Tich.«

Christa lachte. »Das war doch irgendeine Band.«

»Nicht irgendeine, das war eine meiner Lieblingsbands, seit ich gerade alt genug war, um die ›Bravo‹ zu kaufen. 1967 war ich auf einem Konzert. In Köln, das war damals eine weite Reise von hinter St. Blasien aus.«

»Hat es sich gelohnt?«

»Absolut.«

Carlo war mit dem Gießen fertig. Er verabschiedete sich von Bärbel, dann gingen sie gemeinsam hinüber ins Altenheim. Der Filmabend fand in dem Raum statt, in dem normalerweise die Ernährungsvorträge abgehalten wurden.

»Ich habe dich übrigens für morgen zum Waldbaden angemeldet«, tuschelte Christa, als sie sich gute Plätze etwa in der Mitte suchten.

»Wie bitte?«

»Waldbaden.«

»Was ist das? Das klingt seltsam«, raunte Carlo. Christa klimperte mit den Wimpern. »Du bist dabei in deinem geliebten Schwarzwald, also wirst du es schon mögen.« Carlo schien dies tatsächlich als Argument gelten zu lassen. »Letztes Jahr haben die Landfrauen einen tollen Pilzsammel-Lehrgang angeboten.«

»Aha.«

»Ich war dabei.«

»Natürlich.«

»Wie wäre es mit einem Deal: Wenn ich mit dir zum Waldbaden gehe, kommst du im Herbst mit mir Pilze sammeln. Ich bin inzwischen Profi.«

Christa verdrehte die Augen und öffnete den Mund, um zu sagen, dass sie im Herbst garantiert nicht mehr hier sein würde. Aber es war merkwürdig: Irgendetwas in ihr hielt sie davon ab, es zu sagen. Sie klappte den Mund wieder zu und reichte Carlo ein paar Gummibärchen aus ihrem mitgebrachten Filmsnackfundus. Interessant, dachte sie.

...

»Ich weiß ja wirklich net, warum du mich heut so unbedingt dabeihaben willsch«, sagte Elvira noch, als sie schon zusammen im Auto saßen.

»Wie sieht denn das aus, wenn ich da heute alleine komme?«, raunzte Arndt, der diese Diskussion satthatte. »Der neue Präsident kommt ohne Frau zu so einem wichtigen Abend. Das wirkt doch komisch. Willst du komisch wirken?«

Die Landstraße war leer, er erlaubte sich einen kurzen Seitenblick auf seine Frau auf dem Beifahrersitz, in einem grauen Kostüm. Grau. Es stand ihr überhaupt nicht; der Rock war zu weit, dafür die Jacke zu eng. Elviras großer Busen weitete unvorteilhaft die Knopflöcher. Sie hatte einfach kein Gespür für so etwas, und es war ihr auch egal. Sie stand lieber in ihrem blöden Laden und redete über Tannenhonig und Wanderwege. Wütend gab Arndt Gas.

Auf dem Parkplatz des Golfclubs standen schon viele Autos. Als er ausstieg, merkte Arndt, wie aufgeregt er war. Dies war der erste Abend, an dem er nicht mehr Vizepräsident sein würde. Bertie war tot, also wurde aus seinem Stellvertreter ganz automatisch die Nummer eins. Der König ist tot, lang lebe der König! Arndt lächelte beinahe bei diesem

Gedanken, aber nur beinahe, denn in diesem Moment kamen ihm Annemarie und Wolfgang Liebig entgegen, und was sollten die denken, wenn sie den neuen Präsidenten gut gelaunt sahen, zu so einem traurigen Anlass? Traurig für alle, nur nicht für Arndt. Er nickte den beiden mit angemessen würdevoller Miene zu, Annemarie nickte zurück. Wolfgang musterte ihn nur. Er trug einen weißen Sommeranzug mit einem rosa Hemd darunter, die Haut beinahe so braun wie die von Bertie, und dann dieses typische Erfolgsgebiss: weiß und unnatürlich gerade, mit sehr vielen Zähnen. Annemarie stürzte sich sofort auf Elvira. Arndt hörte nur irgendetwas von selbst gemachtem Eierlikör.

Als sie das Clublokal, einen abgetrennten Raum im Golfrestaurant, erreicht hatten, gingen die Liebigs ganz ignorant vor Elvira und ihm durch die Tür. Arndt fühlte sich um seinen Auftritt betrogen. Wolfgang war riesig, fast zwei Meter, und wer nach ihm durch die Tür kam, wirkte ganz automatisch wie ein blässlicher Zwerg und nicht wie der neue Präsident der Maria Brunner Charity Engel. Verstimmt begrüßte Arndt die Anwesenden und setzte sich auf den Präsidentenplatz in der Mitte der hufeisenförmig gestellten Tische. Der Präsidentenplatz war mit einem Wimpel gekennzeichnet: rot-gelb, mit dem Clublogo und einem goldenen Fuß. Arndt achtete darauf, sehr gerade zu sitzen. Immer wieder grüßte er nach hier und da die neu Ankommenden. Elvira hatte neben ihm Platz genommen und wühlte beständig in ihrer Handtasche. »Hör auf damit«, zischte er ihr zu. Sie sah ihn nur an und wühlte dann weiter. Arndt registrierte, dass sein Cousin Oliver anwesend war. Das war selten; vielleicht wollte er ihm damit den Rücken stärken. Er lächelte ihm zu.

Als sich alle gesetzt hatten – die Charity Engel waren beinahe vollständig versammelt, was eine Seltenheit war –, räusperte sich Arndt und stand auf. »Liebe Clubmitglieder, willkommen an diesem wichtigen Abend«, er räusperte sich noch einmal. »Wie ihr alle wisst, ist etwas Schreckliches geschehen, und unser geliebter Präsident ...«, Arndt fragte sich in diesem Moment, ob das nicht etwas zu dick aufgetragen war. Zu spät, er musste fortfahren. »... unser geliebter Präsident Bertie ist einem furchtbaren und hinterhältigen Verbrechen zum Opfer gefallen.« Die Clubmitglieder senkten die Köpfe oder schauten ernst ins Leere. Annemarie wischte sich eine Träne aus dem Augenwinkel. »Unsere Gedanken sind bei Elisabeth, seiner Witwe ...«, er hätte sich vorher besser überlegen sollen, wie er Berties heikles Privatleben ansprechen konnte, so lief er rot an, als er nachschob, »und den anderen ... ähm, nahen Angehörigen.« Hochgezogene Augenbrauen hier und da.

Arndt versuchte, sich dadurch nicht irritieren zu lassen. »Nun ja, natürlich muss es trotzdem mit unserem Club weitergehen, schließlich gibt es ja immer wichtige Projekte, die wir unterstützen möchten, und Menschen, die sich auf uns verlassen ...« Im rechten Flügel tuschelten einige Männer miteinander. »... und darum werden wir mit unserer Arbeit fortfahren – vor allem für Bertie, der diesen Club hier gegründet und so erfolgreich geführt hat. Bertie, wo auch immer du jetzt bist, wir werden uns für dich doppelt anstrengen.« Mit diesen feierlichen Worten hob Arndt sein Weinglas. »Auf Bertie«, sagte er und prostete in die Luft.

»Auf Bertie«, das Echo der Clubmitglieder kam prompt. Arndt lächelte zufrieden und atmete durch. Diese erste Pflichtübung war schon mal gelungen.

»Als Vizepräsident unseres Clubs werde ich selbstverständlich kommissarisch das Präsidentenamt von nun an führen ...« Weiter kam er nicht, denn ein Arm in weißem Jackett ging nach oben. Wolfgang Liebig. Arndt wusste mit dieser Unterbrechung wenig anzufangen und machte eine unsichere Handbewegung in Richtung Wolfgang, um ihm das Wort zu erteilen. Wolfgang erhob sich und lächelte mit seinen tausend weißen Zähnen verbindlich in die Runde. »Lieber Arndt, ich spreche vermutlich im Namen aller, wenn ich sage, dass du dich in den letzten Jahren wunderbar als Vizepräsident eingebracht und Bertie zugearbeitet hast. Du hast ihn immer fleißig unterstützt.«

Arndts Nasenflügel bebten. Das war also, als was sie ihn sahen: Berties emsiges Bienchen, Berties Wasserträger. Er öffnete den Mund, um Wolfgang zu bremsen, aber der redete schon weiter. »Aber wir wissen ja, dass du als Geschäftsführer von ›Tannengold‹ voll ausgelastet bist. Und daher stimme ich für eine Neuwahl. Wir brauchen einen Präsidenten, der sich voll und ganz in unsere Arbeit einbringen kann. Wir haben doch einige Mitglieder im Ruhestand.« Zustimmendes Gemurmel. Arndt fühlte, wie seine Hände feucht wurden. Ihm war nicht gut. Ein schwerer Brocken lag plötzlich in seinem Magen und wollte nicht verschwinden. Das lief überhaupt nicht so, wie er es geplant hatte. »Aber

Wolfgang«, er wünschte, seine Stimme klänge fester, tiefer, souveräner. »Bertie hat doch auch jahrelang die Brauerei geleitet und war gleichzeitig Präsident. Und da habt ihr doch auch nicht ...« Arndt verstummte und sah in die Runde. Die Gesichter, die ihn ansahen, waren vertraut und fremd zugleich. Vertraut, weil er mit den meisten aufgewachsen war. Fremd, weil sie eine Ablehnung zeigten, eine Ausdruckslosigkeit, die ihm zuvor nie aufgefallen war. Der Einzige, der ihn mit einer gewissen Freundlichkeit betrachtete, war Oliver, aber der war zu jedem nett. Sie wollen mich nicht, dachte Arndt, sie wollen mich nicht. Er sank auf seinen Stuhl. »Findet ihr das alle?«, fragte er schwach. Murmeln, Räuspern, Füßescharren. Elvira öffnete unpassenderweise eine Mineralwasserflasche und schenkte sich etwas davon ins Glas ein. Das Gluckern des Wassers dröhnte durch den Raum. Dass sie das in so einem Moment nicht einfach lassen konnte! Arndt wünschte sich weit weg. »Wer ist für Neuwahlen?«, fragte Wolfgang. Alle Hände hoben sich mit Ausnahme von Oliver und Elvira. Immerhin. »Nichts gegen dich, Arndt«, sagte Annemarie und lächelte ein süßes Lächeln. Auch ihre Hand war oben. »Du könntest doch wieder der Vize sein.«

Arndt wäre gerne aufgestanden und gegangen, aber er brachte es nicht fertig. Er kam sich mit einem Mal so lächerlich vor hinter seinem Präsidentenwimpel. Wieder nur Zweiter, immer nur Zweiter.

Die Neuwahlen wurden, vollkommen ohne Arndts weitere Zustimmung, auf die nächste Clubsitzung festgesetzt. Nachdem das geklärt war, übergab Wolfgang das Wort wieder gnädig an Arndt. Es war sichtbar, dass dieser sich sehr zusammennehmen musste, um scheinbar normal fortzufahren. »Gut, ähm, laut Protokoll kommen jetzt die Anträge der Mitglieder. Gibt es welche?« Er vermied es, in die Runde zu schauen. »Ja, gibt es.« Oliver stand auf. »Bitte, Oliver«, sagte Arndt.

»Es geht um die ›Tannengold-Spende‹. Sie wäre regulär dieses Jahr an das Altenheim gegangen. Ich hatte sie fest für das Jahresbudget eingeplant; das Dach muss repariert werden, ein Baum ist im Garten umgeknickt und so weiter. Wir brauchen das Geld dringend, und Bertie ...«, Oliver schwieg einige pietätvolle Sekunden, »... Bertie hat die ›Tannengold-Spende‹ kurz vor knapp plötzlich zurückgezogen. Er hat keinen Grund angegeben, auch keinen Ausgleich oder irgendeinen Vorschlag, wie man die Kosten, die durch die Spende hätten gedeckt werden sollen, jetzt auffangen könnte, und ich ...« Oliver wusste nicht recht, wie er enden sollte. »Ich brauche eure Unterstützung. Eine große Charity-Aktion vielleicht. Richtig groß. Sonst gehen im Altenheim Maria Brunn die Lichter aus.«

Kurz herrschte Schweigen, dann ergriff Arndt das Wort. »Oliver, wir können uns auch kein Geld aus den Rippen schneiden.« In diesem Moment war es um Olivers Beherrschung geschehen. Noch nie hatte ihn jemand schreien hören, aber heute hörten sie ihn. »Das weiß ich«, brüllte er. »Aber weißt du, wer das gekonnt hätte? Bertie hätte das gekonnt.« Er spuckte den Namen fast aus. »Wisst ihr, was das für ein Gefühl war, als er mir einfach gesagt hat, dass ich das

Geld nicht bekomme? Er wusste, was das für das Altenheim heißt.«

»Vielleicht hat er es für etwas sehr Wichtiges gebraucht. Anders kann ich es mir nicht vorstellen.« Das war Annemarie, natürlich. Bertie-Fan der ersten Stunde, dachte Oliver.

»Wichtig? Und das Altenheim ist nicht wichtig, oder wie? Annemarie, du kannst bald deine Backkurse bei dir daheim abhalten, weil wir nämlich die Stromrechnungen nicht mehr bezahlen können, und dann bleibt die Kursküche kalt, so sieht es aus!« Oliver stellte selbst verblüfft fest, dass er, einmal in Rage geschrien, nicht mehr zu bremsen war. »Ihr überlegt euch eine Lösung, und wenn die Lösung so aussieht, dass ›Tannengold‹ dieses Jahr zwei Spenden macht, dann ist das so. Arndt, du als Geschäftsführer wärst da meine allererste Adresse.« Arndt zuckte zusammen. »Und jetzt entschuldigt mich. Ich muss mich um mein Heim kümmern. Ich muss ›James Bond‹ gucken, und zwar ›Goldfinger‹, ist das nicht lustig?« Oliver stieß ruckartig seinen Stuhl zurück. Sein Kopf war inzwischen feuerrot. Türenknallend verließ er den Clubraum.

Er kam gerade zum Ende der Filmpause im Altenheim an. Äußerlich wieder beruhigt, setzte er sich in die letzte Reihe und schaute die zweite Hälfte des Films. Gerade als Pussy Galore im Heu ihre Arme um James Bond schlang, klingelte sein Handy. Er schlich sich hinaus, es war Arndt. »Ich wollte dir nur sagen: So einen Auftritt kannst du nicht hinlegen«, sagte er.

Oliver nickte schuldbewusst. »Ich weiß. Aber ich habe einfach keine Ahnung, was ich machen soll.«

»Du hättest eben besser kalkulieren müssen.«

Oliver spürte, wie der Zorn wieder in ihm hochstieg. »Du weißt genauso gut wie ich, dass die ›Tannengold-Spende‹ eigentlich vollkommen sicher dem Heim zugestanden hätte. Es war unmöglich von Bertie, das einfach zurückzuziehen.«

»Wenn du das Heim allein auf einer Spende aufbaust, dann gute Nacht.«

»Arndt«, zischte Oliver. »Hör auf, so herablassend mit mir zu reden. Ich habe wirklich keine Lust mehr.« Etwas ruhiger fügte er hinzu: »Weißt du, an wen Bertie die Spende stattdessen vergeben hat?«

Arndt druckste herum. Offensichtlich wusste er es nicht, wollte aber auch nicht eingestehen, wie viel Bertie immer noch allein bestimmt hatte. »Das kann ich dir nicht sagen. Also, ich darf es dir nicht sagen, meine ich.«

Oliver lachte freudlos. »Du hast keine Ahnung, oder? Arndt, du beschaffst mir Geld, oder ich vergesse mich. Bitte. Ich bin dein Cousin, verdammt. Und dir kann doch die Zukunft des Heims nicht egal sein.«

Während Oliver auf seinen Cousin einredete, bemerkte er die ältere Frau mit dem kürzlich durchgestuften Haar nicht, die gerade von der Toilette kam und am Fußende der Treppe stehen blieb.

...

Nachdem Goldfinger besiegt und James Bond wie gewöhnlich der strahlende Held geblieben war, strömten die Filmabendbesucher gemächlich aus dem Raum. »Kommst du gleich mit rüber?«, fragte Carlo. Christas Blick fiel auf Oliver Fuchs in seinem heute roten Anzug, der mit dem Rücken zu ihnen vor der Glasfront des Heimeingangs stand und in den dämmernden Abend starrte. Sie schüttelte den Kopf. »Nein, ich bleibe noch kurz. Geh du schon mal vor.«

Nachdem Carlo gegangen war, tippte Christa Oliver an die Schulter. Er zuckte zusammen und fuhr herum. »Oh, Frau Haas, Sie sind es nur«, er lächelte ihr zerstreut zu.

»Ist alles in Ordnung mit Ihnen?«, fragte Christa.

»Oh ja, natürlich, ich war nur in Gedanken.«

»Ist es, weil das Heim in finanziellen Schwierigkeiten steckt?«, fragte Christa.

Überrascht schaute Oliver Fuchs sie an, dann sank er auf einen der Stühle, die im Empfangsbereich für Besucher herumstanden. »Geht das hier schon rum?«, fragte er ängstlich.

Christa setzte sich neben ihn. »Nein. Aber unsere Hummerterrine und die Steinpilzravioli sind gestern ausgefallen.«

Oliver nickte traurig. »Ja, das tut mir leid. Zurzeit muss ich wirklich sparen, wo ich kann. Sogar bei so etwas.«

»Haben Sie sich verkalkuliert?«

Oliver dachte nach. »Nein, ich glaube, so kann man es nicht nennen. Ich habe nur fest mit einem Geldbetrag gerechnet, einer großen Spende, und die kam jetzt nicht, und damit wird es eng.«

»Wie eng wird es denn?«

»Sehr. Das Heim steht auf wackeligen Beinen.« Er vergrub das Gesicht in den Händen. »Es wäre ein Albtraum, es aufgeben zu müssen.«

»Sie lieben das hier wirklich, stimmt's?«

»Natürlich!«

»Aber warum? Hier kommt keiner freiwillig her, und alle warten nur darauf, dass sie sterben.«

Oliver sah auf. »Der Tod ist für den gut vorbereiteten Geist nur das nächste große Abenteuer.«

»Ist das von Kant?«

»Nein, aus ›Harry Potter‹.«

Christa lachte.

Oliver grinste. »Aber es stimmt. Anstatt so zu tun, als wären das Alter und der Tod etwas, das nur den anderen passiert, sollte man sich auf diesen letzten Abschnitt einlassen. Und vielleicht ist es ja gar nicht der letzte Abschnitt, nur der letzte in dem, was wir kennen. Dann wäre es eher ein Aufbruch; so, als würde man sich auf eine sehr lange, aufregende Reise vorbereiten.«

»Sie wirken, als hätten Sie darüber viel nachgedacht.«

Oliver Fuchs nickte. »Ich hatte letztes Jahr einen Herzinfarkt. Es war ganz knapp. Da habe ich gemerkt, dass ich nicht vorbereitet war. Ich hatte mir noch keine Gedanken gemacht – ironisch, wenn man bedenkt, wo ich arbeite.«

»Und jetzt haben Sie nachgedacht?«

Oliver Fuchs lächelte. »Ich bin noch nicht fertig damit. Und Sie?«

Christa nahm sich Zeit mit der Antwort. »Ich habe bisher nie gedacht, dass ich alt bin. Erst jetzt, in diesem Wartezimmer für Dahinsiechende, wird es mir langsam klar.«

Oliver lachte. »Das hier ist ein Ort, an dem niemand so tun muss, als wäre er noch jung, denn alle anderen sind auch alt. Hier muss jeder nachts raus, und keiner läuft schnell. Das ist doch unglaublich befreiend, finden Sie nicht?«

»Hm.«

»Man kann sich hier auf die schönen Dinge konzentrieren. Nicht auf die verstopfte Dachrinne oder darauf, dass man die engen Treppen zu Hause kaum noch hoch- und runterkommt, oder darauf, dass der Garten verwahrlost, weil man sich langsam nicht mehr bücken kann.«

Christa dachte an ihren großen Garten zu Hause. Und an die Baustelle, die ihr Haus war.

Währenddessen redete Oliver Fuchs weiter, mehr zu sich selbst als zu ihr. »Nein, wenn ich älter bin, will ich in eine der Wohnungen im Betreuten Wohnen einziehen und es mir gut gehen lassen, mit anderen, denen es genauso geht wie mir, die verstehen, wovon ich rede. Ich bin sicher: Das wird schön.« Kurz schwieg er. Dann fügte er bitter hinzu: »Wenn wir bis dahin nicht schließen müssen, meine ich.«

SOMMER 1961

Bertie hatte alles vorbereitet. Er wollte es nicht versauen, und er wollte vor allem nicht, dass sie ihn zurückwies. Er war genug zurückgewiesen worden von den anderen Mädchen. Pauline war anders. Wenn er sie küsste, spürte er, dass sie sich an ihn drängte. Sie hatte ein Feuer in sich, das noch unentdeckt loderte, aber er würde es aufdecken, und dann konnte er endlich wirklich den Jungs auf dem Schulhof etwas erzählen. Bewundern würden sie ihn, noch mehr als ohnehin schon. Außerdem wollte er endlich wissen, wie es war.

Er wusste, dass Mädchen Romantik mochten, also hatte er darüber nachgedacht. Schließlich hatte er sich für einen Heuschober entschieden. Pauline als Stadtmädchen fand alles, was mit Dorf zu tun hatte, so toll, dass ihr das garantiert gefallen würde. Er hatte Pferdedecken in einer Ecke des Heuschobers ausgelegt, wo das Heu am dicksten lag und weich war. Der Schober gehörte seinem Vater, er stand weit draußen in den Wiesen, beinahe am Waldrand, niemand würde sie hier stören.

Als sie kam, küsste er sie und zog sie hinein. »Warum treffen wir uns eigentlich hier?«, fragte sie verwirrt. »Willst du wieder spazieren gehen?« Bertie zog sie weiter, zu der Ecke mit den Pferdedecken. Er hatte von Mutters Heckenrose ein paar Blüten gepflückt und die rosa Blütenblätter auf den Decken und im Heu verstreut. Eine Stalllaterne hatte er außerdem aufgestellt, die Kerze flackerte gegen die blaue Sommerabenddämmerung an. »Ich dachte, wir könnten heute etwas anderes machen«, sagte er heiser. Er war nervös, das stellte er mit einigem Ärger fest. »Und ich hab was für dich«, er zog das Armband hervor, billig war es gewesen, er hatte es nach der Schule in Felsach gekauft, im Kaufhaus in der Geschenkeabteilung. Es hatte dort die Armkettchen mit jedem Anfangsbuchstaben gegeben, auch mit P, also war es passend. Schmuck ließ Mädchen weich werden, das wusste jeder.

Pauline legte sich das Armkettchen ums Handgelenk und betrachtete es.

Dann wandte sie sich ihm strahlend zu und küsste ihn, zum ersten Mal von sich aus. Er nutzte die Chance und drängte sich unmissverständlich an sie. Irgendwann wich sie kurz zurück. »Ich habe noch nie ...«, flüsterte sie.

Er war überrascht. Aus irgendeinem Grund war er sich sicher gewesen, dass sie schon Erfahrungen gemacht hatte. Er konnte sich nicht vorstellen, dass die Jungen in der Stadt so viel Geduld hatten wie auf dem Dorf. Sie sah ihn aufgeregt an, er lächelte und zog sie wieder an sich. Sie küssten sich lang und heftig, seine Hände wanderten ihren Bauch aufwärts zu den Brüsten. Sie waren rund und weich, perfekt. Bertie hätte es sich nicht besser vorstellen können. »Willst du?«, fragte er und sah ihr in die Augen. Sie erwiderte den Blick. Nach ein paar Atemzügen lächelte sie und nickte. »Ja«, sagte sie. »Ich liebe dich nämlich.«

An diesem Abend war Bertie unbeschreiblich zufrieden mit sich.

ZEHN

Am nächsten Morgen war der Himmel bewölkt. Christa öffnete die Balkontür weit und ließ die feuchte, warme Luft hinein. Hoffentlich regnete es, dann fiel das Waldbaden aus.

Um zehn war eine außerordentliche Besprechung der »Zuckerschnitten« anberaumt worden, ohne dass Annemi einen Grund genannt hatte. »Ich hoffe, es ist nichts passiert«, hauchte Marion, als sie Christa im Fahrstuhl traf.

»Was soll denn passiert sein?«

»Vielleicht ist ihr Mann krank geworden«, mutmaßte Marion. »So etwas ist immer schrecklich. Ich bin froh, dass es meinem Hardy gut geht.« »Wirklich?«, hätte Christa um ein Haar gefragt.

Die anderen warteten schon, Annemi tippte ungeduldig mit der Schuhspitze auf dem Boden herum. »Da kommen ja die Nachzügler«, kommentierte sie, als Christa und Marion die Kursküche betraten. Marion entschuldigte sich wortreich, Christa blieb stumm wie ein Fisch. Annemi klatschte in die Hände. »Liebe Backfreunde, wir haben einen Einsatz! Einen sehr dringenden.« Christa blickte in die Runde. Keiner reagierte; vermutlich, weil alle Schwierigkeiten damit hatten, sich einen Backnotfall vorzustellen.

»Das Maria Brunner Dorffest steht vor der Tür, und es soll einen Kuchenverkauf geben. Ja, und da dachte ich, wie wäre es, wenn wir das zu unserer Aufgabe machen?« Immer noch wenig Reaktion. »Marion und Christa, ihr kennt ja unser Dorffest noch gar nicht!« Annemi patschte sich mit der flachen Hand an die Stirn. »Es ist wirklich jedes Jahr ein tolles Ereignis, ein richtiges Juwel unserer Dorfgemeinschaft.« Annemi klang wie eine Tourismuswerbung. »Viele Leute kommen extra dafür hierher nach Maria Brunn, und für uns ist das natürlich eine tolle Gelegenheit, ihnen so richtig zu zeigen, wie schön es bei uns im Schwarzwald ist.« Sie machte eine bedeutungsvolle Pause. »Und deshalb hat sich der Bürgermeister zusammen mit uns Charity Engeln dieses Jahr überlegt, es auch einmal offiziell unter ein Motto zu stellen. Nicht nur einfach Essensstände, Getränke und Musik wie immer, sondern ein richtiger roter Faden. Und jetzt ratet mal, was das Motto sein wird?!« Sie schaute erwartungsvoll in die Runde. »Schwarzwald?«, fragte Carlo vorsichtig. »Genau!«, sagte Annemi. »Das Motto ist ›Schwarzwald erleben‹. Das wird toll. Der Sportverein grillt dieses Jahr nur hausgemachte Schwarzwälder Würste, es wird Baumstammsägen für die Kinder geben, und die Landfrauen verkaufen Tannenhonig und Kräutertee, bei der Trachtengruppe gibt es traditionelle Schwarzwälder Vesperplatten ...« Christa hob die Hand, um Annemis Aufzählung von Klischees zu unterbrechen. »Und was hat das genau mit uns zu tun?«

»Ja, genau. Also das ist jetzt alles etwas spontan, aber ich habe mir gedacht: Was wäre ein Schwarzwaldfest ohne die Königin der Torten, die Schwarzwälder Kirschtorte?« Annemi jauchzte beinahe. »Und wir haben das ja schon geübt, also könnt ihr das. Ich denke, wenn jeder von euch fünf Torten backt, und ich mache sieben oder acht, dann könnten wir einen wunderbaren Schwarzwälder-Kirsch-Verkauf machen. Was denkt ihr?«

Carlo nickte. Hilde und Marion auch. »Fünf?!«, stieß Christa hervor.

»Ja, fünf. Ich habe es ausgerechnet. Wir wollen doch, dass möglichst viele unserer Gäste ein Stück genießen können, oder?«

»Ja, aber …«

»Christa, bitte, fürs Team, ja?«, Annemis Tonfall wurde zunehmend hart.

Christa ließ sich auf einen der Küchenstühle sinken, während Annemi fortfuhr, nun wieder sanfter. »Und eine große Bitte: Nehmt dazu mein … also … unser Rezept! Wir wollen doch, dass alle einheitlich perfekt werden. Ach, das wird ganz toll!«

Christa beäugte sie misstrauisch. Annemi wirkte langsam ein wenig übergeschnappt. Sie hob gerade schelmisch den Zeigefinger. »Und außerdem, was soll ich sonst mit meinem ganzen guten Kirschwasser machen?« Annemi holte aus ihrem Weidenkorb vier hübsche große Glasflaschen, in die eine klare Flüssigkeit gefüllt war. »Hier, für jeden von euch für die Torten. Mein selbst gemachtes Kirschwasser, denn, wie ihr wisst: Ein richtig gutes Kirschwasser ist das A und O der Schwarzwälder Kirschtorte!« Erwartungsvoll blickte Annemi in die Runde. Marion und Carlo bedankten sich, Hilde lächelte ein verbindlich-professionelles Friseurinnenlächeln. Christa verdrehte die Augen.

Annemi klatschte in die Hände. »Also ist es abgemacht, übermorgen bringt jeder fünf Schwarzwälder mit, und ich muss es noch einmal betonen – haltet euch bitte unbedingt an mein Rezept.« Annemi packte ihren Korb und verabschiedete sich. Das Klackern ihrer Absätze auf dem Flurboden war noch lange zu hören.

Um zwei Uhr nachmittags startete das Waldbaden bei aufgeklartem Wetter und Sonnenschein. Neben Christa und Carlo hatten sich zwei weitere Aquagymnastikteilnehmerinnen, aber auch ein paar Felsacher Damen im mittleren Alter und eine Touristenfamilie aus Mainz am Waldrand eingefunden. Lukas Salm, Waldbademeister, wie er von dem teilnehmenden Familienvater fröhlich genannt wurde, sah heute in seiner Funktionshose, den Wanderstiefeln und dem atmungsaktiven Sportshirt deutlich seriöser aus als in seinem Aquagymnastik-Outfit. Er begrüßte die Gruppe zum Waldbaden und fragte, für wen es das erste Mal sei. Fast alle hoben die Hand. »Gut, dann zu Beginn ein paar Infos: Das Waldbaden als Idee kommt eigentlich aus Japan, wo es inzwischen zur ganz normalen Gesundheitsvorsorge gehört. Sich im Wald aufzuhalten hat nachweislich positive Auswirkungen auf unsere Gesundheit: Der Blutdruck wird gesenkt, der Puls reguliert und die Ausschüttung von Stresshormonen reduziert. Außerdem stärken die Waldluft und das Erleben des Waldes das Immunsystem. Wir werden nun gemeinsam Zeit im Wald verbringen. Dabei werden wir kein besonderes Ziel haben und vor allem viele Pausen machen und auf gut befestigten Wegen gehen. Also keine Sorge, Christa, unsere Art des Waldbadens wird auch für dich gut zu schaffen sein.« Christa lächelte angestrengt. »Ich werde immer wieder zu kleinen Übungen einladen, die Sie mitmachen können oder auch nicht. Manche finden es gut, sich für das Waldbaden ein bestimmtes Lebensthema auszusuchen, dem man sich in dieser Zeit stellen möchte, worüber man nachdenken will.«

»Zum Beispiel kann man sich mal dem eigenen Altern stellen«, tuschelte Carlo. Christa streckte ihm die Zunge heraus.

»Gehen Sie langsam, bewusst, mit offenen Augen und empfangsbereiten Sinnen«, fuhr Lukas fort. »Der Schwarzwald ist eine sehr interessante Landschaft, die Wälder sind dicht und voller Nadelbäume. Das war früher nicht so, ursprünglich gab es hier auch Laubbäume, aber jetzt haben wir hier vor allem Fichten und Tannen. Achten Sie auf den Duft der Tannennadeln, auf die verschiedenen Grüntöne, denn Nadelbaum ist nicht gleich Nadelbaum«, er räusperte sich, weil zwei der Damen tuschelten. »Es gibt Felsen, Moos, Farne, Pilze, all das hat Farben und Gerüche. Es geht darum, dass Sie Ihre Sinne öffnen und alles wahrnehmen, was Sie vielleicht sonst, im hektischen Alltag, übersehen würden.« Er klatschte wie in der Aquagymnastik in die Hände. »So, und jetzt starten wir, alles Weitere wird sich dann im Gehen ergeben.«

Er drehte sich um, und sie folgten ihm auf dem schmalen Waldweg zwischen die Tannen.

Schon nach wenigen Metern war von den Wiesen nichts mehr zu sehen, alles bestand aus Stämmen und Tannenzweigen. »Ist es nicht herrlich hier?« Carlo drehte sich begeistert um die eigene Achse, während Bärbel am Wegesrand neben einen Fliegenpilz pinkelte.

Eine der Felsacherinnen in blauer Regenjacke und mit beigem Funktionshut sagte salbungsvoll: »Unser Schwarzwald ist wie eine geheimnisvolle Welt, in die man eintaucht, sobald man ein paar Meter weit hineinläuft.«

»Genau!«, bestätigte Lukas, der in Hörweite ging, »darum ist auch das Wort ›Waldbaden‹ wirklich passend.«

Christa zockelte hinter der Gruppe her – was eine Kunst war, denn diese wurde schon durch Lukas ständig dazu angehalten, besonders langsam und in aller Ruhe zu gehen. »Christa, jetzt sag doch, ist es nicht wirklich schön hier?« Carlo wartete geduldig auf sie.

Christa sah sich um. Die Bäume verschluckten jedes Außengeräusch, sodass man tatsächlich das Gefühl hatte, in einem Paralleluniversum zu sein, in dem es ausschließlich um Tannen und Fichten, Moos, Äste und Steine ging. Der Wald roch gut, nach von der Sonne aufgewärmten Tannennadeln und Harz. Hier und da knackte irgendetwas im Unterholz, und die Sonnenstrahlen fielen einzeln durch die hohen Bäume. Sie war schon lange nicht mehr bewusst im Wald unterwegs gewesen. »Ja, es ist schön«, sagte sie zu Carlo.

Nach einer Weile hob Lukas den Arm als Zeichen, dass

er etwas sagen wollte, und sie sammelten sich alle um ihn in einem Kreis. »Schließen Sie die Augen«, befahl Lukas. »Und jetzt nehmen Sie einmal ganz bewusst wahr, was um Sie herum geschieht. Das Knacken und Rascheln auf dem Waldboden, das Rauschen der Bäume. Hören Sie einen Vogel singen? Einen Specht trommeln? Spüren Sie die Luft.« Er wartete einige Minuten und gab allen die Möglichkeit, Eindrücke zu sammeln. »Einatmen«, alle atmeten extra laut ein, »und ausatmen. Und ein. Und aus.« Wieder machte er eine Pause. »Fühlen Sie, wie feucht und satt die Luft ist? Voller Düfte, voller Sauerstoff?« »Ja, ich fühle es«, bestätigte Carlo begeistert. Christa öffnete heimlich ein Auge und sah ihn zweifelnd an. Er wirkte beinahe high.

»Schön. Füllen Sie Ihre Lungen mit dieser Waldluft.« Christas Hüfte zwickte, und sie setzte sich auf ihr Rollatorsitzbrett. Scheißalter, dachte sie, vor zwanzig Jahren war sie noch den Jakobsweg gelaufen, und zwar noch bevor Hape Kerkeling sein Buch geschrieben und jeder dorthin gepilgert war. Und jetzt musste sie schon bei einem bisschen Im-Wald-Herumschleichen Pausen machen.

»Weiter geht's«, sagte Lukas nach einer Weile. »Und während wir nun gehen, weiterhin ganz langsam und bewusst, nehmen Sie bitte das Grün wahr. Es gibt so viele Schattierungen: das helle Moosgrün, das dunkle Grün der Tannen, dazwischen das satte Grün der Sträucher, ab und zu eine bunte Blüte. Auch Tannennadeln haben verschiedenes Grün, je nachdem, ob man von oben oder von unten auf sie schaut. Gucken Sie mal, welche Nuancen Sie entdecken.«

Christa raffte sich auf und schlich Seite an Seite mit

Carlo weiter. Der Waldweg unter ihren Füßen war tatsächlich angenehm mit vielen braun gewordenen Tannennadeln vom letzten Jahr gepolstert. »Oh, guck mal, wilde Brombeeren!« Carlo zeigte auf einen Strauch am Waldrand. »Achtung, Fuchsbandwurm«, sagte Christa nur. Carlo ließ die Brombeere, die er schon zwischen Daumen und Zeigefinger hatte, wieder los.

Christa grinste. »Wenn du welche von weiter oben nimmst, geht es.« Carlo streckte sich, so weit er konnte, wobei ihm sein T-Shirt mit Kuckucksuhrdesign und dem Aufdruck »It's always Black Forest o'Clock« weit über den Bauch rutschte, und pflückte zwei Beeren. Er reichte Christa eine davon. Sie schmeckte perfekt, süß, warm, weich. Christa erinnerte sich an die vielen Nachmittage, an denen sie als Kind hier herumgestreunt und Brombeeren und Heidelbeeren gesammelt hatte. Alle Kinder von Maria Brunn hatten diesen Wald wie ihre Westentasche gekannt, selbst jetzt fühlte sich Christa, als wären ihr die Wege und Bäume noch irgendwie vertraut. Zur Heidelbeerzeit war jedes Jahr das halbe Dorf wochenlang im Wald unterwegs gewesen und hatte Beeren gesammelt, die man essen, einkochen oder verkaufen konnte – Christa hatte sich immer für die erste Möglichkeit entschieden. Sonntags war sie oft mit ihren Eltern im Wald spazieren gegangen, und an Schultagen hatte sie nachmittags mit den anderen Kindern hier gespielt. Indianerspiele und Hütten bauen und Wettkämpfe, wer die glatten Tannenstämme am weitesten hinaufklettern konnte. Vor allem manche der Jungen waren richtig gut darin gewesen, Bertie natürlich auch.

Einer, der Sohn von Bäcker Gnad, war bei so einem Wettklettern einmal heruntergefallen und hatte sich den Arm gebrochen. Aber kaum war er wieder ganz, stellte er neue Kletterrekorde auf. Je länger Christa in diesem Wald war, den Weg entlangging, den es damals schon gegeben hatte, desto mehr Erinnerungen stiegen in ihr hoch. Nach einer weiteren Viertelstunde des sehr langsamen und bedachten Gehens erreichten sie den kleinen Maria Brunner Waldsee. Hier hatten sie als Kinder auch oft gespielt, obwohl die Erwachsenen es immer verboten aus Angst, es könnte einer hineinfallen. Der See war klein, aber tief, ziemlich rund, ein typischer Karsee, wie Lukas auch sofort erklärte: »Die Karseen sind typisch für den Schwarzwald. Man nennt sie auch die dunklen Augen des Schwarzwaldes.« – »Märchenhaft«, sagte die Frau in der Regenjacke, die Christa zunehmend auf die Nerven ging. »Karseen entstanden vor vielen Jahrtausenden, als es hier Gletscher gab, die sich in den Berg eingruben. Wer weiß, welches der bekannteste Karsee im Schwarzwald ist?«

»Mummelsee«, rief der Mainzer Familienvater sofort streberhaft.

Lukas nickte. »Genau. Unser See ist nicht ganz so tief wie der Mummelsee, nämlich nur zehn Meter an der tiefsten Stelle. Aber auch er ist sagenumwoben, zum Beispiel soll es hier eine wunderschöne Nixe geben, die unachtsame Wanderer ins Wasser lockt. Also passen Sie auf«, Lukas grinste, »wobei wir ja das Gegenteil von unachtsam sind. Und wir bleiben hier auch ein bisschen, denn die Verbindung von Wasser, Wald und Luft ist einfach schön, und unser See liegt so verwunschen zwischen den Tannen. Es lohnt sich, den Ort richtig auf sich wirken zu lassen.«

Lukas forderte dazu auf, sich einen Sitzplatz am Ufer zu suchen. Christa vereinfachte sich die Suche und setzte sich wieder auf den Rollator. Sie ließ den Blick über den See schweifen. An der anderen Uferseite stand ein kleines Haus, das in ihrer Kindheit noch nicht da gewesen war. Die roten Sonnenschirme verrieten, dass es Bewirtung gab. »Weißt du, was das ist?«, fragte Christa Carlo und zeigte auf das Haus. »Das ist das Waldsee-Café«, antwortete er. »Kennst du das nicht? Das gibt's doch schon ewig.«

»Muss nach meiner Zeit gewesen sein. Als ich ein Kind war, gab es hier gar nichts außer See, Wald und ein paar Rehen.«

»Das hat in den Siebzigern irgendwann aufgemacht«, tuschelte Frau Regenjacke ungefragt. »Da fahren wir aus Felsach immer zum Eisessen hin. Tolle Eisbecher, riesig vor allem.«

Carlo nickte dazu. Dann seufzte er und lehnte sich gegen einen Baumstamm. »Wunderwunderschön!«, sagte er zufrieden.

Lukas hob wieder die Hand. »Wir fühlen nun dem Wasser nach. Seht es euch an, die Textur, sein Glitzern im Licht. Wie sich die Tannenwipfel darin spiegeln und der Himmel ...« Lukas hatte eine hypnotische Stimme, ganz anders als sein Animateur-Ich bei der Aquagymnastik. Christa war geneigt, einzunicken. Die Tannen, die Wipfel, der Wald, das Wasser ... Plötzlich war sie wieder hellwach. Sie hatte einen Erinnerungsfetzen in ihrem Kopf gefunden, ganz weit hinten, aber er wollte nicht hervorkommen. Der Wald, das Wasser, die Tannen ... was hatte sie dann gedacht? P. Sie war sich plötzlich sicher, dass es einen Namen mit P hier gegeben hatte. Da war etwas. Verschüttet unter einem ganzen Leben an Erinnerungen, ewig her. Jemand war hier dabei gewesen, im Wald, wenn sie spielten. Nicht oft, nur ein- oder zweimal, sonst hätte Christa sich schon viel früher erinnert, hätte ein Gesicht vor Augen. Aber es hatte jemanden gegeben, ein Kind. Ein Kind in den Heidelbeeren, am Waldsee, zwischen den Tannen. Ungebeten quatschte Lukas wieder dazwischen. »Überlasst euch dem Rauschen der Tannen ...« Christa bekam die Erinnerung einfach nicht zu fassen. P. Sie dachte plötzlich an eine alte, buckelige Frau im Garten. Wieso dachte sie an eine alte Frau?

»Und jetzt schließen Sie bitte die Augen und beugen sich vor. Legen Sie die Hände auf den Boden«, unterbrach Lukas ihr Grübeln schon wieder. »Fühlen Sie den Wald, fühlen Sie die Erde, die Nadeln, die Wurzeln, was auch immer Sie an Ihrem Platz erspüren.« Christa beugte sich mit Mühe vor, Carlo dagegen war erstaunlich biegsam und wühlte mit seinen Händen schon auf dem Waldboden herum. »Aua«, rief er plötzlich. Alle Blicke richteten sich verärgert auf ihn. »Ameise«, sagte er kleinlaut.

Eine kleine Weile später waren sie wieder auf dem Waldweg unterwegs. Plötzlich kreuzte von rechts eine Joggerin den Weg, groß, blond, Julia. Sie lief geradewegs auf Lukas zu und zog ihn ein wenig beiseite. Aufgeregt flüsterte sie auf ihn ein. Christa beobachtete die beiden. Sie wirkten irgendwie vertraut. Julia hatte eine Hand kurz auf Lukas' Arm gelegt. Sie bat ihn wohl um etwas, versuchte, ihn zu überreden.

Lukas' Gesicht wirkte angespannt. Er sagte etwas, das Christa nicht verstehen konnte. Dann winkte er der Gruppe zum Weitermarsch. Julia lief mit versteinertem Gesicht in die entgegengesetzte Richtung davon.

In der restlichen Waldbadezeit atmete Christa mit der Gruppe, beschrieb ihre Gefühle gegenüber dem Wald, berührte Baumstämme, um der Textur der Rinde nachzufühlen, und hatte währenddessen einen deutlich erhöhten Blutdruck inklusive Stresshormonen, weil ihre Erinnerung einfach nicht deutlicher werden wollte. Immerhin wusste sie jetzt, dass das P existierte.

Nach dem Waldbaden wollte Carlo unbedingt noch in die »Schwarzwaldliebe«. Lukas hatte jedem, der seinen Teilnahmeschein fürs Waldbaden dort vorlegte, einen Rabatt versprochen, und das wollte Carlo sich auf keinen Fall entgehen lassen. Christa kam mit, schon, um darauf aufzupassen, dass er sich dort nicht noch so ein grauenhaftes T-Shirt kaufte. Im Laden konzentrierte sich Carlo zu ihrer Erleichterung auf einen handbemalten Tonfressnapf für Bärbel und kam schnell mit Elvira darüber ins Gespräch. Christa drückte sich währenddessen vor dem Schnapsregal herum.

»Sie hier?« Elisabeth tauchte wie aus dem Nichts zwischen dem Schnapsregal und dem Postkartenständer auf. »Sie wirken nicht unbedingt wie jemand, der Schwarzwaldfolklore schätzt, wenn ich ehrlich bin«, sagte sie. Christa fuhr erschrocken zusammen, in der Hand hielt sie eine Blutwurzflasche. Als sie Elisabeth erkannte und ihr Herzschlag sich beruhigt hatte, hielt sie die Flasche hoch. »Immerhin gibt es hier Alkohol.«

Elisabeth lachte. »Ich finde den Eierlikör besser«, sagte sie. Christa griff nach einer der Flaschen mit vanillegelbem Inhalt. Passt zu Elisabeth, dass sie das mag, dachte sie. Wahrscheinlich trinkt sie auch lieblichen Weißwein. Der Eierlikör sah aber tatsächlich gut aus. Gelb und cremig. »Nicht schlecht«, gab Christa zu. »Den macht Annemi immer«, erklärte Elisabeth. Christa stellte die Eierlikörflasche wieder zurück.

»Und was suchen Sie hier?«, fragte sie. »Sie wirken auch nicht unbedingt wie eine Schwarzwälder Landfrau.« Elisabeth lächelte. »Ich bin aber tatsächlich Mitglied«, sagte sie. Christa war verblüfft. Offenbar trugen nicht alle Landfrauen Dutt und Leinenkleider.

»Ich kaufe hier immer meinen Kräutertee, den ich abends trinke«, erläuterte Elisabeth. »Schwarzwälder Wiesenkräuter – wirklich sehr gut. Beruhigt die Nerven.«

»Ich trinke meistens Minztee.«

»Und schlafen Sie damit gut?«

Christa zuckte die Achseln.

»Dann sollten Sie es auch unbedingt mit so einem Tee probieren. Kommen Sie mal mit«, sagte Elisabeth. Sie führte Christa in eine der hinteren Ladenecken. »Garten und Wiese«, stand auf der Tafel über diesem Bereich der »Schwarzwaldliebe«. »Hier haben wir die verschiedenen Tees. Elvira sammelt die Kräuter dafür selbst. Besonders den ›Waldesruh‹, den kann ich Ihnen wirklich empfehlen. Da ist Lavendel drin und Kornblume und Lindenblüte ...«

Während Elisabeth versuchte, Christa für ihren Schlaftee zu erwärmen, schaute Christa sich um. Neben dem Regal mit den Kräutertees begann der Gartenbedarf für die patente Schwarzwälder Landfrau. Es gab Aussaat-Tütchen für Gemüse und Blumen, Säcke mit Blumenerde, Gartenhandschuhe in Damengröße mit Teerosenmuster. Christas Blick blieb aber an roten Kanistern hängen, von denen fünf in einer Reihe neben der Blumenerde standen. Sie sahen aus wie der Kanister, der für Berties vorzeitigen Tod benutzt worden war. Elisabeth folgte ihrem Blick. »Ja, schrecklich, da stehen diese Kanister ganz harmlos und ...« Elisabeth unterbrach sich plötzlich und riss die Augen auf. »Oh Gott, das ist es! Dass ich das vergessen habe. Erst jetzt, wo wir hier stehen, fällt mir das wieder ein!«, sie schlug sich die Hand vor die Brust.

»Was denn?«

»Ich habe vor einigen Wochen Elvira dabei geholfen, diese Ladenecke hier umzugestalten. »Garten und Wiese«, sie zeigte auf die Tafel, »das war meine Idee. Ich sagte zu ihr, dass es doch gut wäre, wenn die Gartensachen beieinander wären und man dann dort die Tees dazustellen könnte, weil ... oh, ich bin wirklich dumm.«

Christa wartete darauf, dass sie endlich erklärte, was sie eigentlich sagen wollte.

»Beim Umräumen haben wir natürlich auch die Kanister angefasst!« Elisabeth schaute Christa erwartungsvoll an.

Die betrachtete die Kanister unschlüssig. Es war eine

Möglichkeit. Keine besonders wahrscheinliche natürlich. Die Fingerabdrücke, die Elisabeth vor Wochen auf den Kanistern hinterlassen hatte, konnten gut schon längst verwischt sein. Aber trotzdem – möglich blieb es, das Plastik der Kanister war sehr glatt, und sie wurden sicher nicht ständig umgeräumt und angefasst. »Dann wäre es nur Zufall, der Täter hätte nicht einmal gewusst, dass meine Fingerabdrücke darauf waren.« Elisabeth seufzte erleichtert.

»Vielleicht«, sagte Christa. »Aber ehrlich gesagt: Vor Gericht wäre das nicht von großem Wert. Meistens zersetzen sich Fingerabdrücke oder werden verwischt, wenn andere Leute an dieselbe Stelle fassen.«

»Aber es könnte sein?«

»Ja, es könnte sein.«

...

»Charlotte, mir reicht es jetzt. Wir schaffen diese Hühner wieder ab. Du bist allergisch, und dauernd haut eines ab, und ich bin dann der Idiot, der es fangen muss. Nicht schon wieder!«

»Aber es läuft auf der Straße herum.«

»Na und? Lass es laufen. Wenn ein Auto kommt, geht es bestimmt zur Seite.«

»Im Internet gibt es Warnwesten für Hühner. In Pink und Neongelb. Damit sie frei laufen können, ohne überfahren zu werden.«

»Untersteh dich!«

Charlotte lachte. »Aber sie sehen wirklich süß aus.«

Patrick verabschiedete sich von Charlotte und legte auf. »Werner, brauchst du Hühner?«, fragte er.

Werner trank schon wieder aus seiner »Felsach rockt«-Tasse und prostete ihm damit nun zu. »Auf keinen Fall.«

»Aber selber Eier zu haben ist doch schön, findest du nicht?«

»Ach, Patrick, ich komm aus einer Bauernfamilie. Wir hatten immer Hühner. Ich musste die füttern, im Sommer und im Winter. Weißt du, wie aufgeheizte Hühnerställe stinken? Es gab Ratten dort, ich hatte als Kind wirklich Angst davor. Und einmal hatten wir eine Milbenseuche im Hühnerstall. Das war vielleicht eklig, sag ich dir. Nein, meine Frau kauft die Eier bei Bauer Bennewirt in Katzgold oben, neben Maria Brunn. Da gibt's Milch und Sahne und Joghurt und auch Eier, alles in einem gekühlten Automaten. Da kann man auch noch nachts um eins zur Not Eier herkriegen. Mache ich natürlich nicht. Aber ich sag's bloß: Man könnte. Meine Frau ist letztens abends an dem Automaten vorbeigefahren, und da standen Leute und haben sich irgendwas rausgelassen, keine Ahnung, ob es Eier waren, aber auf alle Fälle war es nach zehn. Das ist ja schon ein bisschen eigenartig – wer denkt sich nach zehn: »Ich brauche dringend Eier? Oder Joghurt?« Aber so war es jedenfalls und ...«

»Also das war jetzt ein Nein zu den Hühnern, oder?«, unterbrach ihn Patrick laut und genervt.

Werner schaute ihn erstaunt an. »Was ist denn los mit dir? Bist du nervlich ein bisschen angespannt? Wegen der Hühner? Oder wegen des Falls? Wir kriegen das schon raus. Alles kommt irgendwann raus, hat meine Mutter immer gesagt. Und das stimmt auch. Vielleicht dauert es länger, aber irgendwann kapiert man's oder stolpert über etwas, ganz zufällig. Mach dir doch keinen Stress, irgendwie wird es schon werden.«

Patrick hatte das Gefühl, ihm würde gleich der Kragen platzen.

»Du bist sowieso immer so unter Strom«, redete Werner weiter. »Das ist wahrscheinlich, weil du aus der Stadt kommst.«

»Du wohnst doch auch nicht auf dem Dorf.«

»Ja, aber Felsach ist klein. Ein Städtchen. Das ist was ganz anderes als Frankfurt. Beides mit F – aber doch kein Vergleich. Wir Schwarzwälder sind einfach ein bisschen gelassener. Es kommt, wie es kommt, und zum Schluss wissen wir, wer es war. Einfach ein Schritt nach dem anderen, die Nerven behalten, mit Geduld und Spucke ...« Patrick hatte Angst, dass bei dieser Aneinanderreihung von Bonmots bald auch noch »So jung kommen wir nicht mehr zusammen« auftauchen würde, und entschuldigte sich in Richtung Kaffeeautomat.

...

»Und diesen Tee hier bitte«, Christa drängelte sich neben Carlo und legte einen »Wiesenruh«-Kräutertee auf den Tresen. »Und dann gehen wir, oder, Carlo? Ich habe noch etwas zu erledigen.«

Carlo drehte sich, in jeder Hand einen Napf, zu Christa um. »Den oder den?« Christa sah von einer Hand zur anderen. Die eine hielt einen Napf in Form eines Knochens hoch. Der Boden des emaillierten Knochens war bemalt mit Tannen und einer kinderzeichnungsartigen Sonne, die darüber aufging. Der andere Napf war dagegen wohltuend neutral, rund und aus Metall, das einzige Dekor bestand in dem eingeprägten Wort »Leckermäulchen«. Christa zeigte auf den zweiten.

»Wirklich? Ist der nicht etwas langweilig?«

»Gerade langweilig genug. Und endlich mal ohne Schwarzwald – Bärbel wird kaum fassen können, dass das möglich ist.«

Carlo und Christa bezahlten und verließen den Laden. »Ich mach noch einen Krankenbesuch«, sagte Christa und wedelte mit dem Tee. »Kommst du mit?«

»Wer ist denn krank?«

»Die Freundin des Toten.«

Als sie Bertie Haberlands polierten Messingklingelknopf drückten, öffnete ihnen Julia im Bademantel. Ihre Haare waren noch nass, sie hatte offensichtlich nach dem Joggen geduscht. »Oh, Sie sind es«, sagte sie ohne besondere Regung. Sie wirkte blass und müde.

»Wir haben Ihnen etwas mitgebracht«, Christa hob triumphierend ihr Teepäckchen. »Dürfen wir reinkommen?«

Julia nickte nur und öffnete die Tür weit. Sie ging ihnen voran ins Innere des Hauses.

Christa und Carlo sahen sich um, während sie ihr folgten. In diesem Haus musste alles umgesetzt worden sein, was in den letzten Jahren als Wohntrend hervorgebracht worden war. Die Wände waren weiß, überhaupt war sehr vieles weiß. Der Boden in anthrazitfarbenen Schieferplatten hob sich dagegen ab, genauso wie der riesige grobe Holztisch, der wirkte, als sei er von Schreinerlehrlingen in der Mittagspause aus herumliegendem Holz zusammengezimmert worden, aber vermutlich ein Vermögen gekostet hatte. Dekorationsakzente setzten eine riesige Glasvase mit weißen Lilien darin auf dem Tisch und eine bronzeglänzende große Hängelampe. Alles in diesem Raum schrie geradezu heraus, dass man Geld und Geschmack hatte oder sich mit Ersterem den Letzteren eines Innenarchitekten gekauft hatte.

Julia ließ sich an den großen Holztisch sinken, dort, wo ein großes Glas Mineralwasser stand und sie offensichtlich bis zum Türklingeln auch gesessen hatte. Neben ihr stand ein weiteres, halb volles Glas. Es musste also jemand Zweites hier sein. Christa registrierte es, ohne darauf einzugehen.

»Frau Brandner, ich wollte mich Ihnen noch einmal richtig vorstellen, nachdem wir ja auf dem Friedhof nicht dazu gekommen sind«, begann sie stattdessen. »Ich bin Christa Haas«, sie streckte ihr die Hand hin. Julia schüttelte sie etwas irritiert.

»Carlo«, sagte Carlo nur und winkte hinter Christa hervor. Er war damit beschäftigt, Bärbel auf dem Arm zu behalten, die keine Lust hatte, getragen zu werden.

»Ich wollte nach Ihnen sehen, wo es Ihnen doch bei der Beerdigung so schlecht ging. Und hier, ich habe Ihnen Tee mitgebracht. Angeblich beruhigt der die Nerven; Sie können das wahrscheinlich zurzeit gut gebrauchen.«

Julia nahm das Teepäckchen entgegen und betrachtete es kurz nachdenklich. »Da haben Sie recht, danke!«, sagte sie dann. »Möchten Sie vielleicht etwas trinken? Einen Kaffee oder ein Mineralwasser?«

»Kaffee bitte«, sagte Christa und setzte sich unaufgefordert auf einen der Stühle. Sie waren weit weniger grob als der Tisch, um den sie sich gruppierten.

Carlo folgte ihrem Beispiel.

»Lukas!«, rief Julia mit mürber Stimme. Es dauerte einen Moment, dann öffnete sich die bisher angelehnte Tür zum Gästebad. Lukas trat sichtlich verlegen hervor. »Julia, warum ...«, begann er entgeistert und schüttelte den Kopf.

»Das ist Lukas. Er hilft mir«, stellte Julia Lukas vage vor und sah ihn dann bittend an. »Könntest du zwei Kaffee machen?« Kurz musterte er sie prüfend, dann nickte er und ging in den Küchenbereich. Alles hier schien nur Bereich zu sein – Wohnbereich, Essbereich, Küchenbereich – es gab kaum Wände, die das eine vom anderen abtrennten.

»Wie geht es Ihnen denn?«, fragte Christa ungerührt, als sei es vollkommen natürlich, dass plötzlich ihr Aquafitness-Trainer im Haus von Berties Quasi-Witwe aus einem Versteck heraustrat.

Julia schossen sofort die Tränen in die Augen. Sie wischte sie wütend weg. »Tut mir leid, zurzeit heule ich wegen jeder Kleinigkeit«, sagte sie, »ich weiß gar nicht, warum.«

»Na ja, Ihr Lebensgefährte ist ermordet worden.«

»Ja.«

Von der Küchenzeile röhrte der Kaffeevollautomat.

Schon wieder so ein Teil, dachte sich Christa. Wenigstens etwas, das Julia und Elisabeth verband, abgesehen von Bertie.

Lukas brachte zwei volle, dampfende Kaffeetassen. »Milch? Zucker?«

Christa sagte: »Nein danke« – im selben Moment, in dem Carlo »Gerne beides« sagte. Lukas verschwand wieder.

Christa rührte ihren Kaffee um. »Wie lange sind Sie beide eigentlich schon ein Paar?«, fragte sie.

Lukas, der gerade mit Milch und Zuckerdose zurückkam, blieb wie angewurzelt stehen. Julia sah zu ihm; einen Moment schien es, als würden sie sich über Blicke verständigen. Dann wich aus Julia alle Körperspannung. Sie sank über ihr Mineralwasserglas, ließ die Schultern hängen und sagte: »Seit Mai.«

»Julia!« Lukas kam endgültig zum Tisch und stellte Milch und Zuckerdose heftiger ab als nötig.

»Ach, Lukas, sie wusste es doch offensichtlich schon.«

Christa grinste. »Nein, ehrlich gesagt war das nur ein Schuss ins Blaue. Sie wirkten vorhin im Wald so vertraut, sonst wäre ich da im Leben nicht draufgekommen. Außerdem – einfache Freunde verstecken sich nicht verschreckt im Gästebad, wenn Besuch kommt.«

Sie sah von einem zum anderen.

Carlo, der die unangenehme Spannung im Raum nur schwer ertragen konnte, löffelte sich hektisch Zucker in den Kaffee und rührte dann klimpernd um.

»Die Polizei weiß das nicht, stimmt's?«, hakte Christa nach.

Julia schüttelte den Kopf. »Das weiß niemand. Das darf auch niemand wissen, wie sieht denn das aus?«

»Es sieht aus, als hätten Sie Bertie betrogen.«

Julia schwieg lange, sie wirkte getroffen. »Das war schlimm. Sie haben keine Ahnung, was für ein schlechtes Gewissen ich hatte. Und jetzt, wo er tot ist, ist es eigentlich noch schlimmer. Verrückt, oder? Man könnte denken, jetzt wäre ich frei.«

»Warum haben Sie sich nicht einfach von Bertie getrennt?«

Julia lachte freudlos. »Ich hab es nicht übers Herz gebracht. Bertie hat seine Frau für mich aufgegeben. Er hat mir dieses Haus hier gebaut. Er hat alles für mich gemacht, mich angebetet, mich geliebt. Er hat immer gesagt, dass ich ihn wieder jung mache. Dass es ihn tröstet, mich um sich zu haben, wenn er alt wird ... Und wissen Sie, was ich da oft gedacht habe?«

»Nein.«

»Dass ich keinen Pflegefall will. Ist das nicht furchtbar herzlos? Aber das war alles, was ich in diesen Momenten denken konnte. In zehn Jahren wäre er zweiundachtzig gewesen und ich sechsunddreißig. Vielleicht hätte er da schon im Heim gelebt. Ich meine: Was ist denn das noch für ein Leben?«

»Heeeeee«, sagten Christa und Carlo wie aus einem Munde.

»Und wenn er erfahren hätte, warum ich ihn verlasse? Lukas war ihm so wichtig. Das hätte ihm das Herz gebrochen, wenn er es erfahren hätte. Wer weiß, vielleicht wäre er ja tatsächlich krank geworden, wenn wir es ihm gesagt hätten. Oder der Schock ... alte Leute verkraften so etwas doch nicht mehr ... Entschuldigung.«

Julia sah verlegen auf ihre Hände.

»Ja, und er hätte Lukas garantiert nicht die Brauerei vererbt«, sagte Christa etwas taktlos.

Julia sah zu Lukas. »Wahrscheinlich nicht.«

»Was machen Sie jetzt eigentlich mit Ihrem ›Tannengold‹-Erbe?«, wandte sich Christa an Lukas. In ihren Augen war der sportliche Junge, der Aquagymnastik gab und im Wald Gruppen anleitete, Bäume zu streicheln, niemand, der wichtig im Anzug eine große Brauerei leitete.

Lukas zuckte die Achseln. »Na ja, ich wäre sowieso in ein paar Wochen Geschäftsführer bei ›Tannengold‹ geworden. Ein so großer Unterschied ist es jetzt also eigentlich gar nicht, nur, dass ich sie jetzt eben auch noch besitze.«

Christa riss die Augen auf. Dass er der neue Erbe war, wusste sie – dass er der Geschäftsführer hätte werden sollen, nicht. »Und was wäre mit dem bisherigen Geschäftsführer passiert?«

Lukas sah sie nervös an. »Den wollte Bertie entlassen. Für mich.« Er wirkte unsicher. »Ich weiß, der arme Arndt ... das war nicht wirklich nett. Aber was soll ich denn machen? Ich bin gern Aquatrainer und so weiter, aber davon kann man nicht leben. Da war eben der Geschäftsführerposten wirklich eine Riesenchance.«

Er machte eine Pause.

»Papa hat sich total gefreut. Und Bertie erst! Er wollte

mich unbedingt als seinen Nachfolger. Sie hätten sehen sollen, wie zufrieden er war, als ich zugesagt habe.«

»Wann war das?«, fragte Christa.

»Vor zwei Wochen etwa.«

»Und wenn er erfahren hätte, dass Sie beide ein Verhältnis haben, hätte er sein Angebot zurückgezogen und das Testament wieder geändert?« Christa nippte am Kaffee.

»Ja, wahrscheinlich.«

»Dann wären Sie weiter nur der Waldbademeister gewesen. Das würde Ihrem Vater ja gar nicht gefallen.«

Lukas antwortete nicht.

»Was, wenn er es herausgefunden hat? Das wäre ein Motiv, Lukas.«

Lukas blieb weiterhin stumm.

»Und Sie, Julia, hätten auch eines. Jetzt, wo Bertie tot ist, haben Sie freie Bahn mit Lukas. Sie haben das Haus, Sie haben Ihren jungen Mann, und der wiederum hat die Brauerei. Das klingt alles besser als eine drohende Pflegefallzukunft mit einem Rentner. Deswegen haben Sie der Polizei auch nichts von Ihnen beiden erzählt, stimmt's?«

»Nicht nur deswegen. Mich hasst sowieso schon ganz Maria Brunn, weil ich Elisabeth Bertie ausgespannt habe. Wissen Sie, wie das ist? Ich bin vollkommen allein, abgesehen von Lukas. Wenn sie jetzt auch noch herausfinden, dass ich Bertie betrogen habe, bin ich endgültig das Dorfflittchen.« Julia schob ihr Glas in den Händen hin und her.

»Und wenn die Maria Brunner von uns erfahren, werden sie mich auch nicht einfach so als Geschäftsführer akzeptieren, dazu war Bertie zu beliebt«, fügte Lukas hinzu. »Das müssen wir ihnen schonend beibringen, nach und nach. Wenn ein bisschen Gras über alles gewachsen ist und ich mich in der Brauerei schon ein wenig bewiesen habe. Auch darum sind wir so vorsichtig. Ich komme darum immer nur über die Wiesen und die Hintertür hierher, schleiche herum wie ein Dieb ...«

»Über die Wiesen?«, brach es aus Carlo heraus. »So wie der Mörder?«

Lukas zuckte die Achseln. Schweigen senkte sich über den Tisch. Bärbel schnaubte leise.

»Wo waren Sie wirklich am Tag, an dem Bertie ermordet wurde?«, fragte Christa.

»Am Titisee«, sagte Lukas ausdruckslos. »Da kennt uns keiner, und es ist schön.«

Bärbel sprang von Carlos Schoß und trippelte zu Julia hinüber. Die bückte sich und streichelte den winzigen warmen Hundekörper. »Der ist ja süß.«

»Das ist eine Sie.«

»Ich wollte auch immer einen Hund. Vielleicht kaufe ich mir ja jetzt einen. Bertie war nämlich dagegen. ›Die haaren zu viel‹, hat er immer gesagt.«

»Da hatte er allerdings recht«, bemerkte Christa.

· · ·

»Er hat was?«

»Er hat uns alles überwiesen. Die ganze diesjährige ›Tannengold-Spende‹ geht komplett an uns.« Die restlichen Mitglieder des Sportvereinsvorstands sahen Sven erwartungsvoll an.

»Alles?«

»Alles.«

»Wann wurde das Geld überwiesen?«

»Heute Morgen. Die Bank hat mich extra deswegen angerufen. Es stimmt alles. Bertie hat das anscheinend spontan entschieden und kurz vor seinem Tod angewiesen. Eigentlich sollte die Spende dieses Jahr ans Altenheim gehen.«

»Ist das nicht toll?«, rief der jüngste der Vorstände. »Wir können damit endlich das Clubhaus renovieren! Und neue Fangnetze kaufen und neue Trikots natürlich, das will die Jugendmannschaft sowieso schon lange. Das geht jetzt alles. Wir schwimmen im Geld!«

»Ich wüsste nur gern, warum er das gemacht hat«, warf der Schriftführer ein.

»Warum, warum. Er hatte eben seinen spendablen Tag. Nur schade, dass wir ihm nicht mehr Danke sagen können«, sagte der Kassierer.

Sven starrte auf die Kontoauszüge, die herumgereicht wurden.

Plötzlich stand er ruckartig auf, so ruckartig, dass sein Stuhl nach hinten wegkippte und krachend auf den Linoleumboden des Clubhauses fiel. »Dieses Arschloch!«, brüllte er. »Dieses Riesenarschloch!« Er zerknüllte die Kontoauszüge wütend, um die Papierkugeln dann gegen die Wand zu werfen. »Der hat gedacht, er kann sich alles kaufen! Aber mich nicht, hörst du das, du Arschloch, mich kann man nicht kaufen.«

»Sven, was hast du …«

»Wir nehmen das Geld nicht an. Überweist es zurück.«

»Spinnst du?«

»Versteht ihr denn nicht? Das ist Bestechungsgeld. An mich, es läuft über den Club, aber eigentlich meinte er mich. Der wollte, dass ich die Klappe halte, wenn er seinen Scheißmietklotz vor mein Haus stellt. Dass ich kein Theater mehr mache, auch nicht in der Brauerei unter den Kollegen. Wahrscheinlich wusste er, dass ich eine Beschwerde gegen ihn einreichen wollte. Dabei liegt die noch daheim, ich habe es nur letztens beim Training den Jungs gegenüber mal angedeutet. Aber dem ist ja schon immer alles zu Ohren gekommen. Und das hier ist seine Antwort!« Er streckte die gekrümmte Hand aus, als wollte er ein Tier anlocken, und säuselte: »Hierher Sven, sei brav, dann kriegst du schön dein Leckerchen. *Leck mich am Arsch, Bertie!*«

Keiner am Tisch reagierte, alle starrten ihren altgedienten Vorsitzenden an, der sonst so gesellig und freundlich war. Sven schaute frustriert von einem Gesicht zum nächsten.

»Bertie hat sich vielleicht einfach für unseren Verein interessiert. Er wollte uns unterstützen, er wusste, wie marode das Clubhaus ist …«, wagte der stellvertretende Vorsitzende einzuwerfen.

»*Genau!* Er wusste es! Darum ist es ja so genial! Er hätte sein Wohnhaus bekommen, ihr bekommt euer renoviertes Clubhaus, und ich muss die Klappe halten, weil er der neue Vereinswohltäter ist. *Denn wer sagt schon was gegen den Wohltä-*

ter, habe ich recht?« Er brüllte den letzten Satz so laut, dass sein Schnurrbart bebte.

»Ich finde es jetzt tatsächlich nicht in Ordnung, dass du so über ihn sprichst. Erstens ist er tot, und zweitens ist das eine sehr großzügige Summe, genau zur passenden Zeit.«

Sven schnaubte. Dann setzte er sich und starrte den Rest der Vereinsvorstandssitzung düster vor sich hin auf sein Weizenbier. Weizenbier von »Tannengold«. Dieser verdammte Bertie bekam selbst noch nach seinem Tod, was er wollte.

· · ·

»Ich hoffe, ich habe alles, was du wolltest.« Anna stellte keuchend eine Kiste auf Christas Küchenplatte. »Hast du auch an die Raspelschokolade gedacht?«, fragte ihre Mutter. »Ja, fünf Packungen! Zartbitter, wie du gesagt hattest.«

»Gut, ich habe nämlich keine Lust auf die Sauerei, die man hat, wenn man das alles selber raspelt. Für fünf Torten! Annemi hat sie doch nicht mehr alle!«

»Aber es ist doch eine schöne Idee für das Dorffest, oder?«

»Kann sein. Hilfst du mir beim Backen, oder musst du gleich wieder los?«

»Ich gehöre den ganzen Abend dir.«

Christa grinste. »Gut, Smutje, dann fang mal an, die Kirschen abzuschütten.«

Als die erste Hälfte Biskuit im Ofen backte, schaute Carlo vorbei. »Oh, wer ist die junge Dame?«, fragte er mit breitem Lächeln, als er Anna sah. Christa stellte die beiden einander vor.

»Es ist wirklich schade, dass deine Mutter nur so kurz bleibt«, sagte Carlo, nachdem er Anna die Hand geschüttelt hatte.

Anna verzog das Gesicht und wollte gerade den Mund zur Antwort öffnen, da fuhr Christa dazwischen.

»Carlo, was willst du?«

»Ich wollte dich eigentlich nur fragen, ob du mir zufällig ein Kuchengitter leihen kannst. Ich habe nur vier.«

»Ich habe sogar nur zwei.«

Carlo zuckte die Schultern und setzte sich auf einen der Küchenstühle. »Zu schade, dann muss ich jetzt eben hier ein bisschen rumsitzen und warten ...« Er riss die Augen auf. »Sag bloß, du hast Schokoladenraspel gekauft!«

Christa grinste. »Verrate mich bloß nicht bei Annemi.«

»Das muss ich gar nicht, das wird sie sowieso sehen.«

Zu dritt ging alles schneller. Carlo schlug die Sahne, Anna maß das Kirschwasser ab, Christa rührte den Biskuitteig an.

»Anna, wie läuft eure Wohnungssuche?«, fragte Christa und tauchte den Zeigefinger in die fertige Schlagsahne.

Anna seufzte. »Nicht gut. Der Freiburger Wohnungsmarkt ist wie leer gefegt, alles ist entweder winzig, hässlich oder viel zu teuer. Gestern waren wir bei einer Wohnungsbesichtigung mit vierunddreißig anderen Bewerbern!«

»Hm.«

»Jan hat sogar schon Angebote außerhalb von Freiburg angeschleppt, aber ich will in der Stadt bleiben.«

»Hm.«

»Übrigens haben deine Handwerker bei mir angerufen. Sie sagen, sie müssen in deinem Haus die Treppe zwischen erstem und zweitem Stock jetzt doch komplett neu machen. Irgendwas mit der Statik. Mama, wirklich, findest du nicht selber, dass du mit dem Umbau übertrieben hast?«

»Hm.«

»Oh, ich muss ja nach Bärbel schauen«, rief Carlo in diesem Moment. »Christa, klopf einfach an die Wand, sobald du ein Kuchengitter frei hast.« Er hastete aus der Wohnung.

»Ist Bärbel seine Frau?«

»Sein Rehpinscher.«

»Aha. Hat er denn eine Frau?«

»Geschieden«, rief Christa über den Lärm des Handrührgeräts hinweg, mit dem sie die nächste Fuhre Sahne schlug.

»Aha.«

»Nichts aha.«

Kurz vor Mitternacht standen auf Christas Küchenanrichte aufgereiht fünf Schwarzwälder Kirschtorten mit gekauften Schokoladenraspeln, aber ansonsten ganz nach Annemis Rezept.

...

Nachdem Anna gegangen war, kramte Christa ihre Fotokiste hervor. Sie hatte nie Fotoalben angelegt, Fotoalben waren etwas für Spießer und Leute mit Glasuntersetzern. Jahr für Jahr hatte sie nur Fotos entwickeln lassen und dann in ihre

Kiste geworfen, sofern sie sie als aufhebenswert empfunden hatte. So war in der Kiste ein großes Durcheinander aus Jahren und Lebensphasen. Christa musste sich ganz nach unten wühlen und benötigte einige Zeit, bis sie fand, was sie gesucht hatte: das Klassenfoto aus dem Jahr, in dem sie von der Grundschule abgegangen und aus Maria Brunn fortgezogen war. Die Klasse war recht groß, damals hatte man viele Kinder bekommen. Dicht gedrängt standen sie alle auf der Rathaustreppe.

Nach einigen Minuten, in denen sie mit zusammengekniffenen Augen auf das Foto gestarrt hatte, gab sie auf und holte eine Lupe aus dem Wohnzimmerschrank. Langsam fuhr sie damit über das Foto, Gesicht für Gesicht, bis sie fand, was sie suchte. Dort war Bertie, weit vorn und zentral, genau da also, wo er sein ganzes Leben lang geblieben war. Er trug eine Hose mit Hosenträgern und ein helles Hemd dazu, fast so hell wie seine Haare. Ein verwegenes Grinsen lag auf seinen Lippen, Stolz blitzte aus den Augen. Oder bildete sich Christa das nur ein, weil sie nun wusste, was aus ihm geworden war? Nicht jeder wurde Ehrenbürger.

Schräg hinter ihm, eine Reihe versetzt, entdeckte sie sich selbst. Ihre Haare waren damals schon unordentlich gewesen, wenn auch lang, in weizenblonden Zöpfen, die ihr Gesicht rahmten und die sie garantiert gehasst hatte. Christa sah ihr zehnjähriges Selbst durch die Lupe an und entdeckte den ehrgeizigen Gesichtsausdruck, den sie heute noch vom Spiegel her kannte und über den früher ihre Kollegen Witze gemacht hatten. Schmunzelnd fuhr sie die Reihe entlang, bis wieder ein bekanntes Gesicht auftauchte: Annemi als Mädchen, mit Pausbacken und gestärktem weißen Kragen. Wenn man ganz genau hinsah, konnte man zwischen den Beinen der anderen Annemis Schuhe erkennen: adrette Riemchenschuhe, aus glänzendem weißen Lackleder.

Dann ging sie langsam Kind für Kind durch, kramte in ihrem Gedächtnis nach dem Namen und fand jeden davon irgendwann. Niemand davon regte ihre Erinnerung an das P an. Christa seufzte. Es war frustrierend, ein altes Gehirn zu haben.

Christa fuhr mit der Lupe zu Bertie zurück. Sein Gesicht mit den Sommersprossen und dem jungenhaften Charme hatte über die Jahrzehnte nichts von seiner Anziehungskraft verloren. Ein wirklich hübsches Kind, ein wirklich erfolgreicher Mann. »Wer hat dich umgebracht, Bertie?«, fragte Christa das Foto. Sie schwieg einen Moment, dann murmelte sie: »Ich kriege es raus, das verspreche ich dir.«

SOMMER 1961

»Liebst du mich?«

»Das weißt du doch.«

»Wirklich?«

»Klar.«

»Du hast es mir noch nie richtig gesagt.«

»Ich bin ein Kerl. Was erwartest du?«

Pauline lächelte und küsste Bertie auf die Schulter. Dann schmiegte sie sich an ihn. Die Decke, auf der sie im Gras lagen, war aus Wolle, viel zu warm für die Sommerhitze. Die Sonne brannte auf sie beide herunter, und überall zirpten die Grillen.

»Das ist ein schöner Platz, den du da ausgesucht hast«, sagte Pauline, nachdem sie eine Weile geschwiegen hatten.

Bertie lachte. »Ich habe ihn auch lange genug ausgekundschaftet. Er musste so abgelegen sein, dass bestimmt keiner vorbeikommt.«

»Ja, hier ist es wirklich einsam.«

»Was machen wir bloß im Winter?«, fragte Bertie mit einem anzüglichen Grinsen und zog Pauline noch etwas enger an sich. »Da werden wir ein Problem haben. So einfach findet sich kein warmer einsamer Ort.«

Pauline zeichnete mit ihrem Finger Kreise und Muster auf seiner Brust. Sein Hemd war aufgeknöpft, seine Haut war von der Sonne aufgeheizt.

»Wir werden schon etwas finden«, sagte Pauline. »Du kommst doch immer auf gute Ideen.«

Eine Weile lagen sie einfach nur so da. Dann, einem plötzlichen

Einfall folgend, streckte Bertie seinen freien Arm aus und kramte in seiner Schultasche, die achtlos im Gras lag. Er zog ein schmales Heft heraus und schlug es auf. Er las laut: »Einmal, wenn ich dich verlier / wirst du schlafen können, ohne dass ich wie eine Lindenkrone / mich verflüstre über dir?«

»Das ist schön, was ist das?«

»Ein Gedicht von Rilke, das wir in der Schule durchnehmen. Bis morgen soll ich einen Aufsatz darüber schreiben.«

»Geht es noch weiter?«

Bertie räusperte sich und fuhr fort: »Ohne dass ich hier wache und / Worte, beinah wie Augenlider / auf deine Brüste, auf deine Glieder / niederlege, auf deinen Mund.«

Pauline kicherte, als er das Wort »Brüste« las, und er fasste sie daraufhin dort an.

»Warte, noch einen hab ich«, sagte er dann und las das Gedicht zu Ende. »Ohne dass ich dich verschließ / und dich allein mit Deinem lasse / wie einen Garten mit einer Masse / von Melissen und Stern-Anis.«

Pauline seufzte wohlig und drehte sich auf den Rücken. »Das sind unglaublich schöne Worte. Ich würde auch gern so etwas lernen.«

»Dann tu es doch.«

»Mama will, dass ich bald einen Beruf habe. Schneiderin zum Beispiel oder Sekretärin. Sie sagt, ich muss Geld verdienen.«

»Ich würde lieber etwas verdienen, als auf die Schule zu gehen.«

»Spinnst du? Du machst Abitur. Du kannst dann etwas richtig Großes werden.«

Sie schwiegen eine Weile. »Liest du mir noch ein Gedicht vor? Aber nichts mehr, wo es darum geht, dass sich die Liebenden verlieren. Das ist so traurig.«

»Ach, wir verlieren uns schon nicht.«

»Nein?«

»Nein. Und wenn, dann bist du mein verschlossener Garten, voll Zitronenmelisse und Dingsbums und musst immer an mich denken.« Bertie lachte.

Pauline setzte sich plötzlich auf und schaute ihm ins Gesicht. »Ich komme erst in zwei Wochen wieder«, sagte sie. »Mama braucht mich die nächsten Wochenenden zu Hause.«

»Wirklich? Oder sagt sie das nur, weil sie nicht will, dass wir zusammen sind?«

Pauline zuckte die Achseln. »Vielleicht beides. Meine Oma hat ihr jedenfalls erzählt, dass wir uns sehen. Und dass wir Eis essen waren.«

Bertie setzte sich nun ebenfalls auf und knöpfte sich das Hemd zu. »Eigentlich passt es ganz gut. Die nächsten Wochen muss ich viel beim Ernten helfen.« Pauline küsste ihn auf den Mund. »Gut, dann sehen wir uns in zwei Wochen wieder.«

»Ja.«

»Und was machen wir jetzt noch?«

Bertie sah auf die Uhr. In einer halben Stunde musste er zu Hause sein. Er ließ sich wieder auf die Decke zurückfallen und winkte ihr, ihm zu folgen. »Lass uns einfach noch ein bisschen hier liegen«, sagte er.

Also lagen sie noch ein bisschen da. Pauline dachte darüber nach, wie unglaublich es war, dass dieser hübsche Junge ihr Freund war, und dass sie Angst hatte, dass er es einmal nicht mehr sein würde. Bertie dachte an gar nichts, er lag einfach nur zufrieden da und sonnte sich.

ELF

Patrick war auch dieses Mal unangemeldet, als er die Brauerei betrat. Wieder saß das hübsche Mädchen am Empfang;
ihre Bluse war heute rosa. Patrick zeigte nur im Vorbeigehen
seinen Ausweis und ging zielstrebig die Treppe hinauf in
Arndt Fuchs' Büro. Er klopfte zwar, öffnete aber beinahe
gleichzeitig die Tür. Überrascht fuhr Arndt auf. Er saß an
seinem großen Schreibtisch über einigen beschriebenen
Blättern. Dieses Mal trug er keine Katzenkrawatte, sondern
eine altbacken silber-blau gestreifte.

»Warum haben Sie mir verschwiegen, dass Bertie Sie als
Geschäftsführer entlassen wollte? Sie wussten das doch,
oder nicht?«

Arndt starrte den wütenden Kommissar an. Sein Mund
stand offen.

»Ich warte auf eine Antwort.«

Arndt schloss den Mund und drehte die Schutzkappe auf
seinen Füller. »Dass Bertie mich absetzen wollte, weiß ich
seit etwa einer Woche.«

»Also, Sie haben es kurz vor Berties Tod erfahren?«

»Ja. Aber Sie sollten keine falschen Schlüsse ziehen.«

»Sie haben mir gesagt, er war Ihr Freund. Setzt ein Freund einen einfach so vor die Tür?«

»Nein«, Arndt Fuchs wand sich. »Ich dachte, Bertie sei mein Freund. Aber Bertie ... war immer nur Bertie.«

»Und wann haben Sie erfahren, dass Lukas Sie ersetzen soll?«

Arndt lachte bitter. »Das habe ich offiziell gar nicht erfahren. Ich habe das gerüchtehalber gehört, als ich aus der Mittagspause zurückkam. An dem Tag, an dem Bertie starb. Ich habe das Mädchen vom Empfang belauscht, Nadine, sie hat mit einem der Studentenjobber geredet, die wir den Sommer über in der Abfüllanlage beschäftigen. Anscheinend kannte der Lukas, und Lukas muss eine Andeutung gemacht haben. Oder vielleicht ja auch Bertie selber, ich weiß es nicht.«

»Was genau haben Sie gehört?«

»Ich habe gehört, wie Nadine sagte: »Lukas als neuer Chef? Der ist ja nicht viel älter als ich.«

»Mehr nicht?«

»Nein, das hat schon gereicht. Es machte alles Sinn. Lukas war Berties Schützling. Und er braucht einen Job. Seit er mit dem Studium fertig ist, trödelt er hier herum. Sein Vater regt sich darüber schon seit Monaten auf.«

»Was haben Sie getan, nachdem Sie das gehört hatten?«

»Ich bin auf die Toilette im Erdgeschoss gegangen und habe mich eingeschlossen. Stellen Sie sich doch mal diese Demütigung vor: entlassen und durch einen Fünfundzwanzigjährigen ersetzt, der bisher in neongrünen Shorts herumrennt und ein bisschen Wassergymnastik macht, wenn ihm danach ist. Ein halbes Kind.«

Arndts Hand mit dem Füller zitterte.

»Sie hatten einen handfesten Grund, Bertie Haberland zu hassen.«

Arndt drehte ruckartig den Kopf zu Patrick um und schaute ihn an. »Ja! Ich habe ihn gehasst! Ich hätte ihm den Hals umdrehen, ich hätte alles kurz und klein schlagen können. Ich hatte noch nie in meinem Leben so eine Wut, ich wusste nicht, wohin mit mir.«

»Und da sind Sie aus der Toilette heraus, haben sich in Ihr Auto gesetzt, haben einen Benzinkanister geholt, sind zu Bertie marschiert, der da so selbstzufrieden seinen Mittagsschlaf hielt, und haben ihn angezündet. Stimmt's?«

Arndt schüttelte den Kopf und schraubte seinen Füller wieder auf.

»Nein. Ich wusste, dass es für Sie so aussehen würde, also habe ich nichts davon erwähnt. Aber ich habe ihn nicht umgebracht. Dazu hätte ich gar nicht den Mut. Ich bin einfach eine Weile in der Toilettenkabine geblieben, und dann bin ich zu meiner Telefonkonferenz.« Er lachte voller Selbstverachtung. »Ich war brav wie immer, nur ein bisschen spät dran.«

...

Das Maria Brunner Dorffest war das Highlight des Jahres, seitdem die Charity Engel es vor siebzehn Jahren ins Leben gerufen hatten. Nichts wurde dabei dem Zufall überlassen.

Das Banner, das am Dorfeingang aufgehängt wurde, war darum wie jedes Jahr frisch gedruckt. Es stand darauf, jährlich in einer anderen Farbe und mit der richtigen Zählung, was hier begangen wurde: »17. Maria Brunner Dorffest«. Dieses Jahr stand erstmals noch »Schwarzwald erleben« darunter. Nach langer Diskussion hatte sich der Festausschuss der Charity Engel auf eine gelblastige Farbgestaltung festgelegt. »Gelb isch einfach immer fröhlich«, sagte Elvira zufrieden, während sie das Aufhängen überwachte. Die Landfrauen bauten nicht weit vom Banner ihren Verkaufsstand auf, an dem sich die Tannenhoniggläser stapelten. In der Nachbarschaft gestaltete die Trachtengruppe ihren Vesperstand: »Echte Schwarzwälder Vesperplatte«, priesen dort die Schilder an, »mit Bauernbrot, Räucherschinken und Verdauungsschnäpsle«.

Gegenüber der Kirche befand sich das Kuchenbuffet im Aufbau. Annemi hatte schon frühmorgens Wolfgang dafür eingespannt, eine lange Holzplatte und Böcke zu einer beeindruckenden Tafel aufzubauen, über die sie nun ein blütenweißes Tischtuch ausbreitete. »Darauf alle trockenen Kuchen«, rief sie jedem zu, der im Laufe des späten Vormittags mit Backwerk eintrudelte. Sie hatte dafür gesorgt, dass es genug Marmorkuchen, Hefezopf und Apfelstrudel gab, um die ganze Tafellänge auch tatsächlich zu füllen. Neben der Tafel stellte sie nun ihr Prunkstück auf, eine Kuchentheke mit Kühlfunktion, die sie von der Bäckerei Gnad ausgeliehen hatte. »Schwarzwälder Kirschtorten von den ›Zuckerschnitten‹« stand auf einem großen Pappschild, das sie an der Kirchenaußenwand über der Kühltheke aufhängte. Das

Schild hatte Annemi selbst gestaltet, und so war es recht pastellig geworden. Die i-Punkte hatte sie als Herzchen gemalt.

Dann schickte sie Wolfgang los, um die Schwarzwälder Kirschtorten im Betreuten Wohnen abzuholen. Wolfgang musste sehr vorsichtig fahren; ihm war klar, wenn auch nur ein Sahnehäubchen auf einer der zwanzig Torten durch eine ungeschickte Kurve verrutschen würde, wäre Annemi den ganzen Tag schlecht gelaunt. Aber er schaffte es, und pünktlich zum Festbeginn und Fassanstich am Nachmittag thronten zehn perfekte Schwarzwälder Kirschtorten gekühlt hinter Glas; die restlichen hatte Annemi als Nachschub in der Bäckerei zwischengelagert. Sie war zufrieden, und Wolfgang brachte ihr erleichtert ein Glas Sommerbowle vom Stand der Freiwilligen Feuerwehr.

Der Bürgermeister hielt wie jedes Jahr eine Rede, und dann sang, auch wie jedes Jahr, der Maria Brunner Gesangverein »Goldkehlchen«. Das Fest war sehr gut besucht, alle Nebenstraßen mit Autos derjenigen zugeparkt, die aus dem Umkreis oder sogar von weiter weg gekommen waren. Es gab Karlsruher, Offenburger und sogar ein paar Stuttgarter Autokennzeichen. Das Altenheim hatte einige Tische direkt in der Mitte des Kirchplatzes reserviert, in guter Sichtweite zur Bühne. Nach dem Mittagessen hatten Oliver Fuchs und einige ehrenamtliche Mitstreiter damit begonnen, mit Kleintransportern alle Heimbewohner, die Lust und Kraft dazu hatten, hierherzubringen. So füllten jetzt weiß- und grauhaarige Köpfe allein drei Tischreihen. Christa saß mit Hilde, Marion, Carlo und Hardy zusammen, am selben

Tisch hatten sich auch Oliver Fuchs und seine alten Jungs von der Altenheimbank eingefunden, außerdem einige von den Pflegerinnen, die ein wachsames Auge auf die verwirrteren Festbesucher hatten. Annemi kam zu ihnen an den Tisch und brachte jedem ausgerechnet ein Stück Schwarzwälder Kirschtorte – »Es ist eine von Marions Torten, die haben nämlich die am wenigsten gelungenen Sahnehäubchen und sollten darum als Erstes weg. Keine Kritik, Marion« –, um den gelungenen »Zuckerschnitten«-Einsatz damit zu feiern. »Ich kann das Zeug langsam nicht mehr sehen«, murmelte Carlo. Christa verfütterte ihr Sahnehäubchen heimlich an Bärbel und winkte Patrick zu, der gerade mit Charlotte und Mathilda in Richtung Kuchentheke ging.

Christa musste sich eingestehen, dass sie sich überraschend wohlfühlte. Maria Brunn war ein schöner Ort, um ein Fest zu feiern. Alles war grün, ein paar Bäume spendeten Schatten, das Wetter war gut, und die »Goldkehlchen« sangen ganz annehmbar, wenn man von ihrem Hang zu volkstümlichem Liedgut einmal absah. Gerade waren sie bei »Kein schöner Land« angekommen, als vom Tisch nebenan eine unverkennbare Stimme begann, durchdringend mitzusingen. Irma! Christa drehte sich um, und tatsächlich, da saß sie in ihrem Rollstuhl, dieses Mal immerhin ohne Metzgerschürze. Die Haare standen in alle Richtungen ab, und sie krähte aus voller Kehle mit. »Wo wir uns fiiiihiiiinden, wohl unter Liiihiinden ...«

»Wenn sie wenigstens singen könnte«, nörgelte Hardy.

Plötzlich verstummte Irma. Sie riss die Augen auf, und dann löste sich ein überraschter Schrei aus ihrer Altfrauenkehle, der so klar und laut war, dass sich die Umsitzenden verwirrt nach ihr umdrehten und einige der Goldkehlchen kurzzeitig aus dem Konzept kamen. »Pauli«, rief sie, »Pauli!« Christa versuchte zu erkennen, wohin sie blickte, aber da ging schon eine der Pflegerinnen zu ihr, beugte sich über sie und redete auf sie ein. Irma versuchte, über die Schultern der Pflegerin zu spähen. »Pauli«, rief sie noch einmal. »Wen meint sie nur?«, fragte Hilde. Christa schüttelte den Kopf und sah sich um. Irma hatte in ihre Richtung gesehen, aber in dieser Richtung saßen eine Menge Menschen. Pauli, war das ein Paul oder eine Pauline? Irgendetwas in Christas Kopf ließ sie mit überraschender Sicherheit auf Pauline tippen. P. Plötzlich wurden ihre Erinnerungen, die sie seit dem Waldbaden so verschwommen mit sich herumschleppte, ein bisschen klarer. Pauli, Pauline. Das Kind im Wald hatte Pauline geheißen, ein Mädchen. Christa wurde richtig aufgeregt. »Was für ein verrücktes Weib. Sollte man wegsperren«, knurrte Hardy da und unterbrach ihre Gedankengänge. Alle sahen ihn unfreundlich an. Marion, die die Missbilligung Hardy gegenüber spürte, wand sich sichtlich vor peinlicher Berührtheit. Annemi entschuldigte sich Richtung Kuchentheke. »Oder ruhigstellen, da gibt's doch Mittel«, setzte Hardy noch einen drauf. »Ich schau einmal nach, ob Annemi Hilfe beim Kuchenverkauf braucht«, meinte Marion. »Vorsicht, Hardy«, sagte Carlo, der sich gerade bei der Trachtengruppe mit gleich zwei Schwarzwälder Vesperbrettern eingedeckt hatte, sich nun wieder zufrieden neben Christa setzte und ihr eines der Bretter großzügig hinschob. »Vielleicht wirst du ja mal ein verrückter alter Mann.« Christa betrachtete ihr unbestelltes Vesperbrett. Es sah wirklich lecker aus. Der Duft des Schwarzwälder Schinkens, der in dünnen Scheiben darauf zusammengerollt angeordnet war, stieg ihr in die Nase. Dazu gab es dicke Scheiben Bauernbrot mit dunkler Kruste, ein bisschen Hausmacher Leberwurst, Speck, ein paar Käsescheiben, dazwischen hier und da ein Essiggürkchen, und in einer extra dafür von der Trachtengruppe in jedes Vesperbrett eingesägten Vertiefung stand ein Gläschen mit klarem Schnaps, Zwetschge, dem Geruch nach. Christa lächelte Carlo dankbar zu – auch sie konnte langsam keine Torte mehr sehen. In diesem Moment winkte Hilde einer Frau, die etwas verloren und einsam unter der nächsten Kastanie stand. »Da ist ja Uta«, rief sie, während sie wild wedelte. »Meine Nichte. Sie ist sehr anders als ich.« Uta entdeckte Hilde und kam auf ihren Tisch zu. Sie war tatsächlich anders als Hilde. Ihre Haare sahen aus, als hätte sie sie einfach mit der Küchenschere auf eine einigermaßen einheitliche Länge gebracht. Nichts daran war gefärbt oder getönt, Uta stand zu ihrer mausbraunen Haarfarbe, genauso wie zu ihrem unspektakulären schlammfarbenen Baumwollkleid. »Hallo«, grüßte sie in die Runde. Hilde stellte sie vor. »Uta ist eigentlich eine Frau Doktor«, sagte sie stolz. »Sie gibt nicht damit an, darum muss ich es machen.«

»Bist du Ärztin?«, fragte Carlo.

»Nein, Historikerin.«

»Sie ist hier, um unser Pfarrarchiv auf Vordermann zu bringen. Ich hab ihr den Job vermittelt. Historikerinnen wirft man die Stellen nicht gerade nach.«

»Und, gab es schon was Interessantes? Irgendwelche alten Geheimnisse oder so etwas?« Carlo war interessiert.

Uta lächelte. »Na ja, zurzeit ordne ich Akten aus dem Zweiten Weltkrieg und der Nachkriegszeit, das ist schon ziemlich spannend.«

»Das glaube ich. Oh, Christa, vielleicht steht ja auch etwas über dich in den alten Akten.«

»Was soll denn da über mich drinstehen?«

»Christa Haas, neun Jahre alt, stahl schlecht gelaunt die Kirschen des Nachbarn. Sie schmeckten ihr nicht einmal.«

Hilde lachte laut los. Christa knuffte Carlo in die Seite. »Ich habe tatsächlich manchmal Kirschen geklaut. Aber stell dir vor, sie waren gut.«

»Unglaublich, dass dir irgendetwas an Maria Brunn einmal gefallen haben könnte«, sagte Carlo herausfordernd.

Christa grinste und balancierte ein Stück Brot mit einem Speckstreifen darauf zum Mund. »Vielleicht gibt es ja sogar auch jetzt ein paar Kleinigkeiten, die mir hier gefallen.«

»Ach, wirklich?«

In diesem Moment trommelte der Spielmannszug der Freiwilligen Feuerwehr einen Trommelwirbel. »Der Grill wird angezündet!«, riefen einige.

»Los, der Grill!« Carlo wandte sich zu Christa. »Die zünden jetzt den völlig überdimensionierten Wahnsinnsgrill da drüben an. Das guck ich mir jedes Jahr an. Kommst du mit?« Ohne eine Antwort abzuwarten, schnappte Carlo Christas Hand und zog sie in Richtung der Menschenmenge.

Das Grill-Anzünden war immer eine heilige Handlung, die von vielen Zuschauern begleitet wurde. Der Grill war tatsächlich riesig, eine Eigenanfertigung des Sportvereins Maria Brunn, der einige begabte Hobbyschweißer zu seinen Mitgliedern zählte. Er wurde gegenüber dem Landfrauenstand aufgestellt und würde bis in die Nacht die Gäste mit der »Original Schwarzwälder Traditionsbratwurst« auf echter Schwarzwälder Holzkohle versorgen.

Grillmeister würden wie immer die Sportvereinsvorstandsmitglieder sein. Sven Veit, in allen siebzehn Jahren des Maria Brunner Dorffests Sportvereins-Vorstandsvorsitzender, war demnach geübt darin, das Anzünden zu zelebrieren. Unter den wachsamen Augen der Festbesucher, großen Teilen der Freiwilligen Feuerwehr und des restlichen Vorstands des Sportvereins schritt er zur Tat. »Liebe Maria Brunner«, sagte er mit seinem dröhnenden Bass, der ihm bei Fußballspielen des SC Maria Brunn regelmäßig einen Lautstärkevorteil bei den Spielfeldrandkommentaren brachte, »jetzt geht es um die Wurst.« Viele lachten freundlich. Diesen Witz brachte er ebenfalls zum siebzehnten Mal. »Auf unserem Grill wird wie jedes Jahr ...« Weiter kam er nicht.

Hinterher wusste niemand so richtig, wie es passiert war. Sicher war nur, dass in dem Moment, in dem Sven das Streichholz an den Grill hielt, eine sehr helle, sehr große und sehr kurz andauernde Stichflamme entstanden war. Er schrie auf und schlug sich die Hände vors Gesicht. Einige Männer der Freiwilligen Feuerwehr stürzten zu ihm. In einem kurzen Moment sah Christa zwischen ihren Schultern und Rücken, wie Sven die Hände vom Gesicht nahm. Es war eine rote Masse.

Die nächsten Minuten waren chaotisch. Paul Salm war wie aus dem Nichts zur Stelle und leistete Erste Hilfe, ein Krankenwagen wurde gerufen, alles rief durcheinander. Carlo zog Christa am Arm zur Seite. Die schnupperte; ein eigenartiger Geruch lag in der Luft.

Der Krankenwagen kam schneller, als Christa das auf dem Dorf erwartet hätte, und nahm den unglücklichen Sven mit. Danach versuchte man, zur Tagesordnung überzugehen. Pragmatisch war beschlossen worden, dass keinem geholfen war, wenn nun das Dorffest ausfiel. Allerdings verbot Patrick, den Grill zu benutzen.

Die Trachtengruppe machte, der Konkurrenz durch die Schwarzwälder Traditionsbratwurst enthoben, das Geschäft des Jahres mit ihren Vesperbrettern. Christa saß noch eine Weile am Tisch mit den anderen, die aufgeregt durcheinanderplapperten und immer wieder bei denselben Sätzen endeten. »Schrecklich, einfach schrecklich.« »Und dann gab es plötzlich diese Stichflamme.« »Der arme Sven.« »Verbrennungen sind sehr schmerzhaft.« Christa beteiligte sich nicht daran.

Als die Sonne unterging und es kühler wurde, beschlossen sie, es sei Zeit, zum Betreuten Wohnen zurückzugehen. Bevor sie gingen, verabschiedeten sie sich von Annemi, die gerade die letzten Kuchenstücke verkaufte. »Wollt ihr noch etwas mitnehmen?«, fragte sie jeden von ihnen und akzeptierte von niemandem ein Nein. Christa bekam – natürlich – ein Stück Schwarzwälder Kirschtorte. »Das ist eines von meiner Torte«, sagte Hilde. »Ich hoffe, sie schmeckt dir. Ich habe mich eins zu eins an Annemis Rezept gehalten – ihr

Kirschwasser ist wirklich wunderbar, ich war großzügig damit.« Christa hatte keine Lust, vor Annemis Ohren einem Lob über Annemi zuzustimmen, und brummte nur. Wortlos verstaute sie das verpackte Tortenstück in ihrem Rollatorkorb. »Und morgen Nachmittag ist bei mir Kaffeetrinken«, lächelte Annemi. »Wir haben nämlich bestimmt noch ein paar Reststücke zu vernichten und können uns bei dieser Gelegenheit in Ruhe überlegen, was wir als Nächstes in unserer Kursküche in Angriff nehmen wollen.«

»Okay. Aber morgen bitte keine Schwarzwälder-Kirsch-Reste, Annemi«, flehte Carlo. »Nimm lieber ein paar übrige Vesperbretter mit.«

Gemeinsam gingen sie im Schein der Straßenlaternen nach Hause.

...

»Entschuldigung, sind Sie Herr Lorenz?« Die Frau, die Patrick ansprach, als Charlotte gerade mit Mathilda zum Abschluss des Abends zum Zuckerwattestand ging, trug ein Baby in einer Babytrage vor dem Bauch und sah ziemlich erschöpft aus.

»Ja, genau.«

»Der Kommissar Patrick Lorenz, der hier wegen dem Mord an Bertie Haberland ermittelt?«

»Ja, der bin ich.«

»Oh gut, ich muss Ihnen nämlich etwas erzählen, und jetzt schläft der Kleine gerade, das ist selten. Ich wollte Sie letztens schon anrufen, aber da hat er dann wieder geschrien, und dann habe ich es vergessen. Es geht zurzeit einfach drunter und drüber, in meinem Kopf und mit den Kindern, da vergisst man schnell mal etwas«, die Frau wirkte, als hätte sie das unbedingt einmal loswerden wollen.

Patrick lachte. »Ja, das kann ich gut verstehen. Unsere Tochter ist jetzt drei, von daher sind die Erinnerungen noch ziemlich frisch, wie es am Anfang war.«

Die Frau nickte und streichelte unbewusst über den Rücken ihres Babys in der Trage. Dann schüttelte sie den Kopf. »Oh Gott, ich habe mich ja noch nicht einmal vorgestellt, aber belästige Sie schon mit meiner Babyjammerei: Ich bin Eleonora Weiß.«

Patrick gab ihr die Hand.

»Was wollten Sie mir denn nun erzählen?«, fragte er.

Frau Weiß wirkte, als müsste sie sich kurz ordnen, um alles richtig erzählen zu können.

»Ich weiß nicht, ob es etwas zu bedeuten hat, und ich will wirklich niemanden verdächtig machen«, sie senkte die Stimme, »darum war mein Mann auch nicht so besonders damit einverstanden, dass ich überhaupt mit Ihnen rede. Wir sind vor vier Jahren hierhergezogen, und er sagt, dass er gerne hier wohnen bleiben würde und nicht von allen schief angeschaut werden will, weil ich etwas herumerzählt habe.«

Patrick dachte im Stillen an das, was Christa ihm in seinem Garten gesagt hatte. Sie hatte recht gehabt: Keiner wollte mit ihm reden, weil keiner vor den anderen als Nestbeschmutzer dastehen wollte.

Er lächelte Eleonora Weiß zu. »Wenn Sie es mir erzählen, ist es nicht herumerzählt, sondern eine Aussage. Das ist etwas ganz Sachliches.«

»Hm, ja. Also, wie fange ich am besten an? Wir wohnen schräg gegenüber von Bertie Haberland und seiner Freundin.« Patrick erinnerte sich plötzlich an den Namen Weiß. Eine Kollegin hatte nach dem Mord eine Familie Weiß befragt. In dem Bericht stand nur, dass ihnen nichts aufgefallen sei.

»Und ich weiß, dass ich Ihrer Kollegin gesagt habe, dass ich nichts bemerkt habe«, bestätigte Eleonora in diesem Moment seine Erinnerung. »Das war auch die Wahrheit, weil ich in diesem Moment einfach nicht daran gedacht habe. Aber dann ist es mir wieder eingefallen, als ich die Pralinen am Küchenfenster gegessen habe.«

Patrick schaute verwirrt.

»Unser Küchenfenster geht zu der Straßenseite raus«, erklärte Eleonora schnell. »Also von dort sehe ich das Haus von Bertie Haberland.«

»Aha.«

»Und wie ich so dastehe und Pralinen esse und aus dem Fenster sehe, da fährt dieser alte rote Golf vorbei, hält an – auf unserer Straßenseite, nicht auf der von Bertie Haberland – und steht da eine Weile. Und dann fährt er einfach weiter.« Sie schluckte aufgeregt. »Und da ist mir eingefallen, dass ich das schon öfter gesehen habe. Dieser rote Golf, wie er durch die Straße fährt, dann anhält – immer etwa auf der Höhe von dem Haberland – und dann nach einer Weile weiterfährt. Und das wollte ich Ihnen sagen, denn das ist doch nicht normal.« Sie sah ihn erwartungsvoll an.

»Nein, das ist nicht normal. Da haben Sie vollkommen recht. Haben Sie sich zufällig das Nummernschild des Golfs merken können?«

Eleonora schüttelte den Kopf. Patrick ließ enttäuscht die Schultern sinken.

»Ich muss es mir nicht merken«, sagte Eleonora. »Ich weiß nämlich, wem der gehört.«

Patrick hob den Kopf.

»Und wem?«

»Dem Heimleiter. Oliver Fuchs.«

...

Christa konnte an diesem Abend nicht einschlafen. Erstens, weil es in ihrer Wohnung zu warm war. Zweitens, weil ihr die Szenen des Abends nicht aus dem Kopf gingen. Der Grill, der gut gelaunte Sven, die Stichflamme, das vollkommen verbrannte Gesicht. Zwei Brandvorfälle in so kurzer Zeit in einem Dorf. Christa hatte noch nie an Zufälle geglaubt. Nachdem sie eine Weile im Bett gelegen und sich über die Wärme der Matratze und die Wärme des Kopfkissens geärgert hatte, stand sie auf und ging in die Küche. Sie hatte plötzlich doch wieder Lust auf etwas Süßes, nach dem ganzen Schinken und Speck. Das einzig Süße, das sie im Haus hatte, war das Tortenstück, das Annemi ihr mitgegeben hatte. Sie ging zum Kühlschrank und nahm das Stück von Hildes Schwarzwälder heraus. Erst wollte sie es vom Pappteller auf einen richtigen Teller umbetten, aber dann entschied sie sich dagegen. Mit Pappteller und Kuchengabel setzte sie sich hinaus auf den Balkon. Alles war so still und friedlich, es war kaum zu glauben, dass es vor einigen Stunden mitten in diesem Dorf einen Brandanschlag gegeben hatte. Und es war ein Anschlag gewesen, das stand für Christa außer Frage, je öfter sie die Szene im Kopf durchspielte. Sie stach ihre Kuchengabel in das Tortenstück und aß davon. Irgendetwas störte sie daran. Sie nahm noch einen Bissen und noch einen. Dann dachte sie lange nach.

ZWÖLF

Am nächsten Tag überschlugen sich die Ereignisse. Es begann mit einem sehr frühen Anruf von Patrick.

»Christa? Habe ich Sie geweckt?«

Christa, die mit halb geschlossenen Augen nach dem Telefon neben ihrem Bett getastet hatte, öffnete ein Auge.

»Na ja.«

»Entschuldigen Sie. Aber ich wollte es Ihnen gleich sagen. Gestern Abend, als ich es erfahren habe, habe ich mich nicht getraut, Sie so spät noch anzurufen ...«

»Gut, dass du dich dafür aber sehr wohl traust, frühmorgens anzurufen.«

»Hm.«

»Okay, schieß los.«

»Die Stichflamme gestern auf dem Fest. Das war ein Anschlag.«

»Ja, das habe ich mir gedacht.«

»Ich habe aber auch Beweise. Es gab wieder ein P. am Tatort. Ich hätte es übersehen, zum Glück war die Spurensicherung auf Zack. Dieses Mal war es eine Halskette mit Medaillon, die am Grillgitter befestigt war. Weit genug von der

Grillkohle entfernt; die ist übrigens noch in der Spurensicherung, aber das Ergebnis kommt ganz sicher heute noch.«

»Also wieder ein Gruß von Berties Mörder.«

»Ja, sieht so aus. Das P. und ein Herz sind in den Anhänger eingraviert. Ich habe die Kette zur Untersuchung geben lassen, und Werner telefoniert die Juweliere ab.«

»Ich glaube, das kann er sich sparen.«

»Wieso?«

»Ich habe da so ein Bauchgefühl. Noch kann ich es nicht beweisen. Gib mir den Tag heute noch, dann reden wir darüber, okay?«

Patrick wirkte nicht besonders angetan von der Idee.

»Patrick, es kann sein, dass ich mich irre. Dann würdest du deine Zeit verschwenden, und das kannst du dir nicht leisten. Wer weiß, wer als Nächstes brennt.«

»Okay, abgemacht, aber wirklich nur noch heute.«

»Danke. Wie geht es Sven?«

»Alles nicht so schlimm wie befürchtet. Die Ärzte sagen, wenn er Glück hat, dann werden nicht viele Narben zurückbleiben. Nur sein beeindruckender Schnurrbart wird ihm wohl nicht mehr wachsen.«

»Okay, das kann man verschmerzen.«

»Übrigens haben wir am Titisee eine Bedienung gefunden, die sich an Lukas Salm und Julia Brandner erinnern konnte. Die sind also raus.«

»Hm.«

Christa stieg aus dem Bett, zog sich schnell an und putzte sich in Eile die Zähne. Dann ging sie zu Hilde hinüber. Sie hatte ein dringendes Anliegen.

...

Das Pfarrarchiv war in der Tat von Uta sehr ordentlich sortiert worden. »Vielen Dank, dass ich gleich herkommen durfte«, sagte Christa. »Ich kann dir noch nicht wirklich sagen, wonach ich suche. Am besten wäre es, wenn ich alle Akten aus den Jahren ... hm, sagen wir 1950 bis 1970 haben könnte.

»Alle Akten?« Uta riss die Augen auf. »Das wären sehr, sehr viele.« Christa schaute sich im Archivraum um. Tatsächlich stapelten sich die beschrifteten Kartons reihum bis an die Decke. »Okay, mich würden besonders die Akten interessieren, in denen es um Kinder geht.« Uta ging die Regalreihe entlang. »Das schränkt das Ganze schon einmal sehr ein. Ich glaube nämlich nicht, dass Sie sich durch zwanzig Jahre Bau- und Kirchenkassenakten quälen wollen.«

»Bloß nicht.«

Uta räumte für Christa ihren Schreibtisch, dann begann sie, die gewünschten Akten auf der linken Schreibtischseite zu stapeln. Christa setzte sich auf den altmodischen Bürostuhl und begann damit, sich durch den Papierberg zu wühlen. Jede Akte, die sie durchgesehen hatte, beförderte sie auf die rechte Schreibtischseite.

Die ersten paar Akten beschäftigten sich mit der Maria Brunner Dorfschule. Christa las hier und da vertraute Namen. »Ha, da bin ich!«, rief sie irgendwann und legte ihren Finger auf »Haas, Christa«, aufgelistet als Schulanfängerin im Jahr 1952.

Vieles davon war langweilig. Es ging um die Einrichtung

eines zweiten Klassenraums, um Lehrer, die angestellt und wieder entlassen wurden, um unartige Kinder. Ab und zu tauchte Berties Name auf, aber es ging nur um Dinge wie seine Wahl zum Klassensprecher oder seine Rolle als Balthasar bei den Sternsingern, die an Dreikönig durchs Dorf gegangen waren. Bertie hatte laut Akte dadurch von sich reden gemacht, dass er statt der geforderten Kreidezeichen einige unanständige Symbole an die Haustüren gemalt hatte.

Es folgten Kindergartenakten, die Christa nur quer durchblätterte. Sie glaubte kaum, dass der Grund für Berties Ermordung und den Anschlag auf Sven im Kindergarten zu finden war.

Als Nächstes nahm sie sich die Kirchenbücher vor. Irmas Schrei ging ihr nicht aus dem Kopf. Etwas in ihr sagte ihr mit absoluter Gewissheit, dass Pauli der Schlüssel zu all dem war, was hier passierte. Leider waren keine weiteren Erinnerungen zurückgekommen, außer dass sie vor ihrem inneren Auge das kleine Mädchen im Wald jetzt besser vor sich sah. In den Kirchenbüchern waren alle Personen aufgelistet, die in Maria Brunn einmal geboren worden waren, geheiratet hatten oder gestorben waren. Christa begann mit dem Kirchenbuchband, der in den Dreißigerjahren des 20. Jahrhunderts startete. Auf den ersten paar Seiten waren die Namen, die Eltern der Neugeborenen sowie die Todesursachen der Gestorbenen noch in Sütterlin eingetragen, das Christa nur mühsam entziffern konnte. Ihre Mutter hatte das noch in der Schule gelernt, aber sie schon nicht mehr. Und auch ihre Mutter war später zu normalen Druckbuchstaben übergegangen. Nur Christas Oma, daran erinnerte sie sich erst jetzt wieder, hatte zeit ihres Lebens auf dieser verschnörkelten, schwierigen Schrift bestanden und für Christa beinahe unleserliche geheimnisvolle Postkarten geschrieben.

Immer wieder entzifferte Christa bekannte Namen, Nachnamen, die es in Maria Brunn seit Generationen gab. Jedes Dorf hatte seine typischen Nachnamen, und dieses bildete keine Ausnahme. Die Namen, die an Christa vorbeizogen, erinnerten sie dunkel an Gesichter und Geschichten, von denen sie nicht mehr gewusst hatte, dass sie überhaupt in irgendeiner Ecke ihres Gedächtnisses gespeichert gewesen waren.

Irgendwann entdeckte sie die Namen ihrer Eltern. 3. Juni 1940, mitten im Krieg, hatten sie geheiratet, hier in Maria Brunn. Da standen ihre Namen, die der Trauzeugen, die des Pfarrers, der sie getraut hatte. Christa strich über die Stelle auf dem Papier.

Aber Pauli fand sie nicht, jedenfalls niemanden, der heute noch leben würde. Die Mädchen, die in dieser Zeit geboren wurden, hießen Irene oder Renate oder Gudrun. Keine Pauline auf der »Geboren«-Seite, nur einige bei den Todeslisten. »Wer bist du, Pauli?«, murmelte Christa. »Wo versteckst du dich?«

»Was hast du gesagt?«, rief Uta.

»Nichts.«

Uta kam mit einem neuen Stapel Akten herein.

»Was ist das?«

»Wohlfahrtszeug. Also Hilfe für einzelne Familien hier im Dorf, Jugendamt und so weiter«, erklärte Uta. In Christas Bauch breitete sich eine vage Aufregung aus. Das klang auf jeden Fall vielversprechender als Kindergärtnerinnengehälter.

Sie begann zu blättern. Eine Weile lang fand sie nichts Interessantes. Es ging um Armenunterstützung von Soldatenwitwen, um Erziehungsmaßnahmen an frechen Kommunionskindern, um Schulgeld für Waisen. Aber dann blieb ihr Blick an einem Wort hängen. »Pauline. 1961«. Christa las.

»Das ist es«, flüsterte sie. Alles war so klar.

...

»Wir haben eine Zeugin, die Sie mehrmals vor Bertie Haberlands Haus gesehen hat.«

Oliver Fuchs zuckte ertappt zusammen. »Ich habe doch immer ...«

»Was haben Sie immer?«, ungeduldig tippte Patrick mit Ring- und Mittelfinger an die Rückseite seines Tablets, das er in der Hand hielt.

»... ich habe nie direkt vor dem Haus geparkt.«

»Richtig, Sie haben immer vor dem Haus der Familie Weiß geparkt.«

»Hat Eleonora mich gesehen?«

»Das tut hier nichts zur Sache. Mich interessiert viel mehr, warum Sie so oft in der letzten Zeit dort waren. Sie haben dort geparkt, dann haben Sie eine Weile im Auto gesessen, sind nicht ausgestiegen und dann irgendwann weitergefahren. Das ist doch merkwürdig, oder finden Sie nicht?«

Oliver schaute aus dem Fenster und nickte.

»Haben Sie ausgekundschaftet, wie Sie am besten in den

Garten gelangen können? Oder haben Sie jedes Mal versucht, Ihren Mut zusammenzunehmen, hineinzugehen und Bertie Haberland zu ermorden, so lange, bis Sie es eines Tages auch wirklich geschafft haben? Wir wurden über die finanziellen Schwierigkeiten informiert, in denen das Heim steckt, und auch darüber, dass Bertie Haberland daran schuld war.«

Oliver wandte erstaunt den Kopf und schaute Patrick endlich direkt an.

»Also?«, sagte Patrick ungehalten. »Erklären Sie sich.«

»Ich habe ihn nicht umgebracht. Aber ich habe tatsächlich jedes Mal versucht, meinen Mut zusammenzunehmen.«

»Um ihm etwas anzutun?«

»Um ihn um Geld zu bitten.« Oliver setzte sich auf seinen knallgrünen Schreibtischstuhl. »Wissen Sie, Bertie war ein schwieriger Mensch. Ein Alphatier, einer, der Leute wie mich zum Frühstück frisst. Ich wusste, dass er mich und das Heim retten konnte, dass er eigentlich die einzige Hoffnung war, aber ich habe mich einfach nicht getraut, mit ihm zu reden. Vor ihm herumzukriechen und zu betteln, denn so wäre es garantiert gewesen. Vielleicht hätte er mich ja sogar erhört, aber vorher wäre es auf jeden Fall ziemlich schlimm gewesen. Und darum konnte ich es einfach nicht. Jeden Tag saß ich da in meinem Auto, habe das Haus gesehen und darüber nachgedacht, dass er da drin irgendwo ist, sorgenfrei und im Luxus, und dass er mit einem Fingerschnippen das hier alles in Ordnung bringen könnte«, er zeigte auf einen aufgeschlagenen Ordner mit Rechnungen, »aber dass es darauf ankommen würde, ob er Lust dazu hätte. Er hat alles nach dem Lustprinzip gemacht.«

»Sie saßen also nur da im Auto und haben überlegt, ob Sie aussteigen und um Geld bitten sollen, und dann haben Sie jedes Mal gekniffen und sind wieder weggefahren?«

»Ja.«

»Das soll ich Ihnen glauben?«

»Es ist die Wahrheit.«

Patrick sah dem Heimleiter ins Gesicht. Oliver Fuchs sah so ehrlich aus in seiner Verzweiflung, dass er ihm glaubte. Patrick seufzte. Wieder nichts.

. . .

Als Christa wieder beim Betreuten Wohnen ankam, blieb ihr nur noch eines zu überprüfen. Sie trommelte Carlo heraus. »Ich brauche dich«, sagte sie ganz atemlos.

»Auf den Satz habe ich gehofft, seit du eingezogen bist«, grinste ihr Carlo entgegen. Christa hatte keine Zeit für so etwas. »Jetzt ist doch dann das Restevernichten bei Annemi.«

»Ja.«

»Du musst mich dort entschuldigen.«

»Wie bitte?«

»Ich kann nicht kommen. Und du musst mich so entschuldigen, dass es plausibel klingt. Dass es nicht verdächtig ist.«

»Christa, du übertreibst. Wenn du keine Lust hast mitzukommen, dann ist das doch kein Drama.«

»Es geht nicht darum, dass ich keine Lust habe!«, zischte

Christa, »es geht darum, dass ich hier einen Mord aufklären muss, und deshalb: Denk dir was aus, Mann!«

Carlo wurde ernst. »Du weißt, wer es ist?«

»Ich habe eine Vermutung. Die Vermutung muss ich aber noch ein bisschen untermauern, und dafür brauche ich den Nachmittag.«

»Sag's mir!«

»Nein, zu gefährlich. Ich erzähl dir nachher alles in Ruhe. Geh du zu Annemi, halte da alle schön lange auf, und ruf mich an, wenn ihr heimgeht.«

»Ich habe kein Handy.«

»Dann ruf halt von Annemis Telefon aus an.«

»Aber dann hört sie doch, dass ich mit dir rede.«

»Dann sag eben, du musst dringend bei der Apotheke anrufen.«

»Bei der Apotheke?«

»Ja. Ob deine Tabletten gekommen sind.«

»Ich brauche keine Tabletten.«

Christa schnaubte frustriert.

Carlo grinste. »Ja doch, ich mach es ja.«

»Gut. Und dann musst du noch etwas tun. Lade alle zusammen heute Abend zu mir auf den Balkon ein, auf Uno und Wein. Als Entschädigung, dass ich nicht da war. Akzeptiere kein Nein.«

»Klar, darin bin ich gut. Ich habe ja auch dich zum Kräuterstrauß-Workshop bekommen.«

Christa lächelte. »Danke.«

...

Christa verfluchte ihre Hüfte, weil sie nicht schneller vorankam. Sie wusste nicht, ob es überhaupt auf die Zeit ankam, wahrscheinlich nicht, aber sie wollte es nun wissen. Sie musste herausfinden, ob sie recht hatte. Ohne Umschweife ging sie zu Oliver Fuchs' Büro und klopfte an.

»Herein.«

Als sie sich ins Zimmer schob, saß Oliver gerade an seinem Schreibtisch, vor sich auf dem Computerbildschirm eine Nachricht von Arndt. »Bevor Lukas hier bald meinen Posten übernimmt, habe ich dir eine Summe in Höhe der ›Tannengold-Spende‹ überwiesen. Nimm, was du kriegen kannst. Mir ist hier inzwischen alles egal. Dein Arndt.« Darunter hatte er getippt: »Geschäftsführer Tannengold a. D.«, und es auch noch fett markiert.

Er sah auf. »Frau Haas, was kann ich für Sie tun?«

»Haben Sie einen Universalschlüssel für das Heim?«

»Natürlich.«

»Gut, dann kommen Sie mit.«

Christas Ton duldete keinen Widerspruch, und Oliver, der seit Arndts E-Mail sein Glück noch gar nicht fassen konnte, folgte ihr neugierig. Den Schlüssel hatte er in seiner Tasche. Gemeinsam fuhren sie mit dem Aufzug ins Kellergeschoss. »Hier sind doch die Räume für die Gartengeräte und so weiter, oder?«

»Stimmt genau.«

»Aufschließen, bitte.«

Oliver musterte sie amüsiert. In diesem Moment konnte er sie sich nur zu gut als die Kriminalhauptkommissarin vorstellen, die sie gewesen war. Er schloss ihr den ersten

Kellerraum auf. Darin waren vornehmlich Schubkarren und Schaufeln, Harken und Rechen. »Gut, nächster Raum«, kommandierte Christa. Der nächste Raum war der Heizungsraum. Die großen Heizboiler, die das Heim mit solarerhitztem Wasser versorgten, wummerten friedlich vor sich hin. »Ist dahinten noch ein Raum?«

»Jawohl.«

»Dann will ich den auch sehen.«

Oliver schloss die dritte Tür auf. Dahinter empfing sie staubige Dunkelheit. Christa tastete nach einem Lichtschalter. Die Neonröhre an der Decke sprang träge flackernd an. »Da sind sie«, flüsterte Christa. Vor ihr stand ein großer Aufsitzrasenmäher, der Rasenmäher, der benutzt wurde, um die Grünflächen des Heimgartens zu mähen. Und darüber, fein säuberlich auf einem Regalbrett aufgereiht, standen neun rote Benzinkanister. Neun. Kein Mensch kaufte neun Kanister. Das Gehirn mochte glatte Zahlen. Natürlich konnte es sein, dass der zehnte einfach schon leer und ordnungsgemäß entsorgt worden war. Aber Christa hätte alles darauf verwettet, dass der Inhalt des zehnten nicht seinen Weg in einen Rasenmähertank gefunden hatte.

. . .

»Die Spurensicherung hat angerufen«, posaunte Werner heraus, kaum war Patrick im Kommissarbüro durch die Tür. »Und was wollten sie?« »Keine Ahnung, du sollst zurückrufen.« Mit diesen Worten machte sich Werner daran, das Salz von seiner mittäglichen Brezel abzupulen. Das machte er jeden Mittag, denn er liebte es, die Brezel in den Kaffee einzutauchen. »Die Mischung aus Kaffee und salziger Brezel, Patrick, ist einfach super«, sagte er dazu meistens.

»Aber du machst doch das ganze Salz von der Brezel runter.«

»Ja, weil ich Salz auf der Brezel nicht mag.«

Patrick wählte die Nummer der Spurensicherung. Lana war dran. Lana war die Chefin der Spurensicherung, eine Frau mit strengem schwarzen Bob und einem deutlich russischen Akzent. »Wir haben was Neues«, sagte sie, kaum dass Patrick sich gemeldet hatte. »Also es war ein bisschen knifflig und auch teuer, und es hat uns einige Tage gekostet, und wir hatten gar keinen Auftrag dazu, also wird es für dich mit dem Abrechnen etwas schwierig«, sie machte eine Pause, um diese Information sacken zu lassen.

»Aber?« Patrick waren Abrechnungsprobleme aktuell egal.

»Aber wir haben spaßeshalber dieses Haarband mit dem P genauer untersucht und Proben in ein Labor geschickt, das sich mit so etwas auskennt.«

»Aha.«

»Ja, und dabei kam was heraus.«

»Aha?!«

»Die Fasern sind aus einem bestimmten Nylon, einer synthetischen Faser, also ...«

»Lana, bitte.«

»Es ist alt.«

»Wie bitte?«

»Dieses Nylon wird seit dem Ende der Sechzigerjahre nicht mehr hergestellt.«

»Das Haarband ist alt.«

»Sag ich doch. Mindestens fünfzig Jahre alt, eher älter.«

»Verdammt.«

»Bringt dir das etwas?«

»Nein, aber ich hoffe, jemand anderem.«

Patrick verabschiedete sich bald darauf. Dann wählte er mit verkniffenen Lippen die Nummer des Altenheims und fragte nach einer bestimmten Durchwahl.

Christa ging sofort ans Telefon. »Ich hätte dich auch gleich angerufen«, sagte sie, als Patrick sich meldete. Er erzählte ihr von dem Haarband.

»Patrick, hattest du nicht das Altenheim auf der Liste deiner Benzinkäufer?«

»Doch.«

»Hast du es kontrolliert?«

»Nein ... ich meine ... es ist das Altenheim«, er lachte, als wäre damit alles gesagt.

»Ich bin mir ziemlich sicher, dass der Kanister von hier kommt.«

»Wie bitte?«

»Das passt auch zum alten Haarband. Das passt zu allem.«

Patrick räusperte sich. »Die Spurensicherung hat übrigens auch herausgefunden, womit die Grillkohle gestern präpariert war. Da kommen Sie nie drauf!«

»Mit Kirschwasser.«

»Christa, Sie sind mir unheimlich.«

Christa lachte. »Das war das Letzte, was ich wissen musste. Jetzt bin ich mir ganz sicher.«

Und dann erklärte sie Patrick alles.

SOMMER 1961

Im August hatte Pauline Geburtstag. Bertie kaufte ihr wieder Schmuck. Schmuck ließ sie zu Wachs in seinen Händen werden. Dieses Mal würde es eine Kette sein, mit einem Medaillon als Anhänger, und in dem Medaillon waren ihr Anfangsbuchstabe und ein Herz eingraviert. Die Kette kostete mehr als das Armband, aber Bertie hatte Lust, großzügig zu sein.

Am Nachmittag ihres Geburtstags ging er mit ihr hinter die Scheune seiner Eltern. Es war ein heißer Tag, einige Schwalben flogen wirr umher. Er überreichte ihr die Kette, hübsch verpackt in einer goldenen Schachtel, er hatte die Verkäuferin extra darum gebeten. »Sie ist wunderschön«, sagte Pauline, als sie die Kette aus der Schachtel nahm. »Alles Gute zum Geburtstag«, sagte er und küsste sie. »Soll ich sie dir anlegen?« Sie wandte sich ab, sodass er den Verschluss in ihrem Nacken schließen konnte. Dann drehte sie sich wieder zu ihm.

»Wie steht sie mir?«

»Perfekt.«

»Die trag ich jetzt immer und denke an dich«, flüsterte Pauline Bertie ins Ohr und strich über den Anhänger mit dem eingravierten Herz. Sie legte ihm die Arme um den Nacken, er küsste sie und drückte sie dabei leicht gegen die Scheunenwand. Seine Hände wanderten, knöpften ihre Bluse auf. Sie ließ ihre Hand über seine Brust gleiten, weiter nach unten. Sie öffnete seine Hose. Er drückte sie noch ein bisschen mehr gegen die Wand, hob ihren Rock an. Darunter trug sie nur ein Höschen, schnell auszuziehen. Die Sonne schien heiß auf seinen Rücken und ihr Gesicht, das Holz der Scheunenwand war rau.

»Iiiiiiiih«, rief eine Kinderstimme. »Was macht ihr da?« Berties Herz setzte einen Moment aus. Er hielt inne, Pauline erstarrte. Der kleine Junge stand da, in kurzen Hosen und mit einem Apfel in der Hand, und lachte. Dann, bevor sie irgendetwas tun konnten, drehte er sich um und rannte in den benachbarten Garten seiner Eltern zurück. »Mama!«, hörten sie ihn rufen. »Der Bertie und die Pauli machen etwas!« Pauline schloss die Augen.

DREIZEHN

Christa saß in der Dämmerung auf ihrem Balkon. Eine Kerze flackerte im Windlicht in der Mitte des kleinen Balkontischchens. Der Wald rauschte in der Ferne, am schon fast nächtlichen Himmel funkelten die ersten Sterne. Christa wartete.

Irgendwann öffnete sich ihre Wohnungstür. Fast geräuschlos wurde die Klinke niedergedrückt, leise Schritte kamen in die Wohnung. Christa brauchte sich nicht umzudrehen, um zu wissen, wer es war.

»Guten Abend, Pauline«, sagte sie.

»Guten Abend, Christa«, Marions Stimme klang fester als sonst. Sie stand im Rahmen der Balkontür, eine kleine Gestalt in cremefarbener Bluse und biederem Blümchenrock. »Willst du dich zu mir setzen?«, fragte Christa.

Marion trat auf den Balkon und setzte sich auf den zweiten Holzstuhl. Christa beobachtete ihr Gesicht. Im flackernden Schein der Kerze schien es verändert. Härter, nicht mehr so verschreckt.

»Ich nehme an, die anderen kommen nicht? Das war ein Trick?«

»Ja, denen habe ich abgesagt. Du bist mein einziger Gast.«

Eine Weile sagte keine der beiden Frauen etwas. »Wann hast du es durchschaut?«, fragte Marion.

Christa lächelte. »Ziemlich spät. Du warst gut.« Marion strich ihren Rock über den Oberschenkeln glatt. »Ach, darum ging es mir nicht. Ich habe keine Angst davor, erkannt zu werden.« Sie lachte leise. »Jedenfalls jetzt nicht mehr. Es ist ja alles getan.« »Stimmt, du warst eigentlich nicht besonders vorsichtig. Auf Berties Beerdigung hast du den Kräuterstrauß vor aller Augen auf das Grab gelegt. Und trotzdem hat sich keiner daran erinnert.« Marions Mund zuckte kurz. »Ich bin eben nicht besonders bemerkenswert«, sagte sie.

»Warum hast du das mit dem Strauß überhaupt gemacht?« Marion zuckte die Achseln. »Als ich Elviras Beispielstrauß herrenlos in der Cafeteria sah, fand ich es irgendwie passend. Bertie und ich haben uns oft in den Wiesen getroffen, irgendwo weit draußen vorm Dorf. Da passt doch ein Wiesenstrauß. Zum Glück bemerkt diese Claudia, die in der Cafeteria arbeitet, sowieso nie was.«

Sie schwiegen eine kleine Weile.

»Irma hat dich erkannt«, sagte Christa dann.

Marion nickte. »Ja, unglaublich, oder? Wozu das Gehirn imstande ist, auch wenn sonst fast alles vergessen ist. Als sie auf dem Fest meinen Namen gerufen hat, da war das beinahe schön. Wenn man nach so langer Zeit wieder bei seinem Namen genannt wird ... das ist ein gutes Gefühl. Wie heimkommen.« Sie blickte auf das abendliche Maria Brunn. »Ich habe nicht mehr lange«, sagte sie dann.

In diesem Moment erst sah Christa sie klar. Sie sah die gelbliche Gesichtsfarbe, die eingefallenen Wangen, sie sah die dünnen Handgelenke und die schmalen Schenkel. Marion nickte. »Bauchspeicheldrüsenkrebs.«

»Bist du deshalb extra hierhergezogen? Um das alles zu tun ... was du getan hast?«

Marion lachte freudlos. »Nach der Diagnose letztes Jahr musste ich mich zum ersten und einzigen Mal gegen Hardy durchsetzen, damit wir umziehen. Mir lief die Zeit davon. Es war wie bei Rilke: ›... ich werde den letzten vielleicht nicht vollbringen, aber versuchen will ich ihn.‹ Und ich habe es vollbracht.«

»Wusstest du, dass das Gedicht weitergeht?«

Marion lächelte. »Natürlich. Ich habe Rilke geliebt seit dem Sommer mit Bertie. Rilke steht für das, was ich verpasst habe, was ich nicht machen konnte. Ich bin nicht dumm, ich hätte mehr gekonnt, studieren, so etwas.«

»›... und ich weiß noch nicht / bin ich ein Falke, ein Sturm / oder ein großer Gesang‹«, sagte Christa.

»Das passt sehr schön, findest du nicht?«, bemerkte Marion. »Ich weiß auch noch nicht, wer ich bin. Man kann so viele sein, wenn man will.«

Wieder schwiegen sie einige Minuten lang. »Weißt du, was das für ein Gefühl war, ihn hier zu sehen? Großkotzig und glücklich. Ehrenbürger. Alle haben ihn geliebt.«

Christa schüttelte den Kopf. »Nein, nicht alle«, widersprach sie. Marion zuckte die Schultern. »Jedenfalls viel mehr, als mich jemals geliebt haben. Er hatte alles.« Plötzlich beugte sie sich vor und packte Christa am Arm. »Hörst du: alles. Und ich hatte nichts.«

Christa versuchte, sich zu befreien. »Warum ausgerechnet Feuer? Warum hast du ihn nicht erschossen oder vergiftet?«

Marion hielt ihren Arm immer noch wie im Schraubstock umklammert. Sie war überraschend stark.

»Es hat mir gefallen, wie passend es war«, stieß sie hervor. »Brennende Scham, das war, was ich gefühlt habe damals, als die Polizei zu meiner Großmutter kam und mich mitgenommen hat. Weil ich eine Schlampe war. Ein Mädchen, das es hinter der Scheune mit einem Jungen treibt. Eine Verwahrloste. Ich habe mich so geschämt, als sie mich befragt haben, widerliche Fragen. Und als sie meiner Mutter alles erzählt und gesagt haben, dass sie mich ihr wegnehmen. Sie hat so geweint, das vergesse ich in meinem ganzen Leben nicht. Sie hat mit dem Trinken angefangen, nachdem ich weg war. Hat sich totgesoffen, wegen mir. Wegen ihm. Wusstest du das? Nein, natürlich nicht. Und dann, als ich ihn hier gesehen habe, diesen selbstzufriedenen alten Mann, der in seinem Leben nur Glück hatte, da war es brennende Ungerechtigkeit. Da war Feuer doch ein gutes Symbol, oder nicht?« Sie kicherte mädchenhaft. Dann wurde sie wieder ernst und sagte in sachlichem Ton: »Sie haben mich damals wegen der Sache mit Bertie in ein Heim für Schwererziehbare gesteckt. Tochter einer Geschiedenen und unehelicher Geschlechtsverkehr, das hat damals schon gereicht. Ich war im Heim, bis ich einundzwanzig war. Sechs Jahre!«

»Ja, ich weiß. Es steht in den Akten im Pfarramt.«

Marion lachte hasserfüllt. »Das kann ich mir vorstellen. Der Pfarrer hat mich ja damals auch den Behörden gemeldet, nachdem im Dorf rumging, dass ich was mit dem Bertie hatte. Dieser selbstgerechte Scheißkerl! Mit seiner riesigen Brille und den Glubschaugen. Den hätte ich auch angezündet, wenn er noch leben würde.« Sie verschluckte sich beinahe an ihren eigenen Worten, so sehr hatte sie sich in Rage geredet. »Sechs Jahre Heim, weißt du, was das bedeutet hat damals?«

Christa wollte Ja sagen, aber dann dachte sie, dass ein paar Dokumentationen gesehen und einige Berichte über die Jugendheimerziehung der Sechzigerjahre gelesen zu haben nicht dasselbe war, wie dort gewesen zu sein. »Nein«, sagte sie. »Eigentlich weiß ich es nicht.«

Marion ließ sie endlich los. »Da hast du verdammt recht«, zischte sie. »Ich war ein gefallenes Mädchen, mit einer geschiedenen Säufermutter. Du hast keine Ahnung, Christa, wie es in einem Heim für solche wie mich damals war. Das kannst du dir auch gar nicht vorstellen! Ich bin beinahe verrückt geworden dort drin.« Beinahe, dachte Christa, beinahe? Sie ist verrückt.

»Und als ich rauskam, war ich eine aus dem Heim. Ich habe meinen Namen geändert, aber das hat nichts genützt. Mich hat niemand genommen, niemand ausgebildet. Ich habe die kleinsten Arbeiten gemacht, es hat vorne und hinten nicht gereicht, und die guten Männer haben mich auch nicht angeguckt. Vielleicht habe ich es ja ausgestrahlt, das Heim und dass mich schon einer angefasst hat und dieses ganze Zeug, das sie einem damals erzählt haben.« Christa beobachtete sie aufmerksam. Marions Augen waren weit aufgerissen. Das Kerzenlicht flackerte in ihnen, spiegelte sich darin und gab ihnen einen Ausdruck von Wahnsinn.

»Ich habe Bertie nie aus den Augen verloren. Im Heim habe ich ihm heimlich geschrieben. Ich weiß nicht, ob er meine Briefe bekommen hat, er hat mir nie geantwortet. Später habe ich von seinem Aufstieg gelesen, ich habe alles mitbekommen, aus der Ferne. Sein Leben ging bergauf, meines nie. Ich dachte immer, irgendwann müsste auch bei ihm mal ein Knick nach unten kommen, aber nein. Wenn ich ihn nicht angezündet hätte, wäre er wahrscheinlich auch noch hundert geworden.«

»Wieso hast du eigentlich so lange gewartet, bis du ihn ermordet hast? Du wohnst doch schon ein halbes Jahr hier«, fragte Christa.

»Ich musste erst eine Gelegenheit auskundschaften«, antwortete Marion leichthin. Dann runzelte sie die Stirn. »Außerdem: Den Tag, an dem ich ihn angezündet habe, den habe ich nicht zufällig gewählt. Das war unser Jahrestag. Da hat er mich zum ersten Mal geküsst, da hat alles angefangen.« Sie schnalzte zufrieden mit der Zunge. »Und da hat es jetzt auch geendet.«

»Und Sven Veit?«

»Diese kleine Kröte war es doch, die uns verraten hat. Ist überall herumgelaufen und hat erzählt, dass die Pauline etwas Komisches mit dem Bertie gemacht hat, da hinter der

Scheune. Und das, nachdem ich oft mit ihm gespielt hatte, ich war immer nett zu ihm gewesen.«

»Er war noch ein Kind.«

»Darum habe ich ihn ja auch nicht umgebracht.« Marion seufzte zufrieden. »Ich habe ihn nur gebrandmarkt, so wie ich gebrandmarkt war. Auch wieder ein schönes Symbol, oder? Ich mag Symbole. Darum habe ich auch meine Taten unterschrieben. P.« Sie wandte ihr Gesicht dem leisen Nachtwind zu und lächelte versonnen. »Du hast mir immer noch nicht gesagt, was mich verraten hat, Christa.«

Christa nahm einen Schluck aus ihrer Teetasse. »Deine Schwarzwälder Kirschtorte.« Sie setzte die Tasse wieder ab. »Sie hat anders geschmeckt als die von uns. Annemi hat recht: Ein richtig gutes Kirschwasser schmeckt man einfach.« Marion sah sie ungläubig an.

»Du hast Annemis selbst gebranntes Kirschwasser nicht zum Backen verwendet. Du hast es über den Grill gegossen, stimmt's?«

Marion nickte und lachte auf. »Es hat sich angeboten. Selbstgebranntes ist einfach hochprozentiger.« Sie lachte wieder und lachte und lachte. Das Lachen wurde fortgetragen über das Dorf und durch den sanften Schwarzwaldabend. Es war das schaurigste Geräusch, das Maria Brunn je gehört hatte.

Christa stand auf, ging ins Wohnzimmer und drückte den Notfallknopf.

• • •

»Also war er eigentlich vollkommen unschuldig«, sagte Patrick kurz darauf, nachdem er Marion von einem Streifenpolizisten ins Auto hatte begleiten lassen. »Ich weiß nicht«, Christa sah nachdenklich zu dem kleinen mädchenhaften Kopf hinüber, der hinter der Scheibe des Polizeiautos zu sehen war. »Er hat sich nie darum gekümmert, was aus ihr geworden ist. Alles, was ihn gekümmert hat, war, dass er ein schönes Leben hatte.«

»Das ist kein Verbrechen.«

»Nein, aber meistens zahlen andere dafür.«

Patrick verabschiedete sich.

Als er gerade einsteigen wollte, kam er noch einmal zurück. »Ähm, und ich wollte noch sagen ...«, er stockte. »Gern geschehen«, sagte Christa. Er lächelte erleichtert.

...

Später saßen Christa und Carlo auf ihrer Bank unter der Birke, nur beschienen durch die Lampen des Heimgartens. »Unglaublich«, sagte Carlo immer wieder. »Unglaublich. Marion!« Er schüttelte den Kopf. Dann sah er Christa bewundernd an. »Ich fasse es nicht, dass du das herausbekommen hast. Anhand von Kirschwasser!« Er lachte. »Annemarie wird zehn Zentimeter wachsen, wenn sie das erfährt.«

Christa sah ihn erstaunt an. »Ich dachte, du bist ein Annemi-Fan?«

Carlo schaute überrascht. »Quatsch. Ich bin ein Fan davon, ab und zu noch in einer ordentlich großen Küche zu stehen. Und was soll ich sagen: Sie gibt mir die Gelegenheit dazu.«

Christa lächelte. »Ach, so ist das.«

Carlo schwieg eine Weile. Dann scharrte er etwas nervös mit den Fußspitzen im Gras. »Christa?«

»Ja.«

»Gehst du wirklich in ein paar Wochen wieder?«

»Hm.«

Carlos Scharren wurde noch nervöser.

Christa legte ihm die Hand auf das Knie, damit er aufhörte.

»Kann sein, dass ich noch bleibe«, sagte sie dann.

»Ehrlich?«

»Ehrlich. Anna und Jan könnten mein Haus gut gebrauchen. Wem mache ich was vor – selbst fertig renoviert hat es tausend Stufen. Und hier ist es vielleicht gar nicht so übel ... in unserem Alter.«

»Soso.«

Christa lächelte.

Aus dem geöffneten Fenster über ihnen drang plötzlich eine durchdringende Stimme, die Christa bekannt vorkam. Irma. Sie sang: »Du kannst nicht immer siebzehn sein«.

Carlo grinste. »Hör mal, sie spielen unser Lied.«

Christa lachte laut.

Annemis
Schwarzwälder Kirschtorte

Für den Biskuitboden

6 Eier, getrennt

250 g Zucker

6 EL heißes Wasser

200 g Mehl

75 g Speisestärke

50 g Kakaopulver

2 TL Backpulver

Für die Füllung und Garnitur

1 Glas Sauerkirschen

25 g Speisestärke

800 g Sahne

1 Päckchen Sahnesteif

1 EL Zucker

Kirschwasser nach Belieben

Schokoladenraspel nach Belieben

Zubereitung

Wasser, Zucker und Eigelb zu einer cremigen Masse verrühren. Mehl, Backpulver, Speisestärke und Kakao vermischen, durch ein feines Sieb auf die Eigelbmasse sieben, unterheben. Eiweiß steif schlagen und vorsichtig unterheben.

In eine gefettete und bemehlte Springform füllen. Backofen auf 200 °C vorheizen. 30–35 Minuten backen. Die Temperatur sollte im Backverlauf bis auf 150 °C verringert werden, damit der Biskuit nicht einsinkt. Auskühlen lassen.

Sauerkirschen über einer Schüssel abgießen, Saft auffangen. Stärke mit einigen Esslöffeln Kirschsaft anrühren. Restlichen Kirschsaft aufkochen, Speisestärke einrühren. Unter stetigem Rühren aufkochen lassen, dann vom Herd nehmen. 16 Kirschen beiseitelegen. Den Rest in die Kirschsaftmasse mischen.

Ausgekühlten Tortenboden in drei Schichten schneiden. Unterste Schicht mit etwas Kirschwasser beträufeln, dann mit der Kirschmasse überziehen. Erneut auskühlen lassen.

Sahne mit Sahnesteif und Zucker steif schlagen, eine dünne Sahneschicht auf die ausgekühlte Kirschmasse streichen. Zweite Schicht des Tortenbodens darauflegen und leicht andrücken. Mit Kirschwasser beträufeln.

Den Boden mit der Hälfte der Sahne bestreichen und dritte Schicht des Tortenbodens aufdrücken. Etwa 3 Esslöffel der Sahne in einen Spritzbeutel füllen. Die Torte mit der restlichen Sahne rundherum bestreichen, mit dem Spritzbeutel 16 Tuffs aufspritzen und mit den restlichen Kirschen belegen. Zuletzt die Torte mit Raspelschokolade bestreuen.

Peter Gallert
Jörg Reiter

Glaube Liebe Tod

Kriminalroman.
Taschenbuch.
Auch als E-Book erhältlich.
www.ullstein-buchverlage.de

***Woran kann man glauben in einer Welt voller
Verbrechen?***

Ein Polizist steht auf der Duisburger Rheinbrücke und
will sich in die Tiefe stürzen. Der Seelsorger Martin Bauer soll ihn daran hindern. Er klettert einfach über das
Geländer und springt selbst. Überrumpelt springt der
Beamte hinterher, um Bauer zu retten. Gemeinsam können sie sich aus dem Wasser ziehen. Bauer hat hoch ge-
pokert, aber gewonnen. Doch wenige Stunden später ist
der Polizist tot, nach einem Sturz vom Deck eines Park-
hauses. Ein klarer Fall von Selbstmord, gegen den Beam-
ten wurde wegen Korruption ermittelt. Bauer weiß
nicht, was er glauben soll. Und er sieht die Verzweiflung
in der Familie des Toten. Auf der Suche nach der Wahrheit setzt er alles aufs Spiel ...

ullstein

Jonas Moström

Mitternachts-
mädchen

Kriminalroman.
Aus dem Schwedischen von
Dagmar Mißfeldt und Nora Pröfrock.
Taschenbuch.
Auch als E-Book erhältlich.
www.ullstein-buchverlage.de

Uppsala im Frühling: Die Studenten der Universitäts-
stadt feiern die Walpurgisnacht, als im Hörsaal der Ana-
tomie die Leiche einer blonden Studentin gefunden
wird, die eindeutige Würgemale aufweist. Schon zuvor
wurden mehrere blonde Frauen überfallen und gewürgt.
Genau wie bei der toten Studentin, fehlte allen Opfern
der linke Schuh.

Die Polizei will ein Täterprofil erstellen und ruft Psychia-
terin Nathalie Svensson zu Hilfe. Zermürbt vom Schei-
dungskrieg mit ihrem Ex-Mann stürzt Nathalie sich in
die Ermittlungen. Denn das Opfer ist die Tochter einer
guten Freundin, und ihr ist klar: Solange der Täter nicht
gefasst wird, ist keine junge Frau in Uppsala sicher.

ullstein

Frida Gronover

Ein dänisches Verbrechen

Gitte Madsen ermittelt

Kriminalroman.
Taschenbuch.
Auch als E-Book erhältlich.
www.ullstein-buchverlage.de

Der Tod lauert am schönsten Strand Dänemarks

Als Bestatterin ist Gitte Madsen darauf vorbereitet, dem Tod ins Auge zu blicken. Doch eine Leiche auf der Terrasse ihres Ferienhauses bringt selbst die patente Halbdänin aus dem Konzept. Schon auf der Fähre von Puttgarden ist ihr ein junger Mann aufgefallen, der sich offenbar bedroht fühlte. Dass er noch am selben Abend tot vor Gittes Tür liegt, kann kein Zufall sein. Was hat es mit den Wikingerrunen auf sich, die dem Toten in die Haut geritzt wurden? Und welche Rolle spielt Gittes Vater, der zwanzig Jahre zuvor in Marielyst verschwunden ist? Zusammen mit Ole Ansgaard, dem einheimischen Kommissar, geht Gitte den Geheimnissen des idyllischen Urlaubsortes auf den Grund.

ullstein